ULRICH THIELMANN

Mord vor dem Morgengebet

EIN WESTERWALD-KRIMI

Bibliografische Information der Deutschen Nationalbibliothek:
Die Deutsche Nationalbibliothek verzeichnet diese Publikation
in der Deutschen Nationalbibliografie; detaillierte bibliografische
Daten sind im Internet über dnb.dnb.de abrufbar.

Die automatisierte Analyse des Werkes, um daraus Informationen
insbesondere über Muster, Trends und Korrelationen gemäß §44b
UrhG („Text und Data Mining") zu gewinnen, ist untersagt.

©2024 Ulrich Thielmann
Satz und Umschlaggestaltung: Martin Thielmann
Lektorat: Christine Fleckner und Holger Doetsch
Unterstützende Grammatik- und Rechtschreibprüfung: www.spellboy.com

Verlag: BoD · Books on Demand GmbH, In de Tarpen 42, 22848 Norderstedt
Druck: Libri Plureos GmbH, Friedensallee 273, 22763 Hamburg

ISBN: 978-3-7693-1092-4

Für Birgit

1

An jenem Sonntagmorgen im Juli erwachte Jakob Lorenz-Schultheiß gegen sechs Uhr dreißig. Während seine Frau noch schlief, stand der Vierundfünfzigjährige schwerfällig auf und öffnete beide Fensterflügel bis zum Anschlag. Es wehte ein schwacher Wind aus Südwest und wie schon in den letzten Wochen würde es auch heute wieder unerträglich heiß werden. In den letzten Jahren waren die Sommertage immer wärmer geworden, was nach Jakobs Empfinden für den Hohen Westerwald ungewöhnlich war. Noch vor nicht allzu langer Zeit hatten die Menschen hier die Sommerfrische genießen können, denn über die sanften Erhebungen des Mittelgebirges strich damals auch im Sommer oft eine kühle Brise. Jakob Lorenz-Schultheiß genoss die Stille, atmete die noch frische Morgenluft tief ein und blickte über die viel zu trockenen Wiesen und Felder am Stadtrand hinter dem Haus. Es bereitete ihm Sorge, dass der Klimawandel längst auch im Westerwald massiv spürbar war. Jakob fürchtete, dass es bald auch hier zu verheerenden Waldbränden kommen könnte. Die Trockenheit und der Borkenkäfer hatten schon genug Bäume im Westerwald vernichtet. Nicht nur im Sommer spürte man die Erderwärmung. Auch in den Wintermonaten waren Dauerfrost und Schnee viel seltener geworden.
Ein Verkehrsflugzeug, das die Stadt in Richtung Nordwesten überflog, riss Jakob aus seinen Gedanken. Er zog sein Pyjama-Shirt aus und ging ins Bad. Das kalte Wasser, mit dem er sich wusch, weckte seine Lebensgeister. Zurück im Schlafzimmer legte er sich wieder zu Romy ins Bett. Vor zweiundzwanzig Jahren hatten sie geheiratet, im Jahr darauf war ihre Tochter Chloé zur Welt gekommen. Romy Lorenz-Schultheiß hatte lange hellblonde Haare, geheimnisvolle blaue Augen und einen sinnlichen Mund. Ihre Figur konnte sich sehen lassen, obwohl sie etwas rundlicher geworden war, seit sie nicht mehr rauchte. Die Fünfzigjährige arbeitete als selbstständige Lektorin und sie war bekannt dafür, ein lebensbejahender, fröhlicher Mensch zu sein. Nur was die Aussprache ihres Vornamens betraf, verstand sie keinen Spaß. Sie gab jedem, der sie Rommie nannte, deutlich zu verstehen, dass ihr Name mit dezenter Betonung des

zweiten Buchstabens ausgesprochen werden sollte. Romy war in Hachenburg aufgewachsen. An der Universität in Bonn hatte sie ein paar Semester Germanistik studiert, dann aber war sie für ein paar Jahre nach England umgezogen, um in London Journalismus zu studieren. Jakob freute sich auf einen entspannten Tag mit Romy. Er ahnte nicht, dass es anders kommen würde. Der leidenschaftliche Polizist liebte und begehrte seine Frau noch immer. Er genoss es, sich an sie zu kuscheln, sie zu streicheln und ihren warmen Körper zu spüren. Als sie langsam erwachte, gab sie ihrem Mann einen flüchtigen Kuss, dann entzog sie sich ihm. »Was soll das werden, Herr Kriminalhauptkommissar?«, fragte sie lächelnd, während sie aufstand und ins Badezimmer ging.

»Ich liebe Dich«, antwortete Jakob leise.

Nach zehn Minuten kehrte Romy zurück. Sie trug ein Negligé und hatte ihr Lieblingsparfüm aufgetragen. Jakob mochte diesen verführerisch rosigen Duft an ihr. Er stand auf, betrachtete seine Frau und genoss den Anblick ihres Gesichts und ihres Körpers. Dann zog er sie sanft an sich. »Du bist noch immer eine blühende Schönheit«, stellte er liebevoll fest. Romy sagte nichts. Sie schubste ihren Mann aufs Bett und küsste ihn zärtlich. Doch dann vibrierte Jakobs Smartphone, das auf einem kleinen Nachttisch neben dem Bett lag. Jakob richtete sich gequält auf, ergriff das Handy und schaute auf das Display. Er überlegte kurz. Dann warf er seiner Frau einen enttäuschten Blick zu und nahm das Gespräch genervt an.

»Guten Morgen, Elena.«

»Moin, entschuldige bitte die Störung«, sagte Kriminaloberkommissarin Elena Dietrich. »Wir haben ein Problem. In der Nister, an der historischen Brücke bei der Abtei Marienstatt, wurde eine männliche Leiche gefunden. Offenbar ein Tötungsdelikt.« Elena Dietrich klang angespannt. »Wir sollen uns um den Fall kümmern.«

»Und warum übernimmt der Dauerdienst den Fall nicht?«, fragte der Hauptkommissar mürrisch.

»Willem hat sich krankgemeldet. Er hat starke Kopfschmerzen und Fieber.«

»Dann sollen seine Leute ohne ihn …«

Elena ließ Jakob nicht ausreden. »Sein Team ist schon seit einer Stunde anderweitig im Einsatz«, erklärte die sechsunddreißigjährige Polizistin. »Im Kommissariat sind wir schlichtweg unterbesetzt während der Urlaubszeit. Das weißt du doch. Ich hatte schon den Staatsanwalt und unseren Chef an der Strippe heute Morgen. Du sollst die Ermittlungen leiten. Sie haben mich gebeten, dich aus dem Bett zu werfen.«

»Verdammt«, fluchte Lorenz-Schultheiß. »Warum haben Osterberger oder Grothe-Kuhn mich nicht direkt angerufen?«

»Unser Chef hat's auf deinem Handy probiert. Er hat dich nicht erreicht«, sagte Elena beschwichtigend.

»Weil ich noch geschlafen habe oder gerade im Bad war. Mein Handy ist auf Vibration geschaltet.«

»Macht nix, der Chief hat ja mich erreicht. Ich schlage vor, du beeilst dich jetzt. Komm in die Puschen, Jakob!«, sagte Elena mit humorvollem Unterton.

Jakob blieb ernst. »So ein Mist. Romy und ich hatten uns so sehr auf einen freien Sonntag gefreut.«

»Ich kann es leider nicht ändern. Tut mir echt leid.« Elena ahnte längst, dass Jakob eine Auszeit brauchte. Er war urlaubsreif.

Der Hauptkommissar beruhigte sich. »Schon okay, ist ja nicht deine Schuld. Gib mir ein bisschen Zeit, ich beeile mich. Wir ziehen das ganze Programm durch. Spurensicherung, Rechtsmedizin, Polizei-Hubschrauber …«

»Hab ich alles schon angeleiert«, antwortete Elena. »Allerdings, … einen Hubschrauber kriegen wir nicht so schnell. Heute scheint die Hölle los zu sein. Die Helis der Hubschrauberbereitschaft sind alle über Rheinland-Pfalz verteilt im Einsatz, eine Mannschaft nimmt an einer Übung in Süddeutschland teil. Ansonsten ist die komplette Infanterie schon unterwegs zum Fundort der Leiche. Der Staatsanwalt besteht darauf, dass Vicky persönlich kommt und sich die Leiche anschaut, aber er selbst wird nicht vor Ort sein. Anscheinend hat er Besseres zu tun und einen Vertreter schickt er auch nicht.«

»Okay, ist mir eigentlich nur recht, wenn er nicht kommt und den Leitenden raushängt. Wer kümmert sich um die Spurensicherung?«

»Florence und ihr Team.«

»In Ordnung.« Jakob Lorenz-Schultheiß beendete das Telefonat mit Elena. Er schaute nochmals auf das Display und stellte fest, dass er einen Anruf verpasst hatte. Dann legte er das Handy zur Seite, gab seiner Frau einen flüchtigen Kuss, stand auf und öffnete den Kleiderschrank.

»Warum kannst du nicht einfach einmal Nein sagen?«, platzte es aus Romy heraus, während sie ihrem Mann beim Ankleiden zusah. »Die Kripo besteht doch nicht nur aus dir und Elena. Ich hätte heute gerne mal wieder etwas Schönes mit dir unternommen.«

»Tatsächlich hatte ich vor, dich zu überraschen«, antwortete Jakob hörbar enttäuscht. »Heute wäre der perfekte Tag für einen Ausflug mit dem schönen alten Opel gewesen. Eine Tour nach Koblenz und von dort entlang der Mosel nach Beilstein.«

»Diese Überraschung wäre dir gelungen. Aber deine Arbeit ist dir ja wohl wieder einmal wichtiger«, meinte Romy enttäuscht.

»Vielleicht sehe ich bald zu, dass ich einen weniger anspruchsvollen Job kriege, den ich überwiegend vom Schreibtisch aus erledigen kann«, erwiderte Jakob.

»Das glaubst du doch selbst nicht.« Romy blickte Jakob ernst an und verzog ihr hübsches Gesicht.

»Und ob ich das glaube. Es wird schwierig, aber es ist nicht unmöglich.«

»Das ist doch Quatsch. Wenn du deinen jetzigen Job aufgibst, wird's dir schnell langweilig.«

»Mag sein, aber je nach Aufgabe werde ich mir dann mehr Zeit für dich nehmen können.«

»Mehr Zeit für mich? Du lieber Himmel. Was willst du mir damit sagen?« Romy lächelte amüsiert. »Ich werde dich verführen, so oft du möchtest.« Verliebt betrachtete Jakob seine aufrecht im Bett sitzende Frau.

»Besser, du restaurierst noch einen Oldtimer, vielleicht diesmal ein amerikanisches Modell. Dabei kommst du wenigstens nicht auf dumme Gedanken.« Romy lächelte immer noch.

»Ich gebe zu, es würde mich reizen, einmal einen 1964er Oldsmobile

F-85 Cutlass oder einen tollen 1969er Buick Skylark Convertible zu überholen, aber das wird mir einfach viel zu teuer und zu aufwendig. Lieber verbringe ich mehr Zeit mit dir und wir geben das Geld für schöne Urlaubsreisen und Kurzurlaube aus«, sagte Jakob ernst. »Natürlich nur, wenn es dir recht ist.«
»Das wäre schön«, sagte Romy. Während sie aufstand fügte sie hinzu: »Aber im Grunde wissen wir doch beide, wie das läuft. Du wirst bald befördert und dann hast du noch mehr Arbeit am Hals. Bei der Kripo gibt es keinen Nine-to-five-Job. Aber lassen wir das, du musst heute arbeiten. Also drück jetzt auf die Tube und sag Elena einen schönen Gruß von mir. Seht zu, dass ihr den Fall schnell aufklärt. Ihr könnt doch bestimmt mal wieder ein Erfolgserlebnis gebrauchen, oder?«
Jakob nickte und warf seiner Frau flüchtig eine Kusshand zu. Er nahm sein Handy, ging in die Küche, trank hastig ein Wasser und aß eine Scheibe trockenes Brot. Dann zog er im Flur seine Schuhe an und eilte ohne weitere Worte aus dem Haus. Obwohl er seinen Beruf engagiert ausübte, mochte er es nicht, wenn er an einem Sonntag nicht in Ruhe mit Romy frühstücken konnte. Damals, kurz nachdem die beiden sich bei einem Konzert in Köln ineinander verliebt hatten, beantragte Jakob, der aus Koblenz stammte, seine Versetzung von seiner Dienststelle in der Stadt am Deutschen Eck zum Kommissariat KK 42 nach Hachenburg. Hier konnte er Romy nahe sein. Anfangs war ihm der Umzug von der Stadt aufs Land schwergefallen, doch schon nach kurzer Zeit hatte er begonnen, das Leben in der Westerwälder Landschaft zu genießen. Ein paar Wochen vor der Geburt ihrer Tochter Chloé hatten Romy und Jakob ihr neues, im Bauhaus-Stil erbautes Haus bezogen, an dem eine große Garage mit Werkstatt angebaut war. Es war Jakobs Hobby, in seiner knappen Freizeit Autos zu restaurieren. Für die umfangreiche Überholung seines Opel Kapitän A, Baujahr 1965, hatte Jakob knapp acht Jahre benötigt. Dabei hatte er Hilfe gehabt. Ein älterer Freund war früher einmal Karosseriebaumeister gewesen und hatte ihn mit besten Kräften unterstützt, kostenlos. Auf dem Beifahrersitz der schicken Limousine lag seit wenigen Tagen ein altes

batteriebetriebenes Blaupunkt-Kofferradio, das in den Sechzigern auf den Markt gekommen war und immer noch funktionierte. Es empfing Mittelwellen-, Kurzwellen- und UKW-Sender. Jakob hatte es in einem Online-Shop gekauft. Er war sehr glücklich über dieses schöne Radio, das wie neu aussah. Auch das im Armaturenbrett eingebaute alte Autoradio war wieder funktionsfähig. Im Westerwald geht vieles über gute Beziehungen, hatte der Großonkel eines Kunden von Romy bei einem Zufallstreffen schmunzelnd gesagt. Dann hatte er das Radio fachmännisch in seiner noch voll ausgerüsteten früheren Radio- und Fernsehtechnikwerkstatt repariert. Von Hachenburg bis zur Abtei Marienstatt sind es nur wenige Kilometer. Heute nimmst du nicht den Dienstwagen, dachte Jakob. Heute fährst du mit dem Opel und lässt den 125-PS-Sechszylinder-Motor einmal richtig zur Geltung kommen. Jakob fuhr das Garagentor hoch, kletterte in das Auto und fuhr es aus der Garage heraus. Während er bei laufendem Motor nochmal ausstieg und das Garagentor wieder schloss, kramte er sein Smartphone aus der rechten Tasche seiner Jeans heraus und rief seine Tochter an. Sie studierte in Koblenz Wirtschaftsinformatik und wohnte im Stadtteil Metternich in einer kleinen Studentenwohnung. Jakob war sehr stolz auf seine Tochter. Die Einundzwanzigjährige hatte die Klugheit und das gute Aussehen ihrer Mutter geerbt und war eine sehr selbstbewusste und auch vielseitige junge Frau. Ihr Vorname Chloé war Romys Hommage an ihre Großmutter mütterlicherseits, Chloé Palmer, die in zweiter Ehe mit einem Amerikaner verheiratet gewesen war und in Boston gelebt hatte.

»Papa hier, hallo Chloé. Entschuldige, dass ich so früh anrufe«, sagte Jakob, als seine Tochter das Gespräch endlich annahm.

»Hi Papa, ich bin gerade erst aufgestanden, was gibt's?« Chloé gähnte herzhaft.

»Ich bin zu einem Einsatz gerufen worden und werde voraussichtlich den ganzen Tag arbeiten müssen. Könntest du heute bitte deine Mama besuchen? Vielleicht backst du einen Kuchen und ihr verbringt den Nachmittag im Garten. Romy ist enttäuscht, weil ich heute nichts mit ihr unternehmen kann.«

»Hört das denn nie auf? Nie hast du Zeit für sie«, antwortete Chloé verstimmt.

»Ich kann es nicht ändern, wir haben nicht genügend Leute in Hachenburg.«

»Eigentlich hatte ich etwas anderes vor, aber okay, ich rufe Mama gleich an«, versprach Chloé.

»Danke, Schatz. Sie wird sich sicher freuen, dich zu sehen.«

»Na, dann jagt mal die Verbrecher. Hoffentlich sind sie nicht schon über alle Berge«, kicherte Chloé, »und grüß deine nette Kollegin von mir.«

2

Sonntagmorgen. Konrad Hagendorf hatte kaum geschlafen in dieser Sommernacht. Wieder einmal hatten dunkle Gedanken den zweiundfünfzigjährigen Flugkapitän gequält. Der Berufspilot empfand einen tiefen Schmerz, wenn er über seine Zukunft nachdachte. Warum hatte es gerade ihn erwischt? Diese verfluchte Erkrankung, die ihn am Boden hielt. Er hatte kaum Krankheitssymptome verspürt und seit er Medikamente einnahm, fühlte er sich gesund. Doch es ließ sich nicht ändern. Seine Fliegerärzte hatten ihn vor zwei Monaten gegroundet, ihm das obligatorische fliegerärztliche Tauglichkeitszeugnis verweigert. Damit musste er sich abfinden, so oder so. Er fühlte sich wie ein Steinadler, dem man die Flügel gestutzt und seiner Freiheit beraubt hatte. Steinadler waren die Greifvögel, die Hagendorf schon als Kind am meisten bewundert hatte – und die ihn vom Fliegen hatten träumen lassen. Aus dem Kindheitstraum war ein glücklicherweise Realität geworden. Immerhin verzeichnete Hagendorf mittlerweile eine Flugerfahrung von über dreißigtausend Flugstunden. Die Fliegerei bedeutete alles für ihn, weit mehr als nur ein Beruf. Und jetzt hatte sich schlagartig alles geändert. Nicht nur, dass er nicht mehr beruflich fliegen durfte. Auch privates Fliegen mit seiner geliebten Cessna 182 war ihm nun verwehrt. Wenigstens waren die Verantwortlichen der schwedischen Airline, für die Hagendorf seit Jahren beruflich flog, kompromissbereit. Sie beschäftigten ihn weiter – als Theorie-Fluglehrer und Check-Captain in ihrem Trainings- und Testzentrum in Stockholm. Die Arbeit in den etwa fünfzehn Millionen Euro teuren Flugsimulatoren war für den Witwer ein guter Kompromiss. Sie machte ihm Spaß und stimmte ihn wieder ein Stück weit optimistischer. Schon vor vier Jahren, als Hagendorf Freya-Iva Jansson kennengelernt hatte und die beiden wenig später ein Paar geworden waren, hatte er größere fliegerische Herausforderungen aufgegeben und sich überwiegend auf Linienflüge zwischen dem Flughafen Köln-Bonn und dem Flughafen Stockholm-Arlanda einsetzen lassen. Das hatte ihm die Chance geboten, kostengünstig zu pendeln und Freya regelmäßig zu sehen. Von Vorteil war dabei auch, dass er sich in

seiner freien Zeit mehr um sein kleines Luftfahrtunternehmen, die Flugschule und Air-Service Hagendorf GmbH, kümmern konnte. Die Firma war auf dem Westerwald Airport beheimatet und Hagendorf betrieb sie seit vielen Jahren nebenbei. Mit dem regelmäßigen Pendeln nach Stockholm und zurück war nun Schluss, seit Hagendorf nicht mehr fliegen durfte. Der Flugkapitän hatte sich deshalb entschieden, mit Freya in Stockholm zusammenzuleben und nur noch sporadisch in seine Westerwälder Heimat zurückzukehren. Nur Freya brachte ihn auf andere Gedanken. Die betörend hübsche Schwedin stammte aus Uppsala und Hagendorf schmolz jedes Mal dahin, wenn sie zum Mittsommerfest ein figurbetonendes helles Sommerkleid oder ihre Tracht anzog, einen bunten Blumenkranz im Haar trug und schwedische Volkslieder sang. Ihr offenes Wesen, ihr Aussehen und der singende Tonfall ihrer weichen Stimme faszinierten Hagendorf. Die Siebenundvierzigjährige hatte lange blonde Haare, die sie oft kunstvoll zu einem Dutt verknotete oder zu einem Zopf flocht. Sie trieb viel Sport, obwohl sie als Modedesignerin nur wenig Zeit dafür hatte. Die Schwedin sprach fließend Englisch, was für das Paar von großem Vorteil war, denn Hagendorf war noch dabei, die schwedische Sprache zu lernen und Freya konnte kaum Deutsch. Besonders schön fand Hagendorf ihre Vornamen. Freya, der Name der nordischen Göttin der Liebe, der Schönheit und der Fruchtbarkeit, Iva stand in Schweden für die Gottbegnadete. Seit Hagendorf Freya kannte, fragte er sich, warum ihre Eltern sie ausgerechnet auf Freya-Iva hatten taufen lassen. Hatte diese Namenskombination für Freyas Eltern eine tiefere Bedeutung gehabt? Er würde sie bei Gelegenheit einmal danach fragen müssen.
Für Konrad Hagendorf und Freya Jansson war es Liebe auf den ersten Blick gewesen, als sie sich damals im öffentlichen Bereich des Flughafens Köln-Bonn zum ersten Mal begegnet waren. Aus ihrer anfänglich scheuen Liebelei war schnell eine starke Beziehung geworden. Freya stärkte Hagendorfs Selbstvertrauen, während es Hagendorf gelang, ihr wieder Mut zu machen, denn sie hatte bereits zwei gescheiterte Beziehungen hinter sich. Beide waren sexuell ausgehungert und auch in dieser Beziehung waren sie wie geschaffen füreinander.

Hagendorf hatte erst kürzlich noch eine andere weitreichende Entscheidung getroffen. Um den Veränderungen seiner Lebensumstände Tribut zu zollen, hatte er einundfünfzig Prozent der Firmenanteile seiner GmbH verkauft und die Geschäftsführung sowie die Ausbildungsleitung in jüngere Hände gegeben, an den Fluglehrer und Berufspiloten Falk Steinhausen. Der Zweiunddreißigjährige arbeitete seit einigen Jahren engagiert in Hagendorfs Flugschule und hatte den Betrieb bislang als Hagendorfs Vertreter geführt. Der Zeitpunkt der Übernahme von Firmenanteilen hätte nicht passender sein können, denn Steinhausen hatte geerbt und war bei den Banken ein kreditwürdiger Kunde. Dass Hagendorf vorerst weiterhin Teilhaber seiner GmbH blieb, war ihm als Gründer sehr wichtig. Nach den Lockdowns zu Zeiten der Corona-Pandemie stiegen die Umsätze des Unternehmens wieder an, obwohl die private Fliegerei inzwischen teurer geworden war und den Kunden das Geld nicht mehr so locker saß. Hagendorf und Steinhausen waren deshalb erleichtert, dass sich mittlerweile wieder genügend Flugschülerinnen und Flugschüler für die Ausbildung zu einer der Motorfluglizenzen anmeldeten. Viele Neukunden belegten auch Ausbildungskurse für die etwas einfacher zu erlangende und günstigere Lizenz zum Fliegen von zweisitzigen Ultraleichtflugzeugen. Noch im April hatten Steinhausen und Hagendorf das Angebot der Firma um Fotoflüge für Privat- und Geschäftskunden erweitert. Auch der Großauftrag einer lokalen LKW-Spedition zum Schleppen von Werbebannern brachte zusätzliche Einnahmen und inzwischen erhielt das Unternehmen immer öfter auch Aufträge von Privatleuten für individuelle Banner. Meistens waren Liebeserklärungen oder Heiratsanträge auf den Bannern zu lesen. Schon jetzt halfen zwei Freelancer-Piloten die umfangreiche Luftarbeit, wie sie die Flüge nannten, zu erledigen. Es war ausgemacht, dass Steinhausen zeitnah einen Piloten fest einstellen würde, der ihn entlasten sollte.
Hagendorf hatte etwas Geld zurücklegen können in all den Jahren. Als Flugkapitän verdiente er gut, die GmbH warf wieder genug ab und seine viel zu früh verstorbene Frau hatte ihm damals ein sehr hohes Vermögen und eine wertvolle Immobilie hinterlassen.

Das Paar war kinderlos geblieben und so war Hagendorfs sechsundzwanzigjährige Nichte Linda sozusagen zu seiner Ersatztochter geworden, die er über alles liebte, was auf Gegenseitigkeit beruhte. Von Hagendorfs gesundheitlichen Problemen wussten nur wenige. Noch. Nur seine Chefs, zwei Mitarbeiterinnen der Personalabteilung der Airline, seine Fliegerärzte, sein Haus- und Facharzt, seine Schwester Karin und Freya hatten Kenntnis davon. Hagendorf war sich darüber im Klaren, dass er bald noch mehr Menschen reinen Wein einschenken musste. Aber das hatte noch Zeit. Seine Krankheit empfand Hagendorf nicht als absolutes Hindernis. Nicht heute! Er war immer noch locker in der Lage, ein Flugzeug zu fliegen und er würde heute mit seiner Cessna 182 zu einer Reise aufbrechen. Der Pilot wusste, dass Fliegen ohne gültige Lizenz mit hohen Geldbußen und Bewährungsstrafen geahndet würde, wenn es herauskäme, doch er befand sich in einer Ausnahmesituation. Hagendorf durfte keine Zeit verlieren, er musste handeln. Die Uhr tickte. Deshalb hatte er sich entschieden, das Risiko einzugehen. Er hatte am Morgen noch etwas Wichtiges zu erledigen. Danach würde er zum Westerwald Airport fahren. Er musste heute fliegen. Dem Flugkapitän war bewusst, dass er eine rote Linie überschreiten und schlimmstenfalls seinen Job verlieren würde, aber es gab keine Alternative. Seine Schwester würde es verstehen, da war er sich sicher.

3

Die Zufahrt zum Waldparkplatz westlich der Zisterzienserabtei Marienstatt war abgesperrt, als Jakob gegen Viertel nach sieben dort eintraf. Ein Polizist erkannte den Hauptkommissar und bat ihn, sein Auto vor dem Parkplatz abzustellen und sich zu Fuß auf den Weg zu machen. Er warf der blauen Opel-Limousine des Hauptkommissars einen bewundernden Blick zu. Auf dem Parkplatz sah Jakob Einsatzfahrzeuge der Polizei und den Dienstwagen von Elena Dietrich.

Die Abtei Marienstatt in der Ortsgemeinde Streithausen lag direkt an der Nister, die sich hier durch ein enges Tal schlängelte und auch Große Nister genannt wurde. Der Fluss entsprang an der Fuchskaute, der mit sechshundertsiebenundfünfzig Metern höchsten Erhebung des Westerwalds, und durchfloss die Kroppacher Schweiz, bevor er nach vierundsechzig Kilometern zwischen Wissen-Nisterbrück und Etzbach in die Sieg mündete. Die Menschen, die hierherkamen, begeisterten sich vor allem für die Abteikirche, eine bedeutende frühgotische Basilika mit historischer Innenausstattung und einer großen modernen Orgel, der größten im Westerwald. Außer der Abteikirche befanden sich auf dem Abteigelände ein gepflegter Barockgarten mit einem Wasserspiel in Gartenmitte, die barocken Klostergebäude, das privat geführte Gymnasium Marienstatt, eine Buch- und Kunsthandlung und das Marienstatter Brauhaus. Zur Energieversorgung der gesamten Klosteranlage wurde ein historisches Wasserkraftwerk betrieben, auf dessen Turbinenhaus zusätzlich eine moderne Photovoltaik-Anlage installiert worden war.

Der Hauptkommissar fragte sich, wieso ausgerechnet hier an diesem romantischen und viel besuchten Ort ein Verbrechen geschehen war. Er wusste, dass die Abtei und das Abteigelände bei Pilgern, Ausflüglern, Wanderern und Radfahrern sehr beliebt war und von den Besuchern als wertvolles Kulturerbe des Westerwalds geschätzt wurde. Jakob begrüßte es, dass es noch immer viele gläubige Menschen gab, die regelmäßig die Gottesdienste hier besuchten oder sich einfach nur für eine Weile in der Kirche aufhielten, um zur Ruhe zu kommen und zu beten. Manche Menschen nahmen auch das klösterliche Angebot wahr und gingen für ein paar Tage in Exerzitien. Keine schlechte Idee, wie Jakob fand. Er selbst und Romy waren nicht gläubig, aber die beiden genossen hin und wieder ein Konzert in der Abteikirche und gönnten sich anschließend ein leckeres Essen und ein Klosterbier im gemütlichen Restaurant des Brauhauses oder im Biergarten nebenan. Während der Hochphasen der Corona-Pandemie hatten sie darauf verzichten müssen, weshalb sie lange nicht an diesem schönen Ort gewesen waren.

Das Blaulicht, das bei einem der Streifenwagen auf dem Parkplatz noch eingeschaltet war, mahnte den Hauptkommissar zur Eile. Eine Polizistin von der Spurensicherung und ein Polizist der Schutzpolizei standen bei einem der Fahrzeuge und redeten miteinander. Der Polizist fuchtelte wild mit den Armen. Eine weitere Polizistin stand vor einem der anderen Streifenwagen und sprach ruhig mit einer jungen Frau, die in dem Auto saß. Etwas weiter entfernt, am südlichen Ende des Parkplatzes, erblickte Jakob einen grünen VW-Golf. Dort waren Beamte hinter einer zusätzlichen Absperrung zugange, aber Jakob achtete nicht weiter darauf. Er winkte den Kolleginnen und Kollegen, die ihn erkannten und grüßten, flüchtig zu und lief zur malerisch gelegenen spätmittelalterlichen Bruchsteingewölbebrücke, welche die Nister überspannte und den Parkplatz und die angrenzenden Wanderwege mit dem Abteigelände verband. Der altgediente Kriminalist mochte das historische Flair der Brücke und der Abtei. Die aus vier Bögen bestehende Brücke war erst kürzlich aufwendig saniert worden, doch heute hatte Hauptkommissar Lorenz-Schultheiß kein Auge dafür. Als er auf der Brücke ankam, sah er, dass die Leiche etwa einen Meter flussabwärts vor der Brücke in der Nister lag. Der Fluss führte in diesem trockenen Sommer nur wenig Wasser. Dr. Viktoria Krämer kniete neben dem Leichnam. Ihre Füße waren bereits nass, aber es schien ihr nichts auszumachen. »Du kommst spät, Jakob«, rief sie ihm zu. Die Fachärztin für Rechtsmedizin bemühte sich, cool zu wirken, aber Jakob kannte sie schon lange und merkte ihr ihre Anspannung an. Viktoria war eine Frau in den besten Jahren. Sie lebte seit der Trennung von ihrem Mann mit ihrer pubertierenden Tochter in einer kleinen Wohnung in Bad Marienberg. Jakob wusste

aus vertraulichen Gesprächen mit ihr, dass sie mit ihrer Figur nicht zufrieden war. Sie war nur einen Meter fünfundsechzig groß und seit einiger Zeit wog sie mindestens fünf Kilo zu viel, was man ihr nach Jakobs Meinung aber kaum ansah.
»Sorry, es ging nicht schneller«, gab Jakob schließlich zu. »Warum musste das auch ausgerechnet heute in aller Herrgottsfrühe passieren? Ich war noch nicht einsatzbereit, als Elena anrief. In meinem Alter braucht es etwas Zeit, bis man mit seinen müden Knochen in die Gänge kommt.«
Viktoria richtete sich kurz auf und versuchte zu lächeln. »Angeber! Für dein Alter hast du dich gut gehalten. Das mit deinen müden Knochen nehme ich dir nicht ab.«
Jakob erwiderte Viktorias Lächeln. »Danke für das Kompliment, Vicky. Aber ich bin längst kein junger Hüpfer mehr. Gut, dass die Polizei mich überwiegend für meine Kopfarbeit bezahlt.« Jakob fragte sich, ob Viktoria wieder einmal seinem Charme unterlegen war, obwohl sie doch gerade Wichtigeres zu tun hatte. Ein wenig tat ihm die dunkelhaarige Vierundvierzigjährige leid, weil es ihr einfach nicht gelang, ihren Mister Right zu finden. Jakob arbeitete gerne mit ihr zusammen. Er schätzte nicht nur ihre berufliche Kompetenz, ihre Agilität und ihr freundliches Wesen. Er verehrte sie und flirtete von Zeit zu Zeit mit ihr, was nicht bedeutete, dass mehr daraus werden sollte. Auf sein Aussehen war der Hauptkommissar freilich stolz. Auch, weil Romy es ihm gelegentlich noch bestätigte. Er war schlank und nur wenige Zentimeter größer als seine Frau. Jakob achtete sehr auf sein Äußeres. Seine brünetten Haare waren kurz geschnitten und auf Anregung von Romy ließ er sich seit einigen Tagen einen Bart wachsen. Um die Kinnpartie waren die Barthaare bereits grau, was Jakob bei jedem Blick in den Spiegel daran erinnerte, dass er älter geworden war.
Oberkommissarin Elena Dietrich stand neben Viktoria im Wasser und beobachtete sie bei ihrer Arbeit. Es machte Elena nichts aus, dass auch sie nasse Füße bekam.
Jakob Lorenz-Schultheiß mochte Elena sehr. Sie war eine gute Polizistin, intelligent, engagiert, kompetent und gebildet, und sie

arbeitete sehr strukturiert. Außerdem war sie eine gutaussehende Frau, was für ihre Arbeit natürlich völlig unwichtig war, doch Elena stellte ihr gutes Aussehen bewusst gerne zur Schau. Die Polizistin trug ihre fülligen dunkelblonden Haare kurz, ihre hohen Wangenknochen und ihr spitzes Kinn verliehen ihrem Gesicht ein markantes Aussehen. Elena zog gerne enge Stoffhosen, enge Jeans oder hin und wieder auch enge Jeansröcke an, die ihren knackigen Hintern und ihre schlanken Beine besonders betonten. Die Oberkommissarin war sich ihrer Ausstrahlung durchaus bewusst. Wenn Männer sie anstarrten, reagierte sie selten darauf, denn sie fühlte sich zu Frauen hingezogen. Seit ihrem Coming-out ging sie weniger diskret mit ihrer sexuellen Orientierung um, worunter die Beziehung zu ihren Eltern sehr litt. Auch Jakob hatte anfangs nicht verstanden, dass Elena in dieser Beziehung anders war, denn seine Vorstellung weiblicher Sexualität war überholt. Erst Romy hatte ihm in vielen Diskussionen zu einer moderneren Einstellung verholfen. Seitdem war Diversität für Jakob kein Fremdwort mehr, was Elena sehr half, besser mit ihm klarzukommen. Vor achtzehn Monaten war sie auf eigenen Wunsch nach Hachenburg versetzt worden, um etwas Erfahrung in einer anderen Umgebung zu sammeln. Nach einiger Zeit der Eingewöhnung fühlte Elena sich in Hachenburg sehr wohl. Die Cafés und Restaurants in der Stadt boten eine reichhaltige Auswahl an Speisen und Getränken in gemütlicher Atmosphäre an. Die vielen Geschäfte luden zum Bummeln und Einkaufen ein und am Alten Markt, dem Zentrum des spätmittelalterlichen barocken Stadtkerns, konnte man einen Blick auf die aufwendig sanierten Fachwerk- und Giebelhäuser aus dem siebzehnten und achtzehnten Jahrhundert, auf die historische Schlosskirche und auf die barocke Franziskanerkirche werfen. Nach einer Stadtführung interessierte sich Elena sehr für die Geschichte der Stadt, die schon im Mittelalter Bedeutung gehabt hatte und ihre Stadtrechte bereits im Jahr 1314 bekommen hatte. Eine Besichtigung des Landschaftsmuseums mit seinem Museumsdorf, in dem man die Geschichte des bäuerlichen Lebens im Westerwald und dessen Kulturgeschichte vom achtzehnten bis zum zwanzigsten Jahrhundert hautnah nachvollziehen

konnte, hatte Elena noch nicht geschafft. Natürlich bot Hachenburg auch viele moderne kulturelle Veranstaltungen für Jung und Alt. Auch in dieser Beziehung hatte Elena Nachholbedarf.
Jakob war froh, Elena an seiner Seite zu haben. Er konnte sich blind auf sie verlassen. Und für Elena war Jakob inzwischen mehr als ein Kollege. Den empathischen Hauptkommissar machte es wütend, wenn Elena als die hübsche Lesbe im Polizeidienst bezeichnet wurde. Inzwischen stand er fest an Elenas Seite. Immer wenn abfällig über Elena gesprochen wurde, fragte er seine intoleranten Kollegen provokativ, ob sie die Vorstellung lesbischer Liebe scharf machen würde. Das genügte meistens, um das respektlose Gerede zu stoppen. Schon deshalb schätzte Elena Jakob sehr. Im Revier genoss er einen guten Ruf, er galt als passionierter Kriminalist mit einer hohen Aufklärungsquote. Nur mit seinen zum Teil pragmatischen und oft unkonventionellen Ermittlungsmethoden war Elena nicht immer einverstanden, denn hin und wieder überschritt Jakob die Grenzen zwischen Erlaubtem und Unzulässigem – und verleitete dadurch auch Elena es zu tun. Einst war Jakob nur knapp einem Disziplinarverfahren entgangen, aber davon wusste Elena nichts. Privat verstanden sich Elena und Jakob ebenfalls gut. Auch Romy hatte Elena sehr in ihr Herz geschlossen, was auch umgekehrt der Fall war. Elena war eine durchsetzungsfähige, toughe Frau, aber momentan etwas dünnhäutig. Ihre Gefühle spielten Achterbahn, denn sie hatte seit knapp einem Jahr eine mehr oder weniger geheime Affäre mit Katja, einer verheirateten, zwei Jahre älteren Frau, die in Koblenz lebte und als Hubschrauber-Pilotin auf einem Rettungshubschrauber eingesetzt war. Immer wieder versprach sie Elena, sich von ihrem Mann zu trennen, aber noch machte Katja keinerlei Anstrengungen, ihr Versprechen einzulösen. Das ging jetzt schon seit einigen Wochen so. Jakob und Romy hatten längst bemerkt, wie sehr Elena unter ihrer Situation litt. In einem langen Gespräch von Frau zu Frau hatte Romy Elena neulich empfohlen, Katja ultimativ zu einer Entscheidung aufzufordern, aber Elena konnte sich dazu nicht durchringen. Insgeheim hatte sie längst beschlossen, noch eine Weile um ihre Liebe zu kämpfen.

4

Jakob ging vorsichtig vor der Brücke hinunter ans Ufer der Nister und blieb zögernd dort stehen. Viktoria forderte ihn energisch auf, sich die Leiche aus der Nähe anzuschauen. Jakob zögerte, doch ihm war klar, dass er es nicht vermeiden konnte. Also watete er ins Wasser und ging neben Viktoria und der Leiche in die Hocke. Er fluchte kurz, denn jetzt wurden auch seine Füße unangenehm nass.
»Na dann mal los, was könnt ihr mir schon berichten?«, fragte er schließlich seine beiden Kolleginnen, während er sich die Leiche betrachtete.
Elena warf einen flüchtigen Blick auf ihren Notizblock. »Der Klassiker«, begann sie. »Eine Joggerin hat ihn heute Morgen gefunden. Es handelt sich um eine männliche Leiche, geschätzt etwa Ende vierzig bis Anfang fünfzig, einen Meter dreiundsiebzig groß, durchschnittlich muskulös.«
»Der Mann hat einen heftigen Schlag von hinten auf seinen Schädel abbekommen. Mit einem schweren, runden Gegenstand. Ich sag mal … mit einem Baseballschläger, damit ihr eine Vorstellung habt, es kann sich aber auch um einen anderen Gegenstand gehandelt haben. Ähnliche Maße, glatt, vermutlich aus Holz. Damit hat man ihm noch die Stirn und das Gesicht zertrümmert. Post mortem, wie mir scheint. Der erste Schlag auf den Hinterkopf war wahrscheinlich tödlich, aber ich mag mich noch nicht festlegen«, ergänzte Viktoria mit Blick zur Leiche und sprach weiter: »Ich muss ihn mir aber noch genauer anschauen. Wenn eine Autopsie angeordnet wird, und davon gehe ich aus, findet sie in Koblenz statt. Ich werde mich persönlich darum kümmern, dass es nicht lange dauert, bis damit angefangen wird.«
»Vicky, wie lange liegt er schon hier?«, wollte Jakob wissen.
»Schwer zu sagen, schon weil die Leiche im Wasser liegt. Wegen des niedrigen Wasserstands ist der Tote nicht vollständig eingetaucht, das macht eine erste Aussage umso schwieriger. Wir müssen den Todeszeitpunkt noch genauer berechnen.«
»Wie ich dich kenne, hast du trotzdem schon eine Idee, Vicky.« Jakob warf Viktoria einen intensiven Blick zu.

»Ja, aber bitte, das ist unverbindlich. Nach meiner groben Schätzung ist der Mann zwischen halb vier und halb sechs heute Morgen getötet worden und kurz danach hat man ihn hier von der Brücke runtergeworfen. Die Leichenstarre ist noch nicht vollständig ausgeprägt.«
»Wir stehen hier nicht am Tatort?«
»So ist es. Auf dem Parkplatz drüben steht ein alter grüner VW-Golf IV mit einem Westerwälder Kennzeichen. Das Auto ist nicht abgeschlossen und der Schlüssel steckt. Die Kolleginnen und Kollegen von der Spurensicherung untersuchen es gerade genauer. Wir nehmen an, dass das Opfer mit diesem Auto hierher zum Parkplatz gekommen ist.« Viktoria konnte nicht weiter cool bleiben. Ihre Stimme verriet, dass ihr das Aussehen des stark zugerichteten Opfers unter die Haut ging. Viktoria hatte schon grausamer entstellte Opfer gesehen und wie immer bemühte sie sich, ihren Job routiniert und mit Distanz zu erledigen. Meistens gelang ihr das auch, aber heute fiel es ihr schwer. Sie wandte ihren Blick von dem Toten ab und sah Jakob an. »Direkt vor dem VW-Golf wurde Blut gefunden. Viel Blut. In dem Auto selbst wurden aber keine Blutspuren entdeckt. Es deutet somit alles darauf hin, dass der Parkplatz der Tatort ist.«
»Wenn wir geahnt hätten, dass der Mann auf dem Parkplatz getötet wurde, hätten wir unsere Einsatzfahrzeuge woanders abgestellt. Florence und ihre Kolleginnen und Kollegen von der Spurensicherung werden trotzdem versuchen, Reifen- und Fußspuren zu finden und zu dokumentieren«, warf Elena ein.
»Gibt es irgendwelche Hinweise auf die Identität des Opfers?« Jakob schaute Elena ungeduldig an.
»Bisher nicht. Er trug weder eine Geldbörse noch eine Brieftasche bei sich, auch kein Handy. Nur eine billige Armbanduhr an seinem linken Arm, die sogar noch läuft«, antwortete Elena. »Ich bin gespannt, was die Untersuchung des Autos ergibt.«
»Erste Hinweise zum Tatverlauf?«
Elena wiegte ihren Kopf hin und her. »Noch ein bisschen früh, aber nach meiner Theorie waren es zwei Täter. Jemand hat ihn aus dem Auto gelockt, eine weitere Person hat ihn dann blitzschnell von hin-

ten erschlagen. Dann hat man ihn so fürchterlich zugerichtet und anschließend die Leiche hierhin zur Brücke geschleift ...«
»Die Spurensicherung hat Blut und entsprechende Schleifspuren entdeckt. Den Abrieb seiner Schuhe«, fügte Viktoria hinzu.
»Du glaubst, es waren zwei Täter?« Jakob blickte Elena fragend an.
»Ja, davon gehe ich tatsächlich aus. Es braucht viel Kraft, um eine Leiche über das Geländer der Brücke hinüberzuheben.«
»Ich glaube auch, es waren zwei. Mindestens«, meinte Viktoria. »Das Opfer hat die Täter möglicherweise gekannt oder ihnen vertraut. Ich habe am Körper des Toten bisher keine Abwehrspuren entdeckt.«
Der Hauptkommissar zog seine Stirn kraus. »Hm, ... dieser Ort muss eine Bedeutung haben. Warum ausgerechnet hier? Was wollte der Mann hier um diese Uhrzeit?«
»Er wollte bestimmt nicht spazieren gehen. Und seine Kleidung weist auch nicht darauf hin, dass er joggen war«, merkte Viktoria mit sarkastischem Unterton an.
»Er wurde aus irgendeinem Grund hierher bestellt. Der oder die Täter mussten gut darauf vorbereitet gewesen sein. Hier lag unter Garantie nicht zufällig ein Baseballschläger herum.« Elena warf einen weiteren Blick auf die Leiche.
»Hm, scheint zu passen«, meinte Jakob leise. »Es war eine geplante Tat. Das sagt mir schon mein Bauch.«
»Übrigens, allem Anschein nach wurde er mit den Füßen zuerst nach unten geworfen«, sagte Viktoria.
»Wie abgebrüht ist das denn?«, fragte Jakob nachdenklich. »Die Täter erschlagen ihn hier an einem viel besuchten Ort, demolieren dann noch sein Gesicht, machen sich die Mühe und schleppen die Leiche hier zur Brücke, werfen sie in den Fluss und gehen das hohe Risiko ein, dabei ertappt zu werden?«
»Na ja, zum Zeitpunkt der Tat war hier bestimmt noch nichts los«, meinte Elena.
»Wie kannst du dir da so sicher sein? Wir befinden uns hier immerhin in einem beliebten Wandergebiet.«
Elena ließ sich nicht beirren. »Wer geht so früh schon wandern?«
»Was ist mit dem Klosterbetrieb?«, erkundigte sich Jakob.

»Die Laudes beginnt sonntags erst um sieben Uhr in der Abteikirche«, erklärte Viktoria.

»Laudes?«, fragten Elena und Jakob fast gleichzeitig.

Viktoria hob ihren Kopf und sah die beiden an: »Das Morgengebet wird Laudes genannt.«

»Du kennst dich aus?«, fragte Elena.

»Ein bisschen. Meine Mutter hat meine Schwester und mich katholisch erzogen. Manchmal mussten wir sie hierhin zur Messe begleiten. Aber das war okay für mich.«

»Ich wuchs in einem evangelischen Umfeld auf«, schob Jakob ein, »aber Romy ist auch katholisch.«

»Zurück zu unserem Fall«, sagte Elena. »Der Parkplatz ist von Bäumen umgeben und vom Abteigelände aus nicht einsehbar«, erklärte sie und setzte ihre Sonnenbrille auf. »Gut möglich also, dass niemand irgendetwas beobachtet hat, wenn die Täter sich beeilt haben.«

»Aber die Brücke ist vom vorderen Abteigelände aus einsehbar«, stellte Jakob fest. »Ein gefährliches Spiel der Täter. Man hätte sie sehen können. Das konnten sie nicht ausschließen. Die Tat zeugt von einer unglaublichen Kaltblütigkeit der Täter.« Jakobs Gesicht verdüsterte sich. Er ging erneut in die Hocke und schaute sich die Leiche nochmals an. Ohne sich aufzurichten und ohne seinen Blick von der Leiche abzuwenden, fragte er: »Habt ihr schon nach der Tatwaffe suchen lassen?«

»Wir haben mit ein paar Leuten das nähere Gelände hier grob abgesucht und bisher nix gefunden, aber ich habe eine Suchstaffel in Koblenz angefordert«, antwortete Elena.

»Gibt es hier irgendwelche Kameras?«

»Nee, hier gibt's leider keine Kameras. Nicht auf dem Parkplatz und auch nicht auf dem Abteigelände. Übrigens, … ähm, … hätte ich mehr Druck ausüben sollen, um einen Hubschrauber zur Tätersuche zu bekommen?« Elena befürchtete, einen groben Fehler gemacht zu haben.

Jakob hob beschwichtigend seine rechte Hand und erklärte: »Das zu managen wäre meine Sache oder die unseres Chefs gewesen, aber so ist es auch okay. Solange kein Heli hier herumfliegt, vermeiden wir, dass die halbe Westerwaldbevölkerung von der Sache Wind bekommt, noch bevor wir uns ein Bild über die Lage verschafft haben.«

»Hoffentlich gibt es im Nachhinein keinen Ärger deswegen«, sagte Elena missmutig.

»Vergiss es«, erwiderte Jakob. »Irgendwer ist hinterher immer schlauer. Wird die Suchstaffel Hunde mitbringen?«

»Ja«, bestätigte Elena. »Die Kolleginnen und Kollegen werden nicht nur nach der Tatwaffe suchen, sondern selbstverständlich auch nach verdächtigen Personen Ausschau halten.«

»Ist die Suchstaffel mit einer Drohne ausgerüstet?«

»Das war noch offen, als ich mit dem Einsatzleiter telefoniert habe. Er konnte noch nicht sagen, ob die Spezialisten mit der Drohne zur Verfügung stehen. Ich habe ihm deine Rufnummer gegeben. Er wird sich mit dir in Verbindung setzen, sobald er mit seinen Leuten hier eintrifft.« Elena riss einen Zettel aus ihrem Notizblock heraus und gab ihn Jakob. »Das sind die Kontaktdaten des Einsatzleiters der Suchstaffel«, sagte sie.

»Okay«, bedankte sich Jakob. »Jetzt brauchen wir nur noch jemanden für die Befragung der Leute, die in der Kirche am Morgengebet teilnehmen …«

Elena fiel Jakob ins Wort: »Darum hab ich mich schon gekümmert. Mit Müh und Not konnte ich uns heute früh schon Kriminalkommissar Jonas Gerhards aus Willems Team zuteilen lassen. Kennst du ihn? Er steht bereits am Eingang der Kirche und wartet. Das Morgengebet ist gleich zu Ende, glaube ich. Jonas wird allen Besuchern auf den Zahn fühlen und sich etwas umsehen. Nebenbei bemerkt, die Buchhandlung und das Brauhausrestaurant sind noch geschlossen.«

Jakob nickte lächelnd. »Danke. Gut gemacht, Elena. Natürlich kenne ich Jonas, den blonden Hünen. Ein guter Polizist. Er soll bitte auch die Aussagen der Mönche und des Abtes aufnehmen.«

»Jonas macht das schon. Ihm entkommt so leicht keiner aus der Kirche.« Elena blieb ernst. Sie grübelte und kam zu dem Schluss,

dass ein Hubschraubereinsatz hilfreich gewesen wäre, schon um ein professionelles Vorgehen der Polizei in der Öffentlichkeit zu untermauern. Sie hätte mit harten Argumenten darauf drängen sollen, bei Kriminalrat Grothe-Kuhn, dem Chef des Kommissariats, und auch bei Jakob. Möglicherweise hätte eine der Hubschrauberbesatzungen mit ihrem Heli ihren anderweitigen Einsatz abbrechen und die Suche hier vor Ort unterstützen können, wenn Jakob und Grothe-Kuhn an den richtigen Stellen entsprechendes Gewicht in die Waagschale geworfen hätten. Andererseits, wonach beziehungsweise nach wem hätte die Heli-Besatzung suchen sollen? Noch hatten die Kriminalisten keine Hinweise von irgendwelchen Zeugen, aber der Hubschrauber hätte die Täter aufschrecken und zu Fehlern verleiten können, wenn sie sich noch in der Nähe aufhielten. Der Hauptkommissar sah Elena an. Ihr Gesichtsausdruck sprach Bände. Jakob ahnte, was Elena dachte, aber er reagierte nicht darauf. Er blickte in Richtung Parkplatz und bat Elena, ihm zu folgen. »Ehe wir mit Florence reden und uns das Auto des Opfers genauer anschauen, möchte ich noch kurz mit der Joggerin sprechen, die die Leiche gefunden hat. Ist sie noch hier?«
»Selbstverständlich. Die Kollegen haben bereits ihre Personalien aufgenommen und sie befragt. Sie ist immer noch sehr aufgeregt und ruht sich jetzt in einem unserer Einsatzfahrzeuge aus. Eine Kollegin der Schutzpolizei ist bei ihr.«
Viktoria Krämer hielt Jakob am Arm fest: »Wenn ihr jetzt geht, … ich lasse den Toten jetzt wegschaffen. Ist das für euch in Ordnung?«
»Ja, okay. Wenn du fertig bist, alles fotografiert und vermessen ist, weg mit der Leiche. Je weniger Aufmerksamkeit der Fall auf sich zieht, desto besser. Es kann nicht mehr lange dauern, dann wimmelt es hier von Besuchern und Neugierigen.«
»Und dann wird auch die Westerwälder Gerüchteküche bald brodeln«, meinte Viktoria. »Die Leute reden.«
»Keine Besucher und keine Neugierige. Wir sperren das Gelände besser bis auf Weiteres komplett ab. Nicht nur den Parkplatz und den Fundort«, empfahl Elena energisch.
»Jep, das machen wir. Solange Florence und die Suchstaffel zugange

sind, will ich hier keine fremden Leute sehen!«, befahl Jakob.
»Okay.« Elena griff zu ihrem neuen Smartphone. Jakob wartete, bis Elena das Telefonat beendet hatte. »Ich habe noch einen kleinen Auftrag«, sagte er anschließend mit Blick zu ihr. »Schick bitte Info-E-Mails an unseren Chef, an die Pressestelle und an die Staatsanwaltschaft. Bring sie auf den aktuellen Stand und schreibe ihnen, wenn sich die Presseleute melden, mögen sie denen bitte nur die absolut notwendigen Informationen geben. Ansonsten sollen sie den Ball möglichst flach halten. Sprachregelung so nach dem Motto: Es wurde eine männliche Leiche bei der Abtei Marienstatt gefunden, Todesursache noch unklar, bla, bla, bla, Staatsanwaltschaft und Kripo haben die Ermittlungen aufgenommen, und so weiter. Du weißt schon.«
Elena nickte, machte sich Notizen und ermahnte Jakob, Schuhüberzieher anzuziehen und mit ihr zum Parkplatz zu gehen, um die Joggerin zu befragen.
»Wir sind gleich weg«, rief Viktoria Jakob nach. »Ich melde mich bei euch, sobald ich die Ergebnisse der Autopsie habe.«
»Danke, Vicky. Gut gemacht, wie immer.«
»Der Fall interessiert mich. Ich möchte wissen, wer ihn getötet hat an diesem heiligen Wallfahrtsort hier.« Viktoria packte ihre Sachen zusammen, winkte ihre Kolleginnen und Kollegen herbei und gab ihnen entsprechende Anweisungen. Jakob blieb stehen und drehte sich zu Viktoria um: »Wir werden schon noch herausfinden, wer hier gegen das fünfte Gebot verstoßen hat und warum.«
»Bist du sicher, dass es das Fünfte ist?« Viktoria schmunzelte. Sie schien ihr Entsetzen überwunden zu haben.
»Ja. Im sechsten Gebot geht es um Ehebruch und das ist längst keine Straftat mehr. Nichtsdestotrotz kann Fremdgehen böse Folgen haben.« Jakob lächelte Viktoria an, doch sie spürte, dass es wieder einer seiner nicht ernst gemeinten Flirtversuche war und tat uninteressiert. Elena unterbrach die beiden: »Schade, dass ich die idyllisch gelegene Abtei auf diese Weise kennenlernen musste.«
»Du warst noch nie hier, Elena?«, wollte Viktoria wissen.
»Nein, ich bin nicht fromm … und als lesbische Frau würde ich

ganz bestimmt nicht in die Kirche gehen wollen. Erst recht nicht gemeinsam mit meiner Freundin. Auf böse Blicke und blödes Geschwätz kann ich verzichten.«

»Oh, äh ... ja, ... natürlich, das verstehe ich sehr gut.« Viktoria nahm sich vor, Elena zukünftig unter die Arme zu greifen, wenn es notwendig würde. Sie mochte die Polizistin.

5

Die Joggerin saß auf dem Beifahrersitz in einem der Streifenwagen bei geöffneter Tür. Elena und Jakob bemerkten schnell, dass es ihr nicht gutging. Ihr Gesicht war kreidebleich und man sah ihr an, dass sie noch unter Schock stand. Jakob schätzte ihr Alter auf etwa Mitte dreißig. Die Kollegin von der Schutzpolizei war immer noch bei ihr und redete beruhigend auf sie ein.

»Ich bin Oberkommissarin Dietrich«, sagte Elena zu ihr und zeigte auf Jakob. »Und das ist Hauptkommissar Lorenz-Schultheiß. Wir möchten uns kurz mit Ihnen unterhalten, danach lassen wir Sie umgehend nach Hause bringen.« Jakob und Elena zeigten ihr ihre Dienstausweise, aber die Joggerin würdigte die Ausweise keines Blicks. Stattdessen schaute sie Elena und Jakob wortlos an, stieg aus dem Auto aus und gab der Polizistin mit einem dankbaren Nicken die Decke zurück, die man ihr gegeben hatte, damit sie ihre vom Joggen verschwitzte Haut und ihre Sportkleidung trocknen konnte. Dann löste sie scheinbar erleichtert ihren Pferdeschwanz, sodass ihre brünetten Haare bis zu ihrer Schulter fielen. Elena betrachtete die Joggerin. Sie trug ein ärmelloses rotes Laufshirt, darunter einen Sport-BH, schwarze Jogging-Shorts und feste Laufschuhe. In Hüfthöhe rechts trug sie eine Bauchtasche. Ihre Arme und Beine waren muskulös. Elena ging davon aus, dass sie mit einer Hochleistungssportlerin redeten.

»Wir wissen, dass Sie schon eine Aussage gemacht haben«, begann Elena erneut, »aber bitte sagen Sie uns, wer Sie sind und wie Sie die Leiche heute Morgen gefunden haben.«

Die Joggerin sprach mit gedämpfter Stimme: »Also gut, mein Name ist Anne Martens. Ich bin dreiunddreißig und wohne drüben in Limbach. Ich mache, … ich trainiere für einen Marathonlauf. Momentan laufe ich morgens sehr früh meine Runde, wenn es noch nicht so heiß ist. Als ich heute Morgen über das Abteigelände in Richtung Parkplatz lief, merkte ich, dass sich die Schnürsenkel meines rechten Schuhs gelöst hatten. Deshalb hielt ich auf der Brücke an, um meine Schuhe zu binden. Dann sah ich ihn da unten liegen. Schrecklich.«

»Was taten Sie anschließend?«

»Mich packte das Grauen. Ich war wie gelähmt und bekam Angst. Aber dann traute ich mich und lief hinter der Brücke am Ufer runter zu dem Mann. Ich fühlte seinen Puls und stellte fest, dass er tot ist. Grauenhaft, wie sein Gesicht aussah. Seine Verletzungen und seine toten blauen Augen werde ich niemals vergessen.« Anne Martens kämpfte gegen ihre Emotionen an.

»Wann fanden Sie die Leiche heute Morgen?«, erkundigte sich der Hauptkommissar.

Die Joggerin zog wortlos ihr Smartphone aus ihrer Bauchtasche heraus. Sie rief die Anrufliste auf und gab das Handy dem Polizisten. Jakob schaute auf das Display: »Okay, Sie haben die Notrufnummer um sechs Uhr dreizehn gewählt.« Er gab der Joggerin ihr Handy zurück. »Wie viel Zeit verging zwischen dem Auffinden der Leiche, bis Sie den Anruf tätigten?«

»Das kann ich nicht mehr genau sagen, warum sollte das wichtig sein?«

»Bitte beantworten Sie einfach nur unsere Fragen«, bat Elena Anne Martens ruhig.

»Vielleicht drei bis fünf Minuten.«

»Wie verhielten Sie sich nach dem Telefonat?«

»Der Polizist am Telefon sagte mir, ich soll einen möglichst sicheren Platz aufsuchen und wieder zur Brücke kommen, sobald die Polizei eintrifft. Er würde mich dann anrufen.«

»Und wo gingen Sie hin?«

»Ich lief zur Kirche, aber so verschwitzt wie ich war und in diesen engen Sportklamotten traute ich mich zuerst nicht in die Kirche hineinzugehen. Ich war mir sowieso nicht sicher, ob schon jemand in der Kirche drin war, dem ich mich hätte anvertrauen können, und alleine mochte ich da nicht reingehen. Ich zögerte, ich überlegte, bekam Angst. Dann dachte ich, die Kirche ist vermutlich der sicherste Platz, also gehst du da jetzt doch rein und hoffst, dass schon jemand da ist, und wenn nicht, musst du irgendwie die Mönche informieren, aber ich beschloss, vorher meinen Mann anzurufen. Ich blieb am Eingangsportal der Kirche stehen, um zu telefonieren, aber mein Mann ging nicht ans Telefon. Diese Schlafmütze. Er hat eben erst zurückgerufen.«

»Machen Sie sich keine Vorwürfe. Sie haben alles richtig gemacht, obwohl Sie unter Schock standen«, beruhigte Elena die Joggerin.

»Meinen Sie?«, entgegnete Anne Martens. »Aber es dauerte dann ja auch nicht lange, bis die Polizei eintraf. Ich kam nicht mehr dazu, in die Kirche zu gehen. Ich sah das Polizeiauto und rannte zurück zur Brücke«, erklärte Anne Martens.

»Als Sie die Leiche fanden, war da sonst noch jemand hier, ist Ihnen irgendetwas Verdächtiges aufgefallen?«, fragte Jakob.

»Ich habe niemanden gesehen. Die Ersten, die kamen, waren vermutlich die Leute, die am Morgengebet teilnehmen wollten. Die trudelten aber erst nach dem Eintreffen der Polizei ein. Ihre Kollegen haben die Besucher nicht auf den Parkplatz fahren lassen. Aber an der Zufahrt zum Abteigelände und gegenüber dem Biergarten kann man auch parken. Das wissen Sie sicher.«

»Ja, das ist uns bekannt«, sagte Lorenz-Schultheiß. »Standen dort bereits Autos, als Sie hier entlangliefen?«

»Nein ... und ob auf dem anderen Parkplatz Autos standen, da habe ich nicht drauf geachtet.«

Jakob blickte Anne Martens ernst an. »Kannten Sie den Mann?«

»Nein, nie gesehen.«

»Entschuldigen Sie, wenn ich so direkt bin, wenn Sie ärztliche oder psychologische Hilfe benötigen, können wir das gerne organisieren.« Jakob hätte die Joggerin am liebsten in die Arme genommen und getröstet.

Anne Martens holte tief Luft. »Nein, das ist wirklich nicht nötig. Ich bin okay. Der Notarzt hat mir etwas gegeben.«

»Notarzt?«, fragte Jakob. Er schaute sich suchend um.

»Das Rettungsteam ist schon wieder weggefahren. Ein anderer dingender Einsatz«, schob Elena ein.

»Der Arzt wollte mich in ein Krankenhaus bringen lassen, ... das ... das hab ich abgelehnt. Ich brauche nur ein bisschen Ruhe, aber ... kann ich jetzt heim?«, stammelte die Joggerin mit flehendem Blick.

»Okay, ja, in Ordnung, Frau Martens. Das war's für den Augenblick.«

Jakob winkte einen Polizisten heran. Elena erriet, dass Jakob dem Polizisten den Auftrag geben wollte, Anne Martens nach Hause zu fahren und entschied, das nicht dem Kollegen zu überlassen. Sie nahm Anne Martens beiseite. »Ich fahre Sie besser persönlich nach Hause.« Elenas Worte klangen wie ein Befehl. Dann sah sie Jakob fragend an. Der Hauptkommissar nickte billigend und gleichzeitig überreichte er Anne Martens eine seiner Visitenkarten.

»Wenn es Ihnen besser geht, kommen Sie bitte am Montagvormittag aufs Revier in Hachenburg, wir müssen Ihre Aussage protokollieren und Sie müssen das Protokoll unterschreiben.«

»Kann ich auch am Nachmittag kommen? Ich muss arbeiten.«

»Aber natürlich. Sie können gerne auch nachmittags vorbeikommen«, antwortete Elena für Jakob. »Was machen Sie beruflich?«

»Ich bin Lehrerin. Ich unterrichte Sport und Englisch hier am privaten Gymnasium Marienstatt.

Jetzt in den Ferien arbeite ich nebenbei an den Wochentagen vormittags ein paar Stunden als Bademeisterin.«

»Aber dann hätten Sie sich doch auch im Gymnasium in Sicherheit bringen können«, meinte Elena.

»Das Gymnasium liegt ziemlich versteckt hinter dem Kloster, von hier aus gesehen. Ich war nicht mutig genug, um dorthin zurückzulaufen. Außerdem wäre ich dort wohl alleine gewesen. Ich hatte auch meinen Schlüssel nicht dabei.«

»Ich glaube, ich muss mir das Gelände hier doch noch einmal näher anschauen, nicht nur aus beruflichen Gründen«, merkte Elena an.

Anne Martens seufzte. »Das kann ich Ihnen nur empfehlen. Es ist wunderschön hier. Zu jeder Jahreszeit. Die Abtei ist für viele Besucher ein magischer Ort, wenn nicht gerade so etwas Schreckliches passiert.«

»Hi Jakob, wie geht's dir?« Florence Fuchs strahlte Jakob an. Sie stand am Kofferraum eines der Autos der Spurensicherung, zog ihre Latexhandschuhe aus und klappte die Kapuze ihres Schutz-

anzugs nach hinten weg. Jakob umarmte die Kriminaltechnikerin freundschaftlich. »Mir geht's gut, Flo, danke. Und dir?«
»Na klar geht's mir gut.« Florence küsste Jakob auf die Wange, dann löste sie sich von ihm. Zwei Strähnen ihrer langen, lockig blonden Haare glitten der Einunddreißigjährigen ins Gesicht, während sie sich in den Kofferraum hinein bückte, in einen Picknickkorb zu einer Thermoskanne griff und einen Pappbecher mit Kaffee füllte. Jakob warf einen sehnsüchtigen Blick auf Florence und den Pappbecher, den sie in ihrer linken Hand hielt.
»Kapiert«, sagte Florence grinsend. »Wenn du mich so anschaust, brauchst du dringend einen Kaffee, bevor ich dir berichte, was wir gefunden haben.«
»Du bist ein Schatz«, meinte Jakob. »Das Angebot lehne ich nicht ab. Eine kurze Kaffeepause würde mir jetzt guttun.«
Florence stellte ihren Becher behutsam im Kofferraum ab und griff in den Picknickkorb. »Halte mal«, sagte sie und drückte Jakob einen leeren Pappbecher in die Hand, den sie anschließend mit einem Schuss Zucker aus einem Zuckerbeutelchen und anschließend mit Kaffee füllte. Sie wusste, wie Jakob seinen Kaffee am liebsten mochte. »Trink langsam«, empfahl sie ihm. »Der ist sehr heiß.«
Jakob hielt den Becher unter seine Nase und genoss den Duft des Kaffees. Vorsichtig trank er einen Schluck. »Klasse«, sagte er anerkennend. »So muss ein Kaffee sein. Damit kannst du Tote aufwecken.«
»Hm, darüber macht man lieber keine Witze. Nicht an einem Tatort«, meinte Florence mit ernster Miene.
»Entschuldigung, du hast recht.« Verlegen blickte Jakob Florence an. »Verschafft dir dein Job noch Befriedigung, Flo?«, erkundigte er sich.
Florence setzte ihr charmantes Lächeln auf. »Ja, schon, … allerdings wirst du bald für eine Weile auf meine Dienste verzichten müssen.«
»Aha, du bist schwanger«, stellte Jakob augenzwinkernd fest.
»Du weißt das schon?«, fragte Florence verblüfft.
Jakob grinste. »Es war nicht schwer zu erraten.«
»Ja, es stimmt. Ich bin im dritten Monat.«
»Darf ich fragen, wer der Vater ist?« Jakob schien besorgt. Er wusste, dass Florence ihr bisher unabhängiges Leben sehr mochte.

»Du bist ein guter Ermittler«, meinte Florence. Sie lächelte noch immer. »Finde es heraus.«

»Entschuldigung, ich war mal wieder zu neugierig. Hauptsache, du fühlst dich wohl und du kommst mit der neuen Situation klar. Wenn Romy und ich etwas für dich tun können, lass es uns wissen.«

»Das ist lieb, Jakob. Darauf komm ich sehr gerne zurück.«

»Wirst du dein Motorrad verkaufen?«

»Das habe ich noch nicht entschieden.«

Florence und Jakob kannten sich schon lange. Die Kriminaltechnikerin gehörte organisatorisch nicht zum Kommissariat KK 42 in Hachenburg, sondern zu einer Dienststelle in Koblenz, die sich mit allen Aufgaben der modernen Forensik befasste. Jakob und sein Team forderten Florence oft und gerne an. Sie war eine anmutige Frau und eine umgängliche Persönlichkeit, äußerst kompetent und erfahren – und sie wohnte in der Nähe.

»Seid ihr hier fertig?«, fragte Jakob.

Florence schälte sich schwitzend aus dem Schutzanzug. »Ja, so gut wie. Wir haben Fingerabdrücke, Haare und Hautpartikel in dem Auto gefunden. Sobald wir unsere Analysen abgeschlossen haben, rufe ich euch an.«

»Perfekt!«, lobte Jakob.

»Die Kollegen werden sich das Auto noch genauer anschauen, aber wir waren fix und haben schon mal kurz telefonisch eine Halterabfrage gemacht. Das Auto gehört einer Dame aus Montabaur, sie heißt Brunhilde Bergh …«

Jakob hakte nach: »Brunhilde Bergh? Wir müssen checken, wer das ist. Sende die Daten bitte an Elenas Handy. Wir kümmern uns nachher gleich darum.«

»Brunhilde Bergh ist möglicherweise mit dem Opfer verwandt«, bemerkte Florence selbstbewusst.

»Ihr habt Hinweise auf seine Identität?«

»Eher eine erste Spur«, berichtete Florence trocken. »Im Handschuhfach des Autos fanden wir einen Umschlag und der enthielt einen Luftfahrerschein für Luftsportgeräteführer, untertitelt mit Sport Pilot Licence. Was auch immer das für eine Lizenz ist, ausgestellt

wurde sie vom Deutschen Aero-Club auf den Namen Klaus-Thomas Bergh. Die Lizenz enthält eine Lizenz-Nummer und Berghs Adresse in Hannover, aber kein Passfoto.« Florence zeigte Jakob die Lizenzpapiere, die sie in eine Asservatentüte gesteckt hatte. Jakob warf nur einen flüchtigen Blick darauf. »Bevor ich mir das näher anschaue, hast du bitte noch einen Kaffee für mich?«
»Ja klar, gerne.«
Florence und Jakob setzten sich nebeneinander auf die Kofferraumkante von Florences Einsatzfahrzeug und machten es sich bequem. Doch die Ruhe hielt nicht lange an, denn Elena kam zurück und begrüßte Florence mit fragendem Blick. Sie wartete sichtlich ungeduldig auf den Bericht der Kriminaltechnikerin. Während Florence Elena ruhig vortrug, was sie Jakob bereits berichtet hatte, gab Jakob seiner Kollegin wortlos die durchsichtige Asservatentüte mit der Pilotenlizenz und trank genüsslich seinen Kaffee aus.
»Diese Lizenz nennt man im Pilotenjargon UL-Lizenz oder auch Sportpilotenlizenz. Sie berechtigt zum Fliegen von Ultraleichtflugzeugen«, erklärte Elena und fügte hinzu: »Diese Flugzeuge sind leichte Motorflugzeuge. Sie dürfen ein bestimmtes Abfluggewicht nicht überschreiten.«
»Du blickst da durch?«, fragte Florence neugierig.
»Meine Freundin Katja fliegt nicht nur Heli. Wenn sie privat fliegt, dann oft mit dem Ultraleichtflugzeug ihres Vaters. Sein Flugzeug ist recht neu und für ein maximales Abfluggewicht von sechshundert Kilo zugelassen. Mehr ist bei den neuen zweisitzigen Ultraleichten nicht erlaubt in Deutschland, deswegen chartert Katja manchmal auch größere Motorflugzeuge. Damit kann sie bis zu drei Fluggäste mitnehmen.«
»Ist das Fliegen mit so kleinen Flugzeugen nicht gefährlich?«, erkundigte sich Florence.
»Das Gefährlichste am Fliegen ist die Fahrt zum Flugplatz. Vor allem, wenn man mit einem Motorrad dorthin unterwegs ist«, behauptete sie augenzwinkernd.
»Ach wirklich?« Florence fand Elenas Scherz nicht besonders lustig. Sie war eine leidenschaftliche Motorradfahrerin und Elena wusste

es. Die Polizistin bemerkte, dass sie zu weit gegangen war und warf Florence einen entschuldigenden Blick zu.

»Flo, habt ihr weitere auffällige Gegenstände gefunden in dem Auto?«, fragte Jakob, während er von der Kofferraumkante aufstand.

»Aber hallo«, antwortete Florence. Sie stand ebenfalls auf und zeigte Elena und Jakob eine größere Plastiktüte. »Wir haben diese Tüte unter dem Beifahrersitz gefunden. Ich gehe stark davon aus, dass es sich bei diesen blauen Tabletten darin um Ecstasy handelt. Ich lasse das Zeug im Labor untersuchen. Vielleicht kriegen wir dabei sogar raus, wo die Pillen hergestellt wurden.«

»Entweder Eigenbedarf oder das Opfer hat hier mit jemandem ein Drogengeschäft abgewickelt«, meinte Elena.

»Und warum wurde er dann getötet?«, fragte Jakob. Er blickte nachdenklich hinüber zu Elena.

»Findet es heraus!« Florence schaute Elena und Jakob eindringlich an, dann begann sie, ihre Sachen zusammenzupacken.

»Habt ihr verwertbare Reifenspuren gefunden?«, fragte Jakob Florence.

»Es gibt frischen Reifenabrieb auf dem Parkplatz. Direkt neben dem Golf. Zwei Kollegen vermessen und dokumentieren sie gerade. Wird alles in unseren Bericht stehen.«

»Wenigstens etwas«, meinte Jakob missmutig.

»Beim Auto des Opfers und auf dem Weg zur Brücke haben wir übrigens keine verwertbaren Fußspuren gefunden. Es hat wochenlang nicht geregnet«, ergänzte Florence mit entschuldigender Miene.

»Vicky und Elena vermuten mindestens zwei Täter.«

»Es gibt keine eindeutigen Spuren«, erwiderte Florence, »aber sie haben ihn offenbar am Oberkörper gepackt und zur Brücke geschleift. Seine Füße haben sie nicht angehoben. Das wissen wir schon. Welche Rolle ein Dritter dabei hatte, wenn es einen gab, ist also unklar. Aber warum nicht? Es können tatsächlich mehr als zwei Täter gewesen sein.«

»Verfluchter Mist«, entfuhr es Jakob. »Das ist eindeutig zu wenig für den Anfang.«

»Beruhige dich. Ich hab noch eine Kleinigkeit, die euch vielleicht

hilft. Wir haben in der Nähe des VW-Golfs einen kleinen Knopf gefunden«, sagte Florence. »Dunkelgrün, kein Blut dran. Allerdings kann ich euch nicht genau sagen, wie lange der Knopf hier schon gelegen hat, er ist jedenfalls nicht verwittert.« Florence griff in ihren Koffer und zeigte Jakob und Elena den Knopf, den sie ebenfalls in eine Asservatentüte gesteckt hatte.
»Der Knopf passt idealerweise zu einem weißen, blauen oder gelben Poloshirt, oder auch zu Blusen oder Hemden in diesen Farben«, meinte Elena.
»Oder auch zu einem grünen Kleidungsstück«, witzelte Jakob trocken.
»Das Opfer trug ein dunkelrotes T-Shirt, da waren keine Knöpfe dran«, stellte Elena fest.
»Vicky ist sich ziemlich sicher, dass sich der Mann nicht gewehrt hat«, betonte Jakob. »Wir werden trotzdem nicht voreilig ausschließen, dass einer der Täter zur Tatzeit ein Kleidungsstück trug, zu dem der Knopf gehört.«
»Jep«, antwortete Florence. »Ihr kriegt das schon irgendwie raus. Zwei meiner Leute bleiben noch eine Weile hier, falls ihr noch Fragen habt. Ihr bekommt unseren Bericht umgehend und wenn uns vorab etwas Besonderes auffällt, melden wir uns telefonisch.«
»Danke für alles.« Jakob ergriff Florences Hände und sah die Kriminaltechnikerin liebevoll an.
»Nicht dafür. Ich bin froh, dass ich jetzt nach Hause fahren und mir endlich ein ordentliches Frühstück gönnen kann.«
»Gutes Stichwort«, meinte Jakob mit Blick zu Elena. »Lass uns jetzt ins Büro fahren und dort weiterarbeiten. Und vorher fahren wir bei einem Bäcker vorbei. Hoffentlich hat einer geöffnet.«
»Also ich schreibe jetzt zuerst die E-Mails mit der Sprachregelung für die Presse. Dann fahre ich kurz nach Hause und ziehe mich um.« Elena deutete lächelnd auf ihre nassen Jeans und auf ihre nassen Schuhe. Anschließend fischte sie ungestüm ihr Smartphone aus ihrer Hosentasche heraus.
Jetzt spürte auch Jakob wieder seine nassen Füße. Er zog seine Schuhüberzieher aus und betrachtete seine leicht verschmutzte Hose. »Okay,

das macht Sinn«, meinte er grinsend. »Ich muss mich auch umziehen. Wir treffen uns in spätestens einer halben Stunde im Büro.«

Jakob stieg in sein Auto ein, telefonierte kurz mit dem Leiter der Suchstaffel und stimmte sich mit ihm ab. Dann startete er den Motor seines Opel-Kapitäns und genoss den kräftigen Sound des Sechszylinder-Motors. Auf der Fahrt nach Hachenburg entspannte er sich etwas. Alle notwendigen Maßnahmen waren initiiert.

6

Das Gebäude des Hachenburger Polizeireviers, in dem das Kommissariat KK 42 untergebracht war, befand sich auf einem ehemaligen französischen Kasernengelände am nordöstlichen Stadtrand und war erst kürzlich von Grund auf saniert worden. Allerdings waren die Arbeiten an den Außenanlagen noch nicht abgeschlossen. Die Büros und die Besprechungsräume waren mit modernen Büromöbeln eingerichtet und boten den Beamten die modernste Technik für ihre Arbeit. Eine Klimaanlage sorgte für kühle Luft während der heißen Sommertage.

Elena und Jakob trafen kurz nacheinander in ihrem gemeinsamen Büro im zweiten Stock ein. Wenn sie aus den großen Fenstern sahen, hatten sie einen freien Blick auf das die Stadt überragende Hachenburger Schloss. Elena trug Jeans, ein weit ausgeschnittenes blaues T-Shirt und dunkelblaue Sneakers. Auch Jakob hatte sich umgezogen. Er trug ebenfalls Jeans, kombiniert mit einem weißen Hemd und einem dunkelblauen Sakko darüber. Beide hatten sich gerade in der Küche einen Kaffee geholt, ihr Frühstück ausgepackt und auf ihren Bürostühlen Platz genommen, als Jakobs Smartphone klingelte, das auf seinem Schreibtisch lag. Der Hauptkommissar warf einen flüchtigen Blick auf das Display und sah, dass Viktoria die Anruferin war. Mit schlechtem Gewissen gab er das Handy an Elena weiter.

»Verdammt, ich habe Hunger. Ich kann nicht weiterarbeiten ohne Frühstück«, sagte er. Elena widersprach ihm nicht. Lächelnd ergriff sie sein Smartphone, schaute ebenfalls kurz auf das Display, nahm das Gespräch an und schaltete den Lautsprecher an.

»Hallo Vicky, Elena hier. Jakob frühstückt gerade.«

»Ich störe euch nicht lange, aber es ist sicher interessant für euch. Schaut mal ins System. Ich habe die Fingerabdrücke des Toten und ein paar Fotos hinterlegt. Meinen vollständigen Bericht kriegt ihr nach der Autopsie, wie besprochen.«

»Okay, danke, Vicky. Bis später.«

»Keine Ursache. Schönen Sonntag noch.«

Während Jakob ein belegtes Brötchen aß und heißen Kaffee trank, fuhr Elena ihr Notebook hoch. »Was meinst du, Jakob? Waren es Profis, die ihn getötet haben? Haben sie ihm das Gesicht so fürchterlich zugerichtet, damit er nicht direkt erkannt werden kann?«
»Hm, schwer zu sagen, aber ich glaube das eher nicht. Profis hätten ihn auf andere Art umgebracht und nicht an diesem Ort.«
»Hast du dir das Opfer genauer angesehen?«
»Selbstverständlich. Er trug nicht die besten Klamotten. Alles Billigware, auch die Schuhe. Das passt zu dem alten, vergammelten VW-Golf. Wir haben es mit Tätern zu tun, die einen offenbar wenig begüterten Mann umgebracht haben«, meinte Jakob.
»Könnte sein, aber der erste Eindruck kann täuschen«, antwortete Elena mit ernster Miene.
»Hm, möglich, dass er kein reicher Mann war, aber vielleicht hatte er trotzdem Sachen von großem Wert im Auto. Die Tüte mit den Ecstasy-Pillen könnte der Rest einer größeren Lieferung gewesen sein. Auch wenn er überrascht wurde, vielleicht sollte auf dem Parkplatz eine Übergabe stattfinden. Drogen gegen Geld. Womöglich haben die Täter nicht den vereinbarten Betrag bezahlen wollen oder sie haben den Mann umgebracht, weil er unbequem wurde.« Jakob stand schwerfällig auf, ging zu einem mobilen Flipchart und notierte dort stichwortartig die ersten bekannten Fakten und Fragen. »Wer auch immer die Tat begangen hat«, sagte er nachdenklich. »Die Täter haben unser Opfer gehasst und vielleicht auch für irgendetwas Vergeltung geübt. Da bin ich mir ziemlich sicher.«
»Oder man wollte es so aussehen lassen«, meinte Elena.
»Und es war eine Tat mit Abschreckungscharakter. Warum hat man ihn sonst so furchtbar zugerichtet und in die Nister geworfen?«, warf Jakob fragend ein.
Elena biss mit Heißhunger in ihr Käsebrötchen, wandte sich wieder ihrem Notebook zu und begann mit einer Personenrecherche. »Ach nee«, rief sie plötzlich. »Jetzt wird's interessant!«
»Neue Erkenntnisse?«
»Aber ja. Wir haben eine Akte über unseren Toten.« Elena biss

erneut in ihr Brötchen und studierte die digitale Akte.

»Nun mach schon, spann mich nicht so auf die Folter.« Jakob wurde ungeduldig.

»Die Fingerabdrücke matchen. Es gibt keinen Zweifel mehr an seiner Identität. Es handelt sich um Klaus-Thomas Bergh, achtundvierzig Jahre alt, geboren in Aurich. Der Hammer ist, er wurde vor drei Wochen aus der Justizvollzugsanstalt Diez entlassen.«

»Er hat im Knast gesessen?«

»Jep. Er war zu zwei Jahren verurteilt worden, wegen häuslicher Gewalt und mehrfacher brutaler Vergewaltigung seiner Ehefrau. Schon vor der Haft war er vorbestraft, wegen Körperverletzung.«

»Hm, jetzt wird's tatsächlich spannend«, meinte Jakob. »Komisch, dass ich damals von dem Fall nichts mitbekommen habe.«

Elena blickte intensiv auf das Display ihres Notebooks. »Bergh war Softwareentwickler und IT-Consulter bei einer Firma für Informationstechnologie in Dierdorf. Als sein Chef ihn wegen Unzuverlässigkeit entließ, prügelte Bergh den Mann krankenhausreif und fügte ihm schwere Verletzungen zu. Das war bereits Ende 2018. Bergh bekam im Mai 2019 eine Bewährungsstrafe, also noch eine ganze Weile bevor er wegen der Verbrechen an seiner Frau in den Knast musste.«

»Sende mir bitte den Link zu der Akte, ich möchte mir sie später noch in Ruhe anschauen«, bat Jakob.

Elena blickte kurz von ihrem Notebook auf. »Die Adresse in Hannover, die in seiner Pilotenlizenz eingetragen ist, die stimmt längst nicht mehr. Seit seiner Haftentlassung wohnte er im Haus seiner Mutter in Montabaur, Brunhilde Bergh. Sie ist allerdings vor einem halben Jahr im Alter von neunundsiebzig gestorben. Ihr Auto hat er bis heute nicht umgemeldet und ich frage mich gerade, wie er die Versicherung und die Steuer dafür bezahlt hat.«

»Geht aus der Akte hervor, welche Anwältin oder Anwalt ihn vertreten hat? Wer hat sich um solche Angelegenheiten für ihn gekümmert?«

»Ja, das steht alles in der Akte. Auch Frau Berghs Anwalt ist vermerkt. Ich werde den Anwalt des Opfers kurzfristig anrufen«, versprach Elena.

Jakob ging hinüber zu Elenas Schreibtisch, setzte seine Lesebrille auf und kniete sich neben Elena, um Berghs Akte auf dem Display von Elenas Notebook zu lesen. Während er angestrengt auf den Bildschirm schaute, betrat Kriminalkommissar Jonas Gerhards den Raum. »Hallo ihr beiden, Befragungen beendet!«, meldete der Fünfunddreißigjährige. Er hatte Elena und Jakob zugehört.
»Und?«, fragte Elena aufgeregt.
»Das wird euch nicht gefallen. Es haben nur fünf Gäste am Morgengebet teilgenommen und die sind alle erst so gegen Viertel vor sieben eingetrudelt. Zu diesem Zeitpunkt war ja die Leiche schon von der Joggerin entdeckt worden und die meisten unserer Kolleginnen und Kollegen waren schon vor Ort. Ich habe von allen Befragten die Adressen und die Telefonnummern notiert.«
»Was ist mit den Mönchen, das sind doch Frühaufsteher, oder?«, fragte Elena.
Gerhards schüttelte den Kopf. »Fehlanzeige. Keiner von denen hat zur fraglichen Zeit etwas gesehen oder gehört.«
»Danke, Jonas. Das war irgendwie zu erwarten.« Jakob schien enttäuscht.
»Also gut, wir suchen mindestens zwei Täter oder Täterinnen, die Bergh gehasst haben, Vergeltung geübt haben oder mit Bergh in Drogendeals verwickelt waren«, meinte Elena.
»Täter, die möglicherweise Baseball spielen, einen Baseballschläger besitzen, oder ein ähnliches Stück Holz verwendet haben«, meinte Jakob. »Ich werde morgen mit einem Kollegen von der Rauschgifttruppe reden und ihn fragen, ob sie Bergh auf dem Radar hatten.« Dann warf er Jonas einen Blick zu und befahl: »Check bitte ab morgen alle Sportläden im Umkreis, ob bei denen jemand in letzter Zeit einen Baseballschläger gekauft hat.«
»Alle Sportläden, ist das dein Ernst? Wir wissen doch noch gar nicht, ob er wirklich mit einem Baseballschläger erschlagen wurde. Und die Dinger kann man doch auch in Onlineshops kaufen.«
»Mach's bitte trotzdem. Irgendwo müssen wir anfangen.«
»Okay, also gute alte Polizeiarbeit.« Jonas seufzte.
»Genau«, erwiderte Jakob.

»Hat die Suchmannschaft irgendwas gefunden?«, fragte Jonas.
Statt zu antworten, ging Jakob zurück zu seinem Platz, zog mit seiner rechten Hand sein Tischtelefon näher an sich heran, hob den Hörer ab und wählte die Rufnummer des Leiters der Suchstaffel. »Bisher ebenfalls Fehlanzeige«, flüsterte er Elena und Jonas zu, während er beim Telefonieren seine linke Hand vor die Mikrofonmuschel des Telefonhörers hielt. »Es wurden weder die Tatwaffe noch das Handy noch eine Brieftasche beziehungsweise eine Geldbörse des Opfers gefunden und auch keine verdächtigen Personen entdeckt«, berichtete er weiter. »Der Einsatzleiter meldet sich, wenn es etwas Neues gibt. Bei Einbruch der Dunkelheit wird die Suche unterbrochen.« Jakob verabschiedete sich von dem Einsatzleiter, nippte an seiner Kaffeetasse und blickte hinüber zu Jonas. »Ist dir bekannt, ob es ähnliche Fälle hier im Westerwald gab?«, fragte er.
Jonas winkte ab. »Wenn ja, dann wüsste ich davon. Aber okay, ich frage mal den Polizeicomputer.«
Elena hörte zu, sah aber weiter auf das Display ihres Notebooks. Sie war noch immer damit beschäftigt, die Akte über Bergh zu studieren und weitere Recherchen durchzuführen. »Berghs Ehefrau wohnt hier ganz in der Nähe, in der Gemeinde Auersbach«, stellte sie plötzlich fest. »In einem alten ehemaligen Forsthaus, etwas außerhalb des Dorfs.«
Jakob sprang auf und zog sein Sakko über. »Los, komm mit!«, befahl er Elena.
»Wohin?«
»Wohin schon, was für eine Frage.« Jakob grinste. »Wir statten seiner Ehefrau einen Besuch ab.«
Elena fuhr ihr Notebook herunter. Anschließend schnappte sie sich ihre Handtasche und ihr Smartphone und folgte Jakob.
»Und was mache ich?«, rief Gerhards den beiden fragend nach.
Jakob blieb stehen und sah Jonas an. »Frühstücken!«, sagte er im Befehlston. »Und danach klapperst du als Erstes bitte alle Tankstellen im Umkreis ab. Die meisten haben Kameras, vielleicht ...«
»Wird erledigt«, stöhnte Jonas.
Elena ahnte, dass Jonas keine Lust auf diesen Job verspürte. »Wenn

du belegte Brötchen magst, schau mal in der Teeküche in den Kühlschrank. Ich habe heute Morgen großzügig eingekauft«, sagte sie, um ihn aufzumuntern.

»Check bitte zusätzlich auch, ob es Straßenkameras in der Nähe gibt, wir müssen die Videos auswerten und jedem Hinweis nachgehen«, befahl Jakob.

»Check von Kameravideos, Befragung von Sportläden, dazu muss ich Verstärkung kriegen«, jammerte Jonas.

»Das wird problematisch, aber ich kümmere mich darum.«

»Ich liebe diesen Job«, sagte Jonas mit Ironie in der Stimme. »Ich dachte, ich müsste heute Nachmittag nicht arbeiten. Meine Frau und ich, wir wollten mit unseren Kindern zum Dreifelder Weiher fahren, zum Baden.«

»Sorry, da wird nix draus«, meinte Jakob. »Wir treffen uns heute am späten Nachmittag alle nochmal hier im Büro und tragen zusammen, was wir bis dahin ermitteln konnten. Dem Staatsanwalt müssen wir auch noch ein Update zukommen lassen.«

»Und unserem Chef«, meinte Elena grinsend.

»Unseren Chief Superintendent informiere ich heute Abend telefonisch, wenn er nicht noch von selbst auf die Idee kommt, anzurufen«, witzelte Jakob. Er mochte seinen Chef, Kriminalrat Grothe-Kuhn, der sich seinen britischen Dienstgrad als Spitznamen selbst gegeben hatte.

7

Sonntag, neun Uhr dreißig. Der Wind hatte leicht zugenommen und brachte trockene und für die Uhrzeit schon sehr warme Luft mit. Elena öffnete die Türen ihres Dienstwagens. Für einen kurzen Augenblick blieb sie stehen, breitete die Arme aus und genoss die Wärme des Sommers. Plötzlich fiel ihr ein, dass Katja sie für das nächste Wochenende zu einem Trip an die Nordsee eingeladen hatte, um auf der Insel Norderney ein paar gemeinsame Tage zu verbringen und auszuspannen. Das Flugzeug, mit dem die beiden fliegen wollten, eine modernisierte Beechcraft Bonanza F35, hatte Katja bei ihrem Vercharterer schon gebucht. Elena war sich darüber im Klaren, dass Jakob dringend ihre Hilfe benötigte. Die Aufklärung des aktuellen Falls musste Vorrang haben. Elena spürte plötzlich ein Unwohlsein. So wie sie ihre Freundin kannte, würde sie notfalls alleine fliegen oder eine andere Freundin überreden, mitzufliegen. Ein Gefühl von Eifersucht beschlich Elena. Katja war eine selbstbewusste Frau und eine leidenschaftliche Pilotin, die ihr Leben in vollen Zügen genoss, gerne zu Partys ging und mit vielen Freundinnen und Freunden in Verbindung stand, nicht nur in der Pilotenszene. Elena dagegen liebte eher die Zweisamkeit mit Katja. Die fliegerischen Ambitionen ihrer Freundin tolerierte Elena. Sie dachte sogar darüber nach, selbst die Pilotenlizenz zu machen, denn bei vielen gemeinsamen Flügen forderte Katja sie immer wieder dazu auf, den Steuerknüppel auf der Co-Pilotenseite zu übernehmen. Dabei bereitete es Elena viel Freude, ihr fliegerisches Talent zu beweisen.

Das alte Forsthaus lag an einem Waldrand, etwa zwei Kilometer außerhalb der Gemeinde Auersbach. Als Elena ihren VW-Tiguan in die langgezogene Einfahrt steuerte, fiel Jakob auf, dass das große alte Haus schon bessere Zeiten gesehen haben musste, denn es machte einen sanierungsbedürftigen Eindruck. Der geschotterte Weg, der von der Landstraße zum Haus führte, war mit Unkraut bewachsen. Das Forsthaus war ein großes, zweistöckiges Fachwerkhaus mit einem Schieferdach. Wie die meisten Fachwerkhäuser in der Gegend war auch das Forsthaus auf Grundmauern aus Bruchsteinen erbaut. Jakob erinnerte sich an einen Zeitungsartikel über das historische Haus. Es war vor vielen Jahren einmal äußerlich renoviert worden, doch davon war nicht mehr viel zu sehen. Nur die Eingangstür und die Fenster schienen neueren Datums zu sein und auch das Dach war anscheinend vor nicht allzu langer Zeit neu gedeckt worden. Unterhalb der Fenster im oberen Stockwerk waren Blumenkästen aus Holz angebracht, in denen rote Geranien wuchsen. Die alten Fensterläden aus Holz waren geöffnet und an einem der Fenster im oberen Stockwerk hing ein grellrotes Herz. Der Zugang zum Haus vor der Eingangstreppe bestand aus Pflastersteinen und rund um das Haus befand sich ein frisch mit blauer Farbe gestrichener Lattenzaun. In einem kleinen Vorgarten rechts und links des Eingangsbereichs wuchsen bunte Sommerblumen.

»Das Haus erinnert mich irgendwie an einen Tatort in einem Fall, den wir damals im Studium an der Hochschule besprochen haben«, meinte Elena. »Ich möchte wissen, warum Frau Bergh an diesem abgelegenen Ort wohnt. Wenn ich sie wäre, hätte ich Angst, so ganz alleine hier am Waldrand.«

Jakob warf Elena einen Seitenblick zu. »Wir werden bald mehr darüber herausfinden«, meinte er. Seine Miene strahlte Zuversicht aus. Als Elena das Auto vor dem Haus parkte und den Motor abstellte, öffnete Jakob langsam seine Autotür und stieg aus. Er hörte nichts als den markanten Schrei eines Bussards. Elena stieg ebenfalls aus und scannte mit ihren Augen das Haus ab. Dabei bemerkte sie, dass sich an einem offenen Fenster im ersten Stock eine Gardine bewegte.

»Wir werden schon beobachtet«, raunte sie Jakob zu.

»Nicht zu ändern«, flüsterte der Hauptkommissar, »aber bitte noch nicht klingeln, ich möchte mir vorher gerne noch etwas anschauen.« Elena folgte Jakob zu einer Scheune, die rechts am Forsthaus angebaut war und nun offenbar als Garage diente. Eines der augenfällig alten Flügeltore war geöffnet, in der großen Garage neben einem Stapel trockenem Kaminholz stand ein Volvo XC90. Jakob schätzte das Baujahr des Autos auf 2019. Er ging um das Auto herum, schaute aufmerksam hinein, fand aber nichts Auffälliges.

»Wenn in dem Volvo ein Navi eingebaut ist, können wir vielleicht feststellen, ob das Auto heute bewegt wurde und wohin es gefahren wurde«, meinte Elena. Sie nahm ihr Smartphone und fotografierte den Volvo.

»Daran habe ich auch gerade gedacht«, erwiderte Jakob grinsend. »Für den Fall, dass es für unsere Ermittlungen erforderlich werden sollte, werden die IT-Forensiker schon wissen, wie das funktioniert.« Jakob ging mit schnellen Schritten zur Haustür, die sich symmetrisch in der Mitte des Erdgeschosses befand. Elena folgte ihm und betätigte mehrmals den Schalter für die Türklingel. Jakob lehnte sich lässig an das schmiedeeiserne Geländer der Treppe an, während Elena und er warteten. Elena pochte heftig gegen die Tür und rief laut fordernd: »Bitte öffnen Sie, wir wissen, dass jemand im Haus ist. Wir sind Polizisten und müssen unbedingt mit Ihnen reden.«

Eine adrett gekleidete, etwa fünfundvierzig Jahre alte Frau öffnete ihnen nach wenigen Minuten endlich die Tür. Sie musterte Elena und Jakob mit ihren tiefblauen Augen.

»Guten Tag, wir sind von der Kriminalpolizei«, begann Elena. Sie zeigte der Frau ihren Dienstausweis und deutete auf Jakob: »Das ist Kriminalhauptkommissar Jakob Lorenz-Schultheiß und ich bin Kriminaloberkommissarin Elena Dietrich …«

»Wir würden gerne mit Frau Bergh sprechen«, sagte Jakob und zeigte ebenfalls seinen Ausweis.

Die Frau des Opfers starrte Elena und Jakob an. »Sie sprechen bereits mit ihr«, antwortete sie. Ihre Stimme klang rau. »Ich bin Elke Bergh. Um was geht es?«

Elena betrachtete die Frau prüfend. Die harten Gesichtszüge, ihre Falten um den Mund und ihre Augenringe zeugten davon, dass Elke Bergh, zumindest über einen längeren Zeitraum hinweg, ein hartes Leben geführt haben musste. Elena entging nicht ein blauer Fleck am rechten Unterarm von Elke Bergh, den sie zu verbergen versuchte, indem sie den Ärmel ihrer Bluse nach unten zog, als sie

Elenas Blicke bemerkte.

»Es geht um Ihren Mann, Klaus-Thomas ...«, sagte Elena schließlich.

»Ex-Mann, so gut wie«, erwiderte Elke Bergh mit kaltem Blick. »Ich habe vor zwei Monaten die Scheidung beantragt. Was gibt es denn zu besprechen? Mein Mann und ich, wir leben längst getrennt. Er hat gerade seine Haftstrafe abgesessen und ist wieder auf freiem Fuß, wenn ich richtig informiert bin.«

»Können wir irgendwo in Ruhe reden?«, fragte Jakob ruhig. Auch auf ihn machte Elke Bergh einen erschöpften und einen etwas verlebten Eindruck. Dennoch gefiel sie ihm. Ihre hellblonden Haare und ihre Figur erinnerten ihn an Romy, als Romy noch jünger gewesen war. Nur Elke Berghs Brüste schienen deutlich größer als Romys Brüste zu sein. Der sinnlich intensive Geruch der Frau des Opfers irritierte Jakob, denn sie nutzte unverkennbar das gleiche Parfüm wie Romy. Nicht von dieser reifen Venus blenden lassen, Jakob. Bleib professionell. Sie ist hochgradig verdächtig, befahl er sich.

»Kommen Sie herein«, sagte Elke Bergh zögernd. Sie führte die beiden Ermittler durch den Hausflur in ein großes Zimmer, dass als Küche und Esszimmer diente und dessen Decke von einem stabilen Eichenbalken getragen wurde. Der Raum war vollständig mit gebeiztem Fichtenholz getäfelt, das im Laufe der Zeit eine dunklere Farbe angenommen hatte. Das Zimmer machte einen sauberen und gemütlichen Eindruck. Der Holztisch, an dem Elena und Jakob auf hochwertigen Polsterstühlen Platz nahmen, war mit einem Blumengesteck geschmückt und stand mittig im Raum. Die beiden Polizisten sahen sich aufmerksam um. In einer Ecke neben einem Fenster befand sich ein Herrgottswinkel mit einem großen Kruzifix.

»Das geschnitzte Kunstwerk aus Bayern hängt schon ewig da«, sagte Elke Bergh verlegen lächelnd. »Darf ich Ihnen ein Getränk anbieten? Kaffee oder Tee?«, fragte sie schließlich, bevor sie ebenfalls am Esstisch Platz nahm.

»Danke, nicht nötig«, sagte Jakob, ohne Elenas Antwort abzuwarten. Fragend sah Elke Bergh Elena und Jakob an. »Nun sagen Sie schon, was ist mit meinem Mann?«

»Es tut uns sehr leid, Ihnen das mitteilen zu müssen ...« Jakob pausierte kurz, dann fuhr er fort: »Heute Morgen gegen sechs Uhr wurde in der Nähe der Abtei Marienstatt eine Leiche gefunden. Wir sind inzwischen sehr sicher, dass es sich um Ihren Mann Klaus-Thomas-Bergh handelt. Unser herzliches Beileid.«
Elke Bergh wandte sich mit starrem Blick herum zum Kruzifix und bekreuzigte sich. »Wer hat ihm das angetan?«, fragte sie leise, während ihre Blicke wieder Jakob und Elena trafen.
Elena musterte Elke Bergh argwöhnisch. »Wir haben Ihnen noch keine Details genannt. Woher wissen Sie, dass wir von einem Tötungsdelikt ausgehen?«
Elke Bergh hielt Elenas Blicken stand. »Oh nein«, konterte sie energisch, »darauf falle ich nicht herein. Ich ahnte sofort, dass ihm etwas Schlimmes zugestoßen ist, als Sie sich mir eben als Kriminalbeamte vorgestellt haben und sagten, es ginge um Klaus. Sie wären vermutlich nicht hier, wenn er unter normalen Umständen gestorben wäre. Verdächtigen Sie mich etwa? Sie glauben doch hoffentlich nicht, dass ich ...«
»Wir glauben gar nichts«, sagte Elena mit fester Stimme. »Im Augenblick ermitteln wir in alle Richtungen und tragen Fakten zusammen.«
Jakob taxierte die Frau des Opfers aufmerksam. »Frau Bergh, Ihr Mann wurde vor drei Wochen aus der Haft entlassen. Hat er Sie hier aufgesucht oder hat er anderweitig Kontakt mit Ihnen aufgenommen?«
Elke Bergh schüttelte den Kopf. »Nein, hat er nicht. Ich hätte es auch nicht zugelassen. Was das Scheidungsverfahren betrifft, darüber reden unsere Anwälte miteinander.«
»Aus seiner Akte ist ersichtlich, warum Ihr Mann verurteilt wurde. Er muss Sie sehr schlecht behandelt haben«, merkte Elena an.
»Oh ja, das ist richtig. Er hat gekriegt, was er verdiente.«
»Wie meinen Sie das?«, fragte Elena scharf und schaute Elke Bergh in die Augen.
»Schauen Sie sich doch seine Akte einfach einmal genauer an. Dabei wird Ihnen schlecht, das garantiere ich Ihnen. Bei allem, was er mir angetan hat, hätte ich ihm eine noch viel härtere Strafe gegönnt!«

Elke Bergh wich Elenas Blick noch immer nicht aus.
»Möchten Sie darüber reden?«, fragte Jakob.
»Muss ich Ihnen das alles erzählen?« Elke Bergh verschränkte die Arme.
»Je mehr wir über Ihren Mann wissen, umso besser«, sagte Jakob mit forderndem Blick.
»Nach unseren Informationen wurde er zu zwei Jahren verurteilt, weil es sich um besonders schwere Fälle handelte«, warf Elena ein.
»Also dann, ... reden wir darüber. Mein Mann hat einen guten Anwalt gehabt. Was sind schon zwei Jahre Knast, gemessen an den vielen Jahren, in denen er mich quälte und misshandelte. Er hat mich häufig geschlagen, mich sexuell missbraucht und mich dabei mit körperlicher und psychischer Gewalt zu erniedrigenden Handlungen gezwungen. Nachdem ich schließlich von ihm loskam ... beziehungsweise nachdem er endlich verhaftet wurde, litt ich an einer posttraumatischen Belastungsstörung und musste mich psychiatrisch behandeln lassen.« Elke Berghs Gesicht verfärbte sich rot. Zögernd redete sie weiter: »Ich, ... ich musste meinen Mann oft befriedigen, ... oral. Manchmal fesselte er mich sogar, um sich an mir abzureagieren. Er behandelte mich wie Dreck unter seinen Füßen. Einmal hatte ich mir eine schmerzhafte Schulterverletzung zugezogen. So schlimm, dass ich ins Krankenhaus musste. Klaus begleitete mich. Er spielte den treusorgenden Ehemann und zwang mich zu lügen. Ich musste sagen, es sei im Haushalt passiert. Die Ärzte ahnten, was passiert ist, aber ich konnte ihnen nicht die Wahrheit sagen. Klaus hätte mich bei nächster Gelegenheit dafür bestraft.«
»Abscheulich«, sagte Elena erschrocken.
»Das können Sie laut sagen«, antwortete Elke Bergh. »Als ich ihn kennenlernte, war er ganz anders drauf.«
»Wann hat er begonnen, Ihnen weh zu tun?«, fragte Jakob.
»Schon kurz nach unserer Hochzeit vor acht Jahren. Ich habe es eine lange Zeit über mich ergehen lassen. Manchmal habe ich mir sogar eingeredet, ich hätte es nicht besser verdient. Wenn ich mich weigerte, ihm zu Willen zu sein, oder er meine Angst spürte, machte ihn das nur noch wilder.«

Jakob und Elena blickten Elke Bergh ungläubig an. »Wie erklären Sie sich seinen Wandel?«, wollte Elena wissen.

»Ich habe ihn einmal sehr geliebt«, gab Elke Bergh mit gequältem Lächeln zu. »Er war zuvorkommend, aufopfernd und zärtlich. Heute glaube ich, dass er mir das alles nur vorgespielt hat, um mich ins Bett zu kriegen und um mich zu besitzen, aber damals war ich davon überzeugt, unsere Liebe sei stark und würde ewig bestehen bleiben. Das war wohl ziemlich dumm von mir. Und dann …« Elke Bergh stockte abermals.

»Was passierte dann?«, erkundigte sich Jakob.

»Wir hatten gerade erst geheiratet, da starb der Großvater meines Mannes im hohen Alter von achtundneunzig. Dieser Großvater väterlicherseits war wohl ein übler Nazi-Scherge gewesen, der als sehr junger Mann in einem Konzentrationslager fürchterliche Gräueltaten verübt hat oder dabei mitgeholfen hat …« Elke Bergh zögerte einen Augenblick, dann redete sie bewegt weiter: »Nach dem Krieg ließ er seine Familie im Stich und verschwand nach Argentinien. Irgendwann kam er zurück, aber erst im hohen Alter wurde er angeklagt und nach langwierigen Verhandlungen endlich schuldig gesprochen. Daraufhin musste er für lange Zeit ins Gefängnis. Schon damals ging das durch die Presse, doch als der Großvater meines Mannes starb, veröffentlichte ein Historiker seine Geschichte. Das Buch löste einen riesigen Presserummel aus und es gab sogar einen Beitrag im Fernsehprogramm. Als bekannt wurde, dass mein Mann der Enkel dieses Verbrechers war, hatte er in der Gesellschaft keinen leichten Stand mehr. Auch im Job bekam er Probleme. Die meisten seiner Freunde, auch viele unserer gemeinsamen Freunde, sagten sich von ihm und auch von mir los. Ich wurde sogar als Nazi-Hure beschimpft, obwohl alle doch hätten wissen müssen, dass mein Mann und ich nicht das Mindset seines Großvaters hatten. Es bestand nicht einmal regelmäßiger Kontakt zwischen uns und diesem Ungeheuer. Zu dieser Zeit begann mein Mann, sich rapide zu verändern. Weder ich noch seine Mutter konnten etwas dagegen tun. Wir kamen sozusagen nicht mehr an ihn ran. Klaus wurde immer unberechenbarer. Mal war er ganz okay und zuvorkommend, aber immer öfter reagierte er schon bei geringsten Anlässen äußerst aggressiv. Kurz gesagt, er machte mir und anderen das Leben schwer … und es schien ihm zu gefallen.«

»Warum sind Sie damals bei ihm geblieben?«, fragte Elena.

»Ich wagte es nicht, auszubrechen, und wenn wir Krach hatten, sagte er mir immer wieder, dass er mich liebt. Er versprach mir, er würde mich nie wieder verletzen. Und dann tat er es doch wieder.«

»Frau Bergh, wie haben Sie es letztendlich geschafft, sich von Ihrem Mann zu lösen und wann?«, erkundigte sich Jakob.

»Im November 2018 warf sein damaliger Chef ihn raus, weil er immer nachlässiger arbeitete. Vermutlich machte Klaus private Geschäfte nebenbei, welche Geschäfte auch immer, und nutzte dabei teilweise die IT-Systeme des Unternehmens. Nach seinem Rauswurf drängte er darauf, wieder eingestellt zu werden, aber sein Chef ließ nicht mit sich verhandeln. Daraufhin verprügelte Klaus seinen Chef und wurde dafür bestraft.«

»Das wissen wir bereits«, sagte Elena, »aber wie ging es für Sie weiter?«

»Mir wurde irgendwann klar, dass er niemals aufhören würde, mir Gewalt anzutun. Im Januar 2019 fasste ich all meinen Mut zusammen und zog aus unserer gemeinsamen Wohnung in Montabaur aus. In einer Nacht-und-Nebel-Aktion, als er unterwegs war.«

»Zogen Sie in ein Frauenhaus?«

»Nein, ich arbeite schon sehr lange als examinierte Krankenschwester und Altenpflegerin. Inzwischen bin ich selbstständig und mein einziger Patient ist Georg Neubauer. Er ist jetzt einundneunzig, sehr gebrechlich, aber bei klarem Verstand. Georg machte mir Mut und half mir aus der Patsche, als ich nicht wusste, wohin. Er bot mir an, hier einzuziehen. Ihm gehört das Forsthaus. Ich nahm sein Angebot liebend gerne an. Als ich einzog, ließ Georg sich eine Wohnung oben im ersten Stock einrichten. Ein großes Zimmer, ein Büro und ein behindertengerechtes Bad. Die Küche hier unten nutzen wir gemeinsam und ich habe nebenan noch ein Wohnzimmer und ein kleines Schlafzimmer. Ich muss keine Miete zahlen. Nur einen Teil der Energiekosten trage ich und bald werde ich mich wohl um die Renovierung des Hauses kümmern müssen. Georg ist nicht nur mein Patient. Wir sind inzwischen eng befreundet. Wir verbringen viel Zeit miteinander und wir haben keine Geheimnisse voreinander. Georg wird mir das Haus vererben, wenn er vor mir stirbt. Ohne ihn hätte ich es niemals geschafft, mich von meinem Mann zu trennen.«

»Lassen Sie mich raten: Herr Neubauer bot Ihnen Unterschlupf, aber er konnte nicht verhindern, dass Ihr Mann Sie weiter belästigte«, vermutete Elena.

»Ja, mein Mann konnte sich mit der Trennung nicht abfinden. Er rief mich dauernd an und säuselte mir seine Liebe vor. Als ich nicht reagierte, schlich er hier um das Forsthaus herum und drang in das Haus ein. Immer öfter. Meistens wollte er Sex. Wenn ich nicht tat, was er von mir verlangte, prügelte er auf mich ein. Einmal würgte er mich sogar. Georg riet mir dringend, meinen Mann anzuzeigen. Anfangs traute ich mich nicht, ich hatte große Angst. Doch dann nahm ich all meinen Mut zusammen und ging zur Polizei. Ich erstattete Anzeige und zeigte einer Polizistin meine Verletzungen. Sie riet mir, meine Verletzungen ärztlich attestieren zu lassen. Am selben Tag wurde mein Mann von anderen Polizisten verhört. Klaus stritt natürlich alles ab und gaukelte den Beamten etwas von einvernehmlichem Sex vor, bei dem er mich unbeabsichtigt verletzt hätte. Ich hatte den Eindruck, dass Ihre Kollegen mir nicht glaubten.«

»Habe ich Sie gerade richtig verstanden, die Kollegen haben die Sache schleifen lassen? Kaum vorstellbar.« Jakobs Stimme klang verärgert.

»Doch das war wirklich so, bis es wieder passierte ... und zwar heftig«, antwortete Elke Bergh wütend.

»Was passierte genau und wann?«

»Das war im Oktober 2020. Klaus hatte irgendwie herausgefunden, dass Georg ein paar Tage im Krankenhaus war und glaubte, ich sei noch allein im Forsthaus. Er kam nachmittags her, aber ich ließ ihn nicht rein. Ich sagte ihm durch das kleine Fenster neben der Haustür, er soll verschwinden und drohte mit der Polizei, aber er protestierte lautstark. Er gab vor, nur mit mir reden zu wollen. Ich schloss

das Fenster und ließ ihn vor der Tür stehen, dann verschwand er plötzlich. Ich dachte, ich hätte ihn endgültig abgewimmelt, aber er kam wieder. Am Abend, als es bereits dunkel war. Er musste nicht lange warten, bis ich das Haus verließ, um Müll herauszutragen. So wie er an diesem Abend drauf war, hätte er sowieso nicht lange gewartet und sich gewaltsam Zutritt ins Haus verschafft. Er packte mich und schob mich ins Haus. Ich wehrte mich und schrie um Hilfe, aber das hielt ihn nicht ab. Er sagte mir, ich solle Ruhe geben, meinen Koffer packen und mit ihm mitkommen, aber ich gehorchte nicht. Dann schlug er mir mehrmals ins Gesicht. Meine Lippe riss auf und blutete, zudem blutete ich am linken Auge. Dann zerrte er mich in mein Schlafzimmer, fesselte mich ans Bett, riss mir Hose und Slip runter und vergewaltigte mich. Er war wie von Sinnen. Es ging alles blitzschnell. Beim Fesseln hatte er mir mein linkes Handgelenk gebrochen. Ich hatte starke Schmerzen und schrie wie am Spieß. Georg bekam das oben in seinem Zimmer mit und rief die Polizei an. Ihre Kollegen waren schnell hier, aber nicht schnell genug. Trotzdem konnten sie noch Schlimmeres verhindern. Sie hörten meine Schreie, brachen die Haustür auf und nahmen meinen Mann fest. Sie banden mich los und sicherten das blutverschmierte Textilband an meinem Bett. Anschließend brachten Ihre Kollegen mich zur ärztlichen Untersuchung und zur Behandlung in eine Klinik. Meine Verletzungen wurden dort genauestens dokumentiert. Bei einem Abstrich wurde versucht, das Sperma meines Mannes sicherzustellen. Und das gelang den Ärzten auch. Die Untersuchungen waren nicht leicht für mich. Ekelhaft und unangenehm ...«
»Okay, Frau Bergh, das reicht uns, Sie müssen uns das nicht weiter beschreiben.« Jakob warf Elena einen intensiven Seitenblick zu, aber Elena reagierte nicht darauf. Ihr Blick blieb streng auf Elke Bergh gerichtet.
Die Frau des Opfers wich Elenas Blicken nun aus, schaute Jakob an und fuhr fort: »Wenn Sie mehr wissen wollen, sehen Sie zu, dass Sie Einsicht in die Gerichtsakten bekommen. Nach meinem Aufenthalt in der Klinik musste ich mich weiteren ärztlichen Untersuchungen

unterziehen, dabei wurden auch Fotos von mir und meinen Verletzungen gemacht. Die Gutachten der Ärzte und die Videos, die mein Mann von uns gemacht hat und auf einschlägigen Seiten im Netz veröffentlicht hat ...« Elke Bergh machte eine Pause und trocknete mit einem Taschentuch ihre Augen. »Das waren wichtige Beweismittel vor Gericht«, sagte sie anschließend. »Georg besorgte mir einen Anwalt und bezeugte, dass mein Mann mich mehrfach misshandelt hat, seit meiner Zeit im Forsthaus.«
»Danke, Frau Bergh, für Ihre Offenheit. Wir schauen uns die Akten definitiv noch genauer an«, sagte Jakob.
»Ich frage mich, was Klaus so früh heute Morgen auf dem Gelände der Abtei zu tun hatte«, sagte Elke Bergh.
»Das fragen wir Sie«, sagte Elena spitz.
»Ich habe keinen blassen Schimmer, was er da gewollt haben könnte.«
»Hielt sich Ihr Mann öfter auf dem Abteigelände oder in der näheren Umgebung auf?«
»Nicht, dass ich wüsste ...« Elke Bergh zögerte einen Augenblick. Dann sagte sie: »Ausgenommen damals, als wir uns noch liebten und respektierten ...«
»Was war damals?«, fragte Elena ungeduldig.
»Also, ... ich mag die Atmosphäre in der Abteikirche und ich bin eine überzeugte Katholikin ...«
»Raus mit der Sprache, was wollen Sie uns damit sagen?« Elena blickte Elke Bergh provokativ an.
»Klaus war sein Leben lang ein ungläubiger Mensch. Er sträubte sich, aber dann hat er es mir zuliebe getan.« Elke Bergh schaute zum Kruzifix, bevor sie sich wieder Elena und Jakob zuwandte. »Wir haben katholisch geheiratet und Klaus begleitete mich oft zur Messe in der Abteikirche«, erklärte sie leise. »Bei gutem Wetter gingen wir anschließend den Wanderweg an der Nister entlang. Das gefiel ihm. Er begeisterte sich immer sehr für die Burgruine Froneck und für das Denkmal des Kaiserlichen Friedhofs im Wald nahe bei der Abtei, das an die vielen verstorbenen Soldaten erinnert, die in der Abtei gestorben sind und irgendwo dort gegenüber der Abtei auf der anderen Seite der Nister begraben wurden. Zu einer

Zeit, als die Abtei ein Lazarett war. Eine Folge des ersten Koalitionskriegs im achtzehnten Jahrhundert. Ich habe viel darüber gelesen. Es sind überwiegend österreichische, aber auch französische Soldaten dort beerdigt. Mehr als sechshundert. Warum kann es keinen Frieden geben auf der Welt? Warum müssen sich die Menschen ständig gegenseitig die Köpfe einschlagen?«

Elena beobachtete Elke Bergh sehr genau und stellte fest, dass sie nervös geworden war. »Sie gehen regelmäßig in die Abteikirche?«, fragte die Polizistin.

»Nein, nicht mehr regelmäßig, obwohl ich das gesamte Abteigelände sehr mag. Ich gehörte der Kirchengemeinde in Auersbach an und ging dort auch oft zur Messe, aber jetzt nicht mehr. Ich bin aus der Kirche ausgetreten. Die Missbrauchsfälle und der Umgang der Verantwortlichen damit widern mich an. Wer, wenn nicht ich, sollte wissen, was man durchmacht, wenn man Opfer sexueller Gewalt wird. Trotzdem bin ich gläubig.« Elke Bergh bekreuzigte sich ein weiteres Mal.

»Wann haben Sie denn Ihren Mann zuletzt gesehen?«, fragte Jakob.

»Damals, bei der Gerichtsverhandlung. Es hat ja eine Weile gedauert, bis sie endlich stattfand und er verurteilt wurde.«

»Frau Bergh, wo waren Sie heute Morgen zwischen halb vier und sechs Uhr?«, wollte Jakob wissen.

»Sie verdächtigen mich also doch?«

Jakob suchte Augenkontakt mit Elke Bergh. »Das ist eine Frage, die wir Ihnen stellen müssen!«

»Ich war hier im Forsthaus und hab das gemacht, was ich meistens mache, morgens um diese Zeit«, antwortete Elke Bergh aufgeregt.

»Was taten Sie genau?«

»So gegen vier musste Georg auf die Toilette, dabei habe ich ihm geholfen. Dann habe ich mich wieder hingelegt bis sechs.«

»Und anschließend?«, fragte Jakob, während Elena Elke Berghs Angaben auf einem Notizblock notierte.

»Kurz nach sechs habe ich Georg gewaschen, rasiert und angezogen, danach habe ich uns beiden Frühstück gemacht. Fragen Sie ihn einfach, er wird das bestätigen können.«

»Wir reden später noch mit Herrn Neubauer«, sagte Elena, »aber vorher interessiert uns noch, woher der blaue Fleck an Ihrem rechten Unterarm stammt.« Elena warf Elke Bergh einen provozierenden Blick zu, doch Elke Bergh vermied es, den Blick der Oberkommissarin zu erwidern. Stattdessen zog sie genervt den Ärmel ihrer Bluse hoch und deutete mit dem linken Zeigefinger auf den blauen Fleck. »Das ist heute Morgen passiert, als ich Georg aus seinem Bett geholfen habe, und ihn in seinen Rollstuhl gesetzt habe. Er kann das nicht mehr gut alleine.«

»Verstanden.« Elena fragte sich, warum Elke Bergh an einem heißen Tag wie diesem eine langärmelige Bluse trug.

»Hatte Ihr Mann mit Drogen zu tun?«, wollte der Hauptkommissar von Elke Bergh wissen.

»Sie meinen, ob er in Drogengeschäfte verwickelt war? Möglicherweise. Jedenfalls hat er sich ab und zu Ecstasy-Tabletten eingeworfen oder auch mal einen Joint geraucht. Wenn er drauf war, versuchte er meistens mich ins Bett zu kriegen.«

Weder Elena noch Jakob entging der bittere Unterton Elke Berghs.

»Woher hatte er das Zeug?«, fragte Elena.

»Was weiß denn ich? Als sein Chef ihn rauswarf und er arbeitslos wurde, heuerte er bei einem Logistik-Unternehmen in Montabaur an. Er fuhr einen Sprinter und transportierte Westerwälder Keramik-Produkte nach Kladno in Tschechien, zwei bis dreimal pro Woche. Auf dem Rückweg hatte er oft Maschinenbauteile geladen. Vielleicht kaufte er seine Drogen drüben in Tschechien. Vielleicht schmuggelte und dealte er auch, aber darüber redete er nicht mit mir.«

»Okay, wir werden der Sache nachgehen.« Elena machte sich weitere Notizen.

Jakob bemerkte ein Geräusch im Haus. Er vermutete, dass Georg Neubauer die Befragung von Elke Bergh belauschte. Zu Elke Bergh gewandt sagte Jakob: »Frau Bergh, wir haben nachher noch Fragen an Sie, aber jetzt möchten wir gerne kurz mit Herrn Neubauer reden.«

»In Ordnung, ich bringe Sie nach oben und passe auf ihn auf, während

Sie ihn befragen.« Elke Bergh stand auf.

»Ich bedaure, aber so funktioniert das nicht. Sie können uns gerne nach oben begleiten, aber wir müssen alleine mit Herrn Neubauer reden«, sagte Elena kühl.

8

Im Erdgeschoss des Forsthauses befand sich ein breiter, mit Keramikfliesen ausgelegter Flur, der zu weiteren Räumen führte. Über eine Holztreppe, an der ein moderner Treppenlift für behinderte Menschen angebracht war, gelangten Elke Bergh, Elena und Jakob nach oben. Die Tür zu Georg Neubauers Zimmer stand offen. Die Altenpflegerin führte die Polizisten hinein, kündigte ihrem Patienten kurz an, wen sie mitgebracht hatte und zog sich anschließend zurück. Elena und Jakob hörten ihre Schritte auf der Treppe. Das große Zimmer, in dem Georg Neubauer sich aufhielt, war eine Kombination aus Schlafzimmer, Wohnzimmer und Krankenzimmer. Auch dieser Raum war mit gebeiztem Fichtenholz getäfelt. An der rechten Zimmerwand stand mittig ein großes Krankenbett, rechts daneben befand sich ein Rollator. Links neben dem Bett stand eine Kommode, auf der ein ausgeschalteter Laptop und ein Handy lagen. An der Wand gegenüber dem Bett war ein modernes Fernsehgerät mit großem Bildschirm befestigt, darunter stand ein schmales weißes Sideboard. Gleich neben dem Fernsehgerät hing eine Wetterstation – ein dunkel lackiertes Eichenbrett mit drei Messgeräten in runden Messinggehäusen: Barometer, Hygrometer und Thermometer. Die Gardinen vor den Fenstern waren zugezogen, aber die Fensterflügel standen weit offen.

Die Hitze des Sommermorgens staute sich in Georg Neubauers Zimmer. Der grauhaarige alte Mann trug eine dunkelblaue Stoffhose, ein weißes kurzärmeliges Hemd und moderne Sneakers. Er saß schwitzend in seinem Rollstuhl und begrüßte die Polizisten mit einem knappen Hallo, während er umständlich ein Buch zur Seite legte, in dem er gerade gelesen hatte. Jakob fiel auf, dass es ein Buch über das Waldsterben war. Der Polizist vermutete, dass auch Neubauer den Klimawandel fürchtete und sich Sorgen um den heimischen Wald machte.

»Guten Morgen, Herr Neubauer«, begann Jakob das Gespräch, »ich bin Kriminalhauptkommissar Jakob Lorenz-Schultheiß.« Jakob zeigte auf Elena: »Und das ist meine Kollegin Kriminaloberkommissarin Elena Dietrich. Wir haben ein paar Fragen an Sie.«

Neubauer deutete auf zwei große englische Cocktailsessel aus Leder, die an einem kleinen Tischchen vor den Fenstern standen.
»Nehmen Sie bitte Platz«, sagte der alte Mann mit heiserer Stimme.
»Entschuldigen Sie, wenn ich etwas langsam rede. Meine Motorik ist durch einen Schlaganfall dauerhaft ein bisschen eingeschränkt, aber wenigstens kann ich noch klar denken.« Neubauer lächelte.
»Heute am frühen Morgen hat eine Joggerin die Leiche von Klaus-Thomas Bergh gefunden.« Elena versuchte Georg Neubauer in die Augen zu schauen. Der alte Mann hielt ihrem Blick stand. »Ich habe bereits mitbekommen, dass man diesen Dreckskerl umgebracht hat«, gab er gelassen zu.
»Sie haben unser Gespräch mit Frau Bergh belauscht?«, fragte Jakob.
»Ja«, gab Georg Neubauer zu, »die Türen standen ja offen. Allerdings habe ich nicht alles verstanden. Ich höre nicht mehr gut und diese blöden Batterien meiner Hörgeräte waren leer. Dauernd muss ich sie austauschen.«
»Lassen Sie uns bitte direkt zur Sache kommen«, verlangte Jakob. »War Frau Bergh heute Nacht zwischen halb vier und sechs Uhr hier im Haus?«
»Ja, das kann ich zweifelsfrei bestätigen. Sie war hier.«
Elena hakte nach: »Was die Uhrzeit angeht – sind Sie sich da wirklich ganz sicher?«
»Ja, definitiv. Elke hat mir geholfen, aufs Klo zu gehen. Das war so kurz nach vier. Ich muss nachts ab und zu raus. Das Alter, Sie wissen schon ...«
»Danach half Ihnen Frau Bergh zurück ins Bett?«, fragte Elena
»Selbstverständlich. Und weil Sie mich sicher auch das noch fragen werden, ich konnte nicht mehr einschlafen. Also hätte ich bemerkt, wenn sie mit dem Auto weggefahren wäre. Gegen sechs hat Elke mich dann wieder aus dem Bett geholt, mich gewaschen, angezogen und uns Frühstück gemacht.«
»Sie sagten gerade, Sie hören schlecht. Wie hätten Sie denn bemerken wollen, wenn Frau Bergh ...?«
Neubauer stoppte Elena aufgeregt: »So eingeschränkt ist mein Gehör nun auch wieder nicht. Nur die hohen Frequenzen machen mir

Probleme. Meine Fenster waren offen und ich hätte ganz sicher das Auto gehört. Das Mädchen hat mit der Sache nichts zu tun, das können Sie mir glauben.«
»Aber Frau Bergh hatte ein starkes Motiv. Ihr Mann hat sie oft misshandelt.«
»Letzteres ist richtig. Er hatte jahrelang die völlige Kontrolle über sie. Sie schämte sich dafür, aber sie ließ seine Übergriffe immer wieder zu, weil sie große Angst vor ihm hatte. Schon als vierzehnjähriges Mädchen ist sie nur knapp einer Vergewaltigung durch ihren Vater entgangen.«
»Das hat sie uns eben nicht erzählt.«
»Warum wohl? Weil es sie belastet«, meinte Neubauer. »In ihrer Kindheit und Jugend hat sie schlimme Erfahrungen machen müssen. Ihr Vater muss ein Säufer und ein brutaler Mensch gewesen sein. Wenn er besoffen aus der Kneipe kam, genügte ein falsches Wort seiner Frau und er schlug auf sie ein. Auch Elke verschonte er nicht. Eines Tages startete er den Versuch, das Mädchen zu missbrauchen, aber Elkes Mutter kam früher als er erwartet hatte nach Hause. Sie konnte nicht zusehen, wie ihr Mann sich an ihrer Tochter vergehen wollte. Sie hatte genug von diesem Tyrannen, von seinen Demütigungen und Gewaltattacken gegen sie und Elke. Sie griff zu einem Küchenmesser und verletzte ihren Mann tödlich. Daraufhin musste sie in den Knast und Elke kam in ein Heim. Dort wurde sie von anderen Kindern und Jugendlichen gemobbt. Mit sechzehn wurde sie von Pflegeeltern aufgenommen, mit denen sie aber auch nicht besonders gut zurechtkam. Es dauerte viele Jahre, bis sie das alles hinter sich lassen und sich eine eigene Existenz aufbauen konnte. Und dann heiratete sie ausgerechnet diese Kanalratte.«
»Wann haben Sie Elke Bergh kennengelernt?«, fragte Elena.
Georg Neubauer bewegte sich mit seinem Rollstuhl näher an das Tischchen. »Vor etwa sechs Jahren. Ich war wegen eines Bandscheibenvorfalls im Krankenhaus, als ich aus heiterem Himmel diesen teuflischen Schlaganfall bekam. Elke war zu dieser Zeit Krankenschwester und hatte Dienst. Sie leitete Notfallmaßnahmen ein und alarmierte sofort die Ärzte. Sie rettete mir das Leben.«

Neubauer kämpfte gegen seine Emotionen an und fuhr fort: »Ich wollte nicht dauerhaft in ein Pflegeheim, also fragte ich Elke, ob sie sich vorstellen könnte, mich als Krankenschwester und Altenpflegerin hier in meinem Haus zu betreuen. Elke war mir sofort sympathisch. Zunächst betreute sie mich ambulant, aber als sie sich von ihrem Mann trennte, zog sie hier ein. Sie ist inzwischen eine starke Frau. Ich meine ihre mentale Stärke. Sie hat die Trennung von ihrem Mann gut überstanden. Mit meiner Hilfe. Ich habe sie zu einer kompetenten Psychologin geschickt.« Neubauer pausierte und blickte Jakob und Elena stolz an, fast so, als erwartete er Lob. Dann sprach er weiter: »Elke ist eine so treue Seele ... und ein sehr liebevoller Mensch. Sie gab und gibt mir, was mir in meinem Alter noch guttut.«

»Und das wäre?«, fragte Elena neugierig.

»Pflege, medizinische Betreuung, Wertschätzung ... und Zärtlichkeit. Aber nicht das, was Sie jetzt vielleicht denken.« Georg Neubauer lächelte verschmitzt. »Elke und ich reden oft stundenlang miteinander über Gott und die Welt. Sie hat ein gutes Allgemeinwissen und sie bildet sich weiter, auch fachlich. Sie ist mir sehr ans Herz gewachsen. Ich möchte nicht mehr auf sie verzichten.«

»Wir haben verstanden, dass Frau Bergh kostengünstig hier bei Ihnen im Haus wohnt. Zahlen Sie ihr zusätzlich ein Gehalt?«, fragte Elena.

»Ich vermute mal, dass Sie das nichts angeht, aber ich beantworte Ihnen Ihre Frage. Elke betreut mich rund um die Uhr. Selbstverständlich habe ich sie angestellt. Ich kann es mir leisten, ihr ein adäquates Gehalt zu zahlen und ihr ein gutes Auto zur Verfügung zu stellen. Letztes Jahr habe ich ihr einen Volvo gekauft. Nicht mehr ganz neu, aber sie liebt das Auto. Sie ist ein Autofreak und sie fährt wirklich gut. Aber wissen Sie, es geht nicht nur ums Geld oder um materielle Dinge. Ich versuche, ihr Geborgenheit zu geben, soweit mir das noch möglich ist, und sie passt auf mich auf.«

»Herr Neubauer, wie war denn Ihr Verhältnis zu Klaus-Thomas Bergh?«, fragte Jakob.

»Ich mochte ihn nicht, das gebe ich gerne zu. Es ist gut, dass die-

ser brutale und hinterhältige Mensch Elke endlich nicht mehr belästigen kann. Gott sei Dank, dass die beiden keine Kinder haben.«
»Das waren klare Worte, Herr Neubauer. Ihre Aussage bedeutet allerdings, auch Sie hätten ein Motiv gehabt«, stellte Elena sachlich fest.
Neubauer lachte. »Sehe ich aus wie ein Mörder? Das ist doch absurd. Ich bin ein kranker, alter Mann. Das muss Ihnen doch auffallen.«
Elena ging nicht auf Neubauers Anmerkung ein. Stattdessen setzte sie die Befragung fort: »Hat Herr Bergh in den letzten drei Wochen Kontakt mit Ihnen aufgenommen?«
»Nein. Warum hätte er das tun sollen?«
»Wissen Sie, ob Frau Bergh in den vergangenen drei Wochen Kontakt mit ihm hatte?«
»Das hätte sie mir ganz sicher gesagt.«
»Herr Bergh war also nicht hier in den vergangenen Tagen?«
Neubauers Miene verdüsterte sich. »Wenn er es gewagt hätte herzukommen, hätte ich unverzüglich Alarm geschlagen.«
»Herr Neubauer, würden Sie bitte noch ein paar Angaben zu Ihrer Person machen?«, bat Jakob den alten Mann.
»Da gibt's nicht viel zu erzählen«, meinte Neubauer. »Ich bin einundneunzig und stamme aus einer bäuerlich geprägten Familie. Mein Vater wollte hoch hinaus, buchstäblich. Er war Jagdflieger im Offiziersrang. In der Luftschlacht um England schoss man ihn ab. Er starb in einem englischen Lazarett an seinen schweren Verletzungen. Ich war damals noch ein Kind.« Neubauer deutete auf ein eingerahmtes Bild, das auf dem Sideboard stand und offenbar ihn, seine Mutter und seinen Vater zeigte. »Nach dem Krieg lebten meine Mutter und ich hauptsächlich von der Landwirtschaft, aber das war schwierig im damals sehr rauen Klima des Westerwalds. Meine Mutter starb, als ich sechzehn war, da musste ich selber für mich sorgen. Ich ging in die Forstwirtschaft und schaffte es mich vom einfachen Waldarbeiter bis zum Forstinspektor hochzuarbeiten. Es war ein langer und steiniger Weg. Mein Studium habe ich mir durch harte Arbeit nebenbei in einem Sägewerk finanziert.«
Neubauer hielt für einen Moment inne, während Jakob aufstand

und aufmerksam ein an der Wand neben der Wetterstation hängendes, älteres Porträt einer hübschen Frau betrachtete, die sehr viel Ähnlichkeit mit Elke Bergh hatte. Es handelte sich offenbar um ein Foto aus einem Fotostudio.

»Meine geliebte Frau«, seufzte Neubauer. »Als ich dreißig wurde, heirateten wir. Sie war Ärztin mit eigener Praxis. Ich meine, sie war noch so eine richtige Hausärztin, wissen Sie? Sie machte spätabends und oft sogar auch nachts noch Hausbesuche, wenn sie gerufen wurde. Und das bei Wind und Wetter. Leider starb sie schon im Alter von siebenundfünfzig. Kinder waren uns nicht vergönnt. Vor fünfundzwanzig Jahren kaufte ich dieses ehemalige Forsthaus hier und dachte, ich würde vielleicht nochmal heiraten können, aber ich fand nie die Richtige. Erst seit Elke mich pflegt, empfinde ich wieder so etwas wie Glück. Ich hoffe, Elke wird irgendwann einmal wieder heiraten, auch wenn das vielleicht nachteilig sein wird für mich. Ich wünsche ihr, dass sie nie wieder von einem Mann so enttäuscht wird, wie von diesem Schwein.«

»Haben Sie eine Vermutung, wer Klaus-Thomas Bergh getötet haben könnte?«, fragte Jakob hart.

»Diese Frage sollten Sie besser Elke stellen. Dieser Idiot war Weltmeister darin, sich unbeliebt zu machen.«

»Wir wissen ja jetzt, dass Sie sich mit Frau Berghs Lebensumständen gut auskennen, deshalb ist uns auch Ihre Einschätzung sehr wichtig.«

Neubauer antwortete zögerlich: »Hm, da kommen mindestens zwei Leute in Frage, ... mindestens! Einen seiner ehemaligen Chefs hat er brutal verprügelt. Darüber sollten Sie eine Akte haben.«

»Und wer noch?«, fragte Elena.

»Warten Sie, ... ich glaube, der Mann ist Flugkapitän, aber sein Name ist mir entfallen. Elkes Mann hat ihn in den sozialen Medien im Internet massiv gemobbt. Sie wird Ihnen das bestimmt genauer schildern können.«

»Fällt Ihnen sonst noch jemand ein, der ein Motiv für die Tat gehabt haben könnte?«, erkundigte sich Elena.

»Keine Ahnung, in welchen Kreisen sich dieser Typ herumgetrieben hat, aber wie ich schon andeutete, Sie sollten besser fragen, wer kein

Motiv gehabt haben könnte«, meinte Neubauer. Er blickte Elena an. Sein Gesichtsausdruck verriet Härte.

»Danke, dass Sie sich Zeit für uns genommen haben«, sagte Jakob. Er überreichte dem alten Mann eine seiner Visitenkarten. »Wenn Ihnen in den nächsten Tagen noch mehr dazu einfällt, rufen Sie uns bitte an.«

»Ich helfe gerne, wenn ich kann«, antwortete Neubauer verkrampft. Die Polizisten sahen ihm an, dass er Schmerzen hatte. »Wenn ich doch bloß noch einmal jung wäre ...«

»Was würden Sie dann tun?«, fragte Elena amüsiert.

»Im Sommer barfuß über eine Blumenwiese laufen. Oder einfach nur mit dem Rücken auf einer Wiese liegen, den Geruch des Sommers wahrnehmen, träumend in den Himmel starren, die Wolkenformationen bewundern und ...« Der alte Mann pausierte. Er schaute gedankenverloren zu den Fenstern. Dann sprach er leise weiter: »Mit Elke irgendwohin ans Meer fliegen.«

9

Bevor sie wieder nach unten gingen, schauten sich Elena und Jakob leise und verstohlen im oberen Stockwerk des Forsthauses um. Auf die Schnelle fanden die beiden keine verdächtigen Gegenstände, aber sie stellten fest, dass sich in der oberen Etage mehrere scheinbar ungenutzte Zimmer befanden, die jeweils mit Betten, Schränken und Waschbecken ausgestattet waren. Weitere Räume schienen früher einmal Arbeitszimmer gewesen zu sein. Ihre Einrichtung glich denen der Büros aus den Sechzigerjahren. In einem dieser Arbeitszimmer stand ein alter abgewetzter Schreibtisch aus Holz, auf dem sich ein ebenso altes schwarzes Festnetztelefon befand. Jakob war bekannt, dass es sich um einen Tischfernsprecher W48 handelte. Der Kriminalist dachte wehmütig an seinen verstorbenen Großvater väterlicherseits, den er schmerzlich vermisste. Er hatte ein solches, schrill klingelndes Telefon besessen. Er hob den schweren großen Hörer ab und hielt ihn sich ans Ohr, hörte aber kein Freizeichen. »Die Zeit dieser Telefone ist endgültig vorbei«, flüsterte Elena. Sie hatte Jakobs amüsierten Blick bemerkt, schaute ihn von der Seite an und lächelte.
»Ich liebe diese alten Schwarz-Weiß-Krimis, in denen die Ermittler solche Telefone nutzen und endlose trockene Dialoge führen.« Jakob flüsterte ebenfalls.
»Und dunkle Anzüge und Schlipse tragen, wie die Schlote qualmen und eine Aufklärungsquote von einhundert Prozent haben«, ergänzte Elena grinsend.
Die Ermittler sahen sich weiter um. Ein anderes Zimmer im oberen Stock diente anscheinend noch immer als Büro. Es war mit einem modernen Schreibtisch und einem Computer nebst Zubehör ausgestattet. Auf großen Regalen an der Wand befanden sich Aktenordner. In Hüfthöhe mittig in einem der Regale war ein Tresor ins Mauerwerk eingelassen. Neugierig zog Jakob nacheinander die Schubladen des Schreibtischs heraus, während Elena sich einige der Aktenordner vornahm – ohne Ergebnis.
Elke Bergh kochte gerade Tee, als Elena und Jakob wieder in der Küche erschienen. »Setzen Sie sich doch wieder an den Esstisch«,

sagte sie, »aber bitte beeilen Sie sich, ich habe zu arbeiten.«
»Dieses alte Forsthaus bietet sehr viel Platz«, meinte Elena.
»Aha, Sie haben sich mal eben nebenbei gründlich umgesehen«, stellte Elke Bergh verärgert fest.
Jakob blieb gelassen. »Wir machen nur unseren Job.«
Elke Bergh hielt dagegen: »Dann machen Sie Ihren Job gefälligst vorschriftsmäßig und bringen Sie einen Durchsuchungsbeschluss mit!«
Elena versuchte abzulenken: »Bieten Sie Bed & Breakfast an?«
»Das war einmal so ein Gedanke von mir, um Geld zu verdienen für die Renovierung des Hauses, aber Georg möchte das nicht. Er bekommt bald eine Versicherungssumme ausbezahlt. Damit und mit meinen Ersparnissen werden wir die Renovierung des Hauses finanzieren. Das Forsthaus steht unter Denkmalschutz, da gibt es strenge Vorschriften, die ich gerade studiere. Ich habe mir vorgenommen, viel selber zu machen. War es das jetzt?«
Jakob übernahm die Befragung. »Nein, das war es nicht«, sagte er trocken.
»Wir benötigen die Namen aller Personen, die einen Grund gehabt haben könnten, Ihren Mann zu töten. Wer war sein ärgster Feind, wer hätte es auf ihn abgesehen haben können?«, erkundigte er sich.
»Darüber muss ich erst einmal nachdenken. Ich weiß beim besten Willen nicht, wen er sich alles zum Feind gemacht hat«, gestand Elke Bergh.
»Ihr Mann war gelinde gesagt kein einfacher Mensch«, warf Elena ein. »Wir möchten keine Zeit verlieren. Also bitte, überlegen Sie! Wer könnte ihn getötet haben?«
Elke Bergh zuckte mit den Schultern. »Vielleicht sein Ex-Chef, der meinen Mann wegen Körperverletzung verklagt hat? Das ist Hagen Brettschneider, Firma Brettschneider IT-Consulting in Dierdorf. Es könnte sein, dass dieser Mann noch immer einen starken Groll gegen meinen Mann hegt. Entschuldigung, ... nein, hegte.«
»Kennen Sie Herrn Brettschneider, trauen Sie ihm die Tötung Ihres Mannes zu?«, wollte Jakob wissen.
»Das kann ich nicht sagen, ich kenne ihn nicht persönlich, aber Sie wollten Namen haben.«

Elena sah von ihrem Notizblock auf. »Sie sagten, Ihr Mann wäre vor seinem Gefängnisaufenthalt bei einer Logistikfirma beschäftigt gewesen.«

»Ja, er fuhr für die Firma Gerean Transporte in Montabaur. Ich glaube, der Geschäftsführer heißt Hein oder Heinz Gerean, aber diesen Mann kenne ich auch nicht.«

»Sie haben uns während der Befragung vorhin nicht alles gesagt«, merkte Elena an.

»Ich habe Ihnen alles gesagt, was relevant ist.«

»Haben Sie noch Kontakt zu Ihrer Mutter?«, wollte Jakob wissen.

»Warum fragen Sie mich das? Ist das überhaupt wichtig für Ihre Ermittlungen?«

»Möglicherweise schon.«

»Meine Mutter hat mich vor meinem Vater beschützt, indem sie ihn tötete. Das war furchtbar, aber irgendwie auch befreiend. Meine Mutter kam in Haft, sie ist aber längst schon entlassen worden. Und ein paar Monate später hat sie sich das Leben genommen. Mit einer Überdosis Ecstasy und Antidepressiva. Es wurde nie geklärt, wer ihr die Drogen und die Medikamente besorgt hat und es interessiert mich auch nicht. Ich habe mein altes Leben endgültig hinter mir gelassen. Ich betrachte das, was mir als Kind und in der Jugend passiert ist, und auch das, was mir mit Klaus passiert ist als grausame Ereignisse meiner Vergangenheit, die ich nicht selbst verschuldet habe. Ich schaue nicht mehr zurück und das soll auch so bleiben.«

Jakob hakte nach: »Können Sie ausschließen, dass Ihr Mann Ihrer Mutter die Drogen besorgt hat?«

»Klaus kannte meine Mutter nicht.«

»Was meinen Sie, kann die Ermordung Ihres Mannes etwas mit der dunklen Vergangenheit des Großvaters Ihres Mannes zu tun haben?«, wollte Elena wissen.

»Ich kann es nicht ausschließen, aber schon eine Weile vor der Inhaftierung meines Mannes war mehr oder weniger Ruhe eingekehrt in diese Sache. Nur noch hin und wieder las man etwas in den Internet-Medien. Mein Mann reagierte kaum noch darauf, aber sein Verhalten änderte er nicht mehr.«

»Übrigens, Frau Bergh, als seine Noch-Ehefrau sind Sie möglicherweise erbberechtigt.« Elena schaute Elke Bergh herausfordernd an. Die Frau des Opfers bemühte sich, ruhig zu bleiben. »Glauben Sie das wirklich? Ich bin mir da nicht sicher. Ich muss mit meinem Anwalt darüber reden.«

»Was wird Ihr Mann Ihnen hinterlassen, wenn Sie erben? Was hatte er auf der hohen Kante? Gibt es vielleicht ein Testament? Gibt es weitere Verwandte, die erbberechtigt sein könnten?«, fragte Jakob.

»Ob es ein Testament gibt? Keine Ahnung. Seine Mutter ist vor sechs Monaten gestorben. Weitere Verwandte hatte mein Mann nicht mehr. Sein Vater ist schon sehr lange tot. Er war sehr krank. Mein Mann hatte keine Geschwister.«

»Waren Sie bei der Beerdigung Ihrer Schwiegermutter dabei? Dann hätten Sie uns ja eben die Unwahrheit gesagt, als wir Sie fragten, wann Sie Ihren Mann zuletzt gesehen haben. Er hat doch sicher Hafturlaub bekommen, oder?«, fragte Elena angriffslustig.

Elke Bergh reagierte gelassen. »Ja, er bekam tatsächlich Hafturlaub. Sein Anwalt rief mich damals an und bat mich, zur Beerdigung zu kommen. Er meinte, Klaus würde sich freuen, mich zu sehen. Ehrlich, ich habe meine Schwiegermutter gemocht, aber ich habe es abgelehnt, bei ihrer Beerdigung dabei zu sein, weil ich Klaus nicht begegnen wollte. Es wird wohl eine Beerdigung mit wenig Beteiligten gewesen sein.«

Elena bohrte nach: »Sie haben noch nicht alle meine Fragen beantwortet. Wie steht es um die Finanzen Ihres Mannes, was werden Sie erben, wenn sich herausstellt, dass Sie erbberechtigt sind? Ist Ihnen das bekannt?«

Elke Bergh wich den Blicken von Jakob und Elena kurzzeitig aus. »Mein Mann hat vermutlich das Haus seiner Mutter in Montabaur und ihre Ersparnisse geerbt. Um welchen Betrag es sich handelt und ob davon noch etwas übrig ist, kann ich Ihnen nicht sagen. Das Haus ist meines Wissens nicht mit Hypotheken belastet. Aber bitte, diese Information ist nicht mehr ganz frisch. Er hat es mir in einem seltenen friedlichen Augenblick gesagt. Damals, kurz bevor er verhaftet wurde«, antwortete sie und fuhr fort: »Was er ansonsten auf der hohen Kante hat, weiß ich nicht genau. Allerdings, ... mein Mann besaß nie viel Geld. Das meiste von dem, was er verdiente, gab er gleich wieder aus. Immerhin hatte er eine kleine Lebensversicherung. Ich gehe davon aus, dass sie gerade so ausreicht, um seine Beerdigung zu finanzieren, wenn mir das Erbe zusteht und ich es nicht ausschlage.«

»Sie werden sich um seine Beerdigung kümmern?«

»Nur wenn ich muss. Und dann werde ich ein Bestattungsunternehmen mit der Einäscherung beauftragen. Sie sollen seine Asche irgendwo verbuddeln, mit einer billigen Grabplatte obendrauf. Ich werde ganz bestimmt keine Blumen auf seinem Grab pflanzen.«

»Das sind harte Worte, Frau Bergh. Immerhin erben Sie unter Umständen ein ganzes Haus in einer guten Lage in Montabaur.«

Elke Bergh schaute Elena grimmig an. »Das ändert nichts an meiner Einstellung«, merkte sie an. »Haben Sie schon vergessen, was Klaus mir angetan hat? Dieser Mensch hat keine feierliche Beerdigung verdient. Und erst recht keine christliche. Aber ich, ... ich glaube, jetzt habe ich etwas verdient.«

»Wie meinen Sie das?«

»Ich sagte doch, ich werde von meinem Anwalt klären lassen, ob ich erbberechtigt bin. Wenn ich Anspruch auf seine Lebensversicherung haben sollte und wirklich auch das Haus erbe, werde ich es verkaufen. Vorausgesetzt, das Haus ist noch immer nicht mit Hypotheken belastet.« Elke Bergh hielt einen Augenblick inne, dann fuhr sie fort: »Und wenn ich das Haus gut verkaufen kann, behalte ich den Gewinn als Entschädigung für die physischen und psychischen Wunden, die mir Klaus in all den Jahren zugefügt hat. Vielleicht werde ich aber auch einen großen Anteil einer sozialen Organisation vermachen. Am besten einer Stiftung, die sich um misshandelte und traumatisierte Kinder und Jugendliche kümmert.«

»Können Sie uns sagen, wovon Ihr Mann die laufenden Kosten für das Haus in Montabaur bezahlt hat?«, fragte Jakob.

»Vermutlich von den Ersparnissen seiner Mutter. Sie war nicht reich, aber auch nicht gerade arm.«

»Okay, verstanden. Andere Frage: Kennen Sie jemanden vom Sozialdienst der Justizvollzugsanstalt Diez? Wer hat Ihren Mann dort betreut?«

»Da hat mal ein Mann angerufen, das ist aber schon länger her. Den Namen hab ich mir nicht gemerkt.«

»Sprechen wir nochmal über Menschen, die ein Motiv gehabt haben könnten, Ihren Mann zu töten«, sagte Jakob.

»Herr Neubauer erwähnte eben einen Flugkapitän, mit dem Ihr Mann Streit hatte. Was können Sie uns dazu sagen?«, erkundigte sich Elena.

»Ach, der. Ja, sein Name ist Konrad Hagendorf. Er ist nicht nur Flugkapitän, er betreibt auch eine Flugschule auf dem Westerwald Airport hier ganz in der Nähe.«

»Hatten oder haben Sie Kontakt mit Herrn Hagendorf?«, erkundigte sich Jakob.

»Nein, wir sind uns nur einmal begegnet, als mein Mann ...«

Elena ließ Elke Bergh nicht ausreden. »Was ist zwischen Ihrem Mann und dem Flugkapitän vorgefallen?«, fragte die Polizistin.

»Mein Mann hat noch vor unserer Zeit in seiner Heimat die Pilotenlizenz für Ultraleichtflugzeuge gemacht. Aber schon kurz nach unserer Hochzeit ruhte die Lizenz, weil mein Mann nicht die erforderlichen Bedingungen zur Erhaltung der Lizenz erflogen hatte. Sein Ziel war es, die vorgeschriebenen Flüge für eine Reaktivierung der Lizenz an Hagendorfs Flugschule nachzuholen. Im Anschluss wollte er dann noch die Privatpiloten-Lizenz für Motorflugzeuge machen.«

»Kein ganz billiges Vergnügen«, stellte Elena fest.

»Er hätte höchstwahrscheinlich seine Mutter angepumpt«, vermutete Elke Bergh verbittert.

»Worüber haben sich Ihr Mann und Herr Hagendorf gestritten?«, erkundigte sich Jakob.

»Ich kenne nicht alle Details. Ich hatte mich damals gerade von meinem Mann getrennt, als der Streit zwischen ihm und dem Flugkapitän begann. Eigentlich mochte ich nicht mehr mit Klaus telefonieren und das wusste er auch. Trotzdem rief er mich immer wieder an. Das grenzte schon an Telefonterror. Eines Tages hatte ich ihn wieder am Telefon. Er war wütend und sagte mir, dass er sich mit Hagendorf heftig gestritten hätte. Er erzählte mir, er würde den Flugkapitän jetzt fertig machen. Darauf war er auch noch stolz. Ich riet ihm, er soll das besser bleibenlassen, eine Vorstrafe sei genug, aber er lachte nur und hörte nicht auf mich. Ein paar Tage später begann er miese Rezensionen in den sozialen Medien und im Online-Buchhandel über Hagendorfs Flugschule und über dessen neues Buch zu schreiben. Er ließ kein gutes Haar an Hagendorfs Buch und an der Flugschule. Ich habe mir das damals im Internet angesehen. Die Rezensionen veröffentlichte mein Mann unter einem Alias-Namen, aber Hagendorf muss Klaus wohl irgendwie identifiziert haben. Das war wohl easy.«

»Wie lautet der Alias Ihres Mannes?«, fragte Elena, »und um welches Buch handelt es sich?«

»Kilo-Tango-Bravo. Seine Initialen im Funkalphabet«, antwortete Elke Bergh mit verächtlichem Blick und sprach weiter: »Flugkapitän Hagendorf hat, glaube ich, ein Lehrbuch für die Ausbildung zur Privatpiloten-Lizenz veröffentlicht. Mit Schwerpunkt auf der praktischen Ausbildung.«

Elena blickte Jakob an und strahlte: »Katja hat mir neulich ein Buch empfohlen, für den Fall, dass ich mich einmal entscheiden sollte, Fliegen zu lernen. Möglich, dass sie dieses Buch meinte. Es muss ein leicht verständliches, sehr gut geschriebenes Buch sein.«

»Vermutlich hat Klaus das Buch nur bruchstückhaft gelesen und mit dem Angebot der Flugschule kannte er sich ja aus. Es war ihm bestimmt ein Leichtes, Hagendorf als Fluglehrer und Autor ins schlechte Licht zu rücken«, meinte Elke Bergh.

»Wissen Sie, ob Ihr Mann auch andere Produkte oder Personen mies beurteilt hat?«

»Konkret ist mir nichts bekannt, aber gegen Ende unserer Beziehung erzählte er mir nicht mehr alles. Es kam immer auf seine Stimmung an. Diesen Flugkapitän hatte er jedenfalls fest im Visier. Klaus wollte sich rächen. Er entwickelte sich immer mehr zu einem verblendeten Idioten.«

Elke Bergh musste ihren Mann verachtet haben. Das war für die beiden Ermittler unüberhörbar.

»Frau Bergh, können Sie uns bitte ein Foto von Ihrem Mann geben?«, bat Jakob die Frau des Opfers.

»Warten Sie.« Elke Bergh stand auf, ging zu einem Unterschrank vor dem Fenster, kramte in einem alten Schuhkarton, zog ein eingerahmtes Bild heraus und gab es Jakob. »Bitteschön. Es ist allerdings schon älter. Als das Foto gemacht wurde, waren wir gerade zwei Jahre verheiratet. Sie können es behalten, ich brauche es nicht mehr.«

Elena nahm das Bild an sich und schob Elke Bergh ihren Notizblock und einen Kugelschreiber zu. »Bitte notieren Sie uns Ihre Handynummer, die Handynummer von Herrn Neubauer, Ihre Festnetznummer und die Handynummer Ihres Mannes.«

»Mein Mann hatte kein Handy mehr, als er in den Knast musste. Sein Handyvertrag lief damals auf meinen Namen. Ich kündigte den Vertrag und gab das alte Handy in den Elektroschrott.« Elke Bergh schrieb die Telefonnummern auf den Notizblock und gab ihn an Elena zurück. Der Polizistin fiel auf, dass die Frau des Opfers eine sehr schöne Handschrift hatte.

»Hatte Ihr Mann im Haus seiner Mutter einen Telefonanschluss? Genauer gefragt, einen Festnetzanschluss mit Internetzugang?«, wollte Elena wissen.

Elke Berg senkte den Kopf. »Das weiß ich nicht«, antwortete sie.

Elena und Jakob warfen sich Blicke zu. »Wir haben momentan keine weiteren Fragen mehr«, sagte Jakob und stand auf.

»Bleiben Sie noch kurz, ... mir fällt da gerade noch eine Sache ein«, sagte Elke Bergh zögerlich. »Es war im Juni 2020, glaube ich. Damals hat sich mein Mann einer Bürgerinitiative gegen den Flugplatz Sonnwald angeschlossen.«

»Bürgerinitiative? Das müssen Sie uns erklären.«

»Diese Bürgerinitiative wettert gegen den Ausbau des Sonnwalder Flugplatzes. Dieser Flugplatz liegt diesem Flugkapitän anscheinend sehr am Herzen. Vermutlich hat Klaus seine Mitgliedschaft in der Bürgerinitiative genutzt, damit er verdeckt gegen den Flugkapitän

agieren konnte. Mehr kann ich Ihnen dazu aber nicht sagen. Es interessiert mich auch nicht.«
»Okay, danke, Frau Bergh«, sagte Jakob. »Wir werden der Sache nachgehen.«
»Ach, Frau Bergh, … bevor wir gehen, … wir haben noch eine Bitte«, sagte Elena vorsichtig. Sie riss einen Zettel von ihrem Notizblock ab und schrieb die Adresse der Pathologie darauf. Dann gab sie den Zettel weiter an Elke Bergh. Die Frau des Opfers las die Notiz und benötigte einen Moment, bis sie verstand. Sie blickte Elena zögernd an. »Ist das Ihr Ernst, ich soll …?«
»Ja, Frau Bergh. Wir müssen Sie bitten, die Leiche Ihres Mannes zu identifizieren. Würden Sie bitte morgen Vormittag nach Koblenz fahren und das erledigen? Es ist wichtig.«
»Kann das nicht jemand anders machen?«, fragte Elke Bergh bestürzt.
»Wer sollte es sonst tun können?«, fragte Jakob ernst.
»Wir würden es begrüßen, wenn Sie das persönlich übernehmen könnten«, sagte Elena nachdrücklich.
»Aber … ich kann doch Georg nicht so lange alleine lassen.« Elke Bergh sah die beiden Ermittler hilfesuchend an. »Das ist nur möglich, wenn meine Freundin Doris morgen Zeit hat, mich zu vertreten. Ich muss das abklären.«
»Machen Sie das bitte!« Jakob reichte Elke Bergh seine rechte Hand. »Danke, dass Sie sich Zeit für uns genommen haben.«
»Bitte rufen Sie uns unbedingt an, wenn Ihnen noch weitere Sachverhalte einfallen, die wir kennen sollten«, sagte Elena und legte eine ihrer Visitenkarten auf den Tisch.
»Okay«, antwortete Elke Bergh sichtlich erleichtert.

Die Altenpflegerin schaute aus dem Fenster und wartete, bis das Auto der Kriminalisten aus der Einfahrt heraus auf die Landstraße abbog. Anschließend stieg sie die Treppe hinauf nach oben, ging in Neubauers Zimmer und stellte ihm eine Tasse Tee auf einen kleinen Schemel neben seinem Rollstuhl. Dann nahm sie sich einen Stuhl und setzte sich vor Neubauer und berichtete ihm von ihrer Befragung. Der alte Mann betrachtete sie ruhig, beugte sich mühsam vor und streichelte ihr mit seiner rechten Hand zärtlich über ihre Wange.

»Das hast du gut gemacht, mein Mädchen«, flüsterte er. »Du hast ihnen die richtigen Antworten gegeben.«

10

»Was hältst du von Frau Bergh, Jakob?«, fragte Elena während der Fahrt zum Westerwald Airport. Die Polizistin hatte Jakob vorgeschlagen, Flugkapitän Hagendorf ausfindig zu machen und ihn zu befragen.

»Auf mich wirkt Frau Bergh authentisch und selbstbewusst«, meinte Jakob. »Sie gibt vor, eine gläubige Katholikin zu sein. Ich habe dennoch das Gefühl, dass sie uns nicht die ganze Wahrheit gesagt hat.«

»Nicht unbedingt belastbar, ihr Alibi. Und sie zeigte kaum Empathie, als wir ihr sagten, was passiert ist«, fügte Elena an.

»Verständlich nach all dem, was ihr Mann ihr angetan hat. Wie hätte sie denn reagieren sollen? Hätte Sie in Tränen ausbrechen sollen?«

»Keine Ahnung. Ich hätte wenigstens etwas mehr Bestürzung erwartet.« Elena beschleunigte das Auto. »Nimmst du ihr ab, dass sie gläubig ist? Der liebe Gott hat ihr im Leben ja nicht gerade viel Unterstützung geboten.«

»Warum sollte sie nicht gläubig sein? Manche Leute finden Halt im Glauben. Die Gläubigen können ja nix dafür, wenn die irdischen Repräsentanten Gottes und die meisten anderen Menschen nicht nach seinen Regeln leben«, meinte Jakob.

»Wir sollten Frau Bergh dringend im Auge behalten«, schlug Elena bestimmend vor.

»Selbstverständlich machen wir das. Was ist dein Eindruck von Neubauer?«

»Er ist ein alter Mann«, stellte Elena fest. »Der tut ihr jeden Gefallen. Er liebt sie und er hat einen ausgeprägten Beschützerinstinkt. Er zeigte keine auffällige Abwehrhaltung und es klang überzeugend, was er sagte. Andererseits könnte ich wetten, dass die beiden sich abgesprochen haben. Sie verschweigen uns etwas.«

»Davon bin ich auch überzeugt«, meinte Jakob. »Ich kann es drehen, wie ich will, Frau Bergh müssen wir als Verdächtige einstufen, obwohl sie auf mich nicht gerade den Eindruck einer Mörderin macht. Aber Neubauer ist alt und behindert. Er kann die Tat nicht begangen haben.«

»Und wenn er nur vorgibt, nicht mehr beweglich zu sein?«, gab Elena zu Bedenken.
»Hast du ihn dir nicht genau angeschaut? Er ist ein schwerkranker Mann. Selbst mit dem Rollator kann er ohne Hilfe nicht aus dem Haus.«
»Trotzdem sollten wir herausfinden, wie krank er wirklich ist«, meinte Elena.
»Nicht nur das. Ich möchte wissen, ob er was auf dem Kerbholz hat.«
»Was ist eigentlich mit dem dunkelgrünen Knopf? Warum hast du nicht danach gefragt? Und hätten wir nicht noch fragen sollen, ob Frau Bergh jemanden kennt, der Baseball spielt?«, wollte Elena wissen.
»Wir müssen eine Hausdurchsuchung beantragen und so bald wie möglich durchführen«, antwortete Jakob ausweichend. »Dann sehen wir weiter.« Jakob wurde bewusst, dass es ein Fehler gewesen war, diese Frage nicht vorab mit Elena abgestimmt zu haben, aber es fiel ihm schwer, es zuzugeben.

Der Westerwald Airport lag im Grenzbereich von Nordrhein-Westfalen und Rheinland-Pfalz. Der größte Teil des Flughafens befand sich auf nordrhein-westfälischem Gebiet, doch das Bürogebäude und der Hangar der Flugschule und Air-Service Hagendorf GmbH waren auf rheinland-pfälzischem Territorium erbaut worden. Durch ihre Flüge mit Katja wusste Elena das zufällig und so konnte sie Jakob dazu überreden, ihre nordrhein-westfälischen Kollegen später zu informieren, falls es erforderlich werden sollte. Gegen Viertel vor elf trafen Elena und Jakob auf dem Parkplatz des Regional-Flughafens ein. Im Eingangsgebäude zeigten die beiden Polizisten einer Flughafenangestellten ihre Dienstausweise und gelangten anschließend durch die Sicherheitsschleuse auf das Vorfeld. Die Sonne stand schon hoch am Himmel und heizte den Asphalt des Vorfelds auf. Die Luft war trocken und schwül. Eigentlich mochte Jakob den Sommer, doch heute schwitzte er unangenehm stark, weshalb er immer wieder Schweißperlen mit einem Taschentuch von seiner Stirn abwischen musste.

Das Bürogebäude der Flugschule befand sich neben einem Hangar. Über den großen Schiebetoren des Hangars waren das Logo der Firma und der Firmenname angebracht. Die Schiebetore standen weit offen. Elena vermutete, dass die große, breite Halle für mindestens fünf Flugzeuge Platz bot. Im hinteren Teil der Halle standen mehrere Regale und Metallspinde sowie eine kleine Werkbank an der Wand. Davor stand links ein Ultraleichtflugzeug und rechts ein älteres viersitziges Motorflugzeug, eine Morane MS 893. Die Motorverkleidung dieses Flugzeugs war abmontiert und am Propeller hing ein rotes Warnschild, das in großen roten Lettern die Aufschrift UNKLAR trug. Niemand arbeitete an dem Motor, schließlich war Sonntag. Knapp neben diesem Flugzeug, an der rechten Seitenwand der Halle, war ein Mercedes-Benz E 400 geparkt. Ein sportlich aussehender junger Mann mit kurzen schwarzen Haaren und einem Drei-Tage-Bart zog gerade das zuvorderst befindliche Motorflugzeug aus dem Hangar heraus. Elena erkannte den Flugzeugtyp, es war ein Tiefdecker, eine Aquila A 210. Der schlanke Mann war offensichtlich ein Pilot. Er trug Jeans, ein weißes Hemd, eine Pilotenjacke und eine auffällige Pilotensonnenbrille. Während er das Flugzeug umsichtig aus dem Hangar heraus rangierte, nahm er kaum Notiz von Elena und Jakob. Nachdem er das Flugzeug auf eine Parkposition rechts vor dem Hangar manövriert hatte, öffnete er in aller Ruhe die Cockpithaube, kletterte hinein und arretierte die Parkbremse des Flugzeugs. Anschließend stieg er sportlich aus dem Cockpit heraus, zog seine Jacke aus und warf sie ins Cockpit, nahm seine Sonnenbrille ab und begrüßte die beiden Polizisten: »Ich bin Falk Steinhausen, neuer Geschäftsführer und Chef-Fluglehrer der Flugschule und Air-Service Hagendorf GmbH.« Der Pilot musterte Elena mit seinen dunklen Augen eindringlich, doch Elena reagierte nicht darauf. Stattdessen zeigte sie Steinhausen mit ernstem Blick ihren Dienstausweis. Jakob tat es ihr nach. »Wir suchen Flugkapitän Hagendorf. Ist er hier?«

»Es ist doch hoffentlich nichts passiert?«, fragte Steinhausen nervös lächelnd.

»Das möchten wir gerne mit Herrn Hagendorf persönlich besprechen«, sagte Elena.
»Das ist nicht möglich. Er ist heute Morgen weggeflogen.«
»Wohin?«, fragte der Hauptkommissar.
»Gute Frage. Ich habe ihn gestern Abend hier im Hangar angetroffen, da machte er gerade sein Flugzeug klar. Wohin er fliegen wird, wollte er mir nicht sagen.«
»Ist Ihnen das nicht komisch vorgekommen?«
»Irgendwie schon, aber ich wollte nicht nachhaken.« Steinhausen klang unsicher.
»Haben Sie ein Buchungssystem?«, fragte Elena. »Darin muss er doch eingetragen haben, wohin er fliegt und wann er wiederkommt.«
Der Pilot lehnte sich mit dem Rücken an die linke Tragfläche des Flugzeugs, vor dem die drei standen, und schob seine Hände in die Hosentaschen. »Über seine private Cessna kann er frei verfügen«, erklärte er. »Das Flugzeug wird außer von mir und Konrad nicht von anderen Piloten geflogen. Konrad hat mir nur gesagt, dass er das gute Flugwetter ausnutzen möchte und ein paar Tage wegbleibt. Ich nehme an, er fliegt nach Stockholm zu seiner Lebensgefährtin Freya. Mit seiner Cessna landet er immer auf dem Flughafen Stockholm-Skavsta. Dieser Flugplatz liegt zwar etwa einhundert Kilometer südwestlich von Stockholm, aber er bietet für Privatpiloten mit Propellermaschinen einige Vorteile. Freya holt Konrad dort immer mit ihrem Auto ab. Er lebt abwechselnd in Stockholm und hier im Westerwald. Fragen Sie doch einfach die Flugleiter auf dem Tower, ob Konrad ihnen über Funk sein Ziel genannt hat, als er gestartet ist. Das ist eigentlich üblich.«
»Nach Schweden? Mit einem kleinen Motorflugzeug?«, fragte Jakob ungläubig.
Steinhausen schwärmte: »Na, so klein ist eine Cessna 182, genauer gesagt eine Cessna 182 Turbo Skylane nun wirklich nicht. Für ein einmotoriges Flugzeug ist sie ziemlich schnell. Konrads Maschine ist gerade einmal zwölf Jahre alt. Sie ist nicht nur in einem Top-Zustand, sie ist auch gut instrumentiert. Sie bietet Piloten allen

digitalen Schnickschnack, sowohl für Sichtflüge als auch für Flüge nach Instrumentenflugregeln bei schlechterem Wetter. Bis nach Stockholm benötigt Konrad mit seinem Flugzeug je nach Flugstrecke grob geschätzt viereinhalb bis sechs Stunden reine Flugzeit. Zwischenstopps zwecks Pinkelpausen und Auftanken müssen natürlich zur Gesamtreisezeit hinzugerechnet werden.«
»Wann ist Herr Hagendorf gestartet?«, fragte Elena.
»Auch das fragen Sie besser die Flugleiter. Als ich heute hier gegen neun Uhr eintraf, war er wohl schon in der Luft. Es stand nur sein Auto in der Halle.«
»Der Mercedes dort hinten?«
Steinhausen nickte. Elena notierte das Kennzeichen des Autos.
»Sagen Sie mal, was ist hier eigentlich los? Wieso sind Sie hier?« Noch immer betrachtete Steinhausen Elena von Kopf bis Fuß. Inzwischen gab er sich lässig und ließ beim Lächeln seine weißen Zähne blitzen.
»Ich habe gehört, dass heute in aller Frühe bei der Abtei Marienstatt ein Toter gefunden wurde. Sind Sie etwa deswegen hier? Was hat das mit Konrad zu tun?«
»Woher wissen Sie, dass heute Morgen eine Leiche bei der Abtei gefunden wurde?«, fragte Elena mit lauter Stimme, weil sie die Triebwerksgeräusche eines startenden Flugzeugs übertönen musste.
»Ich lese morgens hier in meinem Büro immer als Erstes die Lokalnachrichten im Internet. Es schien mir, als ob die Redakteure noch nicht genau gewusst hätten, was wirklich passiert ist, aber sie haben sehr reißerisch spekuliert, dass es sich um einen Mord handelt«, erwiderte Steinhausen.
Elenas und Jakobs Blicke trafen sich kurzzeitig. Die Ermittler fragten sich, welche Informationen die Presseabteilung am Morgen herausgegeben hat.
»Kennen Sie Klaus-Thomas Bergh?«, fragte Jakob. Er versuchte Steinhausen in die Augen zu schauen.
»Ja, den kenne ich.« Steinhausen wich dem Blick des Hauptkommissars aus. »Ist das etwa der Tote, der heute Morgen gefunden wurde?«
»Wir stellen hier die Fragen!«, stellte Elena energisch fest.

»Hatten Herr Hagendorf und Herr Bergh Streit?«, fragte Jakob.
»Konrad und Klaus hatten Differenzen, das lässt sich nicht verschweigen, aber Sie denken doch nicht, dass Konrad ...?«
»Wir stellen hier die Fragen«, wiederholte Elena. »Antworten Sie bitte und hören Sie endlich auf, mich so anzustarren!«
»Entschuldigung.« Steinhausen blickte einen Augenblick beschämt zu Boden. »Ja, es stimmt. Konrad und Klaus waren erbitterte Feinde. Aber Konrad ist gutmütig. Er tut keiner Mücke etwas zuleide, außer, dass er regelmäßig auf die kleinen Biester flucht, wenn er nach einem Flug ihre Überreste von den Tragflächenvorderkanten und von den Cockpitscheiben des Flugzeugs abwaschen muss. Sie verschwenden Ihre Zeit, wenn Sie Konrad verdächtigen.«
Jakobs Tonfall wurde scharf: »Was glauben Sie, wie oft wir solche Aussagen schon gehört haben.«
»Wir machen uns lediglich ein Bild und ermitteln in alle Richtungen, das ist unser Job«, ergänzte Elena. »Wir werden Herrn Hagendorf befragen, sobald wir ihn erreichen. Wie war denn eigentlich Ihr Verhältnis zu Herrn Bergh?«
Steinhausen ließ seine Blicke kurzzeitig über das Flugfeld schweifen, bevor er sich wieder den beiden Ermittlern zuwandte. »Tja, was soll ich sagen? Ich mochte ihn von Anfang an nicht, das ist kein Geheimnis. Klaus kam erstmals im Juni 2019 zu uns. Er wollte seine Lizenz für Ultraleichtflugzeuge reaktivieren. Das war notwendig, weil er längere Zeit nicht geflogen war. Es gibt entsprechende Vorschriften. Erst einmal muss man wieder zum Fliegerarzt, um ein Tauglichkeitszeugnis zu bekommen. Dann übt man mit einem Fluglehrer. Anschließend fliegt man solo, macht die vorgeschriebenen Starts und Landungen und fliegt die Flugstunden, die man normalerweise im Zeitraum der letzten vierundzwanzig Monate nachweisen können muss. Man kann das aber auch abkürzen, indem man ein bisschen mit Fluglehrer übt und dann eine sogenannte Befähigungsüberprüfung mit einem anerkannten Prüfer macht. Das kann Kosten sparen. Und genau das war Berghs Absicht. Er machte einen auf dicke Hose und gab vor, das sei alles kein Problem für ihn, er sei ein guter Pilot und er beabsichtige, später bei

uns noch die Lizenzen für Motorflugzeuge zu erwerben. Zunächst die Leichtflugzeug-Pilotenlizenz, die LAPL-A und später die höherwertige Privatpilotenlizenz PPL-A.«

»Sie haben ihm fliegerisch ordentlich auf den Zahn gefühlt«, behauptete Elena kühl. »Stimmts?«

»Ja natürlich, das ist bei uns üblich. Wir haben seine Papiere überprüft und dann sind Konrad und ich abwechselnd mit ihm geflogen. Er war alles andere als ein guter Pilot. Er war völlig außer Übung, seine Landungen waren eine Katastrophe. Sie glichen eher unkontrollierten Abstürzen aus geringer Höhe über der Landebahn.« Steinhausen fuchtelte mit seinen Händen und beschrieb grinsend Berghs miserable Landungen. Dann sprach er aufgeregt weiter: »Konrad ist ein leidenschaftlicher Pilot. Er hat buchstäblich Flugzeugbenzin im Blut, ich sag's Ihnen. Und nicht nur das. Er ist ein penibler Fluglehrer und Prüfer und er verlangt von seinen Flugschülern und Prüflingen hundert Prozent. Mindestens! Klaus hatte fest damit gerechnet, dass ihm ein Minimum an Übung mit Fluglehrer und eine anschließende Befähigungsüberprüfung ausreichen würden, aber daraus wurde nichts. Konrad machte ihm klar, dass er große Defizite hat, die nur durch ausreichend Training ausgebügelt werden können. Er legte Klaus überdies nahe, bei uns einen Refresher-Kurs zu belegen, um sich auch in der Theorie wieder auf den aktuellen Stand zu bringen. Piloten müssen über ein umfangreiches Fachwissen verfügen und sie müssen ihre Kenntnisse im Cockpit während des Flugs jederzeit abrufen können.«

»Hat Herr Bergh das eingesehen?«, fragte Jakob?

»Keineswegs. Er warf Konrad arrogant vor, nur Geld an ihm verdienen zu wollen. Er sagte, die Theorie könne er auch mit entsprechenden Lern-Apps wieder auffrischen.«

»Was hat Herr Hagendorf geantwortet?«, fragte Elena.

»Konrad blieb erst einmal ruhig, obwohl ihn Berghs arrogante Art sehr ärgerte. Konrad hat nichts gegen Lern-Apps. Im Gegenteil, er findet sie gut, als Ergänzung zu Kursen. Es ging Konrad aber nicht nur um Berghs theoretisches Wissen. Bergh hatte jede Menge Defizite und Konrad hatte sie alle vor Augen. Er stellte Bergh vor die

Wahl. Er sagte ihm, er müsse die Reaktivierung seiner Lizenz für Ultraleichtflugzeuge und später die Ausbildung zu den Motorfluglizenzen nach unseren Vorstellungen machen, unter Beachtung der gesetzlichen Bestimmungen und zu seiner eigenen Sicherheit, oder er müsse sich eine andere Flugschule suchen.«
»Was passierte dann?«, erkundigte sich Elena.
»Klaus war weiterhin uneinsichtig und wollte verhandeln. Er bestand nach wie vor auf wenige Übungsflüge plus dem Überprüfungsflug mit Konrad und er verlangte sogar eine schriftliche Vereinbarung über die von ihm zu fliegenden Flugstunden für seine neuen Lizenzen. Er meinte, es würde reichen, nur die minimal vorgeschriebenen Bedingungen zu erfüllen.« Steinhausen grinste immer noch breit und fuhr fort: »Aber Konrad ließ sich darauf nicht ein. Er hat ihm gesagt, dass er so einen Deal nicht akzeptieren kann. Bergh hätte allenfalls ein vergünstigtes Angebotspaket an Starts, Landungen und Flugstunden plus Theoriekurs bei uns buchen können, aber ob das letztendlich für seine Prüfung ausgereicht hätte, wäre im Anschluss durch Konrad und mich festgestellt worden, bevor wir ihn zur Prüfung angemeldet hätten.«
»Konsequent«, meinte Elena. »Wofür gibt's Vorschriften. Und überhaupt, es entscheiden immer noch die Fluglehrer, wie viel Starts, Landungen und Stunden ein Flugschüler insgesamt braucht, bis er ein Ultraleichtflugzeug wieder als verantwortlicher Pilot fliegen kann … beziehungsweise nach der Ausbildung zur LAPL-A oder zur PPL-A reif für die Prüfung ist.«
»Sie sind gut informiert«, lobte Steinhausen.
»Und ich verstehe nur Bahnhof«, sagte Jakob.
»Ich erkläre es dir später.« Elena lächelte.
Jakob warf einen neugierigen Blick ins Cockpit der Aquila. Dann wandte er sich wieder Steinhausen zu: »Wie ist Herr Hagendorf damals mit Herrn Bergh verblieben?«
»Konrad hat ihn rausgeworfen.«
»Hat Herr Bergh sich dafür gerächt?«
»Und ob er das hat! Er hat seine Flugstunden nicht bezahlt, aber schlimmer noch, er hat Konrad in den sozialen Medien über eine

lange Zeit hinweg mit sehr miesen Rezensionen gemobbt. Er stänkerte gegen die Flugschule und gegen Konrads neues Buch. Dann kamen wir eines Morgens hier in unseren Hangar und stellten fest, dass bei einem Flugzeug die Reifen des Hauptfahrwerks zerstochen waren. Es machte Bergh damals wohl keine große Mühe, die Halle zu öffnen, weil der Schließmechanismus von einem der Hallentore nicht in Ordnung war. Bergh muss das damals beim Einräumen der Flugzeuge nach dem Flugbetrieb gemerkt haben, da waren wir uns sicher. Wir haben umgehend Anzeige erstattet, aber es kam nichts dabei heraus. Bergh konnte ein Alibi nachweisen. Später erfuhren wir, dass Bergh Mitglied einer Bürgerinitiative gegen unseren Nachbarflugplatz Sonnwald geworden war. Wenn Sie sich etwas auskennen, … dieser Flugplatz ist nur wenige Kilometer Luftlinie vom hiesigen Westerwald Airport entfernt.« Steinhausen griff zu einer Luftfahrer-Karte im Cockpit der Aquila, breitete sie auf der Tragfläche des Flugzeugs aus und zeigte den Kriminalisten die beiden Flugplätze auf der Karte. Dann sagte er: »Der Sonnwalder Flugplatz liegt Konrad sehr am Herzen, er hat als junger Mensch dort Segelfliegen gelernt.« Steinhausen blickte hinüber zur Landebahn und beobachtete konzentriert die Landung einer restaurierten P-51 Mustang, der kurz darauf eine moderne Cirrus SR 22 folgte.

»Können wir bitte weitermachen?«, drängelte Elena den Piloten.

»Oh, sorry, … ich war abgelenkt, nicht bei der Sache. Es ist immer wieder faszinierend, wenn dieses amerikanische Jagdflugzeug aus dem letzten Krieg hier startet oder landet. Das Flugbild, der Sound des Motors, … einfach toll. Früher waren es gefürchtete Feindflugzeuge, heute sind diese Mustang-Warbirds fliegende Sammlerstücke von Leuten mit viel Geld. Ich wünschte, ich …«

Elena unterbrach Steinhausen. »Wussten Sie, dass Klaus-Thomas Bergh eine Haftstrafe abgesessen hat?«

Steinhausen antwortete mit einem langgezogenen Nein. Dann fragte er: »Was hatte Klaus denn schon wieder ausgefressen?«

»Das möchten wir Ihnen zum jetzigen Zeitpunkt nicht sagen.«

»Sie betonten die Worte schon wieder. Warum?«, fragte Jakob den Fluglehrer.

»Tja. Damals, kurz nachdem Konrad Bergh als Flugschüler abgelehnt hat, erfuhren wir zufällig von seiner Vorstrafe. Klaus hatte uns das natürlich verschwiegen, aus gutem Grund.«
»Aus gutem Grund?«
»Wegen seiner Vorstrafe hätte Klaus niemals die LAPL-A- und auch nicht die PPL-A-Lizenz machen dürfen, weder bei uns noch an einer anderen Flugschule. Bei der gesetzlich vorgeschriebenen ZÜP wäre er schon gescheitert.«
»Was zum Teufel ist eine ZÜP?«
Steinhausen ereiferte sich: »ZÜP steht für die Zuverlässigkeitsüberprüfung, die alle Privat- und Berufspiloten und bestimmte Mitarbeiter vom Bodenpersonal über sich ergehen lassen müssen. Die ZÜP muss schon vor dem Beginn der fliegerischen Ausbildung durchgeführt und alle fünf Jahre wiederholt werden. Wir Piloten müssen dafür blechen und den Behörden die offizielle Einwilligung zum Schnüffeln geben.«
Elena lachte und zu Jakob gewandt meinte sie: »Darüber regt Katja sich auch auf. Die ZÜP entstammt dem Luftsicherheitsgesetz, das in Deutschland etwa vier Jahre nach Nine-Eleven eingeführt wurde. Katja meint, wenn jemand fliegen kann und Unfug treiben will, nutzt diese ZÜP kaum etwas. Viele deutsche Piloten empfinden das Gesetz als diskriminierend. Nur Segelflieger und Piloten, die Ultraleichtflugzeuge fliegen, sind von der ZÜP ausgenommen.«
»Alle Achtung, Ihre Freundin kennt sich ja wirklich gut aus«, meinte Steinhausen.
»Das muss sie auch. Katja fliegt beruflich und privat. Was die ZÜP betrifft, sind wir übrigens unterschiedlicher Meinung. Ich begrüße das Gesetz. Schaden kann's nichts.«
»Die einzige Katja, die ich kenne, fliegt Rettungshubschrauber. Eine zierliche Frau, aber eine toughe Pilotin. Ist sie etwa Ihre Freundin?«, fragte Steinhausen grinsend.
»Nun seien Sie mal nicht so neugierig«, antwortete Elena schroff.
»Wann haben Sie Klaus-Thomas Bergh zuletzt gesehen?«, fragte Jakob.
Steinhausen überlegte kurz. »Das dürfte im Herbst 2019 gewesen sein«, schätzte er. »Damals kreuzte er hier nochmal auf.«

»Er kam zum Flugplatz? Nach all dem Zoff? Aus welchem Grund?«, erkundigte sich Jakob.

»Ja. Ein paar Wochen, nachdem Konrad ihn rausgeworfen hatte, kam Klaus her und wollte Konrad zur Rede stellen. Er war äußerst unverschämt, aber Konrad lehnte es ab, sich weiterhin mit diesem Dreckskerl auseinanderzusetzen.«

»Und dann?«

»Konrad warf Klaus natürlich wieder raus und drohte ihm mit einer Anzeige. Aber Klaus schien das überhaupt nicht zu beeindrucken. Er schwirrte beleidigt ab und dann reagierte er umso bösartiger. Er arbeitete weiter daran, die Flugschule und Konrad in den sozialen Medien im Internet anzuschwärzen. Aber es hat ihm nichts genutzt. Keine andere Flugschule hier in der Gegend wollte ihn haben, das war Konrads Rache an Klaus.«

»Sobald Herr Bergh sich an einer anderen Flugschule zur Ausbildung gemeldet hätte, wäre er doch ohne ZÜP-Nachweis sowieso gescheitert«, meinte Elena, »aber wie hat Herr Hagendorf sich gerächt? Was hat er unternommen?«

»Tja, Konrad ist eben Konrad. Er nimmts genau. Er befürchtete, dass Klaus als IT-Spezialist den ZÜP-Nachweis in irgendeiner Weise fälschen würde. Es war Konrad wichtig zu verhindern, dass seine Freunde und unsere Wettbewerber auf Klaus hereinfallen und ihn für die höherwertigen Motorfluglizenzen ausbilden oder ihm auch nur die Erneuerung seiner Sportpilotenlizenz ermöglichen. Aber nicht nur das. Konrad war damals natürlich ziemlich wütend wegen Berghs beleidigenden Mobbingaktionen. Also fackelte er nicht lange und rief alle an. Und ich half ihm tatkräftig dabei. Lumpenpack wie Bergh gehört nun mal nicht in die Luft. Er war sowieso keiner, der mit Leidenschaft flog. Ein arroganter Angeber war er. Er passte nicht in die Szene der Privatpiloten.«

»Von welchen Freunden und Wettbewerbern reden Sie, wen haben Herr Hagendorf und Sie über Herrn Bergh informiert?«, fragte Jakob.

»Na, zum Beispiel die Firma Flight Services Alsfelder auf dem Nachbarflugplatz Sonnwald und die Vorstände der Westerwälder Fliegerclubs im näheren Umkreis, die auch ausbilden. Auch die

Flugschulen und Clubs auf den Flugplätzen zwischen Mainz und Bonn haben wir sicherheitshalber angerufen. Außerdem haben wir die Landesluftfahrtbehörden von Hessen, Rheinland-Pfalz und Nordrhein-Westfalen informiert. Klaus hat danach wohl irgendwie herausgefunden, dass Konrad dahintersteckte.«

»Hat Herr Bergh in den letzten drei Wochen Kontakt mit Ihnen oder mit jemandem aus der Flugschule aufgenommen? Vielleicht hier vor Ort, telefonisch oder per E-Mail?«, fragte Elena.

»Nein«, antwortete der Pilot knapp.

»Herr Steinhausen, wo waren Sie heute Morgen zwischen halb vier und sechs Uhr?«, wollte Jakob wissen.

»Sie verdächtigen mich?« Steinhausen biss für einen Moment seine Lippen zusammen.

»Das war nur eine Frage.«

»Okay, ... ähm, ... Sie müssen das fragen, aber muss ich Ihre Frage auch beantworten?«, fragte der Pilot.

»Es kann sich ungünstig für Sie auswirken, wenn Sie unsere Fragen nicht beantworten oder uns anlügen.«

»Okay. Ich war in meiner Wohnung in Hachenburg.«

»Kann das jemand bestätigen?«, erkundigte sich Elena.

»Ja sicher, meine Frau.«

»Wir werden das überprüfen.«

Steinhausen verzog sein Gesicht. »Tun Sie das«, sagte er mit feindseliger Stimme.

»Kennen Sie eigentlich Frau Bergh?«, fragte Elena beiläufig.

Steinhausen wich Elenas Blicken aus. »Nein!«, erwiderte er.

»Okay, Herr Steinhausen, wir sind gleich fertig«, sagte Jakob. »Bitte schreiben Sie meiner Kollegin noch das Kennzeichen des Flugzeugs von Herrn Hagendorf, seine Handynummer, Ihre Adresse und bitte auch Ihre Handynummer auf.« Elena legte ihren Notizblock auf die Tragfläche des Flugzeugs, vor dem sie noch immer standen, und gab Steinhausen ihren Kugelschreiber. Steinhausen schrieb schweigend und gab Elena Notizblock und Kugelschreiber zurück. Wieder musterte er sie von Kopf bis Fuß mit eindringlichen Blicken.

»Können Sie uns bitte Ihre Kundendaten von Herrn Bergh auf einen

Stick kopieren?«, bat Elena den Fluglehrer.

»Äh ... war vielleicht nicht ganz korrekt, aber die hab ich gelöscht«, gestand Steinhausen.

»Hätten Sie bitte noch ein Foto von Herrn Hagendorf für uns?«, bat Elena den Piloten.

»Geben Sie mir Ihre Handynummer, ich schicke Ihnen ein Foto von Konrad ... und ich rufe Sie auch gerne einmal privat an«, säuselte der Pilot lächelnd.

»Keine Chance«, raunzte Elena ihn genervt an. »Sie kriegen meine Handynummer für dienstliche Zwecke, aber auf Ihre Anmache kann ich verzichten. Sie rufen uns bitte sofort an, wenn Herr Hagendorf zurückkommt oder sich bei Ihnen meldet!« Elena und Jakob gaben Steinhausen ihre Visitenkarten.

»Soll ich Sie zur Flugleitung begleiten?«, fragte Steinhausen.

»Nicht nötig«, meinte Elena spitz. »Da finden wir alleine hin.«

Steinhausen setzte seine Sonnenbrille auf. »Tschüss, und grüßen Sie Katja von mir.«

»Einen Moment noch«, sagte Jakob. »Ich möchte mir gerne noch den Mercedes von Herrn Hagendorf anschauen.«

»Was soll das? Ich habe Ihnen doch gesagt, dass Konrad nichts mit der Sache zu tun hat. Aber gut, werfen Sie einen Blick auf das Auto. Es dürfte allerdings abgeschlossen sein.« Steinhausen verschwieg, dass sich der Reserveschlüssel des Autos im Büro der Flugschule in einem Schlüsselkasten befand.

Der Pilot beobachtete, wie sich die beiden Polizisten den Mercedes aufmerksam anschauten, das Auto fotografierten, anschließend den Hangar verließen und in Richtung des Towers gingen. Steinhausen wartete einen Moment, dann suchte er sein Smartphone. Schließlich fand er es im Cockpit der Aquila. Er wählte Hagendorfs Rufnummer, erreichte aber nur die Mailbox. Steinhausen fluchte, bevor er eine Sprachnachricht hinterließ: »Die Polizei war hier. Ruf mich an, wenn du das abgehört hast!«

11

Die Ermittler erklommen die steilen Treppen zur Glaskanzel des Flughafen-Towers. Jakob musste kurz stehenbleiben. Er keuchte und schwitzte. Die Hitze im Treppenhaus des Towers war unerträglich.

»Kaufst du Steinhausen ab, was er uns aufgetischt hat?«, fragte Elena den Hauptkommissar. Auch sie begann zu schwitzen.

»Hm, er hat die Andeutungen von Frau Bergh in Bezug auf den Flugkapitän bestätigt. Hagendorf hatte ganz offensichtlich ein handfestes Motiv. Gleichwohl hat Steinhausen Hagendorf vehement verteidigt. Wir müssen unbedingt persönlich mit dem Flugkapitän sprechen.«

»Ich frage mich, ob wir Steinhausen eben nicht schon zu viele Fragen gestellt haben«, meinte Elena. Sie klang unsicher. »Der ist doch jetzt vorgewarnt.«

»Kein Grund zur Beunruhigung«, meinte Jakob grinsend. »Wir haben etwas Staub aufgewirbelt. Das kann nix schaden. Es ist unsere Aufgabe, neugierig zu sein.«

»Steinhausen könnte auch selbst ein Motiv gehabt haben«, meinte Elena. »Er war damals schon an Hagendorfs Luftfahrtunternehmen beschäftigt, als Bergh die Firma in den Dreck gezogen hat, und nun ist er Geschäftsführer. Er wohnt in Hachenburg und war angeblich um neun Uhr am Westerwald Airport. Möglich, dass er gelogen hat. Ich kann mir nicht vorstellen, dass er nicht weiß, wann Hagendorf gestartet ist und wohin er fliegt. Steinhausen wirkte auf mich angespannt und müde. Kann es sein, dass er und Hagendorf die Tat gemeinsam begangen haben?« Elena blieb stehen und wartete auf Jakob, der schnaufend hinter ihr her die steilen Treppen hochstieg. Dann fuhr sie fort: »Wir müssen umgehend Steinhausens Alibi überprüfen.«

»Könnte sein, dass du recht hast«, erwiderte Jakob grübelnd. »Es ist wie immer. Wir müssen noch viel tiefer graben, wenn wir die Wahrheit herausfinden wollen. Aber irgendwann macht jeder Täter einen Fehler und wer lügt, muss ein verdammt gutes Gedächtnis haben.«

»Apropos Lügen, ich gehe stark davon aus, dass Steinhausen mehrfach gelogen hat. Erstens glaube ich ihm nicht, dass er Berghs Rufnummern und Daten gelöscht hat und zweitens … auf meine Frage, ob er Elke Bergh kennt, hat er für mein Gefühl viel zu plötzlich und zu hart reagiert, als er mit Nein antwortete«, meinte Elena. »Das klang wenig überzeugend. Außerdem tat er zwar überrascht, als wir ihm sagten, dass Bergh gesessen hat, aber ich wette, er wusste davon. Irgendetwas ist hier faul.«

Kurz bevor die beiden Kriminalbeamten die Glaskanzel des Towers betraten, warf Jakob einen Blick auf seine Armbanduhr. Es war elf Uhr zehn.
Der Arbeitsplatz der Flugleiter war durch einen Schalter mit Glasschutz abgetrennt und bot einen grandiosen Rundumblick über den gesamten Regionalflughafen und den Luftraum rundherum. Vor einem großen langen Tischpult saß eine schlanke, etwa vierzigjährige Frau mit kunstvoll frisierten brünetten Haaren. Sie hatte ein Mikrofon in der Hand, blickte konzentriert auf einen im Pult integrierten Bildschirm und wickelte gerade den Funkverkehr mit einem anfliegenden Business-Jet ab. Die Flugleiterin trug Shorts und ein gelbes T-Shirt mit dem Logo des Flughafens. Ihre nackten Arme waren voller kunstvoll gestalteter Tattoos, die Elena sehr gefielen.
»Ich bin Abigail Lloyd-Herrmann, was führt Sie zu mir?«, begrüßte sie die Besucher ruhig. »Sind Sie das, die da eben mit der Cirrus gelandet sind? Ihre Landegebühren müssen Sie unten im Büro der Verwaltung bezahlen.« Der Name und Akzent der Flugleiterin ließ die Polizistin vermuten, dass sie Britin war und vielleicht einen deutschen Mann geheiratet hatte. Elena und Jakob hielten ihre Dienstausweise hoch. »Wir sind keine Piloten«, sagte Elena. »Wir sind Kriminalbeamte und müssen kurz mit Ihnen reden.«
»Sie sind von der Kripo?« Die nur einen Meter sechzig große Flugleiterin sprang ohne weitere Worte auf und eilte an den Polizisten vorbei durch die niedrige Schwungtür in der Mitte des Schalters.

Dann öffnete sie die Tür zum Laufgang vor der Glaskanzel des Towers und rief ihren Kollegen: »Walter, kannst du bitte deine Kippe ausmachen und reinkommen? Die Kripo ist hier.«
Der Flugleiter blieb ruhig und drückte seine Zigarette draußen in einem übervollen Aschenbecher aus. Er wartete, bis seine Kollegin wieder an ihrem Platz saß, bevor er die Glaskanzel der Flugleitung betrat. Dann begrüßte er Elena und Jakob und ließ sich lässig in seinen Bürostuhl fallen. Elena und Jakob mussten vor dem Schalter stehenbleiben, denn es gab keine weiteren Sitzgelegenheiten. Der Flugleiter schien kurz vor seinem Rentenalter zu sein. Elena schätzte den Mann auf ungefähr vierundsechzig. Seine obere Kopfhälfte war schon kahl, seine restlichen grauen Haare waren zu einem Zopf gebunden. Seinen dicken Bauch kaschierte er mit einem übergroßen gelben T-Shirt. Auf dessen Vorderseite war ein Spruch aufgedruckt:

You're a rich woman? You want to love a pilot? Ask me!

Elena sah den Mann an. Spinner, dachte sie. Welche reiche Frau würde ausgerechnet dich daten und dir vielleicht sogar ein Flugzeug kaufen?
Mit tiefer Stimme stellte sich der Mann als Flugleiter Hans-Walter Schubert vor. Er bemerkte Elenas Gesichtsausdruck und deutete auf sein T-Shirt. »Das ist nur ein Joke. Mir ist klar, was Sie denken«, sagte er lächelnd.
Weißt du nicht, dachte Elena.
Lloyd-Herrmann verteidigte ihren Kollegen. »Walter ist kein Macho. In der Pilotenszene kennen wir ihn als ernsten Menschen, der sich hin und wieder derbe Späße erlaubt.« Die Flugleiterin grinste und warf Schubert einen Seitenblick zu. »Glauben Sie mir, er ist ganz ok. Allerdings, ... er raucht zu viel.«
Schubert deutete auf seine Kollegin. »Abbie ist mein schlechtes Gewissen, ich sollte wirklich weniger rauchen.«
»Das sollte ich auch tun«, antwortete Elena grinsend. Zu gerne hätte sie jetzt auch eine Zigarette geraucht, doch das musste warten.

»Warum sind Sie hier?«, fragte Abigail Lloyd-Herrmann unruhig. »Es ist doch hoffentlich kein Flugunfall passiert.«
Jakob schüttelte den Kopf. »Nein, es ist kein Unfall geschehen. Wir ermitteln in einem Kriminalfall und müssen Flugkapitän Hagendorf um ein paar Informationen bitten. Herr Steinhausen von der Flugschule Hagendorf hat uns gesagt, dass der Flugkapitän mit seiner Cessna 182 unterwegs ist. Zunächst würden wir gerne wissen, wann er gestartet ist.«
»Konrad hat doch wohl nix ausgefressen, oder?«, fragte Schubert verblüfft.
»Beantworten Sie bitte unsere Fragen«, sagte Elena mit einem deutlich strengen Unterton. Sie blickte die Flugleiterin und den Flugleiter abwechselnd an. Abigail Lloyd-Herrmann rief das Hauptflugbuch auf dem Bildschirm ihres Computers auf und scrollte in einer Liste.
»Konrad ist heute Morgen um genau acht Uhr zweiunddreißig gestartet«, stellte sie ruhig fest.
Jakob warf einen Blick über das Vorfeld. »Können Sie uns noch sagen, wann er hier am Flugplatz war? Den Hangar der Flugschule kann man ja von hier sehen.«
»Wir bereiteten gerade die Öffnung des Platzes vor, als ich ihn mit seinem Auto ankommen sah. Das war so gegen Viertel vor acht. Konrad ist sonntags selten so früh hier«, berichtete die Flugleiterin.
»Wissen Sie, ob er Passagiere dabeihat?«, erkundigte sich Jakob.
Schubert deutete auf ein großes Fernglas, das rechts auf dem Gerätepult stand. »Zugegeben, ich war mal neugierig. Wenn ich das richtig gesehen habe, sind seine Schwester und seine Nichte eingestiegen.«
»Seine Schwester und seine Nichte?«, wiederholte Jakob fragend. »Sind die beiden mit Herrn Hagendorf gemeinsam zum Flugplatz gekommen?«
»Darauf habe ich nicht geachtet, aber ich kann es mir nicht vorstellen. Konrad wohnt in Altenkirchen, Karin wohnt in Dillenburg. Sie ist um die fünfzig, geschieden und sie arbeitet als Mediengestalterin.«
»Und ihre Tochter?«, fragte Elena.
»Linda dürfte so Mitte zwanzig sein. Ich glaube, sie macht eine Aus-

bildung. Ich weiß nur, dass sie bei ihrer Mutter in Dillenburg wohnt. Konrad spricht nie viel über seine Familienverhältnisse.«
»Danke«, sagte Jakob. »Und nun sagen Sie uns bitte noch, wohin Herr Hagendorf mit den beiden fliegt.«
»Tja, ... diese Frage habe ich erwartet. Aber ... das wissen wir nicht. Er hat uns beim Start kein Flugziel genannt«, sagte Schubert schroff.
»Das ist schon sehr ungewöhnlich für ihn«, fügte Lloyd-Herrmann sanft lächelnd hinzu. »Als ich ihn über Funk fragte, wohin er fliegt, sagte er nur, er bliebe vielleicht ein paar Tage weg. Kurz nach dem Start flog er in nordöstlicher Richtung aus unserer Platzrunde heraus und meldete sich von unsrer Funkfrequenz ab. Kann sein, dass er mit seiner Familie nach Schweden unterwegs ist. Seine Lebensgefährtin lebt in Stockholm.«
Elena erwiderte das Lächeln der Flugleiterin. »Ich kenne mich ein bisschen aus. Meine Freundin hat mich mit ihrem Fliegervirus angesteckt«, sagte sie und hakte nach: »Wenn Herr Hagendorf nach Schweden fliegt, dann muss er doch vor dem Start einen Flugplan aufgegeben und nach dem Start bei der Flugsicherung aktiviert haben, oder?«
»Ja, nach Schweden fliegen bedeutet, dass er einen Flugplan aufgeben muss, aber das hätten wir mitbekommen. Er hat heute keinen Flugplan aufgegeben«, berichtete die Flugleiterin.
»Sicher?«
»Selbstverständlich!« Die Flugleiterin lächelte noch immer.
»Und wenn er unterwegs eine Zwischenlandung zum Tanken macht und dann vor dem Weiterflug einen Flugplan aufgibt?«
»Nicht ausgeschlossen, dass er vor dem Grenzübertritt nochmal landet«, meinte Abigail Lloyd-Herrmann. Die Flugleiterin überlegte fieberhaft, warum die Beamten ihr und ihrem Kollegen all diese Fragen stellten. Jakob blickte Schubert und Lloyd-Herrmann streng an. »Ich verstehe nichts von diesem fliegerischen Kram, aber ich möchte jetzt verdammt nochmal endlich wissen, wie wir schnell herausfinden können, wohin Herr Hagendorf mit seiner Familie fliegt.«
»Am einfachsten ist, Sie rufen ihn an«, witzelte Schubert entspannt.

»Danke für den Tipp. So schlau waren wir auch schon. Ich habe es vor wenigen Minuten versucht und nur seine Mailbox erreicht«, konterte Elena, wobei sie Schuberts entspannten Tonfall nachahmte. Die Flugleiterin stand indes auf, griff zu dem Fernglas und beobachtete ein anfliegendes Flugzeug, mit dem sie gerade über Funk in Verbindung stand. Elena bestaunte verstohlen den straffen Po der Flugleiterin. Abbie Lloyd-Herrmann schien zu bemerken, dass sie Elena gefiel. Sie stellte das Fernglas weg, setzte sich wieder auf ihren Stuhl und spielte auffällig mit ihrem Ehering. »Es gibt Apps, die ein Live-Tracking von Flugzeugen anbieten. Das wissen Sie doch sicher, oder? Bei verschiedenen Apps kann man sogar auch historische Daten abfragen«, erläuterte sie. »Aber wenn Sie auf Nummer sicher gehen wollen und eine offizielle Aussage benötigen, rufen Sie besser die Flugsicherung an. Konrad ist ein routinierter und gewissenhafter Pilot. Er hat sich hundertprozentig per Funk auf der Informationsfrequenz der Flugsicherung gemeldet, wenn er im Sichtflug unterwegs ist. Auch ohne Flugplan. Bei solchen Flügen bekommt man von denen in der Regel einen Transpondercode. Wenn Konrad den Transponder im Cockpit dann entsprechend aktiviert, kann die Flugsicherung das Flugzeug eindeutig auf dem Radar identifizieren.«

»Das Verfahren ist mir bekannt«, sagte Elena grinsend.

»Wenn Konrad in der Luft ist, hat er sein Handy meistens aus. Sobald er landet, werden Sie ihn erreichen. Wozu dann noch die Flugsicherung anrufen?«, warf Schubert ein.

»Hören Sie, die Sache ist ernst. Wir möchten wissen, wo Herr Hagendorf sich befindet, und wir müssen ihn schnellstens erreichen. Bitte rufen Sie jetzt in unserem Beisein die Flugsicherung an!«, verlangte Jakob verärgert.

Schubert lehnte sich auf seinem Bürostuhl zurück und warf Jakob einen Blick zu. »Meine Güte, muss das wirklich sein? Konrad ist doch kein Schwerverbrecher«, protestierte er.

»Wir ermitteln in einem Kriminalfall«, erwiderte Jakob hart. »Fürs Protokoll: Werden Sie uns jetzt helfen oder gibt es Gründe, warum Sie das nicht tun möchten?«

Die Flugleiterin verstand Schuberts Abwehrreaktion nicht. Sie hob den Telefonhörer ab, wählte ruhig eine Rufnummer, schaltete den Lautsprecher des Telefons ein und ließ sich verbinden. Die diensthabende Wachleiterin von der Flugsicherung in Langen kannte Abigail Lloyd-Herrmann, wollte aber keine Auskunft geben. »Mensch Abbie, du weißt doch, die Datenschutzvorschriften«, verteidigte sie sich.
»Die Kriminalbeamten stehen neben mir«, sagte die Flugleiterin. »Sie haben sich beide mit ihren Dienstausweisen legitimiert. Möchtest du direkt mit ihnen reden, Lotte?«
»Okay, also wenn das so ist, gib mal das Kennzeichen durch.«
»Cessna 182 Turbo Skylane, amerikanisch zugelassen, das Kennzeichen ist November 171 X-Ray-Fox.«
»Einen Moment bitte, ich sehe nach.«
Die Kriminalisten warteten ungeduldig. Es dauerte eine Weile, bis die Wachleiterin sich wieder meldete: »Er ist nach Sichtflugregeln geflogen. Bei diesem guten Wetter ist das ja auch easy. Unsere Controller hatten durchgehend Funkkontakt mit dem Piloten. Das Flugzeug ist um zehn Uhr sechs Lokalzeit auf dem Verkehrslandeplatz Langerfelde gelandet.«
Abigail Lloyd-Herrmann sah hinüber zu Elena und Jakob: »Der Flugplatz Langerfelde liegt südwestlich von Berlin, so ungefähr vierzig Kilometer Luftlinie von der Stadtmitte entfernt, würde ich mal schätzen. Reicht Ihnen das für Ihre Ermittlungen?«
»Perfekt, danke«, rief Jakob absichtlich laut, damit die Wachleiterin von der Flugsicherung mithören konnte.
»Ich möchte wissen, was er in Brandenburg will«, sagte Schubert neugierig.
»Wir auch«, meinte Elena trocken.
»Fliegt er öfter nach Langerfelde?«, fragte Jakob.
»Ich kann mich nicht erinnern, dass er da schon mal hingeflogen ist, kann aber trotzdem sein«, erwiderte Schubert.
Elena gab den beiden Flugleitern ihre Visitenkarte. »Rufen Sie uns bitte an, wenn Herr Hagendorf wieder hier landet.«
Auch Jakob legte seine Visitenkarte auf den Schalter. »Kennen Sie Klaus-Thomas Bergh?«, fragte er die Flugleiter anschließend.

»Ja«, antwortete Schubert knapp, während Lloyd-Herrmann schwieg und Jakob und Elena neugierig anschaute.
»Wann haben Sie ihn zum letzten Mal gesehen?«, wollte Jakob wissen.
Schubert überlegte angestrengt. »Keine Ahnung, das ist schon lange her. Er hatte damals Probleme mit Konrad, oder sagen wir besser, Konrad hatte Probleme mit Bergh, nachdem er ihn konsequenterweise nicht als Kunde in seiner Flugschule aufnehmen wollte. Ich hab diesen Typen seitdem nicht mehr gesehen.«
»Und ich kenne ihn nicht persönlich«, ergänzte Abigail Lloyd-Herrmann. »Ich arbeite noch nicht sehr lange hier. Ich weiß aber, dass Konrad Zoff mit Bergh hatte und dass Bergh Konrad auf üble Art und Weise schikaniert und terrorisiert hat. Das hat sich rumgesprochen.«
»Darf ich fragen, ob aktuell etwas zwischen Konrad und Bergh vorgefallen ist?«, erkundigte sich Schubert.
»Wir möchten mit Ihnen darüber nicht reden«, sagte Elena kühl.
»Wir würden es begrüßen, wenn Sie nicht spekulieren oder Gerüchte hier auf dem Flugplatz verbreiten. Das würde uns wenig helfen«, bat Jakob den Flugleiter.
»Und Konrad auch nicht«, sagte Lloyd-Herrmann leise zu Schubert.
Die Polizisten verabschiedeten sich, doch Elena zögerte noch und fragte: »Haben Sie mitbekommen, wann Herr Steinhausen heute Morgen hier am Flugplatz eingetroffen ist?«
»Nein«, sagte Schubert. Seine Kollegin schüttelte den Kopf. »Und ich habe auch nicht darauf geachtet«, gestand sie.
Elena und Jakob verließen den Tower. Auf dem Parkplatz vor dem Eingangsgebäude waren nur wenige Fahrzeuge abgestellt. Elena entdeckte einen knallroten Mini Countryman mit einem Dillenburger Kennzeichen. Sie fotografierte das Auto und das Nummernschild mit ihrem Smartphone. »Könnte sein, dass es das Auto von Hagendorfs Schwester ist«, meinte sie. »Ich überprüfe das.«

Flugleiter Schubert wählte indes eine Telefonnummer.
»Falk Steinhausen, Flugschule und Air-Service …«

»Walter hier. Falk, die Polizei sucht Konrad und sie haben gefragt, wann du heute Morgen hier warst!« Schubert klang aufgeregt. »Sie haben Abbie und mich auch über Klaus-Thomas Bergh ausgefragt ...« Steinhausen antwortete schnell. Er versuchte einen coolen Eindruck zu machen. »Ich hatte vorhin auch schon Besuch von den Kriminalbeamten. Bei der Abtei Marienstatt wurde heute Morgen eine Leiche gefunden. Ich vermute stark, es handelt sich um Bergh. Möglicherweise wurde er getötet. Warum sonst sollten die Bullen hier aufkreuzen und nach ihm fragen?«
»Glaubst du, Konrad hängt in der Sache mit drin?«
»Ich habe keinen blassen Schimmer. Er war komisch drauf gestern. Er hat mir nicht gesagt, wohin er fliegt und telefonisch erreiche ich ihn nicht.«
»Die Flugsicherung sagt, er ist nach Langerfelde bei Berlin geflogen.«
»Krass! Was will er denn dort?«
»Sag du es mir. Seine Schwester und seine Nichte sind mitgeflogen.«
»Ich fürchte, ich habe keine Ahnung, warum er mit Karin und Linda nach Langerfelde und nicht nach Schweden geflogen ist«, gab Steinhausen zu.
Der Flugleiter legte den Hörer auf. Er ging auf die Galerie des Towers und zündete sich eine Zigarette an. Nachdem er diese zu Ende geraucht hatte, zündete er sich eine weitere an. Steinhausens Antworten waren ihm komisch vorgekommen. Er wusste, dass Hagendorf und Steinhausen normalerweise keine Geheimnisse voreinander hatten. Warum war Hagendorf weggeflogen, ohne Steinhausen über das Flugziel und den Zweck der Reise zu informieren? Schubert konnte sich das nicht erklären. Hatte Steinhausen ihm am Telefon nicht die ganze Wahrheit gesagt? Schubert wusste, dass nicht nur Hagendorf Bergh gehasst hatte. Bergh hatte es in kurzer Zeit fertiggebracht, viele Menschen gegen sich aufzubringen. Fast alle Pilotinnen und Piloten, die auf diesem Regionalflughafen und auf dem Nachbarflugplatz sozusagen zuhause waren und Bergh kannten, hatten ihn auf irgendeine Weise abgelehnt, ihn verachtet. Falk Steinhausen war einer von ihnen.

12

Bevor die beiden Ermittler in Elenas Dienstwagen einstiegen, öffneten sie für eine Weile die Türen des Autos, damit die heiße Luft aus dem Innenraum entweichen konnte. »Wir fahren jetzt erstmal ins Büro«, rief Jakob seiner Kollegin über das Autodach zu. Dann wischte er sich mit einem Taschentuch nochmals Schweißtropfen von der Stirn, nahm auf dem Beifahrersitz Platz und schnallte sich an. Während sie losfuhr, schloss Elena die Fenster und schaltete die Klimaanlage ein. Unterwegs rief sie Katja an. Jakob hörte über die Freisprechanlage des Autos mit.

»Hi Süße, was für eine Überraschung. Ich dachte, du musst heute arbeiten?«

»Ja, stimmt. Wir haben einen neuen Fall und ermitteln mit Hochdruck. Jakob hört mit. Sag mal, Katja, kennst du den Flugkapitän Hagendorf von der Flugschule und Air-Service Hagendorf GmbH auf dem Westerwald Airport?« Elena liebte Katjas leicht herbe, aber dennoch zärtliche Stimme und war gespannt auf ihre Antwort. Jakob betrachtete Elena von der Seite.

»Kennen ist zu viel gesagt«, meinte Katja. »Wir sind uns zufällig einmal über den Weg gelaufen und haben uns dann nachmittags auf der Terrasse des Flugplatz-Restaurants am Sonnwalder Flugplatz sehr lange unterhalten. Natürlich haben wir fast ausschließlich über die Fliegerei gefachsimpelt. Das ist schon eine Weile her. Konrad hatte wohl Ärger mit einem Typen, der ihm sein neues Lehrbuch mies rezensiert hat. Ich hab ihm daraufhin eine top Rezension geschrieben, das Buch ist wirklich gut. Es ist das Buch, das ich dir empfohlen habe. Jede Flugschülerin beziehungsweise jeder Flugschüler sollte es während der praktischen Ausbildung lesen. Ich kenne einige Piloten, denen würde es guttun, ihr Wissen aufzufrischen, bevor sie zum nächsten Flug starten ...«

»Was für ein Mensch ist Hagendorf?«, fragte Elena ungeduldig.

»Ich denke, er ist einer von den Guten«, meinte Katja gut gelaunt, »aber wie gesagt, ich kenne ihn kaum. Warum fragt ihr?«

»Das darf ich dir nicht sagen.«

»Hallo Katja, Jakob hier. Kennen Sie den Fluglehrer Falk Steinhausen?«

»Nicht wirklich. Wir sind uns nur einmal kurz begegnet. Damals standen wir mit unseren Flugzeugen an der Tankstelle auf dem Westerwald Airport. Er fragte mich über das Hubschrauberfliegen aus. Dabei starrte er mich und meine Co-Pilotin hemmungslos von oben bis unten an und versuchte uns anzumachen.«
»Wie schätzen Sie ihn ein?«
Katja lachte. »Verstehen Sie es bitte nicht als Angabe, was ich jetzt sage. Er steht augenscheinlich auf gutaussehende Frauen, aber er scheint auch ein zuverlässiger Pilot und ein guter Fluglehrer zu sein. Ansonsten kann ich nicht viel über ihn sagen.«
Seine Schwäche für hübsche Frauen kann ich nachvollziehen, dachte Jakob grinsend. Elena hatte ihm einmal Bilder von Katja gezeigt.
»Trauen Sie dem Fluglehrer eine Straftat zu?«, fragte er Katja.
»Das kann ich nicht beurteilen.«
Elena übernahm das Gespräch. »Danke, Schatz«, sagte sie. »Bis später.«
»Sehen wir uns heute Abend?«
»Das kann ich dir nicht versprechen, aber ich ruf dich nachher noch rechtzeitig an«, versprach Elena und beendete das Telefonat.
»Du liebst sie sehr, Elena. Hab ich recht?«, fragte Jakob besorgt.
Elena schlug mit dem Handballen ihrer rechten Hand gegen das Lenkrad. Ohne ihren Blick von der Straße zu nehmen, bekannte sie genervt: »Ja, verflucht. Es ist wirklich eine beschissene Situation. Es macht mich krank, dass Katja sich nicht entscheiden kann.«
»Ich kann deinen Schmerz nachvollziehen, … obwohl ich nie solche Probleme hatte.«
Elena seufzte. Sie hatte sich längst eingestanden, dass sie eine Ehe zerstören würde, wenn sie die Beziehung zu Katja fortsetzte. Andererseits, Katja liebte sie, das spürte Elena deutlich. Und Katjas Ehe war ohnehin schon zerrüttet. Also musste Katja irgendwann konsequent sein und ihren Mann verlassen. Aber wann war irgendwann?

Gegen Mittag trafen Elena und Jakob in ihrem Büro ein. Beiden knurrte schon wieder der Magen. Kriminalkommissar Jonas

Gerhards war unterwegs, doch Elena fand einen Notizzettel von ihm auf ihrem Schreibtisch:
Ich bin unterwegs und kümmere mich um die Tankstellenkameras im Umkreis. Wenn ihr Hunger habt, schaut in den Kühlschrank. Meine Frau hat Linsen-Süßkartoffel-Curry gekocht. Könnt ihr euch in der Mikrowelle warm machen, aber lasst mir bitte was über. Bis nachher und guten Appetit.
»Mmh, lecker! Danke, Jonas ... und danke, Frau Gerhards«, murmelte Jakob.
Nach dem Essen arbeitete Elena an ihrem Notebook. »Ich habe die Website vom Flugplatz Langerfelde ermittelt«, berichtete sie plötzlich. Sie klemmte den Telefonhörer zwischen Ohr und Schulter, wählte die Telefonnummer der Flugleitung des Flugplatzes und wartete, bis das Gespräch angenommen wurde. »Hier spricht Oberkommissarin Dietrich vom Kriminalkommissariat KK 42 in Hachenburg. Ich hoffe, ich störe Sie nicht.«
»Hachenburg?«, fragte der Flugleiter?
»Ja, Hachenburg im Westerwald, ganz in der Nähe des Westerwald Airports.«
»Um was geht's? Machen Sie es bitte kurz, wir haben viel Traffic heute bei diesem schönen Sommerwetter.«
»Wir wissen von der Flugsicherung, dass heute Morgen um zehn Uhr sechs bei Ihnen eine Cessna 182 gelandet ist, Kennzeichen November 171 X-Ray-Fox. Der Pilot ist ein Flugkapitän namens Konrad Hagendorf. Wir müssen unbedingt mit ihm reden. Können Sie uns bitte weiterhelfen?«
»So einfach geht das leider nicht. Können Sie sich irgendwie legitimieren?«
»Sollen wir uns zu einer Videokonferenz verabreden?«, fragte Elena.
»Nein, dafür sind wir nicht ausgerüstet, aber ich mache Ihnen einen anderen Vorschlag. Sie geben mir jetzt bitte die Festnetzrufnummer und die Internetadresse Ihrer Dienststelle. Dann checke ich Ihren Internetauftritt, vergleiche die Rufnummer und rufe zurück.«
Elena folgte dem Vorschlag des Flugleiters und nannte ihm die Internetadresse und die Hauptrufnummer des Reviers sowie ihre

Durchwahlrufnummer. Es dauerte nur wenige Minuten, bis sie den Flugleiter wieder an der Strippe hatte.

»Also dann«, sagte der Flugleiter, »die Cessna 182 ist um zehn Uhr sechs bei uns gelandet. Der Pilot meldete uns über Funk, er würde ein paar Tage bleiben und seine Landegebühr und seine Abstellgebühr bezahlen, wenn er wieder weiterfliegt.«

»Wissen Sie zufällig, wo er sich aufhält?«

»Hat er nicht gesagt. Muss er ja auch nicht, aber er hat bei einer hier am Flugplatz ansässigen Firma einen Mietwagen übernommen. Sein Flugzeug steht hier auf der Parkfläche vor unserem Tower. Sieht übrigens total schick aus, die 182. Modern lackiert, aber ... das interessiert Sie sicher nicht«, lachte der Flugleiter.

»Stimmt«, erwiderte Elena. »Das interessiert uns eher nicht. Aber können Sie uns sagen, ob der Pilot Passagiere dabeihatte?«

»Ja, es sind zwei Frauen ausgestiegen. Eine der beiden schien noch sehr jung zu sein. Ich konnte sehen, dass die Frauen und der Pilot Reisetaschen dabeihatten.«

»Vielen Dank für die wertvollen Infos«, sagte Elena. »Würden Sie mir bitte die Rufnummer dieser Mietwagenfirma geben?«

Der Flugleiter lachte. »Sie haben Glück. Meine Frau hat dort heute Dienst. Sie sitzt gerade neben mir und trinkt einen Kaffee.«

Der Flugleiter übergab den Telefonhörer an seine Frau. Elena schaltete den Lautsprecher ihres Telefons ein, damit Jakob mithören konnte.

»Ich erinnere mich«, sagte die Dame von der Mietwagenfirma. »Der Pilot hat das Auto bis Mittwoch gemietet. Wir haben vereinbart, dass er das Auto auch früher bei uns wieder abgeben kann. Er hat angegeben, er fährt nach Berlin.«

»Hat er zufällig gesagt, in welchem Hotel er mit seiner Familie übernachten wird?«, wollte Elena wissen.

»Nein, danach fragen wir auch nicht.«

»Okay, können Sie uns bitte noch den Autotyp und das Kennzeichen des Mietwagens geben?«

»Mein Mann hat recht. Sie haben echt Glück heute. Wir sind eine kleine Firma, deshalb habe ich alles im Kopf«, antwortete die Dame lachend. Sie gab Elena die gewünschten Informationen durch und

reichte den Telefonhörer wieder zurück an ihren Mann.
»Kann ich sonst noch etwas für Sie tun?«, fragte der Flugleiter freundlich.
»Ja. Wenn Herr Hagendorf wieder bei Ihnen aufkreuzt, sagen Sie ihm bitte, er möge sich umgehend bei uns melden. Wenn's geht, bevor er wieder startet.«
Bevor der Flugleiter ohne weitere Worte den Hörer auflegte, konnte Elena den Funkverkehr im Tower hören. Offenbar hatte der hilfsbereite Mann wirklich viel zu tun an diesem Sonntag.

»Ich habe gerade nebenbei am Notebook eine Halterabfrage gemacht«, sagte Elena. »Die Aussage des Flugleiters Schubert vom Westerwald Airport scheint zu stimmen. Hagendorf wohnt in Altenkirchen. Auf seinem Weg zum Westerwald Airport ist es nur ein kleiner Abstecher bis zur Abtei.«
Jakob blickte zum Fenster. »Du meinst, Hagendorf hat Bergh kaltblütig umgebracht und sich nach der Tat mit seiner Schwester und seiner Nichte am Flugplatz getroffen? Die beiden wussten von nix, haben ihm nichts angemerkt und sind mit nach Langerfelde geflogen? Kaum vorstellbar. Aber wenn Hagendorf doch unser Mann ist, dann wäre noch zu klären, wer ihm bei der Tat geholfen hat. War es Steinhausen? Wenn ja, warum ist er dann unbekümmert hiergeblieben?«
»Nein«, antwortete Elena. »Je länger ich darüber nachdenke, desto eher glaube ich, dass wir einem Phantom hinterherlaufen, wenigstens was Hagendorf betrifft.«
Jakob konterte: »Ich bin mir da keineswegs sicher. Irgendwas stimmt nicht. Hagendorf fliegt früh los, sagt keinem wohin ... und er hatte ein nicht zu leugnendes Motiv. Mit Steinhausen hatte er möglicherweise einen willigen Helfer für die Dreckarbeit. Und der Tatort liegt nahe an seinem Weg zum Flugplatz, wie du selbst gerade festgestellt hast. Nein, Elena, für mich ist Hagendorf auf der Flucht. Abgestimmt mit Steinhausen. Weiß der Teufel, wohin er von

Langerfelde aus weiterfliegt. Hat er seine Familie nur zur Tarnung dabei? Oder will er mitsamt seiner Schwester und seiner Nichte untertauchen? In Schweden? Er sollte wissen, dass er sich nicht auf Dauer verstecken kann.«
»Hm, was macht er dann in Berlin? Das passt nicht zusammen. Aber vielleicht hast du ja recht und ich irre mich«, gab Elena zu und schlug vor: »Dann rufen wir jetzt die Kollegen in Berlin an. Und danach sollten wir uns im Haus des Opfers umschauen.«
»Okay, wir reden darüber mit dem Staatsanwalt, aber das Haus kann warten. Das machen wir später«, entschied Jakob. »Hagendorfs Umfeld würde mich jetzt viel mehr interessieren. Ich will wissen, was er in Berlin macht und ich will wissen, was es mit dieser Bürgerinitiative auf sich hat.«
»Aber das ist doch nicht unbedingt …«
»Es liegt in unserem Ermessen zu entscheiden, was jetzt Priorität hat«, meinte Jakob. »Wenn unser Chef oder der Staatsanwalt unsere Vorgehensweise bemängeln, scheiß ich darauf«, ergänzte er mit ernstem Blick.
»Hm, dann mache ich einen Vorschlag«, sagte Elena. »Bevor wir nachher alle zu einem Meeting im Besprechungsraum zusammentrommeln, sollten wir nach Sonnwald fahren und mit meiner Freundin Sophie Mueller über den Trouble zwischen Hagendorf und Bergh quatschen. Sie wird uns bestimmt auch etwas über diese Bürgerinitiative sagen können.«
»Sophie Mueller?«
»Eins nach dem anderen.« Elena blickte Jakob geheimnisvoll lächelnd an, dann wandte sie ihren Blick ab, zog das Festnetztelefon näher an sich heran, schaltete den Lautsprecher ein und wählte eine Rufnummer der Polizei Berlin. Nachdem sie mehrmals weiterverbunden wurde, hatte sie endlich den zuständigen Kollegen am Telefon. »Hauptkommissar Christian Bäumler hier. Wat kann ick für euch tun?«, fragte der Berliner Kollege freundlich in unverkennbarem Berliner Dialekt.
»Wir sind Oberkommissarin Elena Dietrich und Hauptkommissar Jakob Lorenz-Schultheiß vom KK 42 in Hachenburg im Westerwald.

Wir ermitteln in einem Tötungsdelikt und müssen einen Flugkapitän befragen. Der Mann ist heute Morgen mit seiner Schwester und seiner Nichte mit einem Privatflugzeug auf dem Flugplatz Langerfelde gelandet und mit einem Mietwagen nach Berlin unterwegs ...«

»Soll das ein Witz sein?« Jetzt gab Bäumler sich Mühe, Hochdeutsch zu sprechen.

»Wir machen keine Witze«, protestierte Jakob.

»Warum schreiben Sie den Flugkapitän nicht zur Fahndung aus?«

»So weit sind wir noch nicht. Wir brauchen nur sein Alibi.«

»Haben Sie Vorstellung, was hier los ist in dieser riesigen Stadt? Es ist noch recht früh am Tag, aber unsere Polizeidienststellen bearbeiten jetzt schon einen Mord, zwei Geldautomatensprengungen, mehrere Schlägereien mit schwerer Körperverletzung, Einbrüche, Drogendelikte, eine verdammte Demo, eine Entführung ...«

»Schon gut, schon gut«, sagte Jakob beschwichtigend. »Wir würden Sie dennoch bitten, Ihre Dienststellen zu informieren. Meine Kollegin übermittelt Ihnen gleich per Mail die Angaben zu dem Mietwagen, ein Foto des Flugkapitäns und weitere Informationen zu dem Fall. Ihre Leute sollen uns bitte direkt anrufen, wenn sie ihn finden, und den Flugkapitän bitten, er möge sich umgehend bei uns melden.«

Bäumler wiegelte ab: »Nun nehmt euch bloß nicht so wichtig in eurer Westerwälder Provinz. Macht die Sache offiziell, dann können wir euch helfen.« Bäumler gab seine E-Mail-Adresse durch, dann legte er auf.

»Wir waren zu naiv«, meinte Elena anschließend zu Jakob.

»Ich rede mit dem Chief und dem Staatsanwalt. Notfalls schreiben wir Hagendorf zur Fahndung aus«, sagte Jakob grübelnd.

13

Elena lehnte sich zurück und nahm ihre Hände hinter ihrem Kopf zusammen. Sie dachte nach, aber Jakob störte sie: »Wer ist denn nun deine Freundin Sophie?«

»Sophie kann uns nicht nur mit Informationen weiterhelfen, sie wird dir gefallen«, meinte Elena grinsend. »Sie ist dreiunddreißig und sie hat thailändisch-deutsche Vorfahren. Sie war Kriminalkommissarin in Hessen. Mit ihrem damaligen Kollegen, Hauptkommissar Karl Doesburg, musste sie einen Fall auf dem Sonnwalder Flugplatz aufklären, bei dem ein Flugzeug manipuliert worden war, das dem Chef der Flight Services Alsfelder GmbH, John Alsfelder, gehörte. Zwei Pilotinnen kamen damals beim Absturz dieses Flugzeugs ins IJsselmeer ums Leben. Johns Frau Nele und seine Sekretärin Eva. Ein fürchterliches Drama. Schon bald nach der Aufklärung des Falls passierte etwas mit Sophie, womit Karl nicht gerechnet hatte.«

Jakobs Miene blieb ernst. »Ich hab damals von dem Fall gehört. Mit Karl Doesburg und seiner Frau Jule sind Romy und ich übrigens eng befreundet. Die beiden sind kurz nach der Aufklärung des Falls ausgestiegen und leben jetzt in Schottland. Von seiner Kollegin Sophie hat Karl mir allerdings nichts erzählt. Hat sie Mist gebaut?«

»Nein, so kann man das nicht sagen.« Elena schmunzelte. »Sophie verliebte sich Hals über Kopf in Mike Alsfelder. Mike ist John Alsfelders Sohn. Es ging ihm damals nicht gut, weil es seine Mutter Nele war, die bei diesem Absturz gestorben ist, und weil seine erste Lebensgefährtin sich in ihren UNI-Professor verliebt hatte. Das Mädchen war die Tochter von Johns Sekretärin Eva. Mike ist ein paar Jahre jünger als Sophie, aber das war und ist ihm egal. Er schmachtete Sophie so lange an, bis sie sich auf einen One-Night-Stand mit ihm einließ. Zu diesem Zeitpunkt war der Fall aber schon abgeschlossen …«

Jakob fiel Elena ins Wort: »Ich begreife immer noch nicht, was Sophie zur Aufklärung unseres Falls beitragen kann.«

»Ich erkläre es dir. Sophies Gefühle für Mike verwirrten sie so sehr, dass sie auf Abstand ging und sich zur Kripo Frankfurt versetzen ließ. Aber Mike ließ nicht locker. Als Sophie nach einer Schussverletzung eine Zeitlang ausschließlich im Innendienst arbeiten musste und wenig später nach Dillenburg zurückkehrte, begannen die beiden eine Affäre. Sophie zog schließlich mit Mike zusammen. Und nicht nur das. Mike begeisterte Sophie für die Fliegerei. Er zeigte ihr, was Fliegen bedeutet. Bei aller Komplexität und bei allen Luftraumbeschränkungen ein großes Stück Freiheit und immer wieder neue Herausforderungen.«

»Sie ist Pilotin geworden?«, fragte Jakob verwundert.

»Jep, sie wurde Berufspilotin und Fluglehrerin und quittierte ihren Dienst bei der Kripo. Jetzt arbeitet sie für die Flight Services Alsfelder GmbH und lebt ihren Traum vom Fliegen. Sie mag die Flugplatz-Atmosphäre auf dem Sonnwalder Flugplatz und die Leute dort. Mit ihrem Chef John und dessen zweiten Frau Barbara versteht sie sich prima. Na ja, das ist ja auch wichtig in einem Familienunternehmen.«

»Wie hast du Sophie kennengelernt?«, erkundigte sich Jakob.

»Auf den meisten kleineren Flugplätzen geht's recht familiär zu«, meinte Elena. »Irgendwann sind Katja und ich mal zum Wandern nach Sonnwald gefahren. An einem Novembertag bei ziemlich schlechtem Wetter. Es war trüb und kalt, doch es hat nicht geregnet. Nachmittags riss die Wolkendecke auf und die Sonne kam durch. Ich kannte Katja schon eine Weile, aber wir waren damals noch nicht zusammen. Wir sind eine größere Runde rund um den Flugplatz gelaufen und dann haben wir draußen auf der Terrasse des Flugplatzrestaurants Kaffee getrunken ... und Sophie und Mike dort getroffen. Katja kennt Land und Leute in der Szene. Im Laufe der Zeit habe ich mich mit Sophie angefreundet. Sie kann uns sicher viel über Hagendorf und den Sonnwalder Flugplatz berichten und vielleicht ergeben sich bei einem Gespräch mit ihr weitere Ermittlungsansätze. Sophie ist ein Herzchen. Alle mögen sie.«

»Und warum meinst du, wird sie mir gefallen?« Jakob lächelte angestrengt.

»Weil ich dich kenne, Jakob.« Elena grinste breit. »Sophie ist eine bildhübsche Frau, ein wirklich heißer Feger. Zwar recht klein, aber

ein Energiebündel. Und sie passt genau in dein Beuteschema. Meistens sexy gekleidet, meistens knallrot geschminkte Lippen, mittelgroße wohlgeformte Brüste, leicht bräunliche Haut, nur blond ist sie nicht ... und blaue Augen hat sie auch nicht.«
»Schluss jetzt!«, sagte Jakob irritiert. »Natürlich mag ich attraktive Frauen und ich flirte auch gerne, aber ich bin kein Schürzenjäger und ich bin Romy immer treu geblieben – und das soll auch so bleiben.«
»Sorry, ich glaube, du hast mich missverstanden. Ich wollte dich nur ein wenig veräppeln und für etwas Aufheiterung sorgen. Gute Laune macht das Leben leichter. Unser aktueller Fall bietet genug Stoff für eine Tragödie.«

Gegen Viertel nach eins trafen Elena und Jakob am Flugplatz Sonnwald ein. Elena kannte sich auch hier ganz gut aus. Durch einen Zugang am Gebäude der Flight Services Alsfelder GmbH dirigierte sie Jakob zielgerichtet auf das Vorfeld vor dem Hangar der Firma. Der Hauptkommissar blickte interessiert über den Flugplatz und versuchte, sich zu orientieren. Das Vorfeld war mit einem befestigten Rollweg verbunden, der zur Start- und Landebahn des Flugplatzes führte. Neben der asphaltierten Piste verlief eine Graspiste für die Segelflieger. Jakob legte seine rechte Hand an seine Stirn und beobachtete den Startvorgang eines Segelflugzeugs, das am Windenseil hing und rasant in steilem Winkel auf Höhe geschleppt wurde. Weiter westlich beobachtete er ein Turboprop-Flugzeug in niedriger Höhe, das sich in einem flachen Sinkflug befand und augenscheinlich am Sonnwalder Flugplatz in nördlicher Richtung vorbeiflog.
»Das ist ein Pilatus PC 12, glaube ich«, meinte Elena. »Das Flugzeug fliegt wohl gerade den Westerwald Airport an.«
»Die beiden Flugplätze liegen tatsächlich sehr nahe beieinander«, meinte Jakob. »Wie kriegen die das hin, dass sich die Flugzeuge hier nicht gegenseitig ins Gehege kommen?«
»Die koordinieren das über Funk. Für den Luftraum hier gibt's

bestimmte Regeln, aber dazu fragst du besser gleich Sophie.« Elena achtete nicht weiter auf den Flugbetrieb. Stattdessen ging sie in den geöffneten Hangar der Flight Services Alsfelder GmbH. Darin standen zwei Flugzeug, eine viersitzige Piper PA 28 Turbo-Arrow und ein Ultraleichtflugzeug, eine nagelneue Comco Ikarus C42. Elena spähte durch eine offene Stahltür, die vom Hangar in die Büroräume führte, und rief nach Sophie und Mike. Niemand antwortete. Schließlich rollte eine DA20 Katana, die gerade gelandet war, auf das Vorfeld vor der Halle. Elena erkannte Sophie, sie saß auf dem Co-Pilotensitz des Tiefdeckers und trug eine falsch herumsitzende Schirmmütze und eine Sonnenbrille. Links neben ihr saß eine Frau mittleren Alters auf dem Pilotensitz. Elena vermutete, dass es sich um eine Flugschülerin handelte. Die beiden Polizisten warteten in gebührendem Abstand, bis der Motor des Flugzeugs abgestellt wurde und der Propeller zum Stillstand kam. Als Sophie die Cockpit-Haube öffnete, zögerte Elena und hielt Jakob noch für einen Moment zurück, denn Sophie und ihre Begleiterin achteten nicht auf die Besucher. Die beiden Polizisten beobachteten, wie Sophie ihr Headset, ihre Schirmmütze und ihre Sonnenbrille ablegte, sich abschnallte, das Bordbuch des Flugzeugs aus einer Seitentasche des Cockpits hervorkramte und konzentriert die notwendigen Einträge machte. Dann wandte sich Sophie ihrer Flugschülerin zu, die Mühe hatte, ihr Headset auf eine Ablagefläche hinter dem Sitz zu legen. Sophie fuchtelte mit ihren Händen. Offenbar beschrieb sie ihrer Flugschülerin, wie sie ihre Landetechnik bei Seitenwind verbessern sollte. Erst als sich auch die Flugschülerin abschnallte und die beiden aus dem Cockpit des Tiefdeckers herauskletterten, ging Elena zum Flugzeug und umarmte ihre Freundin.

»Hey Elena, du hier? Was für eine Überraschung.« Sophie Mueller setzte ihr strahlendes Lächeln auf.

»Hast du kurz Zeit für uns? Ich habe meinen Kollegen mitgebracht«, fragte Elena.

Jetzt eilte auch Jakob herbei und begrüßte Sophie per Handschlag.

»Hauptkommissar Jakob Lorenz-Schultheiß, freut mich, Sie kennenzulernen.«

Elena hatte recht gehabt. Jakob schien Sophie auf Anhieb zu mögen. Außerdem wusste er minutenlang nicht, wohin mit seinen Blicken.
»Sophie Mueller. Meine Freunde nennen mich Sophie. Auf dem Flugplatz hier duzen wir uns alle«, sagte Sophie gut gelaunt.
»Oh ... ja, okay ... gerne. Ich bin Jakob«, sagte der Hauptkommissar etwas verlegen.
»Ihr seid doch nicht etwa dienstlich hier?« Sophie strich sich mit den Händen durch ihre kurz frisierten schwarzen Haare. Währenddessen taxierte sie Jakob. Sein Lächeln fand sie sympathisch.
»Wir müssen dir Fragen über Konrad Hagendorf und seinen Trouble mit Klaus-Thomas Bergh stellen«, begann Jakob. »Es ist wichtig.«
»Ihr habt leider keinen guten Zeitpunkt erwischt«, meinte Sophie. »Außer mir sind alle unterwegs. Ich muss Rundflüge machen und habe heute Nachmittag noch einen Flugschüler.«
»Es dauert nicht lange«, sagte Elena beschwichtigend.
»Okay, dann schießt los«, sagte Sophie neugierig, während sie ihrer Flugschülerin per Handzeichen andeutete, dass sie alleine mit den Beamten sprechen musste.
»Sophie, unser Gespräch müssen wir offiziell als Befragung verbuchen«, begann Jakob mit freundlich dienstlichem Unterton.
»Okay, kein Problem. Elena kennt mich. Ich weiß, wie das läuft. Ich war selbst einmal Polizistin, das hat sie dir doch hoffentlich schon gesagt, oder?« Sophie blickte Jakob gespannt an, dann fuhr sie fort: »Jetzt sag endlich, was wollt ihr wissen?«,
»Eine Joggerin hat heute Morgen in aller Herrgottsfrühe die Leiche von Klaus-Thomas Bergh gefunden.« Jakob pausierte einen Moment, dann sagte er: »Ein Tötungsdelikt.«
»Nach allem, was wir wissen, könnte Konrad Hagendorf ein starkes Motiv gehabt haben«, meinte Elena.
Sophie erschrak, doch sie brauchte nur wenige Sekunden, dann beruhigte sie sich und winkte ab. »Bergh ist, ... bedaure, ... er war ein arroganter Mistkerl. Irgendwie wundert es mich nicht, dass es ihn auf diese Art erwischt hat«, meinte sie. »Aber ihr glaubt doch nicht wirklich, dass Konrad etwas damit zu tun hat? Ich verstehe ja nur zu gut, dass ihr dieser Spur nachgehen müsst, aber warum befragt

ihr ihn nicht selbst und checkt sein Alibi? Dann könnt ihr Konrad sicher bald ausschließen.«
»Wir kommen gerade vom Westerwald Airport und suchen schon nach ihm. Er ist mit seiner Schwester und seiner Nichte nach Berlin unterwegs. Seine Cessna hat er auf dem Flugplatz Langerfelde abgestellt«, antwortete der Hauptkommissar.
»Jakob vermutet, Hagendorf könnte abgehauen sein«, schob Elena ein, während Jakob zustimmend nickte.
»Konrad auf der Flucht? Das kann ich nicht glauben. Er ist ein integrer Mensch, ein Gentleman. Er bringt doch niemanden um! Wenn er mit seiner Familie nach Berlin reist, sieht mir das eher nach Urlaub aus bei diesem schönen Wetter«, meinte Sophie.
»Vielleicht täuscht ihr euch alle in ihm«, warf Jakob ein. »Es wäre nicht das erste Mal, dass sich hinter einer blitzblanken Fassade …«
»Nun hör aber auf. Ich kenne Konrad gut und kann ihn sehr genau einschätzen. Habt ihr ihn überprüft? Er hat garantiert noch nie etwas ausgefressen.«
»Ja, er ist sauber, aber das hat doch nichts zu bedeuten«, sagte Elena. »Bei manchen Menschen staut sich die Wut über Jahre auf, bevor sie ausrasten und zu Tätern werden. Wir wissen noch nicht, ob kürzlich etwas Neues zwischen Hagendorf und Bergh vorgefallen ist.«
»Sophie, wann hast du Hagendorf zum letzten Mal gesehen?«, erkundigte sich Jakob. Die Pilotin überlegte. »Das war im April, als wir seinen Geburtstag gefeiert haben.«
»In welchem Flugplatzrestaurant habt ihr gefeiert?«, interessierte sich Elena lächelnd.
»Haha, tatsächlich naheliegend, aber es muss nicht immer eine Flugplatzkneipe sein«, meinte Sophie lachend. »Wir trafen uns alle im Brauhaus-Restaurant bei der Abtei Marienstatt. Konrad hatte seinen engsten Freundeskreis eingeladen, fast ausschließlich Pilotinnen und Piloten. Er hatte sogar einen Bus organisiert, zum Transport seiner Freunde, die mit ihren Flugzeugen angereist waren. Bei seiner Geburtstagsfeier sagte er uns damals, dass er den Mehrheitsanteil an seiner Firma abgeben und nach Schweden auswandern wird.«
Jakob wurde hellhörig. »Abtei Marienstatt? Warum feierte Herr

Hagendorf seinen Geburtstag ausgerechnet dort?«
»Konrad mag diesen beschaulichen Ort. Wenn er sich zuhause im Westerwald aufhält und nicht gerade mit seiner Lebensgefährtin in Stockholm zusammen ist oder arbeitet, geht er in seiner knappen Freizeit ab und zu an der Nister wandern. Er sagte mir einmal, dass er sich gerne auch in der Abteikirche aufhält. Er mag es, dort zu entspannen und über Dinge nachzudenken, die ihn bewegen.«
»Weißt du, wo die Leiche von Klaus-Thomas Bergh gefunden wurde?«, fragte Elena ihre Freundin.
»Nun sag bloß nicht auf dem Abteigelände«, antwortete Sophie verblüfft.
»Genau dort!«, erwiderte Elena.
»Okay, jetzt kapiere ich es. Als Kriminalisten müsst ihr so ticken, wie ihr es gerade tut. Natürlich müsst ihr euren Job machen. Trotzdem, … ich bin sicher, Konrad hat mit der Tat nichts zu tun!« Sophies durchdringende Blicke trafen Jakob.
»Wir werden unser Gespräch über Hagendorf gleich noch vertiefen, aber jetzt würde mich erst einmal interessieren, ob du Falk Steinhausen kennst?«, erkundigte sich Elena bei Sophie, während sie Jakob einen Seitenblick zuwarf.
»Ja«, antwortete Sophie verächtlich grinsend. »Ich kenne ihn.«
»Und?«
»Ich kann ihn nicht leiden. Er ist zwar ein professioneller Pilot und Fluglehrer, er sieht gut aus, aber er ist ein Möchtegern-Womanizer. Es gibt keine schöne Frau auf den Flugplätzen hier in der näheren Umgebung, die er nicht schon angebaggert hat. Mit mehr oder weniger Erfolg, wie man hört. Und dass, obwohl er mit einer netten und attraktiven Frau verheiratet ist.«
Elena lachte laut. »Bei mir hat er heute Morgen auch den Versuch gemacht, mich zu daten.«
»Weiß Hagendorf von Steinhausens Leidenschaft in Bezug auf Frauen?«, erkundigte sich Jakob.
»Davon gehe ich aus. Wir haben vor einiger Zeit eine Flugschülerin seiner Flugschule übernommen, die Falk während eines Schulflugs begrabscht hat. Fast hätte sie ihn angezeigt, aber sie wäre dann den

Beweis schuldig geblieben, deshalb hat sie nur ihren Anwalt informiert und die Flugschule gewechselt. Konrad muss Steinhausen daraufhin hart ins Gebet genommen haben, seitdem ist so etwas wohl nicht mehr vorgekommen. Falk kann es sich auch nicht mehr leisten als neuer Geschäftsführer.«
»Traust du Steinhausen zu, dass er …?«
Sophie unterbrach Jakob: »Nein, das kann ich mir nicht vorstellen. Für einen Mord hat er keinen Mumm. Da müsste ich mich schon sehr irren. Allerdings dürfte er Bergh ebenso gehasst haben, wie wir alle.«
Jakob legte großen Wert auf Sophies Einschätzung, doch was machte sie so sicher? War es möglich, dass sie sich irrte? Er ließ nicht locker. »Weißt du zufällig, ob Steinhausen Baseball spielt?«
»Das kann ich dir nicht beantworten, aber Baseball ist ein Teamsport, der viel Training erfordert. Regelmäßig. Dafür wird Falk als Pilot keine Zeit haben. Seine große Leidenschaft ist das Segelfliegen. Und bevor du mich das fragst, auch Konrad hat bestimmt keinen Baseballschläger im Keller.«
»Danke, Sophie.« Jakob warf der Pilotin einen intensiven Blick zu. »Kannst du uns bitte noch beschreiben, was in der Vergangenheit zwischen Bergh und Hagendorf gelaufen ist?«
»Das ist eine komplizierte Gemengelage«, meinte Sophie.
»Uns ist bekannt, dass Hagendorf Bergh aus nachvollziehbaren Gründen nicht in seine Flugschule aufgenommen hat«, merkte Jakob an.
»Stimmt«, erwiderte Sophie. »Daraufhin hat Bergh Konrads neues Lehrbuch unbeschreiblich widerwärtig und subtil rezensiert und auch Konrads Flugschule in allen möglichen Internetforen und in den sozialen Online-Medien mies gemacht. Das verlieh ihm schnell eine gewisse Macht über sein Opfer, denn wie das so ist, irgendwelche Idioten pflichteten Bergh mit böswilligen Kommentaren bei. Man kennt das ja. Diese Leute vermehren sich rasant. Sie wissen nicht genau, worum es wirklich geht, aber sie geben ihren Senf dazu und verbreiten Hassparolen. Das alles schlug hohe Wellen, und zugegeben, das hat Konrad persönlich hart getroffen und sehr

gekränkt. Die Rezensionen in den sozialen Medien haben nicht nur den guten Ruf von Konrads Unternehmen gefährdet, sondern auch seinem Renommee als Flugkapitän und Fluglehrer sehr geschadet.«
»Davon haben wir heute schon gehört«, warf Jakob ein.
»Falk Steinhausen hat uns gesagt, dass Herr Hagendorf sich dagegen zur Wehr gesetzt hat«, sagte Elena.
»Ja, das hat er. Aber erst, nachdem er herausgefunden hatte, wer hinter den Schmierereien steckte. Und wir alle haben ihm geholfen. Wir haben Gegenrezensionen geschrieben und in den Foren klargestellt, dass Bergh, dieser Schmierfink, das Buch nie wirklich gelesen haben kann, ansonsten würde er ja sauber landen können … Hahaha.« Sophie lachte laut und redete weiter: »Mühsam gelang es Konrad dann doch, den Verkauf des Buches anzukurbeln. Ich hab mir sagen lassen, dass sich das Buch inzwischen sehr gut verkauft.«
»Wie ist Herr Hagendorf Bergh denn überhaupt auf die Schliche gekommen?«, wollte Elena wissen.
»Das war wohl recht einfach. Bergh hat immer den gleichen Alias verwendet und in den Foren Dinge ausgeplaudert, die direkt mit dem Disput zwischen ihm und Konrad zu tun hatten. Aus dem Alias Kilo-Tango-Bravo konnte Konrad problemlos schließen, dass Bergh die Rezensionen verfasst hatte. Und das war sicherlich auch Berghs Absicht.«
»Ich könnte mir vorstellen, dass Herr Hagendorf unglaublich wütend auf Bergh war. Als Mobbingopfer gerät man schnell in eine psychische Krise«, meinte Jakob.
»Ja, Konrad hat das regelrecht umgehauen. Er fraß das monatelang in sich hinein. Er war kurz davor, einen Anwalt zu beauftragen und Bergh wegen Verleumdung zu verklagen. Aber seine Lebensgefährtin Freya hat einen sehr ausgleichenden Charakter. Sie riet ihm, es nicht weiter eskalieren zu lassen. Aber Konrad musste etwas tun, das war er sich schuldig. Er sorgte dafür, dass alle Flugschulen hier in der Gegend über Bergh informiert wurden. Er rief sogar die Luftämter an. Ansonsten hörte er auf Freya und unternahm weiter nichts. Er schluckte es runter. Immer wieder. Ich weiß, dass er Bergh abgrundtief gehasst hat. Aber warum hätte er ihn gerade heute

töten sollen? Nach so langer Zeit?« Sophie Jakob von der Seite Elena und Jakob wütend an. »Ich wünschte, ich könnte helfen zu beweisen, dass Konrad mit der Tötung dieses Dreckschweins nichts zu tun hat.«

Elena staunte über Sophies funkelnde dunkle Augen und darüber, wie sie das Schimpfwort ausgesprochen hatte.

»Sophie, wir haben gehört, dass es eine Bürgerinitiative gegen den Flugplatz Sonnwald gibt. Bergh war da wohl engagiert. Was kannst du uns darüber sagen?«, fragte Jakob.

»Lange Geschichte«, meinte Sophie. »Wollen wir nicht in mein Büro gehen? Da könnte ich euch wenigstens einen Kaffee anbieten, oder ein kaltes Wasser. Gerne auch eine Cola.«

»Das Angebot schlagen wir nicht aus«, erwiderte Jakob mit Blick zu Elena.

Beim Betreten des Büros wurde Sophie von einer Mitarbeiterin der Flight Services Alsfelder GmbH beiseite genommen, die gerade ihre Sachen ausgepackt hatte, um ihren Nachmittagsdienst anzutreten. Frau German klang besorgt: »Sophie, draußen beim Restaurant warten eine ganze Menge Gäste auf ihren Rundflug. Sie haben gebucht.«

»Die müssen sich bitte gedulden. Sag ihnen, es dauert noch etwa eine halbe Stunde und mach bitte schonmal die Piper klar. Kann sein, dass sie getankt werden muss.«

Annette German klang aufgeregt. »Mach ich. Sag mal, hast du schon gehört, dass in der Nähe der Abtei Marienstatt ein Toter gefunden wurde?«

Sophie nickte nur, dann führte sie Elena und Jakob in ihr Büro, das sie sich mit ihrem Lebensgefährten Mike Alsfelder teilte.

Elena und Jakob sahen sich an. »Unglaublich, wie schnell sich diese Nachricht verbreitet.«

»Die Gerüchteküche kennt keine Landesgrenzen und von Hachenburg bis hierhin ist nicht weit«, meinte Sophie lächelnd.

Elena und Jakob nahmen an einem Besprechungstisch Platz, Sophie brachte Tassen, Gläser, kalte Getränke und Kaffee, den Frau German frisch gekocht und in eine Thermoskanne gefüllt hatte.

»Annette ist unsere gute Seele hier im Betrieb«, erklärte Sophie, während sie Frau German dankbar anschaute und sie bat, das Büro zu verlassen. »Sie erledigt den kompletten Bürokram unserer beiden Firmen, macht die Buchhaltung und hält den Kontakt zu unseren Kunden. Und nicht nur das. Inzwischen ist sie auch eine eifrige Flugschülerin.«
»Wo ist Mike?«, fragte Elena neugierig.
»Er fliegt gerade wieder Geschäftsreisekunden quer durch Europa. John und Barbara sind auch nicht da. Die beiden sind am Freitag weggeflogen.«
»Lass mich raten, sie sind mit ihrem schicken Oldtimer unterwegs«, meinte Elena.
»Ja, sie sind mit ihrer Cessna 170 B unterwegs und genießen ein paar freie Tage auf Borkum.« Sophie deutete auf ein Poster an der Bürowand, das Barbara und John vor einem alten, aber neulackierten Flugzeug zeigte. Bisher hatte Jakob sich fremd gefühlt in der Welt der Fliegerei, doch jetzt, als ihm so richtig bewusst wurde, dass es auch Flugzeug-Oldtimer gab, die bei einer Grundüberholung wieder technisch auf den neuesten Stand gebracht werden konnten, um sie wieder in die Luft zu bringen, war es, als schien die Sonne in sein Herz. Er fragte sich, wie es sein würde, einen Flugzeug-Oldtimer zu restaurieren und ihn zu fliegen. Doch dann verwarf er den Gedanken gleich wieder. Ihm fehlten jedwede fliegerische Ausbildung und Erfahrung. Zusätzlich würde er sich Kenntnisse im Flugzeugbau aneignen müssen. Schuster, bleib bei deinen Auto-Oldtimern, dachte er. Dann wurde ihm klar, dass die rot-weiß lackierte alte Cessna 170 B auf dem Bild offensichtlich der Ersatz für Johns ersten Cessna-Oldtimer war, mit dem John Alsfelders erste Frau und seine Sekretärin auf schreckliche Art ums Leben gekommen waren. Er betrachtete nochmals das Bild und stellte fest, dass Johns neue Ehepartnerin Barbara ebenfalls eine attraktive Frau war. Aber das half ihm bei der Aufklärung des aktuellen Falls nicht weiter.

14

»Und du musst den Laden hier momentan alleine schmeißen?« Elenas Frage an Sophie zwang Jakob, sich wieder auf das Gespräch zu konzentrieren.

»Sieht so aus«, meinte Sophie. »Bei diesem guten Wetter komm ich aus dem Cockpit kaum noch raus.«

»Aber das ist doch gut fürs Geschäft«, meinte Elena.

»Jep, unserer Firma geht's gut. Wir können nicht klagen. Gott sei Dank hatte die Bürgerinitiative gegen den Flugplatz bis dato keinen durchschlagenden Erfolg.«

»Womit wir beim Thema wären. Was ist das für eine Bürgerinitiative und welche Verbindung gibt es zu Bergh und Hagendorf?« Jakob betrachtete Sophie aufmerksam. Sie trug ein ärmelloses, blaues Longtop mit tiefem V-Ausschnitt und einen trägerlosen BH. Jakobs Blicke amüsierten Sophie. »Diese Sache mit der Bürgerinitiative …«, antwortete sie stockend. »… am besten, ich fange ganz von vorne an: In Sonnwald wurde in den Neunzigerjahren ein großes Tropfsteinhöhlensystem entdeckt.«

»Tropfsteinhöhle?« Elena wirkte irritiert. »Was hat das mit dem Flugplatz hier zu tun?«

»Dazu komme ich noch. Das Höhlensystem ist das bedeutendste in Hessen, es ist als Herbstlabyrinth bekannt …«

»Davon habe ich gehört, die Story ging damals groß durch die Presse«, sagte Jakob. »Ein Teil der Höhle wurde zu einer modernen Schauhöhle ausgebaut.«

»Korrekt.« Sophie kam ins Schwärmen: »Die technische Ausstattung der Schauhöhle mit LED-Beleuchtung ist genial. Die sogenannte Knöpfchenhalle kann man seit 2009 besichtigen. Es gibt Führungen und mittlerweile sogar kulturelle Veranstaltungen. Ihr müsst euch die Höhle unbedingt einmal anschauen, wenn ihr nicht gerade an einem Fall arbeitet. Was mich ungeheuer beeindruckt hat, ist, dass man Bimsgestein gefunden hat, das von der Eruption des Laacher-See-Vulkans in der Eifel stammt. Der Vulkan-Ausbruch hat sich vor etwa dreizehntausend Jahren ereignet. Das muss man sich mal vorstellen!«

»Hm, hört sich toll an, aber meine Welt ist das nicht da unten, so tief in der Erde«, meinte Elena skeptisch.

»Das glaubte ich zuerst auch. Ich dachte, ich bin Pilotin und muss an den Himmel«, bekannte Sophie, »aber glaub mir, du wirst begeistert sein. Man sagt, wenn man die über hundert Treppenstufen hinunter in die Höhle geht, taucht man in eine andere Welt und in eine andere Zeit ein.«

»Bleiben wir bitte in der Gegenwart. Welche Relevanz hat diese Information für unseren Fall? Die Bürgerinitiative gegen den Flugplatz und die Höhle, wie passt das zusammen?«, erkundigte sich Jakob.

Sophie grinste verlegen. »Okay, zugegeben, ich hab ziemlich weit ausgeholt, weil ich euch ein bisschen von der Höhle vorschwärmen wollte, aber es gibt eine Verbindung. In persona meine ich den Geologen Dr. Anhausen.«

»Dr. Anhausen? Wer ist das?«, wollte Jakob wissen.

»Dieser Mann ist ein unverbesserlicher Idealist und sehr naturverbunden. Dr. Anhausen ist zirka achtunddreißig, und hat maßgeblich an der Erforschung und an der Erschließung dieser Höhle mitgearbeitet.«

»Ja und?«, fragte Elena ungeduldig.

»Im Jahr 2019 wurde entschieden, den Sonnwalder Flugplatz instand zu setzen und auszubauen, um den Flugplatz zukunftssicher zu machen. Ein Investorenkonsortium half der Flugplatz Sonnwald GmbH mit hohen Investitionen. Später, die ersten Vorarbeiten hatten gerade begonnen, da gründete Dr. Anhausen diese Bürgerinitiative gegen den Ausbau. Er argumentierte, zwei unmittelbar benachbarte Flugplätze seien verkehrspolitischer und wirtschaftlicher Unsinn. Dr. Anhausen wollte die Bewohner der umliegenden Dörfer vor vermeintlich stark zunehmendem Fluglärm bewahren und unbedingt etwas für den Naturschutz tun. Deshalb schlug er vor, sämtliche hier ansässigen Unternehmen, wie unsere Flight Services Alsfelder GmbH, unsere Tochterfirma und die Flugzeugwerft auf den benachbarten, besser ausgebauten Westerwald Airport oder auf andere Flugplätze umzusiedeln und das Sonnwalder Fluggelände nur noch für den Segelflug zu erhalten.«

»Das ist ja ein Ding«, meinte Jakob. »Ich bin ja wirklich ein eifriger Zeitungsleser, aber davon wusste ich nichts.«

»Wie viele Mitglieder hat diese Bürgerinitiative?«, fragte Elena interessiert.

»Etwa einhundert. Und wenn ich den Zeitungsberichten glauben soll, werden es immer mehr. Dr. Anhausens Argumente stießen von Anfang an auf fruchtbaren Boden in der Bevölkerung. Der Flugplatz ist vielen Bürgern schon lange ein Dorn im Auge. Die Leute kämpfen hauptsächlich gegen den Fluglärm. Sie wollen vor allem sonntags ihre Ruhe. Das ist verständlich. Aber die meisten derjenigen, denen es nicht nur um die Vermeidung von Fluglärm, sondern auch um Naturschutz geht, wissen gar nicht, dass es auf vielen Flugplätzen auch Biotop-ähnliche Bereiche gibt. Wir haben hier Wiesenflächen, die wir kaum nutzen und die wir nur äußerst selten mähen müssen. Da blühen alle möglichen Pflanzen und Gräser. Ein Paradies für Vögel und Insekten.«

»Habt ihr an Sonntagen wirklich so viel Flugbetrieb?«, wollte Jakob wissen.

»Es hält sich in Grenzen«, erklärte Sophie. »Sonntags in der Mittagszeit schränken wir den Flugbetrieb sogar offiziell ein, aber es gibt Leute, die interessiert das nicht. Das sind fliegerisch Unwissende und Provokateure, die behaupten, die private Fliegerei sei eine nicht notwendige elitäre Freizeitbeschäftigung. Und die Business-Flugzeuge würden sie am liebsten auch verbannen. Einige von diesen Flugplatzgegnern agieren schon seit Jahren extrem. Immer wenn sich ein Pilot beim Anflug oder beim Abflug nicht genauestens an die veröffentlichte Platzrundenführung oder an die empfohlenen Flughöhen hält, terrorisieren sie die Flugleitung durch Anrufe oder sie reichen beim Luftamt Lärmbeschwerden ein. Das nervt!«

»Du sagst, die Bürgerinitiative hatte bisher keinen Erfolg. Also hat der Ausbau des Flugplatzes letztendlich doch begonnen?«, fragte Jakob.

»Ja«, sagte Sophie. »Schaut euch nachher ruhig mal um. Es geht voran. Frau German zeigt euch gerne den Stand der Dinge. Der Flugplatz ist aus unserer Sicht ein Wirtschaftsfaktor mit entsprechenden Wachstumsaussichten. Wir sind nicht das einzige hier ansässige Unternehmen und es geht uns nicht einzig und allein um die private Fliegerei, obwohl wir tatsächlich nicht nur Berufspiloten, sondern auch viele Leute zu Privatpiloten und Sportpiloten ausbilden und Rundflüge anbieten. Nebenbei verchartern wir auch unsere Piper und unser neues Ultraleichtflugzeug. Im Wesentlichen verdienen wir aber unser Geld mit Geschäftsreiseflügen und mit Transportflügen. Dafür haben wir extra ein fast neues Flugzeug angeschafft und eine Tochterfirma gegründet. Unsere Auftragsbücher sind voll. Wir überlegen, ob wir bald noch eine gebrauchte zweimotorige Maschine leasen und Vermessungsflüge anbieten. Das wird gerade nachgefragt. Dafür würden wir noch zwei Piloten einstellen müssen oder auf Freelancer-Basis beschäftigen müssen.« Sophie fuchtelte aufgeregt mit den Händen. »Übrigens, ... hier am Flugplatz sind noch zwei weitere Firmen angesiedelt, die nicht direkt mit der Fliegerei zu tun haben, aber sehr davon profitieren, dass sie an einem Flugplatz angebunden sind. Und dann gibt es hier noch eine alteingesessene Flugzeugwerft. Gott sei Dank konnte die Bürgerinitiative den Ausbau bislang nicht verhindern. Eine erste Klage wurde abgeschmettert. Obwohl wir einige Auflagen bekamen, sind wir happy, dass wir hier nicht vertrieben wurden. In 2021 konnte es endlich losgehen. Durch Corona gab es Verzögerungen, aber jetzt haben wir Grund zum Feiern, weil der erste Bauabschnitt mit der Erneuerung und Verlängerung der Start- und Landebahn und der Verbreiterung des parallel verlaufenden Rollwegs abgeschlossen ist. Inzwischen verzeichnet die Flugplatz GmbH endlich wieder einen Zuwachs an Flugbewegungen. Im zweiten Teil des Projekts werden jetzt noch die neue Landebahnbefeuerung und das moderne neue Precision-Approach-Path-Indicator-System installiert. Dieses PAPI ersetzt unser altes System. Unsere Firma, ich meine, John Alsfelders Firma hat es mitfinanziert. Das PAPI funktioniert optisch. Es wird seitlich an der Landebahnschwelle installiert und signalisiert den Piloten mit roten und weißen Lichtern ihren Sinkflugwinkel beim Anflug auf die Landebahn. Je nachdem, welche Lichtkombination der Pilot sieht, kann er erkennen, ob er zu hoch, zu tief oder gerade richtig anfliegt.«

»Hattet ihr euch nicht auch ein ILS-System gewünscht?«, fragte Elena.

»Das war damals John Alsfelders Traum«, lächelte Sophie, »aber nach reiflichen Überlegungen haben wir bewusst auf dieses megateure elektronische Instrumentenlandesystem verzichtet. Das hätte eine komplette Änderung der Flugplatz-Zulassung und ein aufwändiges Genehmigungsverfahren bedeutet. Und wir mit einem eigenen ILS-System? Das wäre so nah am Westerwald Airport wirklich Unsinn gewesen. Möglicherweise hätten wir dann eine gemeinsame Flugleitung einrichten müssen. Das wollen wir auf keinen Fall. Wir wollen ein möglichst unabhängiger Verkehrslandeplatz bleiben.«

»Wann sollen die Arbeiten insgesamt beendet sein?«, erkundigte sich Elena.

»Im Oktober, wenn die neue Landebahnbefeuerung und das PAPI fertig sind. Dann können wir unsere Geschäftsreisepartner bei entsprechender Sicht auch nachts wieder heimfliegen oder zu ihren Reisezielen bringen, und wir müssen für diese Flüge nicht auf den Westerwald Airport ausweichen. Das ist dann wie bisher nur noch tagsüber oder nachts bei ganz schlechter Sicht notwendig. Aber das ist okay für uns, denn die Kollegen drüben haben ja ein ILS für solche Zwecke.« Sophie strahlte, blickte von Elena zu Jakob und redete weiter: »Unsere neue Landebahnbefeuerung und das moderne neue PAPI ... eine unglaubliche Erleichterung für uns.«

»Ihr werdet auch nachts Flugbetrieb machen?«, fragte Jakob neugierig. »Das wird doch sicher noch mehr Ärger in der Bevölkerung erzeugen.«

»Nein, wir werden keinen regelmäßigen Nachtflugbetrieb durchführen. Nur bei Bedarf. Aber kein Problem, im erwähnten Genehmigungsverfahren wird das alles haarklein geregelt werden.«

Jakob hakte interessiert nach: »Der Ausbau des Flugplatzes wurde genehmigt, die Schließung wurde verhindert, der Ausbau begann ... und Dr. Anhausen kapitulierte?«

»Es gibt etwas, das ihr wissen müsst und das euch sehr interessieren wird.« Sophie warf Jakob und Elena geheimnisvolle Blicke zu und sprach weiter: »Noch vor dem Beginn der Ausbau- und Instandsetzungsarbeiten, schloss sich Klaus-Thomas Bergh der Bürgerinitiative an und brachte neue Ideen mit. Anhausen war überhaupt nicht begeistert, weder von Bergh persönlich noch von seinen Vorschlägen, aber Bergh setzte sich schnell durch und scharrte die Meute um sich.«

»Wann war das?«, erkundigte sich Elena.

»Im Juni oder Juli 2020, so um den Dreh rum.«

»Wie schaffte Bergh es, die Mitglieder der Bürgerinitiative hinter sich zu bringen?«, fragte Jakob.

»Er präsentierte einen radikalen Entwurf«, berichtete Sophie. »Er schlug tatsächlich vor, unseren Flugplatz Sonnwald komplett zu schließen und bestimmte Bereiche des Geländes für Windenergieanlagen und die größeren Flächen für einen Solarpark zu nutzen. Die Höhen des Westerwalds sind wie geschaffen für Windkraftanlagen, ... das wisst ihr sicher. Und Sonnenlicht haben wir hier wohl auch genug. Das weitläufige, hindernisfreie Gelände des Flugplatzes hier bietet eine ideale Lage für Windräder und große Freiflächen-Solar-Anlagen mit modernster Batteriespeichertechnik.«

Jakob nickte. Er verfolgte fast täglich das Wettergeschehen und nutzte dafür die modernen Möglichkeiten des Internets. Er mochte die windigen Höhenzüge des Westerwalds und wunderte sich schon lange darüber, warum hier nicht längst noch mehr Windräder gebaut worden waren.

Sophie erklärte weiter: »Bergh meinte sogar, man könnte die durch den Umzug freiwerdenden Hangars hier auf dem Flugplatz umbauen und zur Wartung und Steuerung der Windräder und der Solaranlagen nutzen.« Sophies Smartphone klingelte plötzlich, doch sie nahm den Anruf nicht entgegen.

»Was denn, Bergh war Pilot und wollte den Sonnwalder Flugplatz schließen? Er wollte erreichen, dass ihr alle auf den Westerwald Airport umziehen müsst? Wie bösartig war das denn?«, fragte Elena.

»Berghs wahres Motiv könnt ihr euch sicher denken: Rache! Nach seinem Zoff mit Konrad wollte keiner von uns Bergh helfen, wenigstens seine Lizenz für Ultraleichtflugzeuge aufzufrischen. Alle wussten, dass er vorbestraft war, keiner mochte ihn mehr im Cockpit sitzen sehen. Bergh muss gewusst haben, dass Konrad uns alle vor ihm gewarnt hat. Und nicht nur das. Bergh muss zudem gewusst haben, dass Konrad unseren Sonnwalder Flugplatz liebt, wenn man das so sagen darf. Also startete Bergh diesen perfiden Angriff gegen uns. Um glaubwürdiger zu wirken, versuchte er der Öffentlichkeit zu verkaufen, dass er selbst auch Pilot ist, aber seine Vorschläge einer höheren Pflicht geschuldet seien. Wir haben das in den Medien natürlich sofort geradegestellt, aber es interessierte kaum jemanden.«

»Kapiert«, meinte Elena. »Wenn Berghs Idee Realität werden würde, träfe das nicht nur Konrad Hagendorf. Ihr seid befreundet, aber, was die beiden Luftfahrtunternehmen betrifft, seid ihr auch Wettbewerber. Solange ihr euch auf zwei verschiedenen Flugplätzen tummelt, ein eher kleineres Problem.«

»So ist es«, sagte Sophie. »Es würde schwieriger werden. Wir würden uns als konkurrierende Flugschulen mit fast gleichem Portfolio auf dem Westerwald Airport gegenseitig die Flugschüler abjagen müssen, noch bevor sie anfangen. Und unsere Charter- und Transportkunden hätten einen weiteren Anreiseweg. Ihre Firmenstandorte befinden sich in der Gegend um Herborn, Gießen und Wetzlar. Ziemlich ungünstig für uns wäre auch … hier auf dem Flugplatz Sonnwald haben wir eigene Büroräume und eine eigene Halle. Wir haben unsere Kosten im Griff. Drüben auf dem Westerwald Airport müssten wir neue Büroräume und Hallenstellplätze anmieten oder viel Geld in die Hand nehmen und bauen, wenn wir nicht ausreichend entschädigt würden. Während der Landebahnerneuerung war unser Flugplatz für vier Monate dicht, da haben wir vom Westerwald Airport aus operiert und schon mal einen Vorgeschmack bekommen, wie es sein würde, wenn wir umziehen müssten.« Sophie blickte über das Flugfeld und verfolgte den Start eines Privatflugzeugs, einer Bölkow 209 Monsun, dann klingelte ihr Handy erneut.

»Willst du nicht rangehen?«, fragte Elena ihre Freundin sanft lächelnd.

Sophie schaute auf das Display ihres Smartphones. »Nee, das ist ein nerviger Flugschüler. Der hat letzte Woche seine Theorieprüfung versemmelt. Er ist in den Fächern Luftrecht und Meteorologie durchgefallen. Anstatt mehr im Selbststudium zu pauken, möchte er jetzt Extraunterricht. Kann er kriegen, aber nicht heute.« Sophie drückte den Anruf weg und erklärte weiter: »Als Konrad und John Alsfelder, mein Schwiegervater in Spe merkten, dass Bergh mit seiner Idee in den sozialen Medien und bei öffentlichen Auftritten große Zustimmung bekam und die Bürgerinitiative starken Zuwachs verzeichnen konnte, gründeten Konrad und John eine Gegeninitiative, die Interessengemeinschaft Pro Flugplatz Sonnwald e.V. Das ist ein Zusammenschluss der Vereine und Firmen hier am Flugplatz Sonnwald. Erster Vorsitzender ist Konrad, zweite Vorsitzende ist Marie-Luise West, die Chefin der hiesigen Flugzeugwerft. Ihrer Schwester gehört mittlerweile das Flugplatz-Restaurant. Auch Marie-Luise muss um ihre Existenz und um die Existenz ihrer Mitarbeiter fürchten. Und nicht zu vergessen die Flugleiter. Die sind Angestellte der Flugplatz GmbH. Ach ja, … und dann sind da noch die Piloten und Geschäftsleute, die ihre Privatflugzeuge hier in den Hallen hangarieren.«

»Gut zu wissen«, meinte Jakob, während sich Elena fleißig Notizen machte.

»Wir sind übrigens sehr glücklich darüber, dass die Genehmigung zur Instandsetzung und zum Ausbau des Flugplatzes noch vor dem Krieg in der Ukraine und vor der Energiekrise erteilt wurde«, meinte Sophie. »Heute hätten wir sicher viel schlechtere Karten. Die Kommentare unserer Gegner im Internet waren und sind deutlich. Und leider werden es immer mehr.«

»Wie schaffte es Bergh, diese Leute zu mobilisieren? Wie adressierte er sie?«

»Er war, glaube ich, Softwareentwickler und IT-Consulter. Aber anscheinend war er auch ein talentierter Marketing-Mann. Vielleicht ließ er sich auch von irgendwem beraten. Jedenfalls gestaltete er den Internetauftritt der Bürgerinitiative neu und traf mit seiner Idee eines Energieparks den richtigen Nerv der Leute.«

»Ich möchte wissen, wie Bergh das hingekriegt hat. Wir haben herausgefunden, dass er damals oft beruflich unterwegs war«, warf Jakob ein.

»Das machte ihm sicherlich keine Mühe«, meinte Elena. »Für so etwas brauchte er nur einen Laptop oder ein Tablett ... und natürlich ein Smartphone.«

»Wer schließt sich dieser Bürgerinitiative an?«, erkundigte sich Jakob.

»Am Anfang waren es überwiegend Klimaschützer, Naturschützer und auch ein paar, na sagen wir normale Bürger, die vor angeblich krank machendem Fluglärm Angst hatten«, antwortete Sophie. »Als ob wir so viel Flugbewegungen erwarten würden, wie es vergleichsweise an einem größeren Flughafen der Fall ist. Einfach lachhaft! Aber dennoch. Schon bald nach Berghs Aufstieg in der Bürgerinitiative versammelten sich die Troublemaker hinter ihm, ihr wisst schon. Vor allem Aktivisten, die auf die Straße gehen und mit radikalen Methoden kämpfen, weil sie die Politiker, die Behörden und die Bürger zum Umdenken zwingen wollen. Einmal haben sie sich hier auf der Landebahn festgeklebt. Es hat ihnen aber nichts genutzt. John und Mike landeten knallhart mit dem Pilatus PC-12 auf der Graspiste nebenan.« Sophie lachte bitter, dann sprach sie ernst weiter: »Bergh wiegelte diese Leute immer häufiger auf. Mit spielender Leichtigkeit. Schaut euch seine Posts von damals ruhig mal an im Internet. Ich schicke euch gerne die Links.«

»Weißt du, wie sich die Bürgerinitiative finanziert?«, fragte Jakob.

»Dreimal darfst du raten«, erwiderte Sophie mit sorgenvollem Blick. »Bergh nahm Kontakt mit einer Energie-Agentur auf, die im Auftrag verschiedener Firmen unterwegs ist. Diese ausländischen Firmen stellen Windenergieanlagen und Photovoltaikanlagen her und ihre deutschen Tochterfirmen betreiben sie. Die Agentur zahlt einen Großteil der Zeche. Ich hab gute Kontakte, die haben das für mich recherchiert. Vermutlich wurde Bergh sogar geschmiert, aber das konnte ich nicht beweisen. Es ist zum Kotzen.«

»Welche Gegenargumente präsentierte eure Interessengemeinschaft der Öffentlichkeit, als Bergh begann, die Leute aufzuwiegeln?«
»Wir argumentierten von Anfang an sachlich und seriös. Wir stellten klar, dass wir kompromissbereit sind, was die Vermeidung von Fluglärm zu bestimmten Tages- und Nachtzeiten betrifft. Wir erklärten den Leuten, dass Arbeitsplätze wegfallen werden, wenn der Flugplatz dichtgemacht wird, aber damit waren und sind wir auf dünnem Eis. Durch die Umsiedlung der hier ansässigen Unternehmen würden ja unterm Strich kaum Arbeitsplätze verloren gehen und die Errichtung und Wartung von Windrädern und Solaranlagen würde ja sogar neue Arbeitsplätze schaffen.«
»Das erscheint logisch auf den ersten Blick«, meinte Elena nachdenklich.
Sophie redete sich in Rage: »Die Bürgerinitiative schlachtete das argumentativ aus. Schon bald nach Berghs Einstieg legten sie eine Studie vor, die angeblich nachwies, dass sich die Flugplatz GmbH nach Instandsetzung und Ausbau des Flugplatzes nur mit hohen Subventionen über Wasser halten könnte. Um die Studie zu präsentieren und um Berghs Idee einem breiteren Publikum vorzustellen, wurde zu einer Abendveranstaltung mit anschließender Podiumsdiskussion eingeladen. Wir glaubten, dass die Studie getürkt war, und haben das auch laut kundgegeben, denn bevor der Ausbau startete, hat das Investorenkonsortium natürlich auch ein Gutachten erarbeiten lassen. Und das fiel positiv aus. Schon heute hat die Flugplatz GmbH kaum Schulden. Aber es half nichts. Nach diesem Diskussionsabend waren viele der Teilnehmer erst einmal für Berghs Vorschlag. Sie waren für Wind- und Sonnenenergie. Grundsätzlich okay, aber muss man dafür einen Flugplatz schließen? Das wurde hart diskutiert an diesem Abend. Die Befürworter von Berghs Idee plädierten dafür, dass das Land den Plan der Vorranggebiete entsprechend anpassen sollte. Sie forderten die Gemeindeverwaltung auf, politisch entsprechend tätig zu werden. Die ganz Radikalen wollten zwei Fliegen mit einer Klappe schlagen. Weg mit dem Flugplatz und her mit einem Energiepark.«
»Naja, Maßnahmen zur Reduktion von Kohlenstoffdioxid in der

Atmosphäre sind dringender denn je, wenn wir die Erderwärmung endlich bremsen wollen«, gab Jakob zu Bedenken.

»Da gebe ich dir hundertprozentig recht«, pflichtete Sophie Jakob bei. »Das Umdenken hat auch schon längst eingesetzt. Viele renommierte Triebwerks- und Flugzeughersteller arbeiten gemeinsam an alternativen Antrieben und Flugzeugkonzepten. Es gibt außerdem weltweit jede Menge Start-ups, die versuchen, ihre innovativen Konzepte umzusetzen. Nach jahrelangem Forschen und Tüfteln sehr erfolgreich sogar. Mike hat so ein Start-up eine Weile als Testpilot für ein Leichtflugzeug mit Elektromotor unterstützt. Noch benötigen die allermeisten Motorflugzeuge und Jets fossile Brennstoffe. Allerdings sind die Hersteller inzwischen in der Lage, wesentlich sparsame Motoren und Triebwerke herzustellen. Sie verbauen auch immer mehr leichte Verbundwerkstoffe und sie optimieren stetig die aerodynamische Formgebung der Tragflächen und der Rümpfe, um den Luftwiderstand zu verringern. Die Wissenschaftler und Ingenieure haben mittlerweile jede Menge Tricks drauf und …«

Elena unterbrach ihre Freundin. »Nochmal zurück zum Ausbau eures Flugplatzes. Du sagtest, der erste Bauabschnitt ist erledigt. Gibt die Bürgerinitiative jetzt Ruhe?«, fragte sie.

»Ruhe? Nein. Der Zoff geht weiter. Schaut euch bloß die anonymen Hetztiraden in den sozialen Medien im Internet an. Und die Lärmbeschwerden nehmen auch nicht ab.«

»Wie stellt sich eure Interessengemeinschaft denn aktuell auf?«, fragte Jakob.

»Wir haben begriffen, dass wir noch geschickter argumentieren müssen. Die Bürger wollen Strom aus erneuerbaren Energien, aber, das ist der Knackpunkt, die meisten Anwohner hier wollen keinen Energiepark vor ihrer Haustür. Und genau da setzen wir an. Wir haben eine neue Broschüre herausgebracht, die den Bürgern die Nachteile vor Augen führen soll. Tausche einen Flugplatz, der so wie die ganze Gegend hier auch ein beliebter Touristenmagnet ist, gegen Windräder und Solaranlagen, die das Landschaftsbild verschandeln. Und den Naturschützern unter den Flugplatzgegnern machen wir deutlich, was sie eigentlich schon wissen sollten … nämlich, dass Windräder

große Gefahren für die Vogel- und Insektenwelt hier darstellen und große Solaranlagen die natürlichen Biotope hier stark gefährden. Obwohl die Betreiber ja immer lauthals versprechen, sie würden einen Ausgleich für die Tier- und Pflanzenwelt schaffen.« Sophie hielt kurz inne. Optimistisch ergänzte sie: »Unsere neue Broschüre und den super Internetauftritt hat Barbara gestaltet. Sie hat früher als Projektmanagerin in einer Werbeagentur gearbeitet. Auf ihren Vorschlag hin werben wir jetzt plakativ mit Bildern und Schlagworten für den Flugplatz und erklären, wie sich die Investitionen für die Instandsetzung und den Ausbau des Fluglatzes auszahlen werden. Wir bewerben ungenutzte Flächen außerdem als zukünftigen Industriestandort. Die Firma, für die Mike nebenbei Ultraleichtflugzeuge getestet hat, plant, hier am Flugplatz in zwei bis drei Jahren einen Produktionsstandort zu eröffnen. Für die Endmontage der Flugzeuge. Wir sprechen mit der Broschüre und im Internet weitere Firmen an, die eine moderne Flugplatz-Infrastruktur benötigen. Deswegen argumentieren wir gebetsmühlenartig damit, dass der Flugplatz für weiteres Wachstum und damit auch für höhere Steuereinahmen sorgt, wenn wir die Nutzung des Flugplatzes so vermarkten und vorantreiben können, wie das damals gemeinsam von allen Beteiligten und dem Investorenkonsortium entschieden wurde.«
»Sag mal Sophie, wann hast du Klaus-Thomas Bergh zuletzt gesehen?«, fragte Jakob.
Sophie überlegte. »Komischerweise tauchte er irgendwann ab und ward nicht mehr gesehen«, antwortete sie.
»Das ist nicht überraschend. Er musste für zwei Jahre in den Knast und kam erst vor drei Wochen frei«, erklärte Elena.
»Ach so ist das«, stellte Sophie erstaunt fest. »Und ein paar Monate nach Berghs Verschwinden verließ Anhausen die Bürgerinitiative.«
»Anhausen trat aus der Bürgerinitiative aus?«, fragte Elena.
»Ja. Er konnte die Entwicklung der Bürgerinitiative nicht weiter dulden. Er distanzierte sich von den Krawallmachern und von den unverhältnismäßigen Aktionen der Aktivisten. Anhausen strebte eine friedliche Diskussion und einen Kompromiss an. Er versuchte sich wieder durchzusetzen, aber es gelang ihm damals nicht. Mit

dem fortschreitenden Ausbau des Flugplatzes wurde alles nur noch schlimmer. Die Aktivisten ließen nicht locker. Anhausen trat übrigens auch aus einem weiteren Grund aus der Bürgerinitiative aus, … er ist keiner von denen, die sich kaufen lassen.«
»Kann es sein, dass Anhausen trotzdem etwas mit der Tötung von Bergh …«
Sophie schüttelte energisch ihren Kopf. »Nein, warum sollte er? Aber ihr könnt ihn sowieso getrost vergessen«, meinte sie. »Er hat sich vor einem Jahr in eine Isländerin verliebt und ist zu ihr nach Island gezogen. Dort lernt er jetzt die Sprache der Einheimischen und arbeitet als Vulkanologe im Auftrag eines deutsch-isländischen Forschungsinstituts. Und ganz ehrlich, ein Gewaltverbrechen traue ich ihm nicht zu.«
»Kennst du ihn persönlich?«, erkundigte sich Jakob.
»Er ist ein Kunde von uns. Als er den Job in Island übernahm, flogen Mike und ich ihn und seine gesamte technische Ausrüstung eigenhändig mit unserem Geschäftsreiseflugzeug nach Reykjavik. Vorher, weil wir unterwegs tanken mussten, legten wir in Wick im hohen Norden Schottlands einen Zwischenstopp ein …«
»Ihr wart in Wick? Habt ihr Karl und Julia getroffen?« Jakob lächelte, während er an Schottland und die Eigenheiten der Schotten dachte, worüber er vor wenigen Tagen noch in einem Reiseführer gelesen hatte.
»Du kennst Jule und Karl?«, fragte Sophie erstaunt.
»Wer kennt die beiden nicht?«, erwiderte Jakob grinsend.
»Ihnen geht's prächtig.« Sophie lächelte und fuhr fort: »Sie haben Jennys kleines Haus gekauft und erweitert und sie werden in Schottland bleiben. Karl genießt sein Dasein als Rentner. Wenn er Jenny nicht gerade im Pub hilft, fährt er oft tagelang mit Hochseefischern raus. Das hält ihn fit. Den Besitzer und Captain des Trawlers hat er im Pub kennengelernt.«
»Ich kenne Jenny nicht, aber ich habe von dem Drama gehört, das sie erleben musste. Karl hat es mir erzählt«, sagte Jakob.
»Ja, schlimme Sache. Und jetzt hat sich auch noch Duncan Stephens von ihr getrennt. Die Beziehung hat nicht lange gehalten. Aber Julia

und Karl stehen Jenny zur Seite. Julia betreut Jennys Kind und gibt nebenbei Deutschunterricht. Wir haben alle einen wunderbaren Abend in Jenny's Pub miteinander verbracht. Nach mehreren Whiskys gab Anhausen Mike und mir einen wichtigen Tipp. Tatsächlich macht es ihn immer noch betroffen, wie sich die Bürgerinitiative entwickelt und mit welchen Mitteln ihre Anhänger agieren. Das hat er so nicht gewollt und das konnte er auch nicht vorhersehen. Zudem hat er uns vor der Macht verschiedener Lobbyisten eindringlich gewarnt.«

»Was empfahl euch Anhausen?«

»Er riet uns, einen anerkannten Meteorologen und Klimaforscher, den er gut kennt, zu beauftragen. Er schlug vor, dieser Sachverständige sollte die Wind- und Lichtverhältnisse am Sonnwalder Flugplatz anhand aktueller und historischer Daten genau untersuchen und ein unabhängiges Gutachten erstellen.«

»Anhausen vermutet, dass das Sonnwalder Flugplatzgelände ungeeignet ist für Windräder?«, fragte Elena skeptisch.

»Windräder und Solaranlagen sind megateuer. Wenn wir nachweisen könnten, dass sie sich bei den hiesigen Wetterbedingungen wider Erwarten erst über einen viel zu langen Zeitraum amortisieren, hätten wir bessere Argumente gegenüber den Investoren und Betreiberfirmen. Denen geht's doch nicht ums Klima, denen geht's nur ums Geld.«

»Ein amtlich zugelassener und aktiver Verkehrslandeplatz kann sowieso nicht einfach mal ohne Weiteres geschlossen werden«, meinte Elena hart. »Ich glaube, da irrte Bergh gewaltig.«

»Natürlich, das stimmt, aber es ist nicht vollkommen unmöglich, einen Flugplatz dichtzumachen. Unsere Gegner werden alle Register ziehen. Und wenn sie damit durchkommen, könnte das sogar noch Schule machen.«

»Sag mal, die Flugplatz GmbH hat doch sicherlich zusätzlich zu dem Geld von den Investoren noch Zuschüsse für den Ausbau bekommen. Wie soll denn damit umgegangen werden?«, fragte Elena. »Das wäre ja dann rausgeworfenes Geld, wenn man den Flugplatz schließt.«

»Das trifft zu. Das Land hat die Flugplatz GmbH unterstützt und die Verlängerung beziehungsweise die Erneuerung der Start- und Landebahn bezuschusst. Ich kenne mich da nicht aus, aber im Falle eines Falles wird es vielleicht nicht besonders schwer sein, eine Umwidmung der Zuschüsse zu argumentieren. Eine befestigte Start- und Landebahn kann man ja gut auch als Straße durch einen Energiepark nutzen«, erwiderte Sophie.

»Warum redet ihr nicht erst einmal mit dem Grundstückseigner?«, fragte Jakob. »Ob der Ausbau des Flugplatzes zum jetzigen Zeitpunkt überhaupt noch ohne Gesichtsverlust der damaligen Entscheider gestoppt werden kann und hier ein Energiepark entstehen soll oder nicht, steht und fällt doch mit ...«

Sophie fiel Jakob aufgeregt ins Wort. »Wir reden schon mit der Gemeindeverwaltung. Die Flugplatz Sonnwald GmbH hat das Gelände gepachtet, Eigner ist die Gemeinde. Die ist allerdings auch an der Flugplatz GmbH beteiligt. Der Pachtvertrag besteht seit 1955, aber er hat einen Haken. Er muss alle fünf Jahre mit beiderseitigem Einverständnis verlängert werden. All die Jahre war das nie ein Problem und als Ende 2019 beschlossen wurde, den Flugplatz instand zu setzen und auszubauen, war der Gemeinderat nach anfänglich langem Hin und Her damit einverstanden. Aber jetzt, angesichts der politischen Situation und der allgemeinen Stimmung, sieht die Sache leider anders aus. Wir befürchten, dass die Gemeinde aus der Flugplatz GmbH aussteigen könnte. Das wäre der erste Schritt für ein Ende des Pachtvertrags in zwei Jahren.«

»Wer ist denn sonst noch an der Flugplatz GmbH beteiligt?«, wollte Jakob wissen.

»Die Verkehrsbetriebe der Kreisstadt. Die Verantwortlichen dieser Firma sind auf unserer Seite. Aber das nutzt uns nix, wenn man uns den Boden unter den Füßen wegzieht.«

»Und die Investoren, die in den Flugplatzausbau investiert haben, würden sich das gefallen lassen?«, fragte Jakob ungläubig.

»In der Firma des Haupt-Investors weht zu allem Unglück ein neuer Wind, ... also sie haben eine neue Geschäftsführerin. Und jetzt gibt es bereits ziemlich konkrete Hinweise, dass die Neue mit dem CEO dieser Energie-Agentur verhandelt. Die beiden sind zufällig von einem unserer Piloten in einer Frankfurter Hotelbar gesehen worden. Der Pilot hat die Geschäftsführerin des Investors erkannt und konnte Teile des Gesprächs belauschen. Wenn die sich einig werden und die anderen Investoren und die Gemeinde überzeugen, bleibt uns nur noch die geringe Hoffnung auf ein Gegensteuern der Behörden oder auf negative Gutachten«, sagte Sophie traurig. Ihre Augen wurden feucht. Jakob sah ihr an, dass ihr das Thema unter die Haut ging. »Macht euch nicht zu viele Sorgen«, tröstete er Sophie. »Das ist genau der Punkt. Die Erbauer und Betreiber solcher Windräder beziehungsweise Energieparks müssen im Genehmigungsverfahren stapelweise verschiedene Gutachten vorlegen. Und glaub mir, die deutsche Bürokratie treibt seltsame Blüten. Die Genehmigung von Windrädern kann Jahre dauern, obwohl die Politik immer wieder schnelle Verfahren verspricht. Und große Solarparks müssen auch erst einmal genehmigt werden.«

»Das ist uns bekannt, aber wehret den Anfängen. Unsere Gegner, vor allem die Betreiberfirmen, wissen, was sie tun. Die haben garantiert schon erste solcher Gutachten beauftragt. Wenn wir zeitnah eigene Gutachten vorlegen würden, etwa eine negative Standortanalyse, könnten wir damit den Befürwortern des Energieparks möglicherweise von vorneherein den Wind aus den Segeln nehmen und die Sonne verdunkeln. Buchstäblich! Wir, ich meine die Interessengemeinschaft, werden das Geld für diese Gutachten wohl aufbringen müssen. Dafür brauchen wir Sponsoren.« Sophie lächelte gequält.

»Da hat euch Bergh ganz schön was eingebrockt!«, stellte Jakob fest.

»Was hält denn eigentlich die Betreiberfirma des Westerwald Airports vom Ansinnen der Bürgerinitiative, den Flugplatz Sonnwald dichtzumachen?«, erkundigte sich Elena.

»Denen kann das nur recht sein. Da gibt's Leute, die sich hämisch freuen würden, wenn wir dicht machen müssen«, meinte Sophie. »Für die Westerwald Airport GmbH wäre das ein Gewinn. Mehr Traffic, mehr Hallenmiete, damit mehr Umsatz, und brachliegende Grundstücke, die bebaut und vermietet werden können. Nur mit der Ansiedelung unseres Segelflugvereins wären sie nicht gerade

happy. Sie sagen, die vielen Segelflieger würden ihren Motorflug- und Jetflugbetrieb stören, wenn an den Wochenenden viel los ist.«
»Shit«, schimpfte Elena. »Also kein Rückenwind vom Westerwald Airport?«
»Nein, aber auch kein offizieller Gegenwind. Bis jetzt jedenfalls nicht. Es gibt drüben natürlich auch Fliegerkolleginnen und Kollegen, die uns bemitleiden.«
Frau German betrat das Büro und überreichte Sophie wortlos die Papiere eines Flugschülers, brachte eine Kanne frischen Kaffee und verließ das Büro wieder.
»Übrigens, wir haben noch ein kleines Ass im Ärmel«, fuhr Sophie fort. Elena und Jakob starrten Sophie neugierig an. Sophie trank einen Schluck Kaffee, dann erklärte sie: »Der Flugplatz wurde für den Krieg angelegt. In den dreißiger Jahren. Unterhalb des Flugplatzes befindet sich ein großer Teil des Stollensystems eines ehemaligen Braunkohlebergwerks. Das Bergwerk wurde in den Achtzigern verschlossen. Seitdem ist das komplette Stollensystem ein riesiges Wasserreservoir. Es versorgt viele umliegende Orte mit reinstem Trinkwasser. Wir werden dafür sorgen, dass das unterirdische Wasserreservoir in einem Gutachten berücksichtigt wird. Auch ein guter Tipp von Dr. Anhausen, oder?«
»Von dieser Sache würde ich mir nicht allzu viel versprechen«, meinte Elena. »Ich kann mir nicht vorstellen, dass Windräder und diese modernen Solaranlagen ein tief unter der Erde liegendes Wasserreservoir stören.«
»Zugegeben, ich glaub da auch nicht so recht dran«, bekannte Sophie, »aber wir nutzen es trotzdem als Argument. Vielleicht fahren wenigstens die gemäßigten Flugplatzgegner und die Naturschützer darauf ab.«
»Hm«, murmelte Jakob. »Nicht dumm von Anhausen. Kann schon sein, dass euch sein Tipp hilft. Ein Energiepark muss an das Stromnetz angeschlossen werden und dazu werden Kabel benötigt. Viele dicke Kabel. In der Regel werden sie bis zum nächsten Umspannwerk unterirdisch verlegt.«
»Das wissen wir«, räumte Sophie ein, »aber das ehemalige Berg-

werk liegt tatsächlich sehr tief unter dem Flugplatz. Ob das Wasserreservoir durch den Bau eines Energieparks in Mitleidenschaft gezogen wird, ist noch offen. Aber sei's drum. Wir haben lange darüber nachgedacht. Wir haben nix zu verlieren. Deshalb werden wir darauf drängen, dass jeder Grashalm des Flugplatzes und alles, was darunter liegt, in einem Bodengutachten berücksichtigt wird.« Sophies Blick verdüsterte sich.

»Hoffentlich ist es nicht schon zu spät für den Erhalt des Flugplatzes«, meinte Elena. Sie sah Sophie mitleidig an.

»Es sind noch keine Vorverträge zwischen der Gemeinde, der Energie-Agentur und den Hersteller- und Betreiberfirmen geschlossen worden. Der Ausbau des Flugplatzes geht planmäßig in die letzte Phase und noch gilt der Pachtvertrag zwischen der Flugplatz GmbH und der Gemeinde. Was auch immer passiert, wir werden kämpfen. Wenn der Worst Case eintreten sollte, werden wir rechtliche Schritte einleiten und gegen unsere Vertreibung klagen«, antwortete Sophie. Sie gab sich selbstbewusst und stark, aber für einen kurzen Moment konnte sie kaum ihre Emotionen unterdrücken. Der Flugplatz war in den letzten Jahren ihr Zuhause geworden.

»Du warst eine gute Polizistin, Sophie. Du analysierst die Situation des Flugplatzes supergut und du kennst die Leute.« Jakob nippte an seiner Kaffeetasse.

»Ich weiß, was du mich jetzt fragen wirst«, sagte Sophie leise. »Ich bin die Schriftführerin der Interessengemeinschaft Pro Flugplatz Sonnwald e.V. und kenne alle Player. Die Interessengemeinschaft besteht nur aus zweiunddreißig Mitgliedern. Ich hab die ganze Zeit während unserer Unterhaltung darüber nachgedacht. Glaub mir, auf meiner Liste, die ich vor dem geistigen Auge habe, steht keine einzige Person, der ich eine solche Tat zutrauen würde.«

»Du erwähntest eben die Chefin der Flugzeugwerft und ihre Schwester ...«

»Marie-Luise und Bettina? Das Flugplatzrestaurant könnte Bettina einfach weiterbetreiben. Schon jetzt kehren bei ihr viele Wanderer ein und wenn ein Energiepark hier entstehen würde, gäbe es ja durchaus Leute, die sich für den Energiepark interessieren würden oder beruflich damit zu tun haben werden. Aber die Werft würde Marie-Luise nicht so einfach auf den Westerwald Airport umsiedeln können. Ihr könnt die beiden dennoch getrost ausschließen, sie machen gerade Urlaub in der Türkei.«

»Kannst du uns bitte eine Liste der Mitglieder eurer Interessengemeinschaft schicken, Sophie?«, bat Jakob. Zu Elena gewandt schlug er vor: »Besser wir checken, ob gegen irgendwen etwas vorliegt.«

»Ihr bekommt die Liste heute am späten Abend von mir«, versprach Sophie. »Ich schicke euch eine E-Mail. Außerdem, ... ich kenne zusätzlich eine ganze Menge Flugplatz-Sympathisanten, die nicht direkt unserer Interessengemeinschaft angehören. Einige von ihnen wären auch betroffen, wenn Berghs Ideen umgesetzt würden. Die Namen schreibe ich auch auf die Liste, aber ich glaube, die sind alle sauber.«

»Wir werden das checken. Vielen Dank für deine Hilfe, Sophie. Ich habe keine weiteren Fragen.«

»Ich auch nicht«, sagte Elena.

Sophies Stimmung schien sich zu bessern. Sie setzte wieder ihr bezauberndes Lächeln auf. »Freut mich, dass ich euch die Situation hier erklären konnte«, sagte sie. »By the way, eine Information hab ich noch für euch: Der neue erste Vorsitzende der Bürgerinitiative ist wohl ein gutmütiger Zeitgenosse. Er wurde erst kürzlich gewählt. Die Mitglieder der Bürgerinitiative sind zwar nicht wesentlich zahmer geworden, aber der Neue versucht wenigstens mit aller Kraft, die Aktivisten auszubremsen und die polemische Hetzerei endlich zu unterbinden.«

Jakob nickte. Gedankenverloren musterte er Sophie zum wiederholten Mal und bewunderte abermals hemmungslos ihr Dekolleté. Sophie schaute Elena an und deutete auf Jakob. »Ist der immer so drauf?«, fragte sie spöttisch.

Elena lachte. »Man gewöhnt sich dran«, sagte sie und umarmte ihre Freundin zum Abschied. »Ich wünsch dir allzeit Happy Landings. Wenn ich irgendwann einmal den Flugschein machen werde, dann mit dir als Fluglehrerin.«

»Einverstanden. Ich mach dir ein Sonderangebot, wenn's konkret wird«, antwortete Sophie, »und grüß mir Katja.«
»Und du grüßt bitte Mike von mir.« Elena umarmte Sophie nochmals.
Jakob wurde ungeduldig. »Wir müssen los«, forderte er Elena auf, doch die Oberkommissarin winkte ab und nahm es gelassen.
Sophie sah Jakob ernst an und drückte ihm die Hand. »Auf Wiedersehen, mein Lieber. Viel Erfolg bei der Aufklärung des Falls. Und pass auf Elena auf. Eine bessere Kollegin kannst du nicht kriegen.«
Jakob wusste, dass Sophie recht hatte und bedauerte sein Drängeln. Er warf Elena einen flüchtigen Blick zu und lächelte. Dann verabschiedete er sich von Sophie. »Also Tschüss, frohes Schaffen – und fall nicht vom Himmel.«
»Ich werde mir Mühe geben. Und wenn du einmal Lust auf einen Rundflug hast, komm gerne bei gutem Wetter vorbei«, sagte sie, während sie winkend nach draußen zur Piper Turbo-Arrow eilte. Drei Fluggäste warteten bereits ungeduldig bei Frau German vor dem Flugzeug.

15

Während Elena alle Teammitglieder per E-Mail zu einer Besprechung am späten Nachmittag einlud, richtete Jakob auf dem Fahrersitz schweigend den Rückspiegel von Elenas Dienstwagen auf sich ein. Dann startete er den Motor und fuhr los. Er mochte das PS-starke Kompakt-SUV. Nur noch wenige Wochen, dann würde er das gleiche Auto als Dienstwagen zur Verfügung gestellt bekommen.

»Mal Hand aufs Herz«, sagte Jakob zu Elena, während er stur auf die Straße blickte. »Meinst du nicht Dr. Anhausen hat recht, wenn er sagt, zwei gut ausgebaute Flugplätze so dicht nebeneinander sind verkehrspolitischer Unsinn?«

»Ich weiß von Katja, dass der Westerwald Airport genug Traffic hat und der Flugplatz Sonnwald wird nach dem Ausbau auch genügend Starts- und Landungen verbuchen können«, konterte Elena. »Sophie hat das doch bestätigt. Ich glaube, die beiden Flugplatzbetreiber-Firmen werden es in der Hand haben. Entweder arbeiten sie erfolgreich zusammen oder sie spielen auf harte Konkurrenz.«

Die beidem schwiegen eine Weile. »Hm, Flugplatz Sonnwald«, sagte Jakob plötzlich. »Wenn wir jetzt die Bürgerinitiative und die Befürworter des Flugplatzes unter die Lupe nehmen, dann ist es besser, wir informieren die hessischen Kollegen rechtzeitig.«

»Wie jetzt? Du bist doch sonst nicht so zimperlich«, spottete Elena. »Heute Morgen warst du noch damit einverstanden, dass wir noch nicht in NRW anklopfen.«

»Das ist, … war … etwas anderes. Daraus wird uns keiner einen Strick drehen. Aber das mit Sonnwald könnte sich zu einem Fall entwickeln, den wir gemeinsam mit den Kollegen in Hessen lösen müssen.«

»So weit sind wir noch lange nicht«, konterte Elena ernst.

Jakob schaute seine Kollegin kurz von der Seite an, dann richtete er seinen Blick wieder auf die Straße. »Weißt du, als ich noch ein junger Kommissar war, übertrugen mir die Staatsanwaltschaft und mein damaliger Chef in Koblenz einen Cold-Case. Ich sollte mir die Akten nochmal genau anschauen. Mein Chef wollte sichergehen, dass man damals bei den Ermittlungen nichts übersehen hat«, erzählte er. »Niemand glaubte, dass der Fall jemals aufgeklärt würde. Sie dachten, ich würde mir die Zähne daran ausbeißen und irgendwann aufgeben. Aber ich hatte den Anspruch zu beweisen, dass ich ein guter Polizist bin. Ich arbeitete wie besessen. In der Akte stieß ich auf die Adresse eines Mannes in Wiesbaden. Ich fand, dass der Mann nochmals befragt werden sollte. Spätestens zu diesem Zeitpunkt hätte ich die Wiesbadener informieren müssen, … die Kolleginnen und Kollegen, die damals gemeinsam mit meinem Chef an dem Fall gearbeitet hatten. Aber dazu hatte ich keinen Bock. Es war doch mein Fall. Ich wollte ihn unbedingt erfolgreich aufklären und derjenige sein, der dafür sorgt, dass den Eltern eines getöteten zehnjährigen Mädchens Genugtuung widerfährt. Details zu der grauenvollen Tat und den damaligen Ermittlungen erspare ich dir. Die Kollegen waren damals verdammt nahe dran. Mich ließ der Fall nicht mehr los. Ich ermittelte im Alleingang, manchmal sogar in meiner Freizeit, am Wochenende. Das war nicht ganz ungefährlich. Meinem Chef und der Staatsanwaltschaft verschwieg ich meine Freizeitaktivitäten. Dann hatte ich Glück, es gab einen Durchbruch. Der Mann aus Wiesbaden hatte die ganze Zeit über geschwiegen, aber nun, nach dem Drogentod seiner jungen Frau, wollte er reinen Tisch machen. Er war bereit, vor der Wiesbadener Staatsanwaltschaft offiziell als Zeuge und Mittäter auszusagen und Beweise zu liefern. Mit achtundsechzig wollte er endlich von seinen Qualen erlöst werden. Ich nahm ihn fest und brachte ihn aufs Wiesbadener Revier. Dabei berichtete ich den Kolleginnen und Kollegen, was ich ermittelt hatte. Nach während des Verhörs des Mannes riefen wir meine Kollegen in Koblenz an. Der zweite Täter wurde noch am selben Tag bei einem Großeinsatz gefasst. Ein riesiger Erfolg, aber die Staatsanwaltschaft, mein Chef und die hessischen Kollegen waren not amused über meine Vorgehensweise.«

»Da hast du dich aber ganz schön in etwas reingeritten, auch wenn du einen bemerkenswerten Erfolg hattest. Du hast dich nicht an die Regeln gehalten. Passiert dir hin und wieder ja immer noch«, meinte Elena lachend.

»Ja, das stimmt. Tatsächlich war ich erfolgreich, aber ich handelte mir auch einen ziemlichen Ärger ein. Ich hatte meine Kompetenzen überschritten. Um Haaresbreite hätte ich einen Karriereknick hinnehmen müssen. Aus seinen Fehlern sollte man lernen. Aber manchmal will mein Bauch das nicht akzeptieren.«

»Mit anderen Worten, du möchtest die Kollegen in Hessen anrufen, bevor wir …«

»Nein, schon okay. Das ist mir im Moment noch zu früh«, erwiderte Jakob. »Wir melden uns bei denen, sobald wir jemanden konkret verdächtigen und drüben ermitteln müssen. Die nette Unterhaltung mit deiner hübschen Freundin heute hat mich sehr erhellt. Wir haben sehr viel über Bergh und seine Machenschaften erfahren, aber noch haben wir keine Idee, wer ihn getötet haben könnte. Der Kreis der Verdächtigen wird immer größer. Auch wenn Sophie sagt, sie kann sich Steinhausen und Hagendorf nicht als Täter vorstellen und auch niemanden aus der Interessengemeinschaft Pro Flugplatz Sonnwald.«

Elena spürte, dass der Hauptkommissar grübelte. Sie ahnte, dass ihm und auch ihr dieser Fall noch Kopfschmerzen bereiten würde. Klaus-Thomas Bergh war ein unbeliebter, ja verhasster Mann gewesen, soviel stand fest, und dennoch hatten die Ermittler bisher keine heiße Spur. Elena glaubte zu wissen, was Jakob dachte und gab sich Mühe, ihn aufzumuntern. »Wir kriegen raus, was passiert ist«, meinte sie selbstbewusst. »Es ist nur eine Frage der Zeit.«

»Hoffen wir mal, dass Hagendorf bald anruft und wir ihn befragen können. Ich weiß, wie Mobbingopfer ticken«, antwortete Jakob knapp. »Und deswegen sind wir auch mit Steinhausen noch nicht durch. Auf dem Weg ins Büro sollten wir Frau Steinhausen einen Überraschungsbesuch abstatten und sie nach dem Alibi ihres Mannes fragen«, schlug Elena energisch vor. Ohne Jakobs Antwort abzuwarten, griff sie zu ihrem Notizblock und gab Steinhausens Adresse in das Navi des Autos ein. Jakob nickte, während er in einem Kreisel von der Landstraße 3391 auf die Bundesstraße 414 in Richtung Hachenburg abbog und einen Seitenblick auf das Navi warf.

»Die Familie Steinhausen wohnt in meiner Nachbarschaft«, stellte

er fest. »Komisch, dass Romy und ich ihnen nie begegnet sind. Aber jetzt weiß ich wenigstens, wer in dem Flugzeug sitzt, das auffallend oft in niedriger Höhe über unserer Siedlung kreist.« Jakob grinste.
Als sie kurze Zeit später an der Fuchskaute vorbeifuhren, zeigte die Uhr des Navis vierzehn Uhr fünfundzwanzig. Jakob erinnerte sich mit etwas Wehmut daran, dass sein verstorbener Onkel ein begeisterter Amateurfunker mit guten Fachkenntnissen gewesen war. Auf der Fuchskaute hatte eine Amateurfunker-Gruppe früher einmal eine Station betrieben, unter anderem mit zwei dreißig Meter hohen Antennenmasten, einem Funkcontainer und einem Bauwagen, der damals als Unterkunft genutzt wurde. Sein Onkel hatte Jakob damals auch einmal von den beiden Gittermast-Funktürmen mit drei Plattformen erzählt, die während des Kriegs auf der Fuchskaute standen und von der Wehrmacht betrieben wurden.
Die Ermittler fuhren schweigend weiter. Immer noch auf der B 414 unterwegs genossen Jakob und Elena links und rechts der Bundesstraße den Anblick ausgedehnter Gerstenfelder, die von einer bunten Vielfalt von Wildblumen durchwachsen waren. Ein schwacher, warmer Wind strich über die wogenden goldgelben Felder, die bald abgeerntet würden. Aus dieser Perspektive heraus betrachtet war es ein schöner Sommer.

Das Reiheneckhaus mit Solarmodulen auf dem Dach und das gesamte Anwesen der Familie Steinhausen sah sehr gepflegt aus, wie alle Häuser und Gärten in dieser Siedlung. Der Eingangsbereich des Hauses war mit Granitpflastersteinen befestigt. Die schmalen Flächen rechts und links neben der Bepflasterung waren mit Kieselsteinen aufgefüllt. Dort standen trendige Blumenkübel, die mit Margeriten und Wandelröschen bepflanzt waren.
»Niemand zuhause«, stellte Elena nach mehrfachem Betätigen des Türklingelschalters fest.
Statt zu antworten, deutete Jakob Elena an, ihm zu folgen. Sie gingen links um das Haus herum und gelangten durch eine offene Tür

zum Garten, der von buschig-hohen Thuja-Gewächsen umgeben war, die vor neugierigen Blicken schützten. Über einen schmalen Gehweg, der durch ein Beet mit gelb blühenden Schafgarben und Sonnenhut-Pflanzen führte, erreichten die beiden Kriminalpolizisten eine große Gartenterrasse mit Teakholzboden. Dort erblickten die Ermittler eine Frau, die sich auf einer Gartenliege sonnte und nur ein knappes grünes Bikinihöschen, ein schmales dunkelgrünes Kopftuch und eine Sonnenbrille trug. Ansonsten war sie nackt. Zwischen ihrer Liege und einer weiteren unbenutzten Liege, stand ein kleines Tischchen, auf dem ein leeres Glas und eine Cola-Dose abgestellt waren. Die Frau erschrak, als sie die beiden Eindringlinge bemerkte. Elena schätzte sie auf etwa dreißig. Sie war klein und schlank und hatte lange kastanienbraune Haare. Ihr Gesicht, ihr Oberkörper und ihre Arme waren übersät mit Sommersprossen, ihre Lippen waren stark geschminkt. Eilends stand sie auf und bedeckte ihre Brüste mit einem Handtuch, bevor sie sich umwandte und ihr Bikinioberteil anzog. »Was haben Sie hier verloren?«, fragte sie entrüstet.
»Wir sind von der Polizei«, sagte Elena und zeigte ihren Dienstausweis. »Sind Sie Frau Steinhausen?«
»Ja«, antwortete Anke Steinhausen entsetzt. »Ist etwas passiert?«
Jakob blieb ruhig. Er zeigte Frau Steinhausen ebenfalls seinen Ausweis. »Ich bin Hauptkommissar Lorenz-Schultheiß und meine Kollegin ist Oberkommissarin Dietrich.«
Anke Steinhausen warf Jakob einen intensiven Blick zu. »Ich glaube, ich weiß, wer Sie sind. Mein Vater war der Architekt Ihres Hauses.«
»Okay, das wusste ich nicht.« Jakob erwiderte den Blick der Frau des Piloten.
»Wir haben eine wichtige Frage bezüglich Ihres Ehemanns«, begann Elena ruhig.
»Warum fragen Sie meinen Mann nicht selbst? Er ist heute den ganzen Tag auf dem Westerwald Airport. Er macht Rundflüge und schult. Zwischendurch ist er sicher ansprechbar.« Anke Steinhausen zog ihre Sonnenbrille ab.
»Wir haben schon mit ihm gesprochen«, antwortete Elena. »Wir er-

mitteln in einem Kriminalfall und möchten gerne von Ihnen hören, wo sich Ihr Mann heute Morgen zwischen halb vier und sechs Uhr aufgehalten hat.«

»Wie bitte? Mein Mann soll in einen Kriminalfall verwickelt sein?«, fragte Frau Steinhausen aufgeregt. »Das ist doch Blödsinn.«

»Wir müssen Ihnen diese Frage stellen, schon allein, damit wir Ihren Mann ausschließen können. Das gehört zu unserem Job«, sagte Jakob.

»Um was geht es denn überhaupt?«

»Heute Morgen wurde bei der Abtei Marienstatt eine Leiche gefunden. Es handelt sich um Klaus-Thomas Bergh. Der Mann wurde getötet. Vor längerer Zeit soll er einen Konflikt mit Flugkapitän Hagendorf gehabt haben. Wir wissen, dass Ihr Mann Herrn Bergh kannte und Herrn Hagendorf in der Auseinandersetzung gegen das Opfer unterstützt hat, deswegen müssen wir …«

»Wir können das abkürzen«, sagte Anke Steinhausen mit resolutem Blick. »Mein Mann hat mit so etwas nichts zu tun. Er war heute Nacht und heute Morgen hier bei mir im Bett. Um sieben haben wir gefrühstückt, gegen halb neun ist er zum Flugplatz gefahren. Reicht Ihnen das?«

»Kann das sonst noch jemand bezeugen?«, fragte Jakob?

»Nein«, sagte Anke Steinhausen kühl.

»Vielleicht haben Ihre Nachbarn Ihren Mann heute Morgen gesehen und können Ihre Aussage bestätigen«, meinte Elena mit fragendem Blick.

»Unsere Nachbarn nebenan und die von gegenüber sind vor ein paar Tagen mit ihren Wohnmobilen gemeinsam in den Urlaub gefahren.«

»Was ist mit anderen Nachbarn?«, fragte Jakob.

»Woher soll ich das wissen? Fragen Sie die doch einfach.«

»Das werden wir«, sagte Elena.

»Ich habe Ihnen die Wahrheit gesagt«, erwiderte Anke Steinhausen.

»Würden Sie uns bitte noch Ihren Ausweis zeigen?«, bat Jakob Frau Steinhausen.

»Selbstverständlich.« Anke Steinhausen eilte ins Haus. Als sie zurückkehrte und den Polizisten ihren Ausweis zeigte, trug sie ein

grünes Poloshirt mit dunkelgrünen Knöpfchen und grüne Shorts. Elena scannte das Poloshirt blitzschnell mit intensiven Blicken ab. Es schien neu zu sein, es war sauber und es fehlte kein einziger Knopf.
»War es das jetzt?«, fragte Anke Steinhausen schroff. Elenas Blicke waren ihr nicht entgangen.
»Noch nicht ganz«, antwortete Elena. »Kannten Sie Klaus-Thomas Bergh?«
»Nein, aber Falk hat mir damals von dem Zoff zwischen Konrad und diesem Typen erzählt.«
»Hatte Ihr Mann ebenfalls Trouble mit Bergh?«
»Was wollen Sie damit andeuten?« Anke Steinhausen hielt Elenas Blicken stand.
»Können Sie bitte einfach meine Frage beantworten?«
»Also gut, ja, Bergh hat damals auch meinen Mann angeschwärzt in den Internet-Medien. Aber Falk hat eine dicke Haut. Er hat Konrad damals lediglich geholfen, sich zur Wehr zu setzen und den Ruf der Flugschule zu verteidigen. Die beiden haben dafür gesorgt, dass dieser Idiot an keiner Flugschule in der Umgebung jemals wieder Fuß fassen kann. Falk hat ihn gehasst, aber er hat ihm nichts getan. Er war heute Morgen definitiv bei mir. Das kann ich beschwören, wenn es sein muss.«
»Danke für Ihre Zeit, Frau Steinhausen. Das war's fürs Erste. Wenn Sie später noch weitere sachdienliche Informationen für uns haben, rufen Sie uns bitte sofort an.« Jakob überreichte Frau Steinhausen eine seiner Visitenkarten.

»Glaubst du ihr?«, fragte Elena Jakob, als die beiden Kriminalisten wieder im Auto saßen.
»Tja, ... frag mich mal was Leichteres. Irgendetwas an ihr gefällt mir nicht. Einerseits wirkte sie überrascht, andererseits tat sie selbstsicher und gab uns wie aus der Pistole geschossen die richtigen Antworten«, meinte Jakob.
»Wenn ihr Mann etwas mit dem Mord zu tun hat, können wir

jedenfalls ziemlich sicher sein, dass sie rein körperlich nicht mit drinhängt.« Elena lächelte geheimnisvoll.
»Wie kommst du darauf?«
»Hast du nicht genau hingeschaut? Das tust du doch sonst bei gutaussehenden Frauen. Noch dazu, wenn sie nackt vor dir stehen. Sie ist schwanger. Ich schätze mal, Anfang bis Mitte vierter Monat.«
»Hm, das habe ich tatsächlich übersehen. Ich habe mich bemüht, sie nicht so auffällig anzustarren.« Jakob lächelte verlegen. Dann redete er mit ernster Miene weiter: »Wenn Steinhausen an der Tötung von Bergh beteiligt war, ist er dann wegen der Schwangerschaft seiner Frau nicht abgehauen?«
»Möglich. Echt blöd, dass wir ihn nicht festhalten können«, meinte Elena. »Er kann immer noch schnell türmen. Er ist Pilot.«
»Das gefällt mir gar nicht«, meinte Jakob.
»Fahren wir zurück zum Revier?«
»Erst sollten wir die Nachbarn fragen, ob sie Steinhausen heute Morgen gesehen haben«, schlug Jakob vor.

16

Während Elena sich vornahm, im Büro zu arbeiten und die Lagebesprechung vorzubereiten, benötigte Jakob dringend eine Unterbrechung. Es waren nur wenige Minuten bis zum Haus der Familie Lorenz-Schultheiß, daher ging Jakob zu Fuße. Er freute sich, als er Chloé und Romy in gemütlicher Atmosphäre im Garten antraf. Beide trugen leichte Sommerkleider und Strohhüte und saßen auf Gartenstühlen unter einem Sonnenschirm. Sie unterhielten sich angeregt und tranken kalte Apfelsaftschorle. Die Terrassentür zum Wohnzimmer stand offen und Romy hatte den Lautstärkeregler ihrer nagelneuen Stereoanlage weit aufgedreht. Mit dem Internetradio der Anlage streamte Romy einen Sender, der ihre englischen und amerikanischen Lieblingspop- und Soulsongs rauf und runter spielte. Jakob mochte diese Musik ebenfalls, aber er hörte lieber Rockmusik, Countrymusik und gerne auch mal Klassik. Außerdem war er ein bekennender ABBA-Fan, obwohl er in den Siebzigern noch ein Kind gewesen war und erst dreizehn, als die berühmte schwedische Gruppe ihr vorerst letztes Album veröffentlicht hatte. Ab und zu, wenn er in der richtigen Stimmung war, hörte er sich auch schon mal die alten Beatles-Platten an, die ihm sein Vater einst geschenkt hatte.

»Ganz schön laut, deine Musik. Die Nachbarn werden sich noch bei der Polizei beschweren«, scherzte Jakob.

»Na dann ist es ja gut, dass du gerade heimgekommen bist.« Romy sah Jakob liebevoll an, während Chloé ihre Eltern lächelnd beobachtete und sie heimlich für ihr harmonisches Eheleben bewunderte.

»Hast du den Fall etwa schon gelöst?«, fragte Chloé neugierig.

Jakob nahm auf einem Gartenstuhl Platz und streckte seine Beine aus. »Keineswegs«, antwortete er. »Ziemlich komplexe Angelegenheit, wenn ihr mich fragt. Elena und ich haben gerade erst angefangen. Um fünf Uhr geht's weiter. Lagebesprechung mit allen Beteiligten.«

»Möchtest du darüber reden?«, fragte Romy.

Jakob schüttelte den Kopf: »Lieber nicht, ich darf euch sowieso

keine Einzelheiten schildern.«
»Sollen wir heute Abend den Grill anwerfen?« Chloé schaute ihre Eltern erwartungsvoll an.
»Gute Idee«, meinte Romy. Sie blickte fragend zu Jakob. »Was meinst du, kannst du gegen sieben wieder hier sein?«
»Das sollte machbar sein.«
»Bring doch Elena mit«, schlug Chloé vor.
Jakob lächelte schwach. »Ich lade sie gerne ein, aber vermutlich wird sie sich mit Katja treffen. Die Beziehung der beiden ist kompliziert.«

Um siebzehn Uhr versammelten sich die Ermittler im Besprechungsraum des Kommissariats. Der fünfunddreißigjährige Staatsanwalt Dr. Rolf Osterberger und Elena saßen bereits am Besprechungstisch und redeten kaum ein Wort miteinander. Osterberger hatte seinen Job erst vor wenigen Monaten angetreten und war, wie immer, adrett gekleidet. Trotz der Hitze trug er einen makellos sitzenden dunklen Anzug und ein weißes Hemd. Als Jakob wenige Minuten nach siebzehn Uhr mit der Lagebesprechung beginnen wollte, stieß Kriminalrat Werner Grothe-Kuhn gutgelaunt mit einer jungen Polizistin im Schlepptau die Tür auf. Der groß gewachsene Chief, wie alle ihn mit seiner ausdrücklichen Erlaubnis auch während interner Besprechungen scherzhaft nennen durften, war fünfundvierzig Jahre alt und bereits ergraut. »Ich habe euch Verstärkung mitgebracht«, sagte er und deutete auf seine Begleitung. »Das ist Kommissarin Patricia-Beate Schneider aus Koblenz, sie wird euch bei den Ermittlungen behilflich sein.«
»Herzlich willkommen, Patricia«, sagte Jakob erfreut. Er stand kurz auf, gab der jungen Polizistin die Hand und musterte sie blitzschnell, bevor er weiterredete: »In meinem Team duzen wir uns. Ich bin Jakob.«
Trisha war schlank, etwa einen Meter fünfundsiebzig groß und hatte stramme Arme und Beine. Ihr glattes schwarzes Haar hatte sie mit einem blauen Haarband gebändigt, ihre blauen Augen strahl-

ten auffällig. Die junge Polizistin stellte sich vor, während sie sich setzte: »Ihr könnt mich Trisha nennen, das ist die englische Koseform von Patricia. Bitte sagt nicht Paddy oder Patty zu mir.«
Die Stimme der neuen Kollegin klang etwas tief, ein wenig ungewöhnlich für eine Frau, fand Jakob.
»Ich bin vierunddreißig und habe gerade erst die Hochschule absolviert. Seht es mir bitte nach, dass ich noch etwas unerfahren bin«, fuhr Trisha fort. »Deshalb freue ich mich riesig, bei euch mitarbeiten zu dürfen.« Trisha schien voller Tatendrang und Energie zu sein. Sie blickte in die Runde. »In meiner Freizeit spiele ich regelmäßig Tennis und halte mich mit Joggen und Schwimmen fit. Und bevor ihr fragt, ich bin Single.«
Jakob forderte alle im Raum auf, es Trisha nachzutun und sich ebenfalls vorzustellen. Er bemühte sich, die Stimmung etwas aufzulockern. »Jedenfalls stimmt jetzt die Frauenquote in unserem Team«, witzelte er grinsend. Trisha reagierte mit einem irritierten Gesichtsausdruck.
»Haha, mach dir nichts draus«, sagte Florence lachend zu Trisha und deutete mit ihrem rechten Daumen auf Jakob. »Der ist ansonsten ganz in Ordnung.«
Viktoria und Elena stimmten in das Lachen der Kriminaltechnikerin mit ein.
»Okay, okay, das war nur ein Scherz«, entschuldigte sich Jakob.
»Lasst uns starten, was haben wir?« Grothe-Kuhn war ungeduldig. »Ich muss dem LKA heute noch einen ersten Bericht zukommen lassen. Die haben angerufen.«
»Ich habe schon zusammengeschrieben, was wir bis jetzt wissen. Den Bericht ergänze ich direkt nach der Lagebesprechung. Du kriegst eine E-Mail, sobald ich den Bericht mit Jakob abgestimmt habe«, versprach Elena.
»Also los, dann bringt Dr. Osterberger, Patricia und mich bitte auf den neusten Stand. Der Fall muss möglichst schnell aufgeklärt werden. Die Leute haben Angst. Sie sollen das Abteigelände und die Wanderwege an der Nister schnell wieder besuchen dürfen und als friedliche Orte wahrnehmen können.« Grothe-Kuhn trank einen

Schluck Wasser und sah Elena und Jakob auffordernd an.
Elena blätterte in ihren Notizen, bevor sie begann: »Der Tote ist ein achtundvierzig Jahre alter Mann namens Klaus-Thomas Bergh, wohnhaft zuletzt in Montabaur, im Haus seiner verstorbenen Mutter. Bergh wurde vor drei Wochen aus einer zweijährigen Haft entlassen. Eine Joggerin fand seine Leiche um kurz nach sechs, ein paar Meter flussabwärts der Nisterbrücke ...«
»Nach meiner ersten groben Berechnung wurde der Mann heute Morgen zwischen halb vier und halb sechs auf dem nahegelegenen Parkplatz getötet«, warf Viktoria ein. »Man hat ihm mit einem runden Gegenstand auf den Hinterkopf geschlagen. Nach seinem Ableben hat man ihm das Gesicht höchstwahrscheinlich mit dem gleichen Gegenstand zertrümmert und die Leiche dann in die Nister geworfen.«
»Die Suche nach der Tatwaffe und nach verdächtigen Personen läuft«, ergänzte Elena.
»Wir gehen davon aus, dass es zwei, vielleicht auch drei Täter waren, die Bergh möglicherweise gekannt hat, aber wir wissen noch nicht, warum sich Bergh mit seinen Mördern so früh am Morgen auf dem Parkplatz traf«, erklärte Jakob.
»Die meisten Opfer kannten ihre Mörder«, meinte Elena. »Der Angriff kam für Bergh offenbar überraschend ...«
»Davon gehen wir aus, weil wir bisher keine Abwehrverletzungen an seinem Körper gefunden haben und auch keine fremden Hautreste unter seinen Fingernägeln. Wir haben grünes Licht für die Durchführung einer Autopsie. Sie findet schon morgen statt, danach weiß ich mehr.« Viktoria blickte den Chief an.
»Die Fingerabdrücke in Berghs VW-Golf stammen von ihm und von einer fremden Person. Wir haben keinen Treffer bezüglich dieser zweiten Person im System. Es sind ältere Abdrücke. Möglich, dass es die seiner Mutter sind«, merkte Florence an. Ihr Blick blieb ernst. »Die Pillen, die wir in Berghs Auto gefunden haben, sind bereits im Labor. Ergebnis haben wir morgen Abend.«
»Kannst du etwas zu den Reifenspuren sagen, Flo?«, fragte Jakob.
»Oh ja. Wir haben, wie schon gesagt, neben dem Golf frischen

Reifenabrieb gefunden. Höchstwahrscheinlich weil das Auto mit quietschenden Reifen weggefahren wurde. Vermutlich handelt es sich um das Auto der Täter.«

»Hast du weitere Details für uns?«

»Ja, ihr sucht nach einem Auto mit großer Spurweite und sehr breiten Schlappen.«

»Passen die Reifenspuren zu einem Mercedes-Benz E 400?«, erkundigte sich Elena.

Florence klappte ihr Notebook auf und checkte die Angaben des Herstellers.

»Nein«, stellte sie fest. »Spurweite und Reifenbreite sind nicht deckungsgleich.«

»Was ist mit einem Volvo XC90, Baujahr 2019?«

Wieder nutzte Florence ihr Notebook. »Nein. Ihr sucht nach einem Auto mit mindestens noch vier Zentimeter größerer Spurweite. Aufgrund der Beschaffenheit der Spuren kann ich euch aber leider nur einen ungefähren Wert geben. Die Spurweite beträgt zwischen einem Meter zweiundsiebzig und einem Meter fünfundsiebzig. Wie bei vielen Autos hinten wahrscheinlich einen Tick breiter. Die Reifenbreite kann ich euch genauer sagen: Dreihundertfünf Millimeter. Wir haben mal nachgesehen. Ich gehe davon aus, dass ihr nach einem Pickup oder einem ähnlich breiten Auto suchen müsst.«

»Ausgezeichnet, Flo!« Jakob schaute die Kriminaltechnikerin dankbar an, dann wandte er sich Jonas zu. »Haben die Kameraauswertungen irgendetwas ergeben?«

»Nein«, antwortete Jonas. »Ich habe sämtliche Tankstellen im Umkreis abgeklappert und mir die Videos beschafft. Nichts Verdächtiges zur fraglichen Zeit erkennbar. Die Videos der wenigen Straßenverkehrskameras im näheren Umkreis hab ich noch nicht alle.«

»Okay, Jonas. Ich möchte, dass du die restlichen Videos der Straßenverkehrskameras schleunigst besorgst und auswertest. Schau dir bitte auch die Videos der Tankstellen nochmal genauer an und achte dabei auf ein breites Auto«, befahl Jakob. Dann sah er zu Trisha hinüber: »Würdest du Jonas dabei bitte helfen? Ich will, dass ihr herausfindet, auf welchen verdammten Autotyp diese Reifengröße und Spurweite passen.«

Kommissarin Patricia Schneider lächelte. »Das mache ich sehr gerne.«

Elena sah hinüber zu Jonas. »Haben die Suchtrupps Berghs Handy gefunden?«

»Nein, das Handy des Opfers wurde noch nicht gefunden, auch keine Geldbörse. Die Suchtrupps haben die ganze Gegend abgesucht«, berichtete er.

»Dann hatte er womöglich kein Handy dabei«, meinte Grothe-Kuhn nachdenklich.

Jakob spottete: »Glaubst du das wirklich? Wer läuft denn heute noch ohne Handy, beziehungsweise ohne Smartphone herum? Wir müssen uns eher die Frage stellen, wo wir Berghs Handy suchen müssen.«

Elena hob ihre rechte Hand und mischte sich ein: »Ich habe heute Nachmittag versucht, die Kanzlei von Berghs Anwalt zu erreichen, um Berghs Handynummer herauszukriegen, damit wir uns vom Netzanbieter wenigstens die Verbindungsdaten des Handys geben lassen können.« Elena schaute Dr. Osterberger an. »Das wird jawohl kein Problem sein, oder?«

Der Staatsanwalt nickte. »Kein Ding, das kriegen wir hin. Hast du den Anwalt erreicht?«

»Nein, heute ist Sonntag und leider macht die Kanzlei laut Ansage auf dem Anrufbeantworter sowieso bis Mitte August Betriebsferien, der Anwalt macht Urlaub. Ich hab dann mit seiner Frau telefoniert. Ihre Rufnummer stand ebenfalls in Berghs Akte. Sie hat bis vor zwei Wochen noch selbst in der Kanzlei gearbeitet, aber nun ist sie ausgestiegen und lebt getrennt von ihrem Mann. Der Anwalt hat wohl ein Verhältnis mit seiner Sekretärin. Die beiden sind gerade auf Safari, irgendwo in Afrika.«

Jakob kam in Schwärmen. »Eine Reise nach Afrika würden Romy und ich auch gerne einmal unternehmen. Zuerst nach Ägypten, dann weiter nach Tansania, mit Safari durch die Serengeti, und zum Abschluss vielleicht noch nach Kapstadt.«

»Könnern wir uns bitte wieder auf unseren Fall konzentrieren? Wie

kommen wir denn jetzt an Berghs Handynummer und wie kriegen wir raus, was sich die letzten Tage vor seinem Tod abgespielt hat?«, fragte Dr. Osterberger ruppig.
»Die Frau des Anwalts berichtete mir, dass ihr Mann kürzlich einen Brief an Klaus-Thomas Bergh geschrieben hat, wegen des Scheidungsverfahrens«, erklärte Elena. »Ob Bergh sich daraufhin in der Kanzlei gemeldet hat, konnte sie nicht sagen. Aber dann gab sie mir den Tipp, den Sozialarbeiter zu kontaktieren, der Bergh während der Haft und nach seiner Entlassung betreut hat. Ein Mann namens Bert Schmitt. Der sollte mehr wissen und auch Berghs Handynummer haben. Ich habe sofort versucht, Herrn Schmitt anzurufen, aber leider konnte ich nur seine Mailbox erreichen. Er macht seit ein paar Tagen Urlaub und kommt Ende dieser Woche zurück. Seine Ansage auf der Mailbox wies nicht auf einen Vertreter hin. Nicht besonders professionell, oder?«
»Alle machen Urlaub, nur wir müssen arbeiten. Schade, bei dem schönen Wetter«, schimpfte Jonas.
Osterberger legte seine Hände auf den Besprechungstisch und beugte sich nach vorne. »Kann ich einmal Berghs Akte haben?«, bat er.
»Hier bitte.« Jakob schob Osterberger ohne weitere Worte eine Mappe mit den ausgedruckten Unterlagen über den Tisch.
Elena stand auf. »Ich fasse mal zusammen«, sagte sie. »Wir haben einen Toten, der drei Wochen nach seiner Haftentlassung getötet wurde. Er war durchtrieben, selbstgefällig und überaus unbeliebt. Das bestätigen uns alle, die wir bisher befragt haben«, stellte Elena in die Runde blickend fest.
»Er muss ein niederträchtiger und gewalttätiger Mensch gewesen sein. Einer, der geglaubt hat, er kann sich alles erlauben«, fügte Jakob hinzu.
Der Chief Superintendent räusperte sich. »Habt ihr schon erste Befragungen durchgeführt?«
»Yes, Sir«, antwortete Jakob gut gelaunt. »Wir haben zuallererst mit seiner Noch-Ehefrau gesprochen. Sie lebt in einem abgelegenen Forsthaus in der Nähe von Auersbach und betreut einen alten gebrechlichen Mann, Herrn Georg Neubauer. Sie hat ein starkes Motiv,

aber sie kann ein Alibi vorweisen. Zwar ein schwaches Alibi, aber ein Alibi. Alles, was sie sagte und alles, was Neubauer sagte, klang irgendwie abgestimmt. Neubauer lenkte den Verdacht sofort auf einen Flugkapitän und Elke Bergh bestätigte es, als wir sie danach fragten. Anschließend erwähnte Frau Bergh noch den Ex-Chef ihres Mannes aus Dierdorf.«

»Ihr vermutet, die beiden haben gelogen und es handelte sich in Wirklichkeit um eine Beziehungstat?«

»Fakt ist, Elke Bergh hasste ihren Mann. Wenn sie die Mörderin ist oder mitverantwortlich ist für die Tötung ihres Mannes, ging es ihr um ihre Freiheit und um ihren Frieden. Es ging ihr um die endgültige Befreiung von ihrem Mann. Sie wurde von ihm mehrfach bestialisch missbraucht und geschlagen. Solange, bis sie ihn endlich anzeigte und er verurteilt wurde.« Elena schlug mit ihrer rechten Hand auf den Tisch.

»Ihr sagt, es waren mindestens zwei Täter. Die müssen doch kräftig sein. Sie haben Bergh erschlagen und ihn anschließend zur Nister transportiert. Kann da eine Frau mitgeholfen haben?«, erkundigte sich Osterberger.

»Elke Bergh ist Krankenschwester und Altenpflegerin. Sie wuchtet den schweren alten Mann aus dem Bett, sie hilft ihm beim Anziehen und beim Waschen, sie wuchtet ihn in den Rollstuhl oder sie hilft ihm, seinen Rollator zu greifen und damit zur Toilette zu gehen. Sie hat Kraft, ich hab sie mir sehr genau angeschaut. Sie wirkt auf mich nicht unbedingt wie eine Mörderin, aber ausschließen möchte ich das auf keinen Fall. Wenn sie mit dem Verbrechen zu tun hatte, muss sie Helfer gehabt haben. Sie kann den Mord unmöglich alleine begangen haben.« Jakob beugte sich nach vorne und griff zu seiner Kaffeetasse.

»Wir würden gerne die Wohnräume von Frau Bergh und die Küche im Forsthaus durchsuchen. Wir müssen die Tatwaffe finden und wir suchen nach einer Bluse oder einem Poloshirt, an dem ein dunkelgrüner Knopf fehlt, der am Tatort gefunden wurde. Wenn Frau Bergh es war und Hilfe hatte, finden wir vielleicht Hinweise auf Mittäter.« Elena warf Osterberger einen flehenden Blick u.

»Habt ihr das Haus des Opfers schon durchsucht?«, erkundigte sich Osterberger.

»Nein. Wir hatten Besseres zu tun«, schnaufte Jakob. »Wir mussten zuerst mit Frau Bergh sprechen. Du weißt doch, wie zeitkritisch …« Der Staatsanwalt ließ Jakob nicht ausreden. »Ich fürchte, was ihr habt, wird dem Richter noch nicht ausreichen für einen Durchsuchungsbeschluss«, meinte er.

»Warum? Frau Bergh gibt zwar vor, gläubig zu sein, aber ihr Alibi ist nicht viel wert und sie hätte ein verdammt gutes Motiv gehabt«, konterte Jakob verärgert.

»Und warum hat sie dann ihren Mann nicht schon damals vor dem Haftantritt umgebracht? Nein Leute, einen Durchsuchungsbeschluss könnt ihr euch vorerst abschminken.«

»Bitte rede doch mal mit dem Richter, bevor du abwiegelst, Rolf«, bat Jakob den Staatsanwalt. »Elke Bergh wurde von ihrem Mann immer wieder misshandelt und missbraucht … und sie ist als Vierzehnjährige nur knapp einer Vergewaltigung durch ihren Vater entgangen. Ihre Mutter hat ihn dabei erwischt und im Affekt getötet. Vielleicht leidet Elke Bergh noch immer unter dem, was ihr in der Vergangenheit widerfahren ist. Die Erinnerungen daran, der Ekel und der Hass kommen doch immer wieder hoch. Sie hat das abgestritten, aber vielleicht war ihr Mann nach seiner Haftentlassung doch bei ihr und wollte mit ihr reden. Schließlich hat sie ihn in den Knast gebracht. Vielleicht wollte er sie nach seiner Entlassung zurück. Oder sagen wir besser, er wollte sie wieder besitzen. Vielleicht befürchtete sie, dass er sie weiterhin psychisch und körperlich misshandelt. Deshalb musste sie all dem ein Ende setzen. Die Fähigkeiten einer derart gepeinigten Frau sollten wir nicht unterschätzen.« Jakob sah den Staatsanwalt entschlossen an.

»Und sie braucht Geld für die Renovierung des Forsthauses, das Neubauer ihr einmal vererben wird. Ihr Mann wiederum erbte vor wenigen Monaten das Haus seiner Mutter …«, warf Elena ein.

Osterberger unterbrach Elena: »Was wollt ihr mir damit sagen?«

»Frau Bergh hat kürzlich die Scheidung beantragt«, erklärte Jakob. »Vielleicht kannte sie zu diesem Zeitpunkt die Rechtslage nicht oder sie hat ihren Anwalt nicht danach gefragt. Vielleicht hat sie dann aber jemand aufgeklärt und da wurde ihr klar, dass sie unbedingt handeln muss.«

»Ihr meint, wenn im Scheidungsverfahren amtlich sehr bald festgestellt worden wäre, dass die Voraussetzungen für die Scheidung der Ehe gegeben sind, wäre Frau Bergh schon vor dem Besiegeln der Scheidung nicht mehr erbberechtigt gewesen?«, fragte Osterberger.

»Genau. Frau Bergh weiß nicht, ob ihr Mann sie in einem Testament begünstigt hat. Sie weiß nicht einmal, ob es überhaupt ein Testament gibt. Wenn sie also davon ausging, im Rahmen der gesetzlichen Erbfolge erbberechtigt zu sein, hätte sie schon zwei Motive gehabt«, meinte Elena.

»Frau Bergh hat ausgesagt, wenn sie erbt, wird sie vielleicht einen größeren Betrag an eine soziale Organisation spenden«, merkte Jakob an.

»Ob sie das ehrlich meinte, bezweifle ich allerdings«, meinte Elena.

»Wenn es ihr darum ging zu erben, dann sollte sie aber wissen, dass sie niemals als Mörderin verurteilt werden darf«, sagte der Kriminalrat. »Als rechtskräftig verurteilte Mörderin wäre sie erbunwürdig und als Mitbeteiligte an dem Mord, kann ihr die Erbberechtigung gerichtlich abgesprochen werden.«

»Sie macht mir nicht den Eindruck einer naiven oder dummen Person«, meinte Elena. »Vielleicht hat sie im Hintergrund die Tat geplant und die Fäden gezogen. Und nun glaubt sie, dass ihr niemand persönlich auf die Schliche kommt. Aus ihrer Sicht gab es genug Gründe, ihren Mann zu töten.«

Osterberger rückte seine Brille zurecht. »Vielleicht, vielleicht, vielleicht, … hätte, hätte, hätte!«, konterte er. »Könnt ihr irgendetwas von all dem beweisen? Habt ihr Zeugen, dass Frau Berghs Alibi falsch ist? Wer, wenn Frau Bergh mitschuldig ist, hat ihr geholfen? Habt ihr mehr als einen Anfangsverdacht gegen irgendwen?«

»Nein«, gab Jakob zu. »Das ist es ja gerade. Wir haben auf all diese Fragen noch keine Antworten. Uns liegen noch keine Beweise vor und wir wissen auch noch nicht, wer ihr geholfen haben könnte, wenn sie mit der Tötung ihres Mannes etwas zu tun hatte. Genau deshalb möchten wir so schnell wie möglich Frau Berghs Räume im Forsthaus und ihr Auto durchsuchen. Und Beschlüsse zur Analyse ihrer Kontobewegungen und ihrer Handydaten hätten wir auch gerne.«

»Habt ihr Frau Bergh überprüft?«, fragte Grothe-Kuhn.

Elena klappte ihr Notebook auf. »Selbstverständlich. Es liegt nichts gegen sie vor. Sie ist sauber.«

»Egal. Wenn ihr mich fragt, ... wir müssen sie zu den Verdächtigen zählen«, warf Jakob ein.

»Auch gegen Neubauer liegt nichts vor«, fügte Elena hinzu, »aber trotzdem, die Durchsuchung von Frau Berghs Wohnräumen im Forsthaus morgen Vormittag wäre wirklich sinnvoll. Unsere Vermutung, dass Frau Bergh involviert ist, könnte sich bestätigen, wenn wir ...«

»Vermutungen allein reichen nicht für einen Durchsuchungsbeschluss«, dozierte der Staatsanwalt mit arrogantem Blick. »Das solltet ihr wissen. Macht erst einmal eure Hausaufgaben. Durchsucht Berghs Haus, stellt den Kontakt zu seinem Sozialarbeiter her und überprüft die Personen, die Frau Bergh und Herr Neubauer ins Spiel gebracht haben. Ihr kennt doch den Richter. Er wird sagen, es muss die hohe Wahrscheinlichkeit bestehen, dass Frau Bergh die Straftat begangen hat oder darin verwickelt ist. Nach eurer Schilderung habe ich keine große Handhabe, dem Richter die gewünschten Beschlüsse rauszuleiern. Frau Bergh ist nicht vorbestraft und sie hat ein Alibi.«

»Jakob, ich möchte, dass ihr weiter bei Frau Bergh am Ball bleibt. Ansonsten macht ihr bitte, was Dr. Osterberger vorgeschlagen hat!«, befahl der Kriminalrat.

»Wir sind keine Anfänger«, stellte Jakob schimpfend klar.

»Das weiß ich«, entgegnete Grothe-Kuhn.

Elena presste die Lippen zusammen. Sie war wütend. Ihre Blicke sprachen Bände. Eine kurzfristige Durchsuchung von Elke Berghs Zimmer im Forsthaus, und auch der von Elke Bergh und Georg Neubauer gemeinsam genutzten Räume, hätte den Ermittlern weitergeholfen. Elena entschuldigte sich leise bei Jakob für ein paar

Minuten, verschwand ohne Worte aus dem Raum, ging durch das Treppenhaus nach unten und verließ das Gebäude. Sie lehnte sich mit dem Rücken an die Hauswand am Eingang des Polizeigebäudes an und kramte aus ihrer Handtasche eine Packung Zigaretten und ein Feuerzeug heraus. Nervös zündete sie sich eine Zigarette an. Auf diese Gelegenheit hatte sie stundenlang gewartet. Gierig zog sie an der Zigarette. Sie hob ihren Kopf und richtete ihren Blick zum Himmel. Sie spürte die entspannende Wirkung des Nikotins und blies den Rauch durch Mund und Nase aus. Sie nahm ihr Smartphone und sandte Jakob eine SMS. Osterberger und der Chief haben keinen Arsch in der Hose, schrieb sie. Jakob antwortete ihr nicht. Elena rauchte die Zigarette zu Ende und warf die Kippe achtlos weg. Ein Polizist, der gerade aus dem Haus kam, sah sie böse an. »Sie gehen ein hohes Risiko ein, wenn Sie bei dieser Trockenheit eine brennende Kippe wegwerfen«, maulte er. »Wollen Sie das Gebäude abfackeln?«

Spar dir deine blöden Bemerkungen und geh mir bloß nicht auf den Wecker, du Vollpfosten, dachte Elena. Dabei sah sie den Kollegen grimmig an. Ihr schlechtes Gewissen plagte sie dennoch. Sie trat die Kippe aus, hob sie auf und warf sie in einen Mülleimer. Der Polizist grinste überheblich, bevor er in einen Streifenwagen einstieg. Elena ging zurück in den Besprechungsraum, wo der Kriminalrat ihr einen vorwurfsvollen Blick zuwarf.

17

»Habt ihr schon etwas über Berghs Ex-Chefs herausgefunden?«, erkundigte sich Grothe-Kuhn.

»Hagen Brettschneider, Firma Brettschneider IT-Consulting in Dierdorf. Den hat Bergh Ende 2018 krankenhausreif geprügelt, was dazu geführt hat, dass Bergh bestraft wurde«, antwortete Elena. »Er hatte Glück. Die Strafe wurde zur Bewährung ausgesetzt.«

»Mit Brettschneider reden wir morgen«, sagte Jakob. »Wir besprechen das gleich noch im Team.«

»Vor seinem Knastaufenthalt ist Bergh Sprinter gefahren, für eine Firma in Montabaur. Den Firmeninhaber und Berghs damalige Kollegen müssen wir morgen auch noch befragen. Bergh fuhr regelmäßig nach Kladno in Tschechien und zurück. Wir haben den Verdacht, dass er sich nebenbei als Drogenkurier betätigt hat«, berichtete Elena.

»Habe ich eben richtig zugehört, Frau Bergh und Herr Neubauer haben einen Flugkapitän ins Spiel gebracht?«, fragte Osterberger.

Jakob ging zum Flipchart, das Elena vor dem Beginn der Besprechung aus dem Büro in das Besprechungszimmer gerollt hatte. Die Fakten und Fragen auf dem ersten Blatt waren von Jonas während der Besprechung in krakeliger Schrift ergänzt worden. Elena hatte sich noch kurz vor der Besprechung große Mühe bei der Gestaltung des zweiten Blatts gegeben und zur Visualisierung des Kriminalfalls, hauptsächlich der bisher bekannten Personen und deren Verbindungen untereinander, kleine Icons und Grafiken gezeichnet.

Jakob blätterte um auf das zweite Blatt und drehte seinen Körper halb in Richtung Besprechungstisch. Stolz auf Elenas mit viel Mühe gestaltete, künstlerische Arbeit deutete er mit einem Flipchartmarker auf die Skizze einer Cessna, in deren Cockpit man einen Piloten mit Kapitänsmütze und zwei Passagiere erkennen konnte. Das Flugzeug flog nach Nordosten, nach Berlin, erkennbar an der Kursanzeige eines Flugzeugkompasses und einer Kurslinie, die auf das Brandenburger Tor zeigte. In der Mitte des Blattes hatte Elena andeutungsweise das Gelände der Abtei Marienstatt mit Kirche, Brü-

cke und Parkplatz eingezeichnet und mit Tatort beziehungsweise Fundort der Leiche beschriftet. »Das trifft zu«, antwortete Jakob schließlich. Er deutete nochmals auf das Flugzeug. »Wir ermitteln gegen Flugkapitän Konrad Hagendorf. Er lebt abwechselnd in Altenkirchen und bei seiner Lebensgefährtin in Stockholm. Hagendorf war Berghs Mobbing-Opfer. In der Zeit vor seiner Haft hat Bergh versucht, Hagendorf mit allen Mitteln in den sozialen Medien fertigzumachen. Hagendorf war damals der Geschäftsführer seines eigenen kleinen Luftfahrtunternehmens auf dem Westerwald Airport, das er nebenbei betrieb und an dem er jetzt noch Anteile hält. Neuer Geschäftsführer und Mehrheitsanteilseigner ist aktuell der Fluglehrer und Berufspilot Falk Steinhausen aus Hachenburg. Kurz gesagt, Hagendorf hat sich vor Berghs Haftantritt mit ihm überworfen und wollte ihn nicht in seine Flugschule aufnehmen. Einzelheiten dazu könnt ihr heute Abend in unserem Bericht lesen.« Jakob hielt sich die Hand vor den Mund und gähnte. Elena übernahm blitzschnell. »Ich hab vor unserem Meeting schonmal damit begonnen, Berghs Schmierereien im Internet zu lesen«, sagte sie. »Es ist wirklich der Hammer, wie hinterlistig und scheinheilig er seine Rezensionen formuliert hat. Unkundige Leser wären auf den ersten Blick nicht darauf gekommen, dass Berghs Posts reine Mobbingaktionen waren. Aber nicht nur das. Bergh wollte Rache und sorgte dafür, dass sich eine neu gegründete Bürgerinitiative gegen den Flugplatz Sonnwald immer mehr radikalisiert. Hagendorf ist Vorsitzender einer Gegeninitiative, der Interessengemeinschaft Pro Flugplatz Sonnwald e.V. Dieser Flugplatz ist Hagendorfs fliegerische Heimat. Im Dorf Sonnwald ist er aufgewachsen.«
»Viele Leute der Bürgerinitiative müssen mächtig gegen den Flugplatz gestänkert haben … und sie tun es immer noch. Statt Flugzeugpropeller sollen sich da bald Windräder drehen und große Solaranlagen das Sonnenlicht einfangen. Der Gründer der Bürgerinitiative gegen den Flugplatz konnte sich nicht mehr mit Berghs radikalen Vorschlägen identifizieren und ist ausgestiegen. Dadurch bekam Bergh noch mehr Oberwasser in der Bürgerinitiative, bevor er in den Knast musste«, ergänzte Jakob.

»Also muss Hagendorf einen riesigen Brass auf Bergh gehabt haben«, stellte Trisha fest.
»Konntet ihr ihn heute schon befragen?«, fragte Osterberger.
»Nein«, sagte Jakob. »Er ist heute Morgen in Begleitung seiner Schwester und seiner Nichte nach Langerfelde in Brandenburg geflogen und mit einem Mietwagen nach Berlin unterwegs. Wir glauben, er ist auf der Flucht, aber nach allem, was wir heute erfahren haben, kann es auch einen anderen Grund für seinen Trip nach Berlin geben.«
»Wir haben ihn noch nicht erreicht. Sein Handy ist ausgeschaltet. Aber wir haben bei der Flugleitung des Flugplatzes Langerfelde eine Nachricht hinterlassen«, berichtete Elena. »Sobald er sich meldet, befragen wir ihn und checken sein Alibi.«
»Die Berliner Kollegen sind informiert, aber sie haben abgewunken. Sie haben keine Ressourcen und keine Zeit für die Suche nach einer Stecknadel im Heuhaufen«, erklärte Jakob.
»Also Leute«, knurrte Grothe-Kuhn, »die Sache mit dem Flugkapitän klingt ein bisschen übertrieben. Auch er hätte doch vor Berghs Knastaufenthalt schon zuschlagen können.«
»Hätte er«, echote Jakob, »aber du weißt doch, in vielen Fällen entsteht der Plan für einen Mord über Jahre, wenn der Hass nicht abkühlt. Und irgendwann brennt dann beim Täter eine Sicherung durch. Kann aber auch gut sein, dass es einen neuen Auslöser gab. Wir glauben, wenn Hagendorf die Tat begangen hat, dann muss zwischen ihm und Bergh in den letzten drei Wochen etwas vorgefallen sein.«
»Okay, begriffen. Wenn das so war, wer könnte Hagendorf heute Morgen geholfen haben?«, fragte Grothe-Kuhn.
»Wir haben den neuen Geschäftsführer der Air-Service Hagendorf GmbH befragt und überprüft, Falk Steinhausen aus Hachenburg. Auch er hasste Bergh. Steinhausens Frau gibt ihm allerdings ein Alibi für die Tatzeit. Sie sagt, er war die Nacht über bei ihr und ist erst gegen halb neun zum Westerwald Airport gefahren. Das passt. Ein Nachbar hat zu dieser Zeit gerade gefrühstückt und er bestätigte die Uhrzeit, aber ob Steinhausen die ganze Nacht und vor

allem zur Tatzeit wirklich daheim war, kann niemand außer seiner Frau bestätigen. Schwaches Alibi, aber keiner traut ihm einen Mord zu, auch, weil er bald Vater wird.« Jakob trank einen Schluck Kaffee. »Ich habe Hagendorf bereits überprüft und wir haben eine Insiderin vom Sonnwalder Flugplatz befragt. Gegen Hagendorf liegt nichts vor. Nach allem, was wir heute über ihn erfahren haben, scheint er ein gutmütiger, distinguierter und bisher unbescholtener Mann zu sein«, berichtete Elena, »und gegen Steinhausen liegt auch nix vor.« Grothe-Kuhn schaute Jakob und Elena ernst an. »Ich entnehme euren Aussagen, dass ihr euch nicht wirklich sicher seid, was den Flugkapitän betrifft.«
»Wir müssen dringend mit ihm reden. Ich will wissen, warum er ausgerechnet heute in der Früh mit seiner Familie weggeflogen ist und ob er zur Tatzeit ein Alibi hat. Am liebsten würde ich ihn zur Fahndung ausschreiben lassen«, sagte Jakob. Während der Hauptkommissar sprach, sah Elena den Staatsanwalt von der Seite an. Sie schmollte, als sie die unsichere Haltung Osterbergers bemerkte.
»Wir werden Hagendorf auf keinen Fall ausschließen. Nicht bevor wir ihn befragt haben. Das hat für mich oberste Priorität!«, sagte der Staatsanwalt, während er Grothe-Kuhn nachdrücklich anblickte. Dann wandte er sich an Jakob: »Seht zu, dass ihr ihn erreicht. Befragt ihn und checkt sein Alibi! Wenn ihr nicht zeitnah mit ihm sprechen könnt, besorgen wir uns einen Beschluss und schauen uns die Verbindungsdaten seines Handys und die seines Festnetzanschlusses an. Dann können wir auch nochmal über eine Fahndung reden.«
»Warum beantragen wir dann nicht gleich auch eine Handyortung?«, schlug Elena provokativ vor. »Setzt natürlich voraus, dass Hagendorf sein Handy endlich einschaltet. Und wenn der Verdacht gegen ihn sich erhärtet, könnten wir auch eine Funkzellenabfrage für die Tatzeit machen lassen.«
»Ihr wisst, wie schwierig das durchzusetzen ist«, meinte der Chief skeptisch.
»Noch dazu bei einem bloßen Anfangsverdacht, wie ich meine«, pflichtete Osterberger dem Chief bei. »Versucht weiterhin, ihn heute oder morgen zu erreichen. Dann sehen wir weiter.«

»Ihr müsst mir nicht meinen Job erklären. Natürlich bleiben wir an Hagendorf dran. Vorerst auch ohne Fahndung und Handyortung, was sonst«, erwiderte Jakob verärgert. »Allerdings haben wir noch mehr Prioritäten abzuarbeiten«, warf Elena frustriert ein.
»Das will ich meinen«, antwortete Grothe-Kuhn ernst. Dann stand er auf. »Ihr macht jetzt bitte alleine weiter. Dr. Osterberger und ich müssen zur Pressekonferenz, die die Staatsanwaltschaft einberufen hat.«
»Ich wäre euch sehr verbunden, wenn ihr nur das Notwendigste preisgebt«, bat Jakob seinen Chef und den Staatsanwalt. »Elena hat euch dafür einen Vorschlag gemacht, hab ihr eure Mails gelesen?«
»Lasst die Presse unsere Sorge sein«, sagte Osterberger. »Ansonsten, … gute Arbeit, die ihr da heute schon geleistet habt.« Osterberger sah abwechselnd Elena und Jakob an und klopfte dabei anerkennend auf den Tisch. Dann redete er weiter: »Ich bin sicher, wir werden den Fall bald aufklären.« Dann stand er auf und folgte Grothe-Kuhn.
Klugscheißer, dachte Elena.
Jakob wartete bis der Chief und der Staatsanwalt gegangen waren und blickte auf seine Uhr. »Zehn Minuten Pause!«, sagte er müde. »Im Anschluss legen wir noch die nächsten Schritte fest, dann könnt ihr für heute Feierabend machen.«
»Ähm … für uns beide gibt's heute nix mehr zu tun.« Florence deutete auf sich und seitlich auf Viktoria, während ihr Blick auf Jakob gerichtet blieb.
»Bevor ihr geht …«, begann Jakob. Er warf Viktoria einen bittenden Blick zu.
»Was?«, fragte Viktoria gespielt genervt.
»Wir haben Frau Bergh aufgefordert, morgen nach Koblenz zu fahren, um die Leiche zu identifizieren. Sorg bitte dafür, dass ihr das ermöglicht wird.«
»Kein Problem, das kostet mich nur einen Anruf.« Viktoria lächelte.
»Okay, ihr beiden. Dann klinkt euch jetzt aus und genießt den Rest des Tages!«

»Es ist sinnvoll, wenn wir uns morgen aufteilen«, sagte Jakob, nachdem er sich einen frischen Kaffee mit einem obligatorischen Schuss Zucker geholt hatte. »Bis jetzt rennen wir nur Vermutungen hinterher. Wir brauchen endlich Beweise. Wir müssen unbedingt herausfinden, was Bergh in den letzten drei Wochen unternommen und erlebt hat. Es kann kein Zufall sein, dass er so kurz nach seiner Haftentlassung getötet wurde.«
»Wer macht was morgen?«, wollte Elena wissen.
Jonas warf Trisha einen Seitenblick zu. Dann schaute er hinüber zu Jakob und Elena und sagte energisch: »Trisha und ich haben ja schon verschiedene Jobs. Die Videos der Tankstellenkameras, die Verkehrskameras, dann müssen wir noch die Sportläden ...«
Jakob stoppte Jonas: »Ja, macht das wie besprochen. Das ist sehr wichtig. Ich habe allerdings noch weitere Aufträge für euch: Fahrt bitte nach Montabaur und Dierdorf und befragt Berghs Ex-Chefs. Und ruft bitte bei den großen Netzbetreibern an. Vielleicht findet ihr raus, ob Bergh einen Handyvertrag hatte, der aktiv ist. Und wenn ja, dann benötigen wir die Verbindungsdaten.«
»Können wir sonst noch etwas tun?«, fragte Trisha.
»Jep, ihr könnt.« Jakob schenkte Trisha ein freundliches Lächeln, bevor er fortfuhr: »Findet heraus, bei welcher Bank Bergh ein Konto hatte. Checkt seine Finanzen und die Kontobewegungen der letzten zweieinhalb Jahre und vor allem die der letzten drei Wochen. Checkt, ob es größere Ein- und Auszahlungen gab und stellt fest, ob er Schulden hatte und bei wem. Und noch etwas: Vor seiner Haft wollte Bergh seine Sportpilotenlizenz reaktivieren und weitere Lizenzen für Motorflugzeuge machen. Ich möchte wissen, woher er das Geld dafür hatte. Kriegt raus, ob ihm jemand Geld dafür überwiesen hat. Als Fahrer eines Sprinters hat er ganz sicher nicht genug Kohle dafür verdient. Ich motiviere den Staatsanwalt. Er möge euch schnellstens die notwendigen Beschlüsse besorgen.«
»Okay.« Trisha klang optimistisch. Sie war froh, sich einer neuen Herausforderung stellen zu dürfen, auch wenn sie dafür eine Weile im Westerwald arbeiten musste.
»Und was macht ihr morgen?« Jonas schien gereizt.

»Ich möchte so schnell wie möglich zur Justizvollzugsanstalt Diez fahren, Berghs Knastkumpels und die Aufsichtsbeamten dort befragen«, antwortete Jakob.
»Du willst morgen nach Diez?«, fragte Elena erstaunt.
Jakob sah Elena an. »Wir beide wollen morgen zuerst nach Montabaur, um Berghs Haus zu durchsuchen«, erwiderte er, wobei er das Wort beide stark betonte. »Aber vorher telefoniere ich mit einem Kollegen von der Rauschgift-Ermittlungsgruppe in Koblenz. Vielleicht weiß er irgendetwas über Bergh. Wenn das alles erledigt ist und uns noch Zeit bleibt, fahren wir nach Diez zur JVA, ansonsten erledigen wir das am Dienstag. Im Knast lernt man skrupellose Leute kennen. Vielleicht hat Bergh für einen Mithäftling draußen irgendetwas erledigen wollen und das ist schiefgelaufen.«
»Einverstanden. Ich melde uns gleich morgen früh bei der Justizvollzugsanstalt an.« Elena klang gestresst. Ihr Körper verlangte schon wieder nach Nikotin. Eigentlich hatte sie sich vorgenommen, mit dem Rauchen aufzuhören, aber nun spürte sie, dass es Zeit für die nächste Zigarette war. Doch nicht nur weil sie rauchen wollte, hoffte sie auf ein schnelles Ende der Besprechung. Sie hatte Katja für den Abend zum Pizzaessen eingeladen und musste noch Getränke kaufen. Irgendwo, im gut sortierten Laden einer Tankstelle, die sonntags geöffnet hatte. Duschen, Fingernägel lackieren, schminken und schick anziehen stand auch noch auf ihrer To-do-Liste.
»Solltet ihr bei der Durchsuchung von Berghs Haus nicht gleich Flo und ihre Truppe mitnehmen?«, mahnte Jonas.
»Immer mit der Ruhe. Ich habe Flo schon informiert«, sagte Jakob.
»Ich finde, es ist jetzt Zeit, das Wochenende einzuläuten.« Elena gähnte.
»Ja, lassen wir es genug sein für heute«, stimmte Jakob zu. »Genießt den Rest des Sonntags. Ich bin erreichbar, wenn der Einsatzleiter der Suchstaffel anruft oder den diensthabenden Kollegen eine neue Entwicklung in dem Fall gemeldet wird. Ab morgen wartet viel Arbeit auf uns.«
Während alle nach draußen eilten, ging Trisha zum Flipchart und trug auf einem neuen Blatt stichwortartig alle Aufgaben ein, über

die sie heute gesprochen hatten. Dann schnappte sie sich ihren kleinen graublauen Rucksack, verließ das Gebäude und traf draußen Elena beim Rauchen an.
»Wo wirst du wohnen?«, fragte Elena beiläufig.
»Ich habe vorerst in einer Pension in Hachenburg ein Zimmer gemietet«, sagte Trisha. »Sobald der Fall aufgeklärt ist, werde ich hoffentlich wieder in Koblenz eingesetzt. Da hab ich eine kleine Wohnung.«
»Das kann dauern. Mordfälle, wie der aktuelle, sind selten hier, und dieser Fall ist kein einfacher, Trisha.«
»Ich weiß«, seufzte die Kommissarin. »Arbeitest du gerne hier in Hachenburg?«
Elena zündete sich noch eine Zigarette an. »Der Westerwald ist nicht unbedingt der Mittelpunkt der Welt, aber wir sind hier auch nicht am Arsch der Welt, wie viele meinen. Und ja, der Job hier ist okay für mich«, meinte sie. »Wir beschäftigen uns meistens mit interessanten Fällen. Wir haben genug zu tun und wir sind ein sehr gutes Team.«
»Und abends?« Trisha lächelte unsicher.
»Ich treffe mich abends und an den Wochenenden oft mit meiner Freundin. Sie lebt auch in Koblenz. Und wenn wir beide einmal das Nachtleben außerhalb von Koblenz oder Hachenburg genießen möchten, ist es nach Köln oder Frankfurt nicht weit.«
»Bleibst du hier auf dem Land oder wirst du versuchen, dich irgendwann in eine größere Stadt versetzen zu lassen?«
»Tja, ... das ist keine leichte Entscheidung. Ich würde nur ungerne hier weggehen, aber irgendwann möchte ich mit meiner Freundin in Koblenz zusammenziehen.«
»Verstehe.«
»Wir können uns gerne mal abends auf ein Bier treffen«, schlug Elena lächelnd vor. »Einfach mal quatschen, von Frau zu Frau. Ich meine, von Kollegin zu Kollegin.«
»Gerne. Nur, ... ich steh nicht auf Frauen«, gestand Trisha zögerlich.
»Mensch Trisha, was denkst du von mir? Ich will dich keineswegs anmachen«, sagte Elena leicht verärgert.

Trisha blickte beschämt nach unten. »Entschuldigung, das war idiotisch von mir. Natürlich gehe ich gerne mal abends mit dir aus«, antwortete sie.

Elena schaute auf ihre Uhr, während sie sich von Trisha verabschiedete. Katja würde bald eintreffen, die Polizistin musste sich beeilen.

Trisha fuhr mit ihrem Opel Astra zu ihrer Pension und checkte ein. Aber sie hatte keine Lust, alleine rumzuhängen. Außer ihren Kolleginnen und Kollegen kannte sie niemanden in Hachenburg. Der Sommerabend war zu schön, um einsam zu sein. Sie entschied, sich in Koblenz mit einer Freundin zu einem späten Abendessen zu treffen. Aber der Fall hatte sie nachdenklich gemacht. Sie war glücklich, diesem Ermittlerteam anzugehören, und sie wollte ihren Job besonders gut machen. Noch nie hatte sie die Gelegenheit gehabt, an der Aufklärung eines komplexen Mordfalls mitarbeiten zu dürfen. Auf dem Weg nach Koblenz machte Trisha einen Umweg. Sie fuhr nach Montabaur, parkte ihren Opel Astra gegenüber Berghs Haus und sah sich gründlich um. Die Haustür war abgeschlossen, die Fenster geschlossen. Wäre jemand im Haus, wären die Fenster geöffnet bei der Hitze, vermutete Trisha. Sie machte ein paar Fotos mit ihrem Smartphone und setzte sich wieder in ihr Auto. Sie blieb eine Weile in ihrem Astra sitzen und beobachtete das Haus. Nichts geschah, doch dann fuhr ein dunkelblau lackierter VW-Passat langsam an Trishas Auto und dem Haus vorbei, wendete und parkte direkt vor Trishas Auto. Auf der Fahrerseite saß ein Mann, neben ihm saß eine blonde Frau mit einer auffälligen Kurzhaarfrisur. Beide trugen Piloten-Sonnenbrillen. Trisha war wie elektrisiert. Sie hatte die Personen nicht erkennen können, während der Passat an ihr vorbeigefahren war und vor ihr parkte. Als die beiden sich umarmten und küssten, vermutete Trisha, dass es sich um ein Liebespaar handelte, aber konnte sie sicher sein? In Montabaur gab es bessere Plätze für verliebt knutschende Paare. Trisha überlegte, was sie tun sollte und beschloss, die beiden noch eine Weile unauffällig zu beobachten. Sie schaltete die Audioanlage ihres Autos ein und hörte Musik, die sie auf einen USB-Stick kopiert hatte. Plötzlich stieg die Frau aus dem VW-Passat aus, setzte ihre Sonnenbrille ab und ging hinüber zu Berghs Haus. Die Unbekannte rüttelte an der Haustür, ging um das Haus herum, kam zurück und setzte sich wieder in das Auto. Trisha notierte sich das Kennzeichen des VW-Passats, dann rief sie Jakob an.

»Genieß die Abendsonne und mach endlich Schluss für heute, Trisha«, schlug der Hauptkommissar lachend vor. »Das ist eine Zivilstreife aus Koblenz. Hat Elena in meinem Auftrag geordert. Die beiden werden heute Nacht ein bisschen aufpassen. Man kann nie wissen.«

Na toll, das hätte Elena mir eben auch sagen können, dachte Trisha enttäuscht. Sie öffnete die Seitenfenster und wollte gerade den Motor ihres Autos starten, als der Mann aus dem VW-Passat ausstieg, seine Kappe abnahm und sich mit schnellen Schritten Trishas Opel näherte. Er sah gut aus. Durchtrainierter Körper, schwarzer Vollbart, moderner Fasson-Haarschnitt. Jetzt erkannte Trisha ihn. Es war Chris, ihr untreuer Ex, mit dem sie während des gemeinsamen Studiums ein paar Monate zusammen gewesen war. Trisha fluchte im Stillen und wünschte, sie könnte sich wegbeamen. Dennoch war sie neugierig. Hatte Chris seine letzte Flamme schon wieder abgelegt und eine neue Kollegin, die Blonde im Auto, aufgerissen? Oder war das nur Show? Trisha sah ihn grimmig an. »Guten Abend, Trisha«, säuselte er lächelnd. »Du hörst immer noch unsere Songs von damals?«

18

Chloé war gegen dreiundzwanzig Uhr nach Hause, nach Koblenz gefahren. Romy und Jakob hatten noch ein wenig im Garten und auf der Terrasse aufgeräumt, bevor sie ins Bett gegangen waren, doch Jakob konnte nicht schlafen in dieser Nacht zum Montag. Er dachte unentwegt über das Gespräch mit Elke Bergh und den Fall nach und fühlte einen starken Schmerz in der Brust. Er sah den Toten vor seinen Augen und fragte sich, wer zu einer solch skrupellosen Tat fähig gewesen war. In all den Jahren bei der Kripo hatte Jakob schon brutalere Verbrechen aufklären müssen, und als junger Kriminalist hatte er die Ermittlungen in solchen Fällen als spannend, herausfordernd und aufregend empfunden. Doch nun, da er älter geworden war, fiel es ihm schwer, sich neutral und teilnahmslos zu geben, wenn er den zwischenmenschlichen Beziehungen der involvierten Personen auf den Grund gehen musste und dabei oft tiefe menschliche Abgründe aufdeckte. Bei der Vorstellung, dass er noch jahrelang in Fällen wie dem aktuellen ermitteln musste, um die Schuldigen ausfindig zu machen, damit sie gerecht bestraft würden, schauderte es ihn.

Gegen ein Uhr nachts stand er unruhig auf und öffnete ein Fenster. Die trockene Luft lag noch immer über dem Land, aber dem nach Osten abziehenden Hochdruckgebiet würde bald ein Tiefdrucksystem folgen, dass sich gerade über dem nördlichen Atlantik bildete. Jakob starrte aus dem Fenster in die Nacht hinein. Seine Gedanken ließen ihm keine Ruhe. Er dachte an Chloé. Würde sie ihr Leben glücklich und in Frieden leben können? Als Jakob im Begriff war, sich anzuziehen, um einen nächtlichen Spaziergang zu machen und sich zu beruhigen, wurde Romy wach. Sie schaltete ihre Nachttischlampe an, stand auf und zog Jakob zärtlich zurück ins Bett.

»Ich werde nie begreifen, was Männer wie Bergh antreibt. Der Mann hat seine hübsche Frau oft geschlagen und äußerst sadistisch und brutal missbraucht. Immer wieder«, sagte Jakob betroffen.

»Hat sie ihn getötet?«

»Eigentlich darf ich mit dir darüber nicht reden. Aber du bist meine

Frau. Ich sag dir, was ich denke. Wenn Frau Bergh mitschuldig ist, kann ich sie verstehen.«
»Empfindest du etwa Sympathie für sie?«, fragte Romy irritiert.
Jakob wich der Frage aus. »Ich muss professionell an die Sache herangehen und einen klaren Kopf behalten. Gefühle sind da völlig unpassend.«
»Es ist dein Job, damit klarzukommen. Du wirst das hinkriegen, wie immer«, meinte Romy aufmunternd.

Elena traf gut gelaunt im Revier ein, aber sie war spät dran an diesem Montagmorgen. Katja war die Nacht über bei ihr geblieben und erst nach dem Frühstück zurück nach Koblenz gefahren. Die beiden hatten geredet, geweint und gelacht, denn Katja und ihr Mann lebten nun endgültig getrennt.
Jakob, Trisha und Jonas saßen im Besprechungsraum, blickten auf die Displays ihrer Notebooks und telefonierten unentwegt, als Elena den Raum betrat.
Jakob legte den Hörer auf und hob die rechte Hand. »Hört alle mal kurz zu«, rief er in den Raum, »ich habe gerade mit Rolf Osterberger telefoniert und ihm ein bisschen Druck gemacht. Bis auf den Durchsuchungsbeschluss für das Forsthaus kriegen wir die anderen notwendigen Beschlüsse heute noch.« Der Hauptkommissar griff wieder zum Telefon und wählte die Nummer seines Kollegen von der gemeinsamen Ermittlungsgruppe Rauschgift.
»Hauptkommissar Karsten Jung hier …«
»Hallo Karsten, hier ist Jakob Lorenz-Schultheiß. Hast du einen Augenblick Zeit für mich?«
»Jakob? Der Hauptkommissar aus dem Westerwald? Der Workaholic mit der gutaussehenden Frau? Wie geht es dir und Romy?« Jung gab sich Mühe, locker zu klingen, aber seine Stimme klang verbittert. Die beiden Polizisten waren einst enge Freunde und Kollegen gewesen, doch der einundfünfzigjährige Karsten Jung hatte sich nach dem Tod seiner Frau vor elf Jahren zurückgezogen

und die Trauer und die Wut über sich selbst buchstäblich in sich hineingefressen. Karsten gab sich die Schuld am Unfalltod seiner Frau. Um einem unsinnigen, erbitterten Streit an jenem Abend aus dem Weg zu gehen, hatte sich seine Frau, während Karsten kurzzeitig in die Küche gegangen war, blitzschnell aus dem Haus geschlichen und wütend in ihr Auto gesetzt. Alkoholisiert war sie ohne Ziel losgefahren, auf regennasser Straße aufgrund überhöhter Geschwindigkeit von der Fahrbahn abgekommen und gegen einen Baum geprallt. Es quälte Karsten unaufhörlich, dass er seine Frau nicht vor sich selbst und auch nicht vor ihm geschützt hatte, wie es seine Aufgabe als liebender Ehemann und Polizist gewesen wäre. Jakob kannte den Gemütszustand seines ehemaligen Freundes nur zu gut. Er wusste, dass Karsten sich den Unfall seiner Frau niemals verzeihen konnte, und auch, dass Karstens Sohn seinem Vater die Schuld am Tod seiner Mutter gab.
Als Jakob Karsten vor wenigen Monaten zum letzten Mal getroffen hatte, war Karsten in einem bedauernswerten Zustand gewesen. Seine Haare hatte er mehrere Tage nicht gewaschen, sie waren ungepflegt und strähnig, und sein Gesicht war aufgequollen. Das konnten auch sein ungepflegter Vollbart und seine Brille nicht verdecken. Karstens Hemd hatte sich über seinen dicken Bauch gespannt, seine Hose wurde von breiten Hosenträgern gehalten. Jakob nahm an, dass Karsten inzwischen mehr als einhundertzehn Kilo wog. Der Hauptkommissar mochte das Schwergewicht sehr, doch Karsten war noch immer nicht in der Stimmung, private Kontakte zu pflegen. Stattdessen stürzte er sich in seine Arbeit und lehnte psychologische Hilfe und Ratschläge seiner Freunde ab.
»Rufst du dienstlich an, Jakob?«
»Ja. Wir haben gestern Morgen in der Nähe der Abtei Marienstatt die Leiche eines Mannes namens Klaus-Thomas Bergh gefunden. Er ist brutal mit einem Baseballschläger oder einem ähnlichen Gegenstand erschlagen worden. Es könnte sein, dass er in Drogengeschäfte verwickelt war. Habt ihr was über ihn?«
»Gib mir eine Minute, ich schau mal in unserem System nach.«
»Danke, ich schalte derweil den Lautsprecher meines Telefons ein,

damit meine Kolleginnen und Kollegen mithören können.«
Es wurde still im Besprechungsraum. Jakob, Elena, Trisha und Jonas warteten gespannt.
»Hallo zusammen«, rief Jung kurze Zeit später und fragte: »Klaus-Thomas Bergh, achtundvierzig, geboren in Aurich?«
»Jep, das ist das Opfer«, sagte Jakob. »Uns ist bekannt, dass er vor seiner Verhaftung für eine Firma in Montabaur Sprinter gefahren ist, nach Tschechien und zurück. Bei Tschechien klingelt bei mir etwas in Sachen Drogen-Produktion …«
»Tschechien ist nicht das einzige europäische Land, in dem Ecstasy-Pillen produziert werden. Tschechien ist als Hochburg für Crystal-Meth bekannt. Und ja, wir hatten Bergh tatsächlich eine Weile unter Beobachtung«, stellte Karsten Jung fest. »Ich erinnere mich wieder.«
»Hat er Drogen geschmuggelt?«, fragte Jakob.
»Sagen wir es mal so: Bergh fuhr nach Kladno in Tschechien und lieferte Keramik-Produkte aus. Die Leute der Empfängerfirma waren sauber. Aber zwei Mitarbeiter der Logistik-Firma in Kladno, bei der Bergh damals Maschinenbauteile für einen Kunden in Deutschland abholte, waren in Drogengeschäfte verwickelt. Der Geschäftszweck dieser Firma ist die Distribution von tschechischen Gütern aller Art an Firmen in ganz Europa und Amerika. Die beste Ausgangsposition für krumme Deals. Die beiden Typen standen in Verbindung mit Leuten, die in einem Chemielabor arbeiteten und nebenbei Drogen herstellten. Das hatten wir in Zusammenarbeit mit den tschechischen Kollegen gerade herausgefunden. Da lag unsere Vermutung schon nahe, dass sie Bergh als Kurier nutzten oder nutzen wollten. Leider konnten wir ihn nie auf frischer Tat erwischen und wir hatten auch ansonsten keine belastenden Beweise gegen ihn.«
»Und Berghs Firma, für die er fuhr?«
»Wir hatten damals keine Hinweise darauf, dass Berghs Chef von Berghs schwarzen Geschäften Kenntnis hatte, wenn er denn wirklich welche gemacht hat. Auch Berghs damalige Kollegen waren clean. Junge deutsche Fahrer, die ihrem Job entsprechend schlecht bezahlt wurden, aber nebenbei keine krummen Dinger gedreht haben.«

»Also habt ihr euch nicht weiter an Bergh drangehängt?«, erkundigte sich Jakob.
»Warum hätten wir das tun sollen? Er wurde ja dann auch für zwei Jahre aus dem Verkehr gezogen. Wir wissen aber, dass er einige Wochen vor seiner Verhaftung versucht hat, mit einem alten Bekannten aus der Eifel ins Geschäft zu kommen. Mit dem Maifelder.«
»Maifelder?«
»Das ist der Boss einer gut organisierten Gang. In der Szene nennen sie ihn den Maifelder, in Anspielung auf seinen Geburtsort, ein kleines Kaff in der Nähe von Münstermaifeld, nicht weit weg von der berühmten Burg Eltz. Der Maifelder ist ein glatzköpfiger Manager. Gebildet und eloquent, aber skrupellos, korrupt und brutal. Glaub mir, den möchtet ihr nicht zum Gegner haben. Er ist ein Waffennarr und schießt den halben Tag auf Tontauben. Seine Leute dealen mit harten Drogen, hauptsächlich aus Kolumbien, aber sie haben nebenbei auch ein paar Mädchen auf der Straße. Den Kontakt zwischen Bergh und einem Unterhändler aus dem sogenannten Inner-Circle des Maifelders hat damals einer seiner Dealer hergestellt.«
»Und weiter?«
»Dieser kleine Dealer ist inzwischen tot. Er kam zugedröhnt bei einer Messerstecherei in Köln ums Leben.«
»Das ist nebensächlich, denke ich. Viel interessanter ist die Frage, wie Bergh mit der Gang des Maifelders zusammenarbeiten wollte«, meinte Jakob.
»Bergh hat ihnen angeboten, als fliegender Kurier zu arbeiten und Drogen per Flugzeug aus Tschechien nach Deutschland zu schmuggeln.«
»Bergh als fliegender Drogenkurier?«, wiederholte Jakob erstaunt.
»Jetzt weiß ich auch, warum er unbedingt seine Lizenz für Ultraleichtflugzeuge wieder auffrischen wollte. Mit einem Flugzeug lassen sich Drogen wesentlich schneller und unauffälliger über die Grenze bringen als mit einem Sprinter.«
»Mit einem kleinen Ultraleichtflugzeug hätte er allerdings nicht so große Mengen transportieren können, wie zum Beispiel mit einer Cessna. Wohl deshalb wollte er unbedingt die Motorfluglizenz ma-

chen«, flüsterte Elena Jakob zu.

»Das scheint zu passen, Jakob«, erwiderte Jung. »In der unmittelbaren Nähe der Stadt Kladno gibt es einen Flugplatz und die Logistik-Firma, bei der Bergh offiziell Maschinenbauteile mit dem Sprinter abholte, befindet sich direkt an diesem Flugplatz.«

»War der Maifelder an Berghs Offerte interessiert? So ganz ohne Risiko wäre der Schmuggel mit einem Flugzeug ja auch nicht gewesen.«

»Anfangs bestand tatsächlich Interesse. Mit tschechischen Billig-Produzenten hat die Maifelder-Bande bisher nicht enger zusammengearbeitet und der Transport der Drogen per Flugzeug war wohl ein verlockendes Angebot, aber dann haben die großen Jungs Bergh doch nicht mitspielen lassen. Das hat er sich selbst vergeigt. Er war ihnen zu eigensinnig, zu fordernd und zu arrogant und sie haben ihm nicht vertraut.«

Elena trank einen Schluck Kaffee. »Oberkommissarin Dietrich hier«, rief sie ins Mikrofon des Telefons. »Herr Jung, kann es sein, dass Bergh nach seiner Entlassung auf eigene Faust Drogen schmuggeln und damit dealen wollte? Dass er der Gang des Maifelders in die Quere kam und die ihn deswegen aus dem Weg geräumt haben?«

»Dass er plante, nach seiner Entlassung eigenständig zu arbeiten, kann ich nicht ausschließen«, meinte Karsten Jung. »Wir hatten nicht genügend Personal, um ihn wieder unter Beobachtung zu stellen, aber die Drahtzieher der Firma Melanie Zikowa Logistik und die schuldigen Mitarbeiterinnen und Mitarbeiter des Labors in Tschechien, die für die Herstellung der Drogen verantwortlich waren, haben die tschechischen Kollegen inzwischen hochgehen lassen.«

»Und wenn Bergh versucht hat, eigene neue Kontakte aufzubauen?«

»Nicht auszuschließen, aber wie hätte Bergh denn im Alleingang Drogen schmuggeln wollen? Nach seiner Haftentlassung stand ihm doch vorerst weder ein Flugzeug noch ein Sprinter zur Verfügung, oder? Und welchen Dealern hätte er die Drogen weiterverkauft?«

»Wir stehen mit unseren Ermittlungen noch ganz am Anfang«, antwortete Jakob. Dann fragte er:

»Du hast Elenas Frage noch nicht beantwortet. Ist Bergh nach seiner Haftentlassung ins Getriebe dieser Gang geraten? Gibt es jemanden aus dem Umfeld des Maifelders, der ihn ermordet haben könnte?«
»Das kann ich mir nicht vorstellen«, sagte Jung. Er klang überzeugend. »Die Schergen des Maifelders haben nach unseren Informationen bisher nie zum äußersten Mittel gegriffen und einen Gegner getötet. Wer denen unbequem wird, dem schlagen sie die Zähne ein oder sie brechen ihm die Knochen. Glaub mir, wenn diese Typen Bergh gekillt hätten, dann auf andere Art und Weise. Nicht mit einem Baseballschläger und nicht an diesem exponierten Ort, soviel ist sicher. Einen der Männer, die dem Maifelder nahestehen, haben wir übrigens vor einem halben Jahr dingfest gemacht. Wir konnten zwar nicht hundertprozentig beweisen, dass der Mann im Auftrag des Maifelders gehandelt hat, aber es ist sehr wahrscheinlich. Wir haben ihn unter anderem wegen Raub, Körperverletzung und Drogenhandel drangekriegt. Er sitzt jetzt seine Haftstrafe ab.«
»Etwa in der Justizvollzugsanstalt Diez?«, fragte Jakob aufgeregt.
»Nein, in der JVA Wittlich in der Eifel. Apropos, alle frei rumlaufenden Mitglieder aus dem Inner-Circle der Verbrecherbande des Maifelders haben für Sonntagmorgen ein Alibi. Sie haben in seinem Haus auf einem großen Grundstück bei Schleiden in der Eifel seinen siebzigsten Geburtstag gefeiert und bis in die Morgenstunden gesoffen und rumgehurt.«
»Woher weißt du das alles so genau?«
»Wir haben einen Under-Cover-Ermittler eingeschleust und wir sind kurz davor, die Bande hochgehen zu lassen, ehe die Männer sich mit einem anderen Clan zu einem Syndikat zusammenschließen. Das ist der Traum des Maifelders. Aber bitte, das ist streng vertraulich.«
»Natürlich.«
»Sind Sie wirklich ganz sicher, dass nicht doch jemand aus der Gruppe des Maifelders an dem Mord beteiligt war?«, wollte Elena wissen und fügte hinzu: »Wir gehen davon aus, dass es zwei Täter waren.«
»Natürlich kann ich auch das nicht mit letzter Gewissheit ausschließen, das wäre fahrlässig«, meinte Jung. »Ich setze unseren

Under-Cover-Ermittler darauf an und informiere euch.«
»Okay, danke. Können Sie bitte den Under-Cover-Ermittler bei der Gelegenheit auch fragen, ob einer der Männer aus dem Umfeld des Maifelders ein breites Auto fährt? Etwa einen Pickup?«
»Nicht, dass ich wüsste, aber ich lasse das prüfen«, versprach Jung.
»Danke, Karsten. Jetzt frage ich mich nur noch, warum diese Informationen über Bergh in eurem System, aber nicht in Berghs digitaler Akte vermerkt sind. Der Polizeicomputer hat nichts derartiges ausgespuckt«, sagte Jakob.
»Das wundert mich auch«, meinte Jung. »Ich kläre das.«
Jakob schaltete den Lautsprecher seines Telefons wieder aus und nahm den Telefonhörer mit seiner rechten Hand an Ohr und Mund.
»Wir müssen uns mal wieder treffen, Karsten«, schlug er vor.
»Ja, das sollten wir, aber du weißt doch, die Arbeit …«
»Romy würde sich bestimmt sehr darüber freuen.«
»Ich würde euch nur langweilen. Mit mir ist nix mehr los. Die Luft ist raus, seit Isabellas Tod. Selbst mein Sohn kommt nur noch an Ostern und zu Weihnachten mal kurz vorbei … und wenn ich Glück habe zu Isabellas Todestag und zu meinem Geburtstag.«
Weil du nicht mehr zulässt, dachte Jakob enttäuscht.

19

Die Zivilstreife hatte in der Nacht nichts Verdächtiges rund um Berghs Haus wahrgenommen und Elena gleich am Montagmorgen darüber informiert. Elena drängelte Jakob. Nach dem Gespräch mit Karsten Jung war es an der Zeit, mit Jakob nach Montabaur zu fahren.

Elena hatte bei privaten Internet-Recherchen gelesen, dass Montabaur schon im Mittelalter eine wohlhabende Händlerstadt mit Tuch- und Ledergewerbe gewesen war, weshalb die Stadt heute von vielen auch Schusterstadt genannt wurde. Weithin sichtbar war das markante, gelb getünchte Schloss, das oberhalb der Altstadt auf einer Anhöhe erbaut worden war – eines der Wahrzeichen der Stadt. Das dreistöckige Haus, in dem Klaus-Thomas Bergh zuletzt gewohnt hatte, befand sich in einer kilometerlangen Straße, die in nordöstlicher Richtung zur malerischen Altstadt hinab führte. Verglichen mit den zahlreichen, teilweise verschieferten Fachwerkhäusern im Stadtzentrum von Montabaur war das Haus von Klaus-Thomas Berghs Mutter jüngeren Datums. Es war dennoch eines der älteren Häuser in dieser Straße. Offensichtlich war das mit Backsteinen erbaute Haus vor nicht allzu langer Zeit renoviert worden, erkennbar an den neuwertigen Fenstern und an einem neuen Schieferdach. Jakob schätzte das Alter des Hauses auf etwa neunzig Jahre. Eine Steintreppe führte unter einem überdachten Vorbau zu einer schweren alten Eichentür, die Elena mit ihrem Lockpicking-Set öffnete. Über die wenigen Stufen einer knarrenden Holztreppe erreichten die beiden Ermittler die Wohnung im Erdgeschoss. Auch diese Tür öffnete Elena gekonnt wie eine professionelle Einbrecherin. Die beiden Kriminalbeamten zogen Schuhüberzieher und Handschuhe an und betraten die Wohnung. In der Küche blieb Jakob stehen und ließ den Raum eine Weile auf sich wirken. Die Einrichtung erinnerte ihn an die alte Küche seiner Oma. Die Küchenzeile in Berghs Haus schien recht neu zu sein, aber sie war auf alt getrimmt. Man erkannte den Stil der sechziger Jahre. Die Frontplatten der Schubladen und die Schranktüren bestanden aus Holztüren, die mit unterschiedlichen Pastellfarben lackiert waren. Unterhalb der Anrichte war eine moderne Spülmaschine eingebaut. Ein hoher Vintage-Kühl- und Gefrierschrank stand rechts neben der Küchenzeile. Elena öffnete nacheinander beide Türen. Im Kühlschrank befanden sich Essensreste, verpackter Käse, Wurst, Butter, Eier, geschnittenes Brot und ein paar Flaschen Bier. Im Gefrierschrank waren Tiefkühlpizzen und Fertiggerichte eingefroren.

Jakob durchsuchte nacheinander die Küchenschränke und Schubladen, fand aber lediglich Gläser, Geschirr, Küchengeräte und Besteck. In einem Hochschrank lagerten Putz-Utensilien, ein Staubsauger, ein Bügelbrett und ein Bügeleisen.

Angrenzend an die Küche befand sich das Esszimmer, das man durch einen offenen Türbogen betreten konnte. In diesem Zimmer, das wie die Küche sehr sauber war, waren mehrere Regale angebracht, die mit einer unzählbaren Menge unterschiedlicher Puppen, Teddybären und Marionetten vollgestopft waren. An der Wand hinter einer Essecke aus Kiefermöbeln hing das Bild eines röhrenden Hirsches auf einer Waldlichtung.

»Was für ein Nippes«, stellte Elena grinsend fest.

»Scheint die Möblierung und der Klimbim seiner Mutter zu sein. Bergh hat nach seiner Zeit im Knast hier wohl nicht viel verändert«, meinte Jakob. Er öffnete die Schubladen und Türen eines Sideboards, fand aber nur weiteren Nippes und nicht wie erhofft Briefe, Postkarten oder andere Gegenstände, die zur Aufklärung des Falls nützlich sein konnten.

Beim Betreten des Schlafzimmers von Berghs Mutter rümpfte Elena die Nase. Es roch modrig, denn an einer Wand neben einem alten unbenutzten Bett hatte sich Schimmel gebildet. Der Schlafzimmerschrank war leer. Das Wohnzimmer wiederum schien zuletzt von Bergh bewohnt worden zu sein. Es war mit alten Eichenmöbeln und einer abgewetzten Leder-Sitzgruppe eingerichtet. Auf einem Beistelltisch daneben standen eine leere Flasche alkoholfreies Bier,

ein leeres Glas und ein altes grünes Telefon mit Wähltasten. Elena hob den Telefonhörer ab, aber die Leitung war tot. Logisch, dachte Elena, analoge Telefonie und ISDN-Telefonie waren gestern.
Der alte Couchtisch vor der Sitzgruppe war mit hellen Kacheln in der Mitte bestückt. Der Tisch war sauber, aber verkratzt. In einer Ecke neben den beiden Fenstern stand ein modernes Flachbild-Fernsehgerät auf einem Untertisch.
Jakob öffnete die Schranktüren des großen Wohnzimmerschranks und fand ein blau-weißes Porzellan-Service, Tischdecken und verschiedene Bilderalben, die er aufmerksam durchblätterte, bevor er sie sorgfältig wieder zurücklegte.
»Den Bildern und ihren Beschriftungen nach zu urteilen, ist Berghs Mutter nicht viel herumgekommen in der Welt«, bemerkte er mitleidig. Elena blieb stumm. Ihr Blick fiel auf ein großes Bücherregal, das neben dem Schrank stand. Wie Elena schnell feststellte, handelte es sich bei den ordentlich gereihten Büchern um eine große Menge von dokumentarischen Werken über den Zweiten Weltkrieg und über preußische Geschichte. Daneben fand die Ermittlerin einen Sammelband mit Gedichten von Joseph von Eichendorff und einen Sammelband mit Novellen von Theodor Storm. Weiter unten im Regal entdeckte Elena Bücher über die Herstellung und die Reparatur von Puppen und Marionetten, mehrere Reiseführer für europäische Städte, einen alten Schulatlas, ein Buch über die britische Königsfamilie und ein weiteres mit einer Biografie über Winston Churchill. Auf dem untersten Regalbrett lagerten Bücher mit Dokumentationen über jüdisches Leben im dritten Reich, den Holocaust und über die Nürnberger Prozesse.
»All das sagt viel über Berghs Mutter aus. Sie scheint eine ganz normale Frau mit großem Interesse für Puppen, für die britischen Royals und für Geschichte gewesen zu sein«, stellte Elena fest. »Die Bücher über den Holocaust und die Nürnberger Prozesse hat sie vermutlich gelesen, um sich mit dem üblen Verhalten von Berghs Nazi-Großvater auseinanderzusetzen.«
»Warum ist ihr Sohn dann auch noch auf die schiefe Bahn geraten?

Warum konnte sie es nicht verhindern?«, fragte Jakob grübelnd, während er nacheinander verschiedene Bücher aus dem Regal zog und durchblätterte – in der Hoffnung, versteckte Notizzettel zu finden. »Vielleicht finden wir oben im Haus irgendetwas Sachdienliches«, meinte Elena.

Im zweiten Stock des Hauses waren nur zwei Zimmer eingerichtet. Ein Badezimmer und Klaus-Thomas Berghs großes Schlaf- und Arbeitszimmer, das, erkennbar an der Einrichtung und an den Tapeten, früher einmal sein Jugendzimmer gewesen sein musste. Dort durchsuchte Elena die Schubladen eines großen, abgenutzten alten Schreibtischs aus massivem Holz, auf dem ein Notebook stand, das Elena einschaltete, das sie aber nicht starten konnte, weil das Gerät mit einem Passwort abgesichert war. Ähnlich erging es ihr mit einem neben dem Schreibtisch stehenden Computer, zu dem ein eigener Bildschirm und eine Tastatur nebst Computermaus gehörten, welche ebenfalls auf dem Schreibtisch platziert waren. Wie Elena weiter feststellte, war das Notebook über ein LAN-Kabel an einem DSL-Router verbunden, der oben auf dem Schlafzimmerschrank stand und an einer Telefonsteckdose unten neben dem Schrank angeschlossen war. »Ich finde kein Festnetztelefon«, stellte Elena fest. »Entweder benötigte er keins oder er nutzte eine digitale Telefon-App auf dem Notebook. Aber ich finde auch kein Headset für solche Apps.«

»Vielleicht nutzte er zum Telefonieren nur ein Handy«, meinte Jakob. In einer der Schreibtischschubladen entdeckte Elena einen ungeöffneten Brief von Berghs Anwalt, der erst kürzlich abgesendet worden war. Elena betrachtete den Brief prüfend und reichte ihn weiter an Jakob. »Das wird der Brief sein, den die Frau seines Anwalts erwähnt hat«, vermutete sie. Jakob nickte und steckte den Brief in die Innentasche seines Sakkos.

»Bingo«, rief Elena gut gelaunt nach Durchsuchung der oberen Schreibtischschublade. Sie hielt eine größere Brieftasche hoch, in der sie etwas Bargeld, Berghs Ausweise, seinen Führerschein und einen Mini-Notizblock fand. Auf dem ersten Blatt des Notizbuchs stand: Abtei Marienstatt, Parkplatz!

»Das ist offenbar der Beweis dafür, dass ihn irgendwer angelockt hat«, meinte Jakob. Er verglich die Handschrift mit der Handschrift auf verschiedenen losen Zetteln, die Elena ebenfalls in der oberen Schreibtischschublade gefunden hatte.

»Scheint seine Handschrift zu sein«, stellte Jakob schließlich fest. »Vermutlich haben die Täter ihn angerufen.«

»Möglich«, meinte Elena. »Aber warum hat er sich die Uhrzeit nicht notiert?«

»Flo und ihr Team sollen sich das hier genau anschauen«, befahl Jakob. »Die sollen das ganze Geraffel mitnehmen und der IT-Forensik übergeben. Als Erstes müssen das Notebook, der Computer und dann der Router unter die Lupe genommen werden. Vielleicht kriegen wir so raus, mit wem Bergh in den letzten drei Wochen Kontakt hatte. Und vielleicht finden sich Hinweise auf weitere bösartige Rezensionen oder verleumderische E-Mails.«

Ruhig steckte Elena den Notizblock und die Brieftasche in eine Asservatentüte und diese anschließend in ihre Rucksacktasche. Dann durchsuchte sie den Papierkorb, fand aber nur ein paar Rechnungen. Auch Jakob durchsuchte systematisch das Zimmer. Auf den Regalen lagerten Modellautos, selbstgebaute kleine Flugzeugmodelle, ein Fernglas, ein Kompass, mehrere Aktenordner, ein Bilderalbum, Musik-CDs, verschiedene Lehrbücher über die Fliegerei und Berghs Flugbücher. Jakob blätterte alle Ordner durch und fand in einem mit Wichtige Unterlagen beschrifteten Ordner das Testament von Berghs Mutter, deren Sterbeurkunde, die Sterbeurkunde von Berghs Vater, Berghs Geburtsurkunde, eine Kopie der Heiratsurkunde, Versicherungspolicen, Zeugnisse, Briefe vom Gericht und anderen Behörden, Unterlagen von Gerichtsverhandlungen und Gerichtsurteile. Dann überprüfte Jakob Berghs Aufzeichnungen in den Flugbüchern, in denen Bergh alle seine Flüge fein säuberlich eingetragen hatte. Es schien, als hätte Steinhausen die Wahrheit gesagt, denn Bergh war zuletzt einige Zeit vor seiner Inhaftierung geflogen – mit Falk Steinhausen und Konrad Hagendorf als Fluglehrer.

In einem weiteren Aktenordner fand Jakob Zeitungsausschnitte mit Berichten über das Gerichtsverfahren gegen Berghs Großvater. Ganz hinten in diesem Ordner war ein Brief abgeheftet, den Bergh von seinem Großvater erhalten hatte, offenbar kurz nachdem der alte Mann seine Haftstrafe angetreten hatte. Der Brief war gespickt voll mit nationalsozialistischem Gedankengut. In dem Bilderalbum entdeckte Jakob Bilder von Elke Bergh, zumeist Nacktfotos. Ihre gequälten Blicke deuteten darauf hin, dass sie nicht freiwillig nackt vor der Kamera posiert hatte. Einige Bilder zeigten sie mit weit aufgerissenen Augen, nackt und wehrlos, mit Händen und Füßen an einem Bett gefesselt. In ihrem Mund steckte ein Knebel.

»Zum Teufel. Schau dir das bloß einmal an.« Jakob war fassungslos.

»Widerwärtig«, kommentierte Elena die Bilder. »Wie kann ein Mensch nur so bestialisch triebhaft sein?«

»Scheinbar die Fotos, die Frau Bergh erwähnt hat. Hoffentlich wurden sie damals vor Gericht als Beweismittel anerkannt. Ich wette, wir finden auf seinem Laptop oder auf dem Computer auch noch entsprechende Videos«, erwiderte Jakob. Dann setzte er seine Suche fort, doch Unterlagen oder andere Dinge, die zur Aufklärung des Mords hätten beitragen können, fand er nicht, auch nicht im Schlafzimmerschrank, in dem ausschließlich Berghs Kleidungsstücke fein säuberlich zusammengefaltet lagerten beziehungsweise an Kleiderbügeln aufgehängt waren. Jakob und Elena hatten gehofft, in Berghs Schlaf- und Arbeitszimmer wenigstens Dinge wie Kontoauszüge, Adressbücher und Tagebücher oder ähnliches zu finden, aber die beiden Kriminalbeamten mussten nach längerer Suche letztlich aufgeben. Dokumente wie diese hat Bergh vermutlich digitalisiert und auf dem Laptop oder auf dem anderen Computer gespeichert, dachte Jakob. Er forderte Elena auf, das Badezimmer zu durchsuchen, gleichzeitig nahm er sich vor, die Wohnung im oberen Stockwerk anschauen.

»Moment, Jakob, ich hab irgendwie das Gefühl, ich habe etwas übersehen«, sagte Elena nachdenklich. Kräftig zog sie die Schubladen des Schreibtischs nochmals heraus, doch dieses Mal zog sie sie ganz heraus. Sie drehte die Schubladen um, sodass der Inhalt zu Boden fiel.

»Ha, wusste ich's doch!«, rief sie triumphierend. »Ich hatte die Schubladen nicht gründlich genug durchsucht. Asche auf mein Haupt. Schau mal, was ich gefunden habe.«

Jakob wurde hellwach. Die Blicke der beiden Kriminalbeamten trafen sich, während Elena ein Smartphone hochhielt.

20

Das Smartphone war ebenfalls passwortgeschützt. Elena ließ sich von Jakob den Aktenordner mit der Beschriftung Wichtige Unterlagen geben, blätterte darin und entnahm der Heiratsurkunde das Geburtsdatum von Klaus-Thomas Bergh und das von Elke Bergh. Dann versuchte sie die Displaysperre des Smartphones mit dem Geburtsdatum von Klaus-Thomas Bergh zu lösen. Falsches Passwort. Anschließend probierte sie es mit dem Geburtsdatum von Elke Bergh. Erfolgreich.

»Volltreffer, ich bin drin!«, jubelte sie. Aufgeregt legte sie das Smartphone für einen Moment beiseite, schaltete die beiden Rechner nochmals ein und probierte es mit demselben Passwort. Vergebens. Dann nahm sie das Handy und rief testweise die Service-Rufnummer eines großen Netzbetreibers an. »Es steckt eine Prepaid-Karte in diesem Handy«, stellte sie fest. »Guthaben noch vierundfünfzig Euro einunddreißig.«

»Check mal die Anrufliste«, bat Jakob seine Kollegin.

»Schon dabei.« Elena strahlte. Für einen kurzen Augenblick empfand sie ein Gefühl der Befriedigung. Endlich hatte sie etwas Greifbares entdeckt. Doch schon bald wurde sie wieder enttäuscht. »Er ist immer von derselben Rufnummer angerufen worden und er hat auch immer nur diese eine Rufnummer angerufen. Ausgenommen die Service-Rufnummer, die ich gerade gewählt habe und die er wohl zur Kontostandabfrage auch mal angerufen hat. Ansonsten ... keine Messenger-App, keine App mit Bewegungsprofilen, keine Bilder im Speicher, keine Mail in der E-Mail-App, nichts«, sagte Elena entmutigt. »Nur ein SMS-Chat am Dienstag vor zwei Wochen mit dieser einen Rufnummer. Der Absender schrieb, dass Bergh ihn zurückrufen soll.«

»Denkst du, was ich denke?«, fragte Jakob.

Elena nickte. »Ja. Kein Mensch kommt heute ohne Handy aus. Und keiner kommuniziert nur mit einem einzigen Gesprächspartner, wenn er eins hat. Das lässt nur einen Schluss zu. Bergh muss noch ein zweites Handy genutzt haben.«

»Vielleicht das seiner Mutter«, meinte Jakob.

»Moment mal. Diese Nummer hier in seiner Kontaktliste im Handy kommt mir irgendwie bekannt vor«, sagte Elena alarmiert. Sie hörte ein Rauschen in ihren Ohren. Ein Zeichen dafür, dass sie sich unbedingt einmal wieder Ruhe gönnen sollte. »Das ist die Nummer von Berghs Sozialarbeiter«, sagte sie, nachdem sie die Rufnummer in der Anrufliste ihres eigenen Handys gefunden hatte. »Das letzte Telefonat mit dem Sozialarbeiter hat er vor vier Tagen geführt, Dauer fünf Minuten.«

Jakob zog sein Smartphone aus der Seitentasche seines Sakkos heraus und rief Jonas an. »Hör zu! Wir sind in Berghs Haus und haben gerade ein Prepaid-Handy gefunden. Er muss aber noch ein zweites Handy genutzt haben. Ich will, dass du mit dem Staatsanwalt redest«, befahl er. »Rolf Osterberger soll bitte umgehend weitere Beschlüsse für die Netzbetreiber besorgen. Dann ruft ihr bei diesen Firmen bitte nochmal an. Trisha und du, ihr seid gerade dran herauszufinden, ob Bergh einen Handyvertrag hatte. Aber jetzt ergänzt ihr eure Frage. Findet zusätzlich heraus, ob es auf den Namen von Klaus-Thomas Berghs Mutter einen noch aktiven Handyvertrag gibt oder ob Bergh einen weiteren Prepaid-Vertrag hatte. Falls ja, dann benötigen wir die Rufnummer und die Verbindungsdaten der letzten drei Wochen. Und noch etwas: Bergh nutzte hier in Montabaur offenbar einen Festnetzanschluss mit Internetzugang. Auch hiervon brauchen wir die Rufnummern, die Anrufliste der letzten drei Wochen und wenn möglich seine E-Mail-Adresse. Fragt zuerst bei den Netzbetreibern nach, die sowohl Handyverträge als auch Festnetzanschlüsse in Kombination anbieten, dann hab ihr vielleicht schneller Erfolg.«

Aufgeregt machte Elena Jakob auf das Firmenlogo auf dem Gehäuse des Routers aufmerksam. Jakob lächelte. Er verstand sofort. »Ruft zuallererst bei der dem Netzbetreiber mit dem großen T im Logo an«, bat er ergänzend. »Das Logo auf dem Router weist auf diesen Provider hin.«

»Wir sind noch unterwegs, wir kümmern uns darum, sobald wir zurück sind«, versprach Jonas.

Noch während Jakob mit Jonas telefonierte, nahm Elena Berghs

Smartphone und tippte auf Wahlwiederholung.

»Bert Schmitt hier, hallo Klaus, was gibt's?«, schrie der Sozialarbeiter ins Telefon. Er schien sich an einem belebten Strand zu befinden, wie Elena an den Hintergrundgeräuschen hören konnte.

»Hallo Herr Schmitt, hier Oberkommissarin Dietrich. Ich muss dringend mit Ihnen sprechen.«

»Sind Sie die Polizistin, die mir gestern auf die Mailbox gequatscht hat? Wo ist Klaus und was ist denn so dringend, ich bin im Urlaub«, brüllte Schmitt.

»Wir bedauern sehr, Ihnen das mitteilen zu müssen. Gestern am frühen Morgen wurde die Leiche von Klaus-Thomas Bergh bei der Abtei Marienstatt in der Nähe von Hachenburg gefunden. Er ist getötet worden.« Elena sprach ebenfalls laut.

»Du lieber Himmel«, entfuhr es Schmitt. Fassungslos pausierte er sekundenlang, dann sagte er: »Warten Sie, ich suche einen ruhigeren Ort auf und rufe Sie auf Ihrem Handy zurück. Ihre Nummer hab ich ja. Bis gleich.«

»Okay, mein Kollege, Hauptkommissar Lorenz-Schultheiß wird das Gespräch mithören.«

Elena und Jakob warteten ungeduldig. Nach etwa fünf Minuten klingelte Elenas Handy. Sie nahm das Gespräch an und schaltete den Lautsprecher ihres Smartphones ein.

»Schmitt hier, hallo zusammen. Was ist denn genau passiert, wer hat ...«

»Wir wissen noch nichts Genaues«, erklärte Elena. »Klaus-Thomas Bergh wurde mit einem runden Gegenstand erschlagen und anschließend hat man ihm noch sein Gesicht zerschmettert. Haben Sie als sein Sozialarbeiter eine Vermutung, wer ihn so gehasst haben könnte? Haben Sie einen konkreten Verdacht?«

»Nein.« Schmitt schien überrascht.

»Kann es sein, dass er seine Frau wieder bedrängt hat? Ich meine, bestand die Gefahr, dass er sich an ihr rächen wollte und sie ihn sozusagen aus dem Verkehr gezogen hat? Wer könnte ihr dabei geholfen haben?«, fragte Elena weiter.

»Ich kenne Frau Bergh nicht. Hab sie mal angerufen, aber sie wimmelte mich ab«, antwortete Schmitt. »Ob Klaus sie in den letzten

Tagen kontaktiert hat, weiß ich allerdings nicht. Ausschließen kann ich es nicht, schließlich hat sie die Scheidung eingereicht.«
»Hat Herr Bergh in die Scheidung eingewilligt?«, erkundigte sich Jakob.
»Meines Wissens ist noch keine Tinte auf dem Papier. Klaus hatte wohl noch Klärungsbedarf.«
»Wer kümmerte sich denn um Herrn Bergh während Ihres Urlaubs?«, erkundigte sich Elena.
»Meine Kollegen von der karitativen Organisation, bei der ich angestellt bin. Allerdings, ... Klaus war schwierig. Er akzeptierte nicht jeden. Deshalb hatte ich mit ihm vereinbart, dass er mich im Notfall jederzeit anrufen kann, auch während meines Urlaubs. Unser nächster regulärer Termin war direkt für einen Tag nach meinem Urlaub geplant. Wir wollten weitere Einzelheiten für seine Wiedereingliederung ins Leben außerhalb der JVA besprechen. Wenn vor meiner Rückkehr ein Problem aufgetreten wäre, hätte ich das aus dem Urlaub heraus geregelt oder ein Kollege hätte sich gekümmert. Sie wissen doch bestimmt, wie das ist. Entlassene Strafgefangene werden draußen oft wie Aussätzige behandelt. Sie brauchen jemanden, der ihnen hilft und auf den sie sich verlassen können.«
»In welcher Stimmung war Herr Bergh bei seiner Entlassung?«, fragte Jakob.
»Gut, er war gut drauf«, erwiderte Schmitt. »Wir haben hart daran gearbeitet, dass er seine Taten bereut. Ideen und konkrete Maßnahmen zu seiner Resozialisierung haben wir schon im Knast besprochen. Er hat mir in die Hand versprochen, sich zu ändern und seine Frau in Ruhe zu lassen. Er wusste, er würde sofort wieder eingelocht, wenn er ...«
»Haben Sie ihm vertraut?«
»Ja ... und nein«, antwortete Schmitt vorsichtig. »Wir hatten ein gutes Verhältnis und ich gehe davon aus, dass er mir gegenüber ehrlich war. Aber er war ja kein unbeschriebenes Blatt, da musste ich als Sozialarbeiter schon etwas vorsichtig und wachsam sein.«
Elena spürte, dass Schmitt unsicher klang. »Was macht ein Sexualstraftäter, sobald er wieder auf freiem Fuß ist?«, erkundigte sie sich.

»Mir war natürlich klar, dass er eine Aufgabe brauchte, damit er in der wiedergewonnenen Freiheit nicht doch wieder irgendwann auf dumme Gedanken kommt. Er war noch ein bisschen träge, als er die JVA verließ. Ich habe ihm ein Smartphone besorgt und ihn gleich am Tag seiner Entlassung zum Jobcenter begleitet, damit er sich arbeitssuchend melden konnte. Schon vor dem Ende der Haft hatte er sich mit meiner Hilfe arbeitslos gemeldet. Ob ihm Arbeitslosengeld zustand, war noch in Prüfung, als ich in Urlaub ging, aber es stand ihm ja der Nachlass seiner Mutter zur Überbrückung zur Verfügung. Sie starb vor wenigen Monaten. Außerdem war es gut, dass er von einer Stiftung für entlassene Strafgefangene finanzielle Unterstützung erhielt. Auch dafür hatte ich gesorgt. Also kurz, er hätte keine krummen Dinger drehen müssen, um zu überleben.«

»Hm, sehr wichtige Information, aber das meinte ich eigentlich nicht.«

»Okay, ich verstehe«, sagte Schmitt. »Ich habe ihm einen Therapieplatz für Sexualstraftäter besorgt. Der erste Termin hätte nächste Woche stattfinden sollen. In unserem letzten Telefonat habe ich ihm noch gesagt, dass ich es nicht gut fände, wenn er ein Bordell aufsuchen würde. Aber ich vermutete, er würde es trotzdem tun. Das machen sie doch fast alle so. Für den Fall, dass Klaus in ein Bordell geht, hatte ich ihn gebeten, er möge mit den Frauen dort behutsam umgehen und ihre Menschenwürde beachten, auch wenn es sich, in Anführungszeichen … nur … um Sexarbeiterinnen handelt. Ich hatte ihm schon bei meinen Besuchen in der JVA gebetsmühlenartig klargemacht, dass das unbedingt für alle Menschen, insbesondere für Frauen gilt, die er zukünftig bei anderen Gelegenheiten kennenlernt. Er hat sich das zu Herzen genommen, da bin ich mir sicher.«

»Hatte er aus der Haft heraus Verbindungen nach draußen, vielleicht zu zwielichtigen Typen im Drogenmilieu oder zu irgendwelchen Frauen?«

»Er war in Kontakt mit seiner Mutter, mit seinem Anwalt und mit mir. Von anderen externen Kontakten weiß ich nichts. Doch, … warten Sie. Er hat seiner Frau hin und wieder Briefe geschrieben, aber sie hat ihm nie geantwortet.«

»Wie war Berghs Verhältnis zu seiner Mutter?«, erkundigte sich Elena.

»Klaus liebte sie, aber die beiden hatten zuletzt ein sehr angespanntes Verhältnis. Seine Mutter verurteilte sein Verhalten gegenüber seiner Frau. Sie war sogar davon überzeugt, dass er gerecht bestraft worden war. Klaus trauerte sehr und er fühlte sich einsam, als seine Mutter starb.«

»Welche Kontakte hatte Bergh im Knast? Hat er mit Ihnen darüber geredet?«

»Klaus konnte verschlossen sein. Er hat mir bestimmt nicht alles erzählt …«

»Sie wissen also nicht genau, mit wem er in der JVA engeren Kontakt hatte und ob er von jemandem dort kriminelle Tipps und dubiose Adressen für seine Zeit nach der Entlassung bekommen hat, wenn er …«

Schmitt stoppte Elena. »Das kann ich nicht ganz ausschließen. Mir ist bekannt, dass er sich mit zwei etwa gleichaltrigen Männern gut verstanden hat. Sie haben in der Gefängnisdruckerei gerne und erfolgreich zusammengearbeitet, wie ich hörte. Beide sitzen noch. Einer ist Deutscher, der andere Mithäftling ist ein Deutsch-Litauer. Sein Name ist Vanagas. Es gab keine Probleme in der Druckerei.«

»Und dann ist etwas vorgefallen?«, fragte Elena.

»Ja. Klaus hatte wohl einen heftigen Streit mit einem anderen Strafgefangenen. Vielleicht ist das relevant für Ihre Ermittlungen.«

Jakob ergriff Elenas Handy. »Hallo Herr Schmitt, mit wem genau hatte Herr Bergh Krach?«

»Er ist während der Gefängnisarbeit mit einem Strafgefangenen namens Kaulbach aneinandergeraten. Kaulbach war der Druckerei zugeteilt worden. Er sitzt wegen Raub, schwerer Körperverletzung und Drogenhandel.«

»Um was ging es bei dem Streit?«

»Sie wissen doch sicher, wie das ist in einer Justizvollzugsanstalt«, meinte Schmitt. »Kaulbach ist ein Alpha-Tier und Klaus wollte sich nicht unterordnen. Kaulbach provozierte Klaus, aber Klaus mochte die informelle Knast-Hierarchie schlichtweg nicht akzeptieren.

Daraufhin hatten die beiden eine heftige körperliche Auseinandersetzung, sodass die Justizvollzugsbeamten hart eingreifen mussten. Klaus hatte sich lediglich verteidigt, aber dabei war er über das Ziel hinausgeschossen. Kaulbach hatte anschließend ein blaues Auge, ein paar Blutergüsse, und noch schlimmer, eine gebrochene Rippe. Die Aufsichtsbeamten ließen sich einen Tick zu viel Zeit, bevor sie eingriffen. Warum auch immer. Und die Zeugen hielten sich bedeckt. Sie wollten nicht gesehen haben, wer mit dem Streit begonnen hat.«
»Wie ging es weiter?«
»Selbst nach einer Verwarnung sind Kaulbach und Klaus immer wieder aneinandergeraten, wenn auch nur verbal. Klaus versuchte zwar unter dem Radar zu bleiben, aber manchmal hatte er seine Emotionen nicht im Griff und bekam Wutanfälle, auch gegenüber anderen Strafgefangenen. Ich meine, hauptsächlich gegenüber Typen, die mit Kaulbach sympathisierten.«
»Herr Schmitt, wann haben Sie Klaus-Thomas Bergh kennengelernt?«, erkundigte sich Jakob.
»Da muss ich etwas ausholen. Normalerweise werden Strafgefangene von den Kollegen vom Sozialdienst der JVA betreut, aber als externer Sozialarbeiter arbeite auch ich schon immer mit Strafgefangenen. Dann starb Berghs Mutter und er durfte für ein paar Tage raus, tagsüber. Damals wurde ich gebeten, Klaus als Betreuer zur Seite zu stehen, zumal er ohnehin nur noch wenige Monate bis zu seiner Entlassung hatte. Es lag auf der Hand, dass ich Klaus nach seiner Entlassung dann auch im Rahmen einer Resozialisierungsmaßnahme weiterhin betreuen würde.«
»Kamen Sie gut mit ihm klar?«, fragte Elena.
»Eigentlich schon. Wir hatten einen etwas holprigen Start, wenn ich das mal so sagen darf, aber dann verstanden wir uns ganz gut. Ich hatte das Gefühl, er legte Wert auf meinen Rat. Meistens jedenfalls. Sein Anwalt und ich haben ihm damals geholfen, die Beerdigung seiner Mutter zu organisieren und die amtlichen Dinge für ihn abzuwickeln. Das war viel Aufwand. Jede Menge Schriftverkehr, der zu erledigen war. Dann haben wir noch dafür gesorgt, dass die Be-

erdigung vom flüssigen Vermögen seiner Mutter bezahlt werden konnte. Ach ja, … und wir haben ihm geholfen, dafür ein eigenes Konto einzurichten. Von diesem Geld konnte er vorübergehend auch die laufenden Kosten für das Haus und das Auto bezahlen. Den Rest des Geldes, das er geerbt hatte, haben wir für ihn auf zwei Jahre fest angelegt, rund achtzigtausend. Klaus sprach davon, das Haus nach seiner Entlassung zu vermieten oder zu verkaufen. Unser Engagement tat Klaus spürbar gut. Das gilt auch für die Zeit nach seiner Entlassung, wie ich meine.«

»Ist Ihnen bekannt, ob Herr Bergh ein Testament hinterlegt hat?«

»Vermutlich nicht, bei solchen Dingen war er nachlässig, aber das fragen Sie besser seinen Anwalt. Ich schicke Ihnen gleiche eine SMS mit dessen Adresse.«

»Nicht nötig. Aber sagen Sie mal, wer kümmerte sich denn um das Haus nach dem Tod seiner Mutter, während Herr Bergh noch in der JVA war?«

»Ich hab hin und wieder mal gelüftet und die Post aus dem Briefkasten geholt, mehr war nicht zu tun«, erklärte Schmitt.

»Sie haben Herrn Bergh nach seiner Entlassung ein Smartphone und eine Prepaid-Karte besorgt. Wissen Sie, ob er noch ein zweites Handy nutzte? Etwa das Handy seiner verstorbenen Mutter? Wenn ja, haben Sie vielleicht auch die Handynummer?«, wollte Elena wissen.

»Die Handynummer seiner Mutter existiert nicht mehr. Nach ihrem Tod habe ich mit Berghs Einverständnis und als sein Bevollmächtigter den Vertrag gekündigt. Was glauben Sie, was alles zu kündigen ist, wenn ein Mensch stirbt.«

»Das nehme ich Ihnen gerne ab«, erwiderte Elena. »Es ist nur, … wir gehen davon aus, dass Herr Bergh noch ein zweites Handy gehabt haben muss.«

»Warum sollte er ein zweites Handy genutzt haben?«, fragte der Sozialarbeiter irritiert.

»Irgendwer muss ihn zum Tatort angelockt haben. Wir glauben, dass er einen Anruf auf ein zweites Handy bekommen hat, vielleicht auch eine E-Mail, eine SMS oder eine Nachricht per irgend-

einer Messenger-App. Das Handy, das er von Ihnen bekommen hat, nutzte er einzig und allein für Telefonate und SMS-Chats mit Ihnen. Deshalb vermuten wir, dass er ein zweites Handy hatte. Allerdings können wir nicht ausschließen, dass er per E-Mail kontaktiert wurde, die nur an eine Mailadresse ging, die er auf seinem Laptop oder auf seinem Computer verwaltete und nutzte. Die Geräte haben wir gerade sichergestellt, die IT-Forensik muss sie aber noch knacken«, erklärte Elena und vermutete weiter: »Es kann auch sein, dass man ihn auf seinem Festnetzanschluss angerufen hat. Das ist aber eher unwahrscheinlich. Wir haben hier in seiner Wohnung zwar einen Router gefunden, aber kein daran angeschlossenes Telefon und auch kein Telefonie-Headset für die Computer. Und ja, ob er tatsächlich einen Festnetzvertrag hatte, davon gehen wir aus, aber wir wissen es noch nicht sicher. Das prüfen wir gerade.«
Schmitt antwortete nicht sofort. »Alles sehr merkwürdig«, meinte er schließlich.
»Herr Schmitt, ist Ihnen bekannt, ob Herr Bergh einen Festnetzanschluss und weitere E-Mail-Adressen hatte?«, fragte Jakob. »Haben Sie seine Rufnummern?«
»Wir fragen, weil ... in seiner E-Mail-App auf dem Handy finden wir keine einzige Nachricht«, ergänzte Elena.
»Also, er sprach davon, dass er gerne einen Festnetzanschluss mit großer Bandbreite für das Internet haben möchte«, meinte Schmitt. »Aber es tut mir leid, ich weiß nicht, ob er nach seiner Entlassung schon einen Vertrag abgeschlossen hatte oder ob das noch auf seinem Zettel stand. Und weitere Mailadressen? Keine Ahnung, das weiß ich auch nicht. Klaus wollte von mir immer auf dem Handy angerufen werden. Einmal habe ich ihm eine SMS geschrieben, darauf hat er aber nicht reagiert. Das haben Sie ja bereits festgestellt. Deshalb hatte ich mir vorgenommen, mit ihm nach meiner Rückkehr aus dem Urlaub darüber nochmal zu reden und mit ihm abzustimmen, auf welche Weise wir besser kommunizieren sollten.«
»Sagen Ihnen die Namen Konrad Hagendorf und Falk Steinhausen etwas?«, erkundigte sich Jakob.

»Ja, ich kenne die Geschichte. War nicht unbedingt clever von Klaus, diesen Flugkapitän und Leute aus dessen Umfeld derart zu mobben.«

»Hatte Herr Bergh konkrete Pläne für seine Zukunft? Ich meine, was wollte er arbeiten und wie wollte er seine Freizeit gestalten?«

»Er hätte gerne wieder IT-Projekte begleitet oder auch als Programmierer gearbeitet. Notfalls wäre er auch wieder Sprinter gefahren.«

»Ist das alles?«

»Nein, er beabsichtigte, seine Pilotenlizenz für Ultraleichtflugzeuge aufzufrischen und wieder zu fliegen.«

»Welche Flugschule hatte er im Auge? Wo wollte er chartern?«, fragte Elena.

»Hat er mir nicht gesagt. Möglich, dass er sich darüber noch keine konkreten Gedanken gemacht hat.«

»Glauben Sie das wirklich? Er hatte genügend Zeit in der JVA, seine Zukunft zu planen«, meinte Jakob.

»Ja schon, aber in unseren Gesprächen war seine Fliegerei kein großes Thema.«

»Was ist mit dieser Bürgerinitiative gegen den Flugplatz Sonnwald. Wollte Herr Bergh sich weiter in der Initiative engagieren?«, erkundigte sich Elena.

»Ich weiß von der Existenz der Bürgerinitiative, von seinen extremen Vorschlägen zur Schließung des Sonnwalder Flugplatzes und zur zukünftigen Nutzung des Flugplatzgeländes. Ich habe Klaus gebeten, sich in Zukunft zurückzuhalten. Ich bin mir allerdings nicht sicher, ob er im Stillen nicht doch plante, wieder einzusteigen.«

»Letzte Frage. Bei guter Führung …«

Schmitt ließ Elena nicht ausreden. »Sein Anwalt war kurz davor, eine vorzeitige Entlassung zu erreichen«, erklärte er, »aber Klaus war, wie gesagt, nicht gerade ein Musterknabe. Nur in der Druckerei zeichnete er sich durch außerordentliches Geschick bei der Bedienung der Maschinen aus. Das wurde ihm sehr hoch angerechnet. Nur dann …«

»Was war dann?« Elena klang angespannt.

»Na dann gab es diesen Zoff mit Kaulbach.«

»Okay, Herr Schmitt. Wir sind erst einmal fertig. Wenigstens vorerst. Es wäre gut, wenn Sie uns in unserer Dienststelle in Hachenburg besuchen würden, sobald Sie aus dem Urlaub zurück sind. Wenn Ihnen noch etwas Sachdienliches einfällt, rufen Sie uns bitte unbedingt an.«
»Das mache ich gerne. Halten Sie mich im Gegenzug bitte auf dem Laufenden?«
»Wir dürfen Ihnen keine Informationen über die laufenden Ermittlungen geben, das sollten Sie wissen«, antwortete Elena trocken. Schmitt wechselte plötzlich das Thema. »Sagen Sie, mögen Sie eigentlich Ihren Job? Vermutlich gelangen Sie oft an die Grenze Ihrer Belastbarkeit.« Schmitt schien um Elena besorgt zu sein, obwohl er sie nicht persönlich kannte.
»Ja, das ist wohl wahr«, seufzte Elena.
»Wenn Sie eine Beratung über Methoden zum Trainieren Ihrer Resilienz benötigen, melden Sie sich doch einfach mal bei mir, ich gebe Kurse«, bot Schmitt an.
»Danke, noch geht es mir gut.«
»Mein Angebot steht. Passen Sie auf sich und den Hauptkommissar auf. Tschüss und bis bald.«

Nach dem Telefonat mit Schmitt durchsuchten Elena und Jakob Berghs Badezimmer. In einem Spiegelschrank über dem Waschbecken fanden sie Medikamente gegen Kopfschmerzen und Fieber, Nasentropfen, Coronaschnelltests, Rasierzeug, eine Zahnbürste, Zahnpasta, Haarwaschmittel, Seife, eine Spraydose Herren-Parfüm, eine Packung Präservative und eine Haarbürste. Einige von Berghs Kleidungsstücken lagen auf dem Fußboden, andere in einem Wäschekorb. Die beiden Kriminalisten fanden keine Frauenkleidung und keine Wasch- und Schmink-Utensilien, die darauf hindeuten würden, dass eine Frau hier übernachtet haben könnte.
Elena und Jakob gingen durch das Treppenhaus nach oben ins Dachgeschoss, fanden aber hier nichts, denn diese Wohnung stand

komplett leer. Die Ermittler spurteten enttäuscht nach unten und nahmen sich den Keller vor. In einem der großen Räume dort befanden sich die Gasheizungsanlage und eine Waschmaschine. Gleich daneben waren Leinen gespannt, an denen Wäsche zum Trocknen aufgehängt war. Im Raum nebenan stand eine gut ausgeleuchtete Werkbank, über der ein Regal montiert war, auf dem verschiedene Werkzeuge lagerten. In einer Ecke dieses Kellerraums befand sich ein verschmutzter Rasenmäher, über dem verschiedene Gartenwerkzeuge aufgehängt waren.

»Offenbar hat seine Mutter hier ihre Puppen und Marionetten gebastelt«, stellte Elena fest.

»Und den alten Verpackungen nach zu urteilen, nutzte Bergh die Werkbank früher zum Bau seiner Flugzeugmodelle«, meinte Jakob, nachdem er sich die Verpackungen interessiert angeschaut hatte.

»Sind wir hier fertig?«, fragte Elena nachdenklich.

»Jep. Die Kollegen sollen das Haus versiegeln, sobald sie hier durch sind!«

Jakob gab Elena ein Zeichen zum Aufbruch, als sein Smartphone klingelte.

»Karsten Jung hier, hallo Jakob.«

»Neue Erkenntnisse, Karsten?« Jakob schaltete den Lautsprecher seines Handys ein, ließ es Jung aber nicht wissen.

»Ja ... ähm ...«, begann Jung, »ich muss mich entschuldigen. Ich habe euch unbeabsichtigt eine
Fehlinformation geliefert. Der Strafgefangene, den ich erwähnte, von dem wir glauben, dass er der Maifelder-Gang angehört ... unser Under-Cover Mann hat das inzwischen herausgefunden. Es gibt keinen Zweifel, dass er für den Maifelder gearbeitet hat ...«

»Was ist mit dem Mann?«, fragte Jakob ungeduldig.

»Also er sitzt wie gesagt in der JVA Wittlich, aber er wurde erst kürzlich verlegt. Noch vor sechs Wochen war er in der JVA Diez.«

»Der Mann heißt Kaulbach, stimmts?«

»Du weißt das schon?«

»Ich habe bloß eins und eins zusammengezählt«, sagte Jakob ernst.

»Wir sind inzwischen in Kontakt mit Berghs Sozialarbeiter.«

»Kaulbach wurde verlegt, weil er immer wieder Zoff mit anderen Häftlingen anfing. Das Klima in Diez war von Kaulbach vergiftet worden«, erklärte Jung. »Unser Under-Cover-Ermittler hat das nun auch bestätigt. Gleichzeitig sagte er mir übrigens, dass er keinen aus der Maifelder-Szene kennt, der einen Pickup oder ein ähnlich breites Auto fährt oder mit solchen Wagen handelt. Viele von denen fahren in den Sommermonaten mit schweren Motorrädern herum, vorzugsweise mit Harley-Davidson Maschinen. Der Maifelder hat während einer USA-Reise mal die Firmenzentrale und das Harley-Davidson-Museum in Milwaukee im Bundesstaat Wisconsin besichtigt. Seitdem ist er ein ausgemachter Harley-Davidson Fan. Unser Mann, er nennt sich John, ist gebürtiger Amerikaner. Er stammt zufällig aus Wisconsin und fährt selbst auch eine Harley. Eine bessere Tarnung gibt's nicht.«

»Danke, Karsten. Dann werden wir Kaulbach wohl in Wittlich befragen müssen. Er hatte mit Bergh mehrere Auseinandersetzungen in der JVA Diez. Gelinde ausgedrückt.«

»Aus Kaulbach kriegt ihr bei einer Befragung nichts heraus«, meinte Jung. »Ohne seinen Anwalt sagt er nix und im Beisein des Anwalts sagt er auch nicht viel mehr als guten Morgen. Ich mache euch einen besseren Vorschlag: Unser Mann soll dranbleiben. Ich werde ihn gleich nochmal kontaktieren. Er bekommt den Auftrag ganz vorsichtig zu ermitteln, ob es jemanden gibt, der Bergh im Auftrag Kaulbachs getötet haben könnte. Wir haben allerdings nicht mehr viel Zeit.«

»Was meinst du damit? Kann euer Mann nicht weiter verdeckt ermitteln?«

»Ja weißt du, der Maifelder dreht grad am Rad. Er will das ganz große Ding drehen und einen Geldtransporter in der Eifel überfallen lassen. Vorher muss unser Mann rechtzeitig aussteigen und wir müssen ihn in Sicherheit bringen. Es ist alles schon vorbereitet. Aber keine Sorge, eure Fragen kann John vorher noch klären.«

»Okay, Karsten, danke. Hoffentlich kommen wir dadurch irgendwie weiter. Viel Erfolg, euch.«

»Ruf bitte Osterberger an und informiere ihn, dass wir jetzt zur Justizvollzugsanstalt Diez fahren«, bat Jakob seine Kollegin, als die beiden das Haus in Montabaur verließen.

»Mach ich. Aber jetzt telefoniere ich erst einmal mit der IT-Forensik. Hoffentlich kriegen die Kolleginnen und Kollegen Berghs Laptop und seinen Computer ans Laufen.«

»Weißt du was? Ich kenne mich viel zu wenig aus mit Computern und all dem digitalen Zeug«, stellte Jakob fest.

»Dafür hast du ja mich … und zukünftig auch Trisha«, bemerkte Elena lächelnd und mit sanfter Stimme.

21

Konrad Hagendorf traf an diesem Montagnachmittag gegen fünfzehn Uhr am Flugplatz Langerfelde ein und gab zunächst seinen Mietwagen ab. Der diensthabende Mitarbeiter der Mietwagenfirma hatte viel Büroarbeit zu erledigen und die E-Mail seiner Kollegin mit dem Inhalt, Hagendorf möge sich bei der Polizei in Hachenburg melden, noch nicht gelesen. Der Flugkapitän verließ das Büro der Mietwagenfirma, ging auf das Vorfeld des Flugplatzes zu seiner Cessna, erledigte den Vorflug-Check und rollte anschließend sein Flugzeug zur Tankstelle. Anschließend parkte er das Flugzeug wieder auf einer Parkposition vor dem Tower und machte sich auf den Weg zur Flugleitung, wo er seine Landegebühren, seine Parkgebühren und den Sprit bezahlen musste.

»Sind Sie Herr Hagendorf? Hier liegt eine Notiz der Polizei Hachenburg für Sie vor. Hachenburg im Westerwald«, sagte der Flugleiter freundlich. »Mein Kollege wurde gestern von einer Oberkommissarin angerufen. Warten Sie mal, Sekunde …« Der Flugleiter nahm den Notizzettel in die Hand und las, dann redete er weiter: »Die Polizistin heißt Dietrich. Sie mögen sich bitte dringend bei ihr melden!« Der Flugleiter blickte den Piloten neugierig an und schob ihm den Zettel zu.

Hagendorf zuckte zusammen. »Kriminalpolizei? Ich hab nichts verbrochen«, brummte er.

»Die Polizistin hat zuerst versucht, Sie auf Ihrem Handy zu erreichen. Sie sagte, sie muss mit Ihnen reden und wollte von meinem Kollegen wissen, ob ihm bekannt ist, wo Sie sich aufhalten. Es scheint dringend zu sein«, mahnte der Flugleiter.

Hagendorf bemühte sich entspannt zu wirken. »Ich hatte in Berlin zu tun und habe mein Handy ausgeschaltet im Flugzeug liegen lassen. Ich hatte vergessen, das Handy vor dem Start zu laden. Jetzt ist der Akku leer.«

»Wir haben im Flugvorbereitungsraum im Erdgeschoss des Towers ein Festnetztelefon. Das können Sie gerne benutzen.«

Hagendorf nickte dankend, verabschiedete sich und verließ nachdenklich die Flugleitung. Er fragte sich, was die heimischen Polizisten über ihn herausgefunden hatten und welchen Aufwand sie betrieben haben mussten, um ihn zu ausfindig zu machen. Oder gab es einen anderen Grund für die Suche der Kripo nach ihm? Stur entschied der Flugkapitän, zunächst die Flugvorbereitung für den Rückflug zu erledigen, dabei einen Kaffee aus dem Automaten im Flugvorbereitungsraum zu trinken und anschließend nach Hause zu fliegen, bevor er das Polizeirevier in Hachenburg anrufen würde.

Das Ermittlerteam, Staatsanwalt Dr. Osterberger, Rechtsmedizinerin Dr. Viktoria Krämer und Florence Fuchs trafen sich um Punkt siebzehn Uhr zu einer weiteren Besprechung. Trisha hatte zum Einstand Kuchen und belegte Brötchen besorgt, Kaffee gekocht und den Besprechungstisch eingedeckt.
»Wie ist es heute gelaufen?« Jakob blickte hinüber zu Trisha und Jonas.
»Es war ein anstrengender Tag. Wir waren in Montabaur und Dierdorf und haben die beiden Ex-Chefs von Bergh befragt und einige seiner ehemaligen Kollegen«, antwortete Jonas und warf Trisha einen intensiven Seitenblick zu. »Beide hatten angeblich keine Verbindungen mehr zu Bergh«, erklärte er.
»Also nicht nach seiner Zeit im Knast«, fügte Trisha hinzu.
»Und beide haben jeweils wasserdichte Alibis für die Tatzeit. Wir haben das überprüft«, sagte Jonas. »Der Chef des Logistikunternehmens, Heinz Gerean, hätte aus unserer Sicht ohnehin kein Motiv gehabt.«
Elena fragte nach: »Wasserdichte Alibis okay, aber wenigstens der Chef der IT-Firma, Brettschneider, muss doch eine unglaubliche Wut auf Bergh gehabt haben.«
»Ja, das hat er auch zugegeben und einer seiner Mitarbeiter bestätigte das auch«, erklärte Trisha, »aber Brettschneider ist in Ordnung. Er sagte, er wäre damit zufrieden gewesen, dass Bergh damals vorbestraft worden ist. Und außerdem …«

»Außerdem was?«, fragte Jakob.
Trisha zögerte. »Ähm, ... ich habe Herrn Brettschneider einmal kennengelernt. Er ist ein guter Freund und Geschäftspartner meines Vaters.«
»Und warum erfahren wir das erst jetzt?«, fragte der Staatsanwalt verärgert. Er saß am Kopf des Besprechungstischs und blickte Trisha streng an.
»Entschuldigung. Es war ein Fehler, dass ich das nicht rechtzeitig gesagt habe«, gestand Trisha kleinlaut.
»Normalerweise müssten wir Sie jetzt von dem Fall abziehen«, bellte Osterberger scharf. Deutlich betonte er das Wort Sie.
Jakob hob beschwichtigend die Hände und sah Osterberger an. »Bei allem Respekt, Rolf. Die Kommissarin hat einen kleinen Fehler gemacht, aber daraus machen wir bitte keine Staatsaffäre!«
Osterberger warf Trisha einen warnenden Blick zu und sagte: »So etwas wird bitte nicht noch einmal vorkommen! Verstanden?«
Trisha senkte ihren Kopf. »Ja, natürlich«, antwortete sie scheu, bevor ihre hilfesuchenden Blicke Elena trafen.
»Brettschneider hat ein wasserdichtes Alibi. Also was soll das? Wir schließen ihn aus und fertig!« Elena warf dem Staatsanwalt einen wütenden Blick zu. Sie spürte plötzlich deutlich, dass Trisha ihre Unterstützung benötigte.
»Ich sag doch, wir haben sein Alibi überprüft«, wiederholte Jonas grinsend. Er hatte Elenas Blicke bemerkt. »Brettschneider war nachweislich mit seiner Frau und einem befreundeten Paar am Wochenende zum Segeln auf dem Bodensee. Oder sagen wir besser, sie haben versucht zu segeln, aber der Wind dürfte zu schwach gewesen sein. Die vier Personen haben in Langenargen in einem Hotel übernachtet und sind erst gestern Abend gegen elf wieder im Westerwald gewesen.«
»Übrigens, niemand der Befragten fährt einen Pickup oder ein anderes, breites Auto. Das Segelboot hatten sie am Bodensee gemietet. Sie sind mit dem BMW von Brettschneider gefahren«, fügte Trisha hinzu.
»Gutes Stichwort. Konntet ihr euch die Videos der Tankstellen

nochmal anschauen, habt ihr vielleicht noch Videos von den Verkehrskameras in der Gegend bekommen?«, drängte Jakob.
»Nein«, sagte Jonas. »Wir können nicht hexen, aber wir werden heute noch damit anfangen. Auch wenn das bedeutet, dass wir Überstunden machen müssen.«
Trisha nickte zustimmend, dann sah sie Jakob an. »Aber mit verschiedenen Telefonnetzanbieter-Firmen haben wir schon Kontakt aufgenommen. Wir wissen inzwischen, dass Bergh keinen Handyvertrag hatte und der seiner Mutter gekündigt wurde. Klärung, ob er einen zweiten Prepaid-Vertrag hatte, läuft noch.«
»Wir haben mit Berghs Sozialarbeiter telefoniert. Bergh hat ein Prepaid-Handy von ihm bekommen, wir glauben aber, dass Bergh noch ein weiteres Handy genutzt hat, möglicherweise auch ein Prepaid«, erklärte Jakob dem Chief.
»Ob Bergh seinen Festnetzanschluss in Montabaur zum Telefonieren nutzte, wissen wir noch nicht sicher«, warf Elena ein, »aber wir glauben, dass er einen gehabt hat. Der moderne Router und die Nutzung von Rechnern in seiner Wohnung weisen darauf hin. Er muss auch Internetzugang gehabt haben.«
»Er hatte einen Festnetzanschluss. Telefonie und Internet!«, bestätigte Trisha triumphierend. »Den Vertrag hat Bergh ein paar Tage nach seiner Entlassung abgeschlossen. Die Rufnummer haben wir übrigens schon. Wir bekommen die Verbindungsdaten sehr kurzfristig.«
»Ich wette, die IT-Forensik kann Berghs Rufnummern auch bei der Untersuchung des Routers ermitteln … und auch die Verbindungsdaten«, meinte Elena grinsend.
»Vorausgesetzt, die Kollegen und Kolleginnen können das Gerät knacken«, warf Jonas lächelnd ein. »Mal sehen, wer schneller ist.«
»Ihr habt mit Berghs Sozialarbeiter gesprochen? Was kam dabei heraus?« Grothe-Kuhn hatte neben Trisha Platz genommen und blickte Jakob fragend an.
Der Hauptkommissar ließ sich Zeit. Er suchte in einem Schälchen auf dem Tisch nach einem Zuckertütchen und als er endlich eins fand, riss er es ungeschickt auf und goss den Zucker in seinen Kaffee.

Dann rührte er den Kaffee um, nahm einen kräftigen Schluck, griff zu einem belegten Brötchen und biss hinein. Elena übernahm die Antwort für ihn: »Schmitt ist immer im Urlaub«, sagte sie. »Leider konnte er uns nicht viel weiterhelfen und in Berghs Wohnung haben wir außer dem Handy nichts gefunden, das uns auf eine neue Spur bringen würde. Bergh hat das Handy nur für Telefonate und SMS-Chats mit Schmitt genutzt.«
»Mein Kollege Jung hat angerufen«, schob Jakob ein. »Sein Under-Cover-Ermittler bleibt noch weiter für uns am Ball. Nach Aussage von Berghs Sozialarbeiter hatte Bergh immer wieder Streit und einmal eine harte, körperliche Auseinandersetzung mit einem Mithäftling. Kaulbach heißt er. Jung sagt, dass dieser Mann kürzlich von Diez in die JVA Wittlich verlegt wurde und mit hoher Wahrscheinlichkeit der Gang des Maifelders angehört.«
»Maifeldergang? Das hört sich nach organisiertem Verbrechen an. Höchstinteressant«, meinte Osterberger. »Wenn jemand aus dieser Gang mit dem Mord an Bergh zu tun hat, müssen wir den Fall höchstwahrscheinlich abgeben.«
Fällt dir nichts Besseres ein, fragte sich Elena. Sie verzog ihr Gesicht und beruhigte sich anschließend mit einem großen Stück Schokoladenkuchen.
»Kommen wir zu den Ergebnissen der Rechtsmedizin.« Jakob warf Viktoria, die neben ihm saß, ein Lächeln zu. Viktoria blieb ernst. Sie entnahm ihrer Tasche eine Kladde und legte sie vor sich auf den Tisch.
»Elke Bergh war heute Morgen etwa um zehn in der Pathologie und hat die Leiche identifiziert«, gab sie ernst zu Protokoll. »Frau Bergh hat bestätigt, dass es sich um ihren Mann handelt.«
»Warst du dabei?«
»Aber sicher doch.«
»Wie ist es gelaufen? Ich meine, wie hat sie sich benommen?«
»Sie erschien aufgebrezelt und dick geschminkt. Sie trug einen schwarzen Hosenanzug und eine weiße Bluse und sie hatte eine Sonnenbrille auf dem Kopf. Sie war ziemlich nervös und ungeduldig, weil wir sie warten lassen mussten. Etwa zehn Minuten.«

»Hattest du den Eindruck, es fiel ihr schwer, ihren Mann in diesem Zustand sehen zu müssen?«

»Kann ich nicht beurteilen. Sie sah sich die Leiche nur kurz an. Mit starrem Blick fragte sie, wo sie unterschreiben muss. Der ganze Vorgang dauerte keine fünf Minuten.«

»Danke, Vicky.« Jetzt aß auch Jakob ein Stück Schokoladenkuchen. »Frau Bergh hat übrigens gefragt, wann der Bestatter die Leiche abholen kann. Sie möchte das Begräbnis organisieren. Ich hab ihr gesagt, wir melden uns, sobald die Leiche freigegeben ist.«

»Ach wirklich, sie will sich um die Beerdigung kümmern?«, fragte Elena erstaunt.

»Das kann bedeuten, sie hat sich von ihrem Anwalt bezüglich ihrer Erbberechtigung beraten lassen und dass er ihr Hoffnung auf das Erbe gemacht hat. Wir müssen herausfinden, ob sie den Anwalt heute Morgen kontaktiert hat oder schon vor dem Tod ihres Mannes.« Jakob sah Osterberger an. »Frau Berghs Anwalt ist in Berghs Akte vermerkt. Kannst du bitte über deine Drähte checken, ob der sie noch immer vertritt? Kannst du dann bitte herausfinden, wann sie sich bezüglich dieser Erbschaft erkundigt hat und ob er in Kontakt mit Berghs Anwalt ist?«

»Okay, ich versuch's. Hoffentlich ist der Anwalt kooperativ.«

»Wir ermitteln in einem Mordfall«, stellte Jakob grimmig fest.

»Ich werde sehen, was ich machen kann.« Der Staatsanwalt klang desinteressiert.

»Der Anwalt wird seine Mandantin nicht widerspruchslos belasten, da müsst ihr euch schon etwas anderes einfallen lassen«, meinte Grothe-Kuhn.

Verdammt! Warum unterstützt ihr uns nicht entschiedener? Das wäre viel hilfreicher als euer Gehabe im Besserwissermodus, dachte Elena. Ihre launigen Blicke trafen abwechselnd den Kriminalrat und den Staatsanwalt. Dann aß sie ein weiteres Stück Schokoladenkuchen.

»Wir wissen übrigens noch nicht, was genau Frau Bergh erben wird, wenn sie überhaupt etwas erbt«, warf Trisha ein. »Wir haben noch keinen Überblick über die finanzielle Situation des Opfers. Daran arbeiten wir noch.«

»Okay, Trisha, bleib an dieser Sache dran, das ist wichtig«, bat Jakob. Nachdenklich fuhr er fort: »Mich würde interessieren, ob Frau Bergh die aktuelle finanzielle Situation ihres Mannes kannte, bevor er starb. Sie hat ausgesagt, das Haus von Berghs Mutter sei vor seinem Haftantritt frei von Hypotheken gewesen. Wenn das immer noch der Fall ist und ihr das bekannt war, als ihr Mann entlassen wurde, dann könnte das wie vermutet tatsächlich ein zweites Motiv gewesen sein.«

»Ich verwette meine letzte Bluse, dass sie doch Kontakt mit ihrem Mann nach dessen Entlassung hatte«, sagte Elena ernst. »Wir müssen das dringend herausfinden!«

Jakob nickte, dann wandte er sich an Viktoria. »Habt ihr die Autopsie heute schon durchgeführt, Vicky?«

Viktoria setzte einen sehr ernsten Blick auf. »Der Kollege von der Pathologie hat erst heute Mittag damit angefangen«, erklärte sie. »Ich konnte leider nicht die ganze Zeit dabeibleiben, ich habe aber auf der Rückfahrt nach Hachenburg mit dem Kollegen telefoniert. Den endgültigen Bericht bekommt ihr morgen.«

»Nun sag schon, es gibt doch bestimmt schon vorläufige Erkenntnisse«, meinte Elena.

»Ja, die gibt es. Ihr könnt davon ausgehen, dass der erste Schlag gegen Berghs Hinterkopf bereits tödlich war. Das hatte ich ja bereits angenommen. Der Hieb muss mit großer Wucht ausgeführt worden sein. Die Wunde am Hinterkopf und die Gesichtswunden wurden Bergh wie vermutet mit einem Gegenstand aus glatt geschliffenem rundem Holz zugefügt. Die Tatwaffe kann ein Baseballschläger gewesen sein, muss aber nicht. Der Schlag verursachte einen Riss der Schädeldecke, starke Hirnblutungen und, wie ihr gesehen habt, äußere Blutungen. Zusätzlich haben wir einen Bruch des linken Fußgelenks festgestellt, aber davon hat das Opfer nichts mehr mitbekommen. Der Bruch und weitere Verletzungen am ganzen Körper sind der Leiche beim Sturz von der Brücke zugefügt worden. Weiteres erspare ich euch, das könnt ihr später im Autopsie-Bericht nachlesen.«

»Todeszeitpunkt?«, fragte Jakob.

»Zwischen vier und fünf Uhr vierzig, schätzt der Kollege. Mit meiner ersten Schätzung lag ich also gar nicht so weit daneben«, erklärte Viktoria trocken, »aber bitte, warten wir noch die endgültigen Ergebnisse der Autopsie ab.«
»Wurde fremdes DNA-Material am Körper des Toten gefunden?«, erkundigte sich Elena.
»Nein, bisher nicht«, antwortete Viktoria. »Ist auch schwierig, weil die Leiche teilweise im Wasser lag.«
»An seiner Kleidung war auch nichts zu finden«, schob Florence ein. Sie sah von ihrem Notebook auf und blickte Viktoria, die ihr gegenübersaß, fragend an. »Drogen?«
»Bei der Untersuchung des Bluts des Opfers wurden bisher keine Anzeichen dafür gefunden, dass Bergh in den letzten Tagen Drogen zu sich genommen hat.« Viktoria klappte ihre Kladde zu.
»Was ist mit den Ecstasy-Pillen in seinem Auto?«, wollte Elena wissen.
»Die Pillen sind älteren Datums und stammen höchstwahrscheinlich aus einem Labor in Tschechien«, erklärte Florence.
»Dann lagen sie wohl schon längere Zeit in diesem VW-Golf.«
»Also eher kein geplatzter Drogendeal«, meinte Jonas.
»Bitte keine voreiligen Schlüsse ziehen«, sagte Osterberger streng zu Jonas.
Wir sind keine Freizeitdetektive, du Schlaumeier, dachte Elena, während sie sich zurücklehnte und den Staatsanwalt säuerlich anblickte. Jonas bemerkte Elenas Blicke und lächelte gequält.
Jakob schaute hinüber zu Florence. »Flo, habt ihr ...«
Die Kriminaltechnikerin lächelte Jakob an. Sie ahnte sehr genau, welche Fragen der Hauptkommissar jetzt stellen würde. »Du musst dich bitte noch gedulden, Jakob. Unsere Arbeit ist nicht gerade einfach. Das weißt du doch. Gib uns noch etwas Zeit. Wir ermitteln gerade, welche Autotypen zu den gefundenen Reifenspuren passen könnten.«
»Okay, halte uns bitte auf dem Laufenden.«
»Du bist der Erste, den ich anrufe, wenn es etwas Neues gibt«, sagte Florence noch immer liebevoll lächelnd, aber mit einem Hauch von Ironie in ihrer Stimme.

»Konntet ihr euch Berghs Haus in Montabaur schon anschauen?«, erkundigte sich Elena.
»Zwei Kollegen sind dran. Berghs Geräte haben sie schon ins Labor gebracht. Sie nehmen sich als Erstes den Computer und das Notebook vor, aber beide Rechner konnten noch nicht geknackt werden. Hat jemand Ideen, welche Passwörter Bergh verwendet haben könnte?« Florence blickte fragend in die Runde.
»Ich hab's im Haus in Montabaur mit dem Geburtsdatum seiner Frau und mit seinem eigenen probiert. Bei beiden Rechnern keine Chance. Allerdings hat das Geburtsdatum seiner Frau bei seinem anderen Handy funktioniert«, merkte Elena an.
»Habt ihr nicht gesagt, er hat in den sozialen Medien immer den gleichen Alias verwendet? Probiert es doch einmal damit und hängt sein Geburtsdatum hinten dran«, schlug Trisha vor.
»Guter Tipp«, meinte Elena. Sie schrieb Berghs Alias-Namen und sein Geburtsdatum auf einen Zettel und gab ihn Florence. Die Kriminaltechnikerin griff zu ihrem Smartphone. Nur wenige Minuten später rief einer ihrer Kollegen der IT-Forensik zurück. »Volltreffer, wir sind drin«, sagte Florence lächelnd nach Ende des Telefonats. »Es wird allerdings dauern, bis alle Daten ausgewertet sind.«
»Sonst noch etwas, Flo?«, fragte Osterberger.
»Wir haben DNA-Material in Berghs Auto sichergestellt. Berghs DNA konnten wir identifizieren, andere DNA-Spuren stammen von einer unbekannten Person, vielleicht von Berghs Mutter. Wir suchen nach einer Möglichkeit, das zu überprüfen. Weiter sind die Kolleginnen und Kollegen noch nicht. Sorry.«
Jakob warf Florence einen anerkennenden Blick zu. »Danke, Flo. Wenn du möchtest, mach gerne Feierabend und ruh dich aus.«
»Nicht nötig. Ich bin schwanger, aber nicht krank.« Florence ließ ihre rechte Hand über ihrem Bauch kreisen. Fast alle am Tisch sitzenden Kolleginnen und Kollegen hielten für einen Moment inne, lächelten und warfen Florence aufmunternde Blicke zu. Grothe-Kuhn und Osterberger indes gingen nicht auf Florences Bemerkung ein. »Wart ihr schon in der JVA Diez, Jakob?«, fragte der Kriminalrat ungeduldig.

»Ja, heute. Vorher haben Elena und ich noch Berghs Nachbarn in Montabaur befragt. Wir haben nur wenige angetroffen. Die meisten waren arbeiten. Nicht jeder kann seinen Job im Home-Office machen.«

»Was kam bei der Befragung heraus?«

»Nichts. Keinem ist irgendetwas aufgefallen. Einige haben allerdings merklich dichtgemacht.«

»Verständlich«, meinte Osterberger. »Wer will schon mit einem Ex-Häftling zu tun haben?«

»Was habt ihr in der JVA in Erfahrung bringen können?« Grothe-Kuhn unterdrückte ein plötzliches Gähnen.

»Wir haben mit einem Justizvollzugsbeamten gesprochen und mit einem Strafgefangenen, mit dem sich Bergh gut verstanden hat. Aus dem Mithäftling war nicht viel herauszubekommen, er hat deutlich gemauert. Mit einem anderen Strafgefangenen, mit dem Bergh wohl auch gut klarkam, konnten wir nicht reden, weil er sich seit drei Tagen im Gefängniskrankenhaus in Wittlich befindet. Auf der Isolierstation«, berichtete Jakob.

»Der Vollzugsbeamte hat etwas Interessantes ausgespeichert, das sich letztlich aber mit der Aussage des Sozialarbeiters deckt.« Elena grinste. Ihr war bekannt, dass der Kriminalrat das Wort ausgespeichert nicht mochte.

»Bergh gab sich alle Mühe, aber er hatte häufig Schwierigkeiten, sich anzupassen oder im Streitfall zu deeskalieren. Das gipfelte dann in dieser Schlägerei mit Kaulbach«, erklärte Jakob.

»Allerdings, … in fast allen Fällen war Kaulbach der Aggressor. In der Gefängnis-Druckerei arbeitete Bergh gut mit. Den Beamten hat er gesagt, wenn er rauskommt, will er ein neues Leben anfangen«, erklärte Elena.

»Was wisst ihr über die beiden Knastkumpels, mit denen Bergh sich gut verstand?«, fragte Osterberger.

»Die Beamten und Berghs Sozialarbeiter sagten, dass einer der beiden aus Litauen stammt und die deutsche Staatsbürgerschaft hat. Wir haben seine Akte eingesehen. Er heißt Vanagas und sitzt wegen Drogendelikten, Körperverletzung und schwerem Raub. In vier Wochen kommt er raus«, berichtete Jakob. »Der andere wurde erst vor einem halben Jahr inhaftiert. Er ist Deutscher. Sein Name ist Nelles. Er sitzt wegen Betrugsdelikten und weil er im Suff einen tödlichen Verkehrsunfall verursacht hat.«

»Über diese beiden müssen wir unbedingt noch mehr herausfinden«, verlangte Osterberger. »Möglich, dass einer von diesen Männern Bergh über dunkle Kanäle in irgendetwas reingezogen hat, das schiefgelaufen ist«, vermutete Grothe-Kuhn.

»Wir könnten den Litauer eine Weile beobachten lassen, wenn er entlassen wird«, schlug Elena vor.

»Vermutlich wird man uns dafür niemanden abstellen können, aber wir haben ja noch vier Wochen, um das zu organisieren«, meinte Grothe-Kuhn.

»Hat eigentlich die Suchmannschaft irgendetwas entdeckt?«, erkundigte sich Osterberger.

»Nein, absolut nichts. Wir haben die Suche heute Nachmittag abgebrochen. Ich hatte mir eh nicht viel davon versprochen«, gestand Jakob.

»In Ordnung, dann lasst bitte die Absperrungen wieder aufheben«, sagte der Staatsanwalt.

Jakob nickte zustimmend. »Schon veranlasst. Und für die Unannehmlichkeiten werde ich mich bei dem Abt noch entschuldigen.«

»Danke, Jakob.«

»Okay, hat jemand noch etwas auf dem Herzen? Falls nicht, würde ich die Besprechung jetzt beenden.« Jakob klang müde.

»Halt, wartet noch kurz «, sagte Trisha. »Ich bin gerade dabei, die Liste von Sophie Mueller abzuarbeiten. Ich hab die Mitglieder der Interessengemeinschaft Pro Flugplatz Sonnwald und die Flugplatz-Sympathisanten überprüft. So ganz fertig bin ich noch nicht, aber bis auf ein paar kleinere Verkehrsdelikte einzelner Leute liegt bisher gegen niemanden etwas vor. Lediglich über John Alsfelder, dem Chef der Flight Services Alsfelder GmbH, die auf dem Flugplatz Sonnwald beheimatet ist, gibt es eine Akte. Er war im Sommer 2019 in Verdacht geraten, ein Flugzeug manipuliert zu haben, mit dem seine Frau und seine Sekretärin tödlich verunglückt sind.

Der spektakuläre Fall wurde von den hessischen Kolleginnen und Kollegen in Zusammenarbeit mit der deutschen und der niederländischen Flugunfalluntersuchungsstelle aufgeklärt. Alsfelder war unschuldig. Er war das eigentliche Ziel des Anschlags.«

»Danke, Trisha«, sagte Jakob. »Die Sache mit John Alsfelder ist mir bestens bekannt.«

»Das dachte ich mir fast.« Trisha sah Jakob eifrig an. »Einen Vorschlag für unsere Ermittlungen habe ich noch. Sollten wir nicht einmal checken, ob es in der Umgebung Baseball-Clubs gibt? Falls ja, besorgen wir uns die Mitgliederlisten und sehen nach, ob jemand mit krimineller Vergangenheit dabei ist und einen Bezug zu Bergh hatte.«

»Guter Ansatz, Trisha«, lobte Jakob. Er hatte längst den gleichen Gedanken gehabt, aber er hatte Trisha, Elena oder Jonas nicht drängen wollen. Es gab gerade genügend andere und dringendere Jobs für sein Team.

»Wir wissen ja noch nicht, ob wirklich ein Baseballschläger als Tatwaffe benutzt wurde, aber ich würde mich tatsächlich sicherer fühlen, wenn du das überprüfst. Also erledige das, sobald du Zeit hast«, bat er die Polizistin schließlich.

Montag, siebzehn Uhr fünfundfünfzig. Flugkapitän Hagendorf war mit seiner Cessna auf dem Westerwald Airport gelandet und hatte das Flugzeug vor dem Hangar der Flugschule geparkt. Nachdem Motor und Propeller zum Stillstand gekommen waren, schaltete Hagendorf alle Bordsysteme aus, legte sein Headset ab und löste den Gurt. Dann entspannte er sich einen Augenblick. Anschließend verstaute er seine Flugplanungsunterlagen und seine Karten in seinem Pilotenkoffer, den er auf dem Copilotensitz befestigt hatte, und stieg aus dem Flugzeug aus. Er öffnete die Hallentore, rangierte die zuvorderst stehende Aquila A 210 heraus und fuhr anschließend sein Auto vor die Halle. Dann rangierte er seine Cessna und die Aquila vorsichtig zurück in den Hangar.

Hagendorf fluchte, denn der kleine Motor der Rangierhilfe für die Cessna war wieder einmal nur widerwillig angesprungen. Fieberhaft überlegte der Flugkapitän, was er bei der Kripo aussagen würde. Er griff in seine Hemdtasche und zog sein Handy heraus, das er während des Fluges geladen hatte, und schaltete es ein. Er wählte Falk Steinhausens Rufnummer, erreichte aber nur dessen Mailbox. »Verflucht«, schimpfte er. »Wieso hat Falk schon Feierabend gemacht?« Angespannt setzte sich Hagendorf in sein Auto und machte sich auf den Heimweg. Die Oberkommissarin würde er aus dem Auto heraus anrufen.

Schon während des Landeanflugs hatte Abbie Lloyd-Herrmann, die Flugleiterin, Hagendorf über Funk aufgefordert, nach seiner Landung kurz zur Flugleitung zu kommen. Hagendorf hatte beschlossen, das zu ignorieren, obwohl er Abbie sehr mochte, aber er war zu müde für ein mutmaßlich dienstliches Gespräch. Die Flugleiterin hatte ihm aufgeregt vom Laufgang des Towers aus zugewinkt, als er in sein Auto eingestiegen war, aber Hagendorf hatte darauf nicht geachtet.
Als Abbie Lloyd-Herrmann merkte, dass Hagendorf nicht zur Flugleitung kommen würde, rief sie ihn auf dem Handy an, doch Hagendorf drückte den Anruf weg. Lloyd-Herrmann hinterließ daraufhin eine Nachricht auf seiner Mobilbox. Sie überlegte, die Polizei zu informieren, wenn Hagendorf sich nicht heute noch bei ihr melden würde. Die Angelegenheit war ihr nicht geheuer.

Gegen achtzehn Uhr dreißig beendete Jakob die Besprechung. Er stand auf, öffnete ein Fenster und schaute grübelnd hinaus. Während der Rest des Teams den Raum verließ, gesellte sich Elena zu Jakob. »Alles in Ordnung?«, fragte sie besorgt.
»Ich zerbreche mir den Kopf«, erwiderte der Hauptkommissar. »Wir

haben bisher nur Vermutungen, wenig Fakten, keine Beweise und keine einzige, wirklich belastbare Theorie. Ich komme mir vor wie einer, der nachts durch einen Wald läuft und nach Licht sucht.«
Jakob packte seine Sachen zusammen und ging ins Büro, während Elena die Angaben auf dem Flipchart vervollständigte und es vor sich her in das gemeinsame Büro schob.

»Vielleicht sollten wir uns die noch lebenden Feinde von Berghs Nazi-Großvater genauer ansehen«, schlug Jakob plötzlich vor, »oder deren Nachkommen. Möglich, dass wir es mit Tätern zu tun haben, die sich an der Familie dieses Großvaters rächen wollten. Es ist nur so ein Gedanke. Täter aus diesem Umfeld, … das ist vielleicht eine Erklärung für den christlichen Ort, an dem der Mord passiert ist.«

»Vergeltung nach so langer Zeit? An dem Enkel? Ein bisschen weit hergeholt, findest du nicht? Ich kann mir das nicht vorstellen«, antwortete Elena.

»Warum nicht? Unter den Millionen Menschen, die in den Konzentrationslagern starben oder den wenigen, die ihre Zeit dort unter Höllenqualen überlebten, befanden sich auch viele Christen. Wir wissen nicht, was in den Familien der Opfer überliefert ist und wie massiv der Hass und damit der Drang nach Rache über die Generationen weitergegeben wurde.«

»Na gut, ein weiterer Ermittlungsansatz, um den wir uns kümmern müssen«, unterbrach Elena.

»Das will ich meinen. Aber wie ermitteln wir das und wo fangen wir an mit so wenig Personal?«

»Das überlegen wir noch. Aber bitte nicht mehr heute.« Elena blickte Jakob eindringlich an. »Es ist schon spät. Katja erwartet mich und Romy wird sich sicher auf einen entspannten Sommerabend bei Kerzenlicht und guter Musik mit dir freuen. Mach Feierabend, Jakob. Kauf ein Baguette, etwas Käse und einen guten Roten. Und vergiss die Blumen nicht!«

»Vielleicht hast du recht«, gab Jakob lächelnd zu.

Elena schaltete ihr Notebook aus. Auch ihr ging der Fall nicht aus dem Kopf. Sie brauchte dringend eine Zigarette. Doch bevor sie das Büro verlassen konnte, klingelte ihr Tischtelefon. Die Dame von der

Rezeption stellte einen Anruf für sie durch.
»Oberkommissarin Dietrich. Mit wem spreche ich?«
»Flugkapitän Hagendorf hier. Sie baten um Rückruf.«
Elena schaltete den Lautsprecher des Telefons ein und winkte Jakob aufgeregt heran. »Hallo Herr Hagendorf. Danke, dass Sie anrufen. Wir würden Ihnen gerne ein paar Fragen stellen.«
»Um was geht's denn?« Hagendorf klang kurz angebunden und abweisend.
»Es geht um Klaus-Thomas Bergh. Er ist getötet worden. Sind Sie zurück? Ich meine, können Sie bitte morgen früh gegen halb neun aufs Revier in Hachenburg kommen? Wir müssen mit Ihnen über Herrn Bergh reden.«
»Muss das sein? Ich habe mit diesem Menschen nichts mehr zu tun. Benötige ich etwa einen Anwalt?«
»Aus meiner Sicht müssen Sie Ihren Anwalt nicht in Anspruch nehmen, aber es ist Ihre Entscheidung«, sagte Elena energisch.
»In Ordnung, ich werde morgen pünktlich sein.« Hagendorf beendete das Gespräch, ohne Elenas Antwort abzuwarten und konzentrierte sich weiter auf das Autofahren. Zurück in seiner Wohnung duschte er und zog sich anschließend bequeme Shorts und ein T-Shirt an. Dann bereitete er sich ein einfaches Abendbrot zu und trank ein erfrischendes Bier. Er versuchte die Flugleiterin zurückzurufen, aber sie nahm das Telefonat nicht an. Hagendorf sprach auf die Box, sagte, dass er bereits mit der Kripo in Kontakt sei, und bat Abbie Lloyd-Herrmann um Rückruf. Auch Schubert und Steinhausen erreichte er nicht. Schließlich telefonierte er mit seiner Schwester, danach mit Freya. Dass er von der Kripo vorgeladen worden war, erwähnte er nicht. Müde ließ er sich anschließend auf sein Sofa fallen und schaltete das Fernsehgerät ein. Als die Flugleiterin anrief, schlief er. Sein Handyklingelton – die Triebwerksgeräusche eines Jets – weckte ihn nicht auf.

22

Dienstagmorgen, acht Uhr. Während Trisha und Jonas begannen, nochmals intensiv die Kameravideos anzuschauen, warteten Elena und Jakob ungeduldig auf Flugkapitän Hagendorf.

»Die Theorie mit seiner Flucht können wir wohl endgültig beerdigen«, meinte Trisha.

»Ich bin gespannt auf seine Aussage. An seiner Stimmlage während des Telefonates gestern Abend hat mich etwas gestört. Es kam mir vor, als hätte er befürchtet, aus einem ganz anderen Grund vorgeladen zu werden«, warf Elena mit wechselnden Blicken zu Trisha und Jakob ein. »Ich hab ihm bewusst keine Einzelheiten zum Tatort und zum Tatverlauf genannt, damit wir ihn gleich damit konfrontieren können.«

»Selbst wenn er unschuldig ist, hat Hagendorf sicher schon gerüchteweise erfahren, was sich zugetragen hat«, meinte Trisha und fügte hinzu: »Die Presse und sicher auch der Buschfunk haben ganze Arbeit geleistet.«

Elena schaute Jakob an. »Du hast das Telefonat mit Hagendorf mitgehört. Er klang nicht gerade easy, aber Berghs Tod schien ihn kaum zu interessieren.«

Jakob nickte ernst.

Gegen neun Uhr führte eine Polizistin Konrad Hagendorf und seinen Anwalt Dr. Hick in den Verhörraum des Kommissariats hinein. Der einen Meter achtzig große, bereits ergraute Flugkapitän gab sich Mühe, cool zu wirken, doch er schien nervös zu sein. Er hatte Falk Steinhausen noch immer nicht erreicht. Er konnte sich das nicht erklären und wusste nicht, was Steinhausen der Kripo am Sonntag über Bergh erzählt hatte. Auch Dr. Hick war unvorbereitet, denn Hagendorf hatte ihn erst um acht Uhr telefonisch erreicht und ihn um seinen Beistand gebeten.

Staatsanwalt Dr. Osterberger, der wenige Minuten vorher angekommen war, begrüßte Hagendorf und Hick. Die beiden Anwälte kannten sich, denn sie hatten einst in Bonn gemeinsam studiert. Privat hatten sie längst keinen Kontakt mehr miteinander, obwohl man sich in Hachenburg kaum aus dem Weg gehen konnte. Rechtsanwalt Hick, mit eigener Kanzlei in Hachenburg, trug, wie Osterberger, stets gutsitzende Anzüge und weiße Hemden. Elena warf Jakob einen Seitenblick zu und rümpfte die Nase. Der sechsunddreißigjährige, schlanke Dr. Hick mit Dreitagebart hatte ein auffällig herb riechendes Herren-Parfüm aufgetragen und Elena mochte lieber süßliche Parfüm-Düfte. Bevor Osterberger neben Elena und Jakob Platz nahm, taxierte er die beiden mit einem strengen Blick. Er missbilligte es, dass sich Elena und Jakob bei Befragungen und Verhören oft leger kleideten. Jakob trug Jeans und ein kurzärmeliges, dunkelblaues Hemd, das mochte Osterberger gerade noch so akzeptieren. Elena trug wegen der Hitze einen kurzen Jeansrock und ein weites, graublaues Leinenhemd. Die oberen beiden Knöpfe des Leinenhemds hatte sie offengelassen. Elena wusste, dass sie Osterberger mit ihrer Kleidung provozierte – und sie genoss es. Als sie noch vor dem Beginn der Befragung bemerkte, dass Osterberger verstohlene Blicke auf ihre Beine warf, sah sie ihn herausfordernd von der Seite an. Sie wusste, dass sie ihm körperlich gefiel, sie hatte aber auch gehört, dass er ihre Homosexualität verabscheute. Das war einer der Gründe, warum Elena Osterberger nicht ausstehen konnte.

Rechtsanwalt Hick wischte sich mit einem Taschentuch über seine Stirn, bevor er seine Brille anzog und seinen Notizblock und seinen edlen Marken-Kugelschreiber auf den Tisch legte. Hagendorf trug seine Kapitäns-Uniform. Er nahm steif neben seinem Anwalt Platz, wünschte allen einen guten Morgen, vermied es aber, den Beamten die Hand zu geben. Noch bevor Jakob und Osterberger mit der Befragung offiziell beginnen konnten, legte Hagendorf seinen Personalausweis auf den Tisch und begann das Gespräch. »Bringen wir es hinter uns«, sagte er. »Ich habe wenig Zeit. Ich musste sogar meinen Kurzurlaub abbrechen. Mein Arbeitgeber erwartet mich außerplanmäßig schon morgen Vormittag in Stockholm.« Hagendorf schaute instinktiv auf seine teure Fliegeruhr.

»Wie Sie wissen, geht es um Klaus-Thomas Bergh.« Jakob schaute Hagendorf streng an und wartete seine Reaktion ab.
»Was möchten Sie von mir über diesen abscheulichen Menschen erfahren?«, fragte Hagendorf.
»Eine Joggerin hat seine Leiche am Sonntagmorgen gegen sechs Uhr in der Nister vor der Brücke bei der Abtei Marienstatt gefunden. Er wurde auf dem nahegelegenen Parkplatz getötet«, sagte Jakob. Er blickte Hagendorf provokativ an. Auch Elena beobachtete Hagendorf. Er wirkte angespannt.
»Und jetzt vermuten Sie, dass mein Mandant damit etwas zu tun hat?«, fragte Hick überheblich grinsend, während er sich zurücklehnte. Statt zu antworten, setzte Jakob die Befragung fort: »Herr Hagendorf, uns ist bekannt, dass Bergh Sie massiv gemobbt hat, bevor er seine Haftstrafe antreten musste. Sie hätten somit ein handfestes Motiv für den Mord gehabt.«
Hagendorf musste nicht lange überlegen. »Warum hätte ich ihn ermorden sollen?«, antwortete er. »An einem Dreckschwein wie Bergh mache ich mir die Finger nicht schmutzig. Wegen seiner Vorstrafe und weil er zu einer Haftstrafe verurteilt worden war, hätte er niemals einen Flugschein für Motorflugzeuge machen dürfen. Wenn überhaupt, hätte er nur noch Ultraleichtflugzeuge fliegen dürfen. Und das auch nur, wenn es ihm gelungen wäre, eine Flugschule zu finden, die ihm geholfen hätte, seine Lizenz für Ultraleichtflugzeuge aufzufrischen. Hier in der Gegend hätte er keine Flugschule gefunden. Dafür habe ich gesorgt. Das war Strafe genug.« Hagendorf schwitzte.
»Wir kennen die gesetzlichen Vorschriften bezüglich der Zuverlässigkeitsüberprüfung für Piloten«, warf Elena ein.
»Entschuldigung, Herr Hagendorf, aber Ihre Wortwahl untermauert Ihren Hass auf Herrn Bergh«, fuhr Jakob fort.
»Ja, ich hasse ihn, das gebe ich gerne zu, aber ich bin kein Killer.«
Hick blickte Osterberger an und deutete auf seine Armbanduhr. Ein Zeichen, dass Osterberger die Befragung abkürzen sollte. Der Staatsanwalt reagierte nicht darauf.
»Herr Hagendorf, wir müssen wissen, wo Sie sich in der Nacht

zum Sonntag zwischen vier und sechs Uhr in der Früh aufgehalten haben«, sagte Jakob. Elena stellte fest, dass Hagendorfs linkes Augenlid plötzlich nervös zuckte.

»Ich war in meiner Wohnung in Altenkirchen und konnte aus verschiedenen Gründen nur wenig Schlaf finden. Gegen halb vier stand ich kurz auf, legte mich aber bald darauf wieder hin«, antwortete der Flugkapitän. »So etwa um fünf stand ich wieder auf, wusch mich und frühstückte. Dann rief ich meine Lebensgefährtin Freya in Stockholm an. Obwohl es früh am Morgen war, ... ich musste mich unbedingt entschuldigen für ...«

»Es hat hier niemanden zu interessieren, warum Sie sich entschuldigt haben«, unterbrach Hick hart.

Unsicher schaute Hagendorf abwechselnd Jakob, Elena und Osterberger an und fuhr fort: »Also Sie möchten aber doch wissen, was ich am Sonntag in der Früh gemacht habe. Mir ging es nicht gut. Ich hatte ein fürchterlich schlechtes Gewissen. Freya und ich, ... wir werden bald heiraten. Freya wünscht sich so sehr einen längeren Trip nach Neuseeland und Australien. Am Samstagabend hatten wir Streit am Telefon, weil ich mich mit einer zweimonatigen Reise nicht anfreunden konnte. Aber nun habe ich mich entschieden. Ich liebe Freya sehr. Natürlich werden wir diesen schönen Urlaub machen. Wir telefonierten sehr lange am Sonntagmorgen. Es war sehr wichtig, dass ich Freya dieses Versprechen gab. Auch für mich. Nach dem Gespräch mit Freya machte ich meine Flugvorbereitung fertig und fuhr zum Westerwald Airport. So gegen Viertel vor acht war ich dort.«

»Wer kann Ihr Alibi bestätigen?«, fragte Osterberger.

»Ich war alleine, aber wenn Sie Schwedisch oder Englisch sprechen können, rufen Sie gerne meine Lebensgefährtin an. Sie wird bestätigen, dass wir telefoniert haben.«

»Sie sind am Sonntagmorgen mit Ihrer Schwester und Ihrer Nichte gegen halb neun auf dem Westerwald Airport gestartet und nach Langerfelde geflogen. Von dort sind Sie mit einem Mietwagen nach Berlin gefahren. Das sah für uns aus, wie eine Flucht«, schob Jakob ein.

»Lächerlich! Fragen Sie meinen Mandanten doch einfach mal, was er in Berlin gemacht hat«, schlug Rechtsanwalt Dr. Hick vor. »Dann werden Sie schnell feststellen, dass er am Sonntag Besseres zu tun hatte, als einen Mord zu begehen.« Hick blickte Jakob und Elena arrogant grinsend an.

»Ich habe meine Schwester Karin und meine Nichte Linda nach Berlin geflogen«, berichtete Hagendorf. »Es musste schnell gehen. Sehr schnell. Linda ist sechsundzwanzig und schwer nierenkrank. Sie brauchte dringend eine Spenderniere. Am Freitag war sie noch im Dialysezentrum. Dann, am Samstag, bekam meine Schwester einen Anruf aus Berlin. Lindas Vater hatte vor zwei Tagen einen schweren Autounfall. Im Krankenhaus sagte man ihm, dass man nicht mehr viel für ihn tun könne. Gott sei Dank war seine rechte Niere unverletzt geblieben. In seinen letzten Stunden bereute er wohl, dass er sich nie wirklich um seine Tochter gekümmert hat. Deshalb verfügte er im Krankenhaus im Beisein eines Notars, dass Linda seine gesunde Niere bekommen soll. Bei den Untersuchungen am Sonntag wurde festgestellt, dass die medizinischen Voraussetzungen für eine Transplantation gegeben waren. Lindas Vater starb noch am selben Tag und Linda wurde kurz darauf operiert. Sie hat die OP gut überstanden, aber sie ist noch nicht über den Berg. Meine Schwester ist bei ihr.«

»In welchem Krankenhaus befindet sich Ihre Nichte?«

»Im Transplantationszentrum der Charité.«

»Wir werden das überprüfen!«, sagte Dr. Osterberger.

Jakob schob Hagendorf ein leeres Blatt Papier über den Tisch. Der Flugkapitän verstand sofort. Er nahm sein Smartphone und rief die Kontaktliste auf. Schweigend schrieb er die Handynummer seiner Schwester und die Rufnummer des Transplantationszentrums der Charité auf. Elena ergriff den Zettel und eilte in ihr Büro, um zu telefonieren. Währenddessen setzte Jakob die Befragung fort.

»Herr Hagendorf, warum haben Sie nicht umgehend zurückgerufen, als meine Kollegin Oberkommissarin Dietrich Ihnen eine Nachricht auf Ihrer Mailbox hinterlassen hat?«

»Ich hatte mein Handy versehentlich im Flugzeug liegen lassen«, gab Hagendorf zu Protokoll.

»Und wie konnte dann Ihr Chef Sie erreichen, um Ihnen zu sagen, dass er Sie früher benötigt?«
»Ich habe immer ein zweites Handy, ... ich meine mein Diensthandy dabei. Die Rufnummer haben nur wenige.«
»Herr Hagendorf, seit wann wissen Sie eigentlich, dass Klaus-Thomas Bergh zu zwei Jahren Haft verurteilt worden war und wann er entlassen wurde?«, fragte Jakob.
»Er hat mich angerufen. Vor einer Woche.«
»Er hat Sie angerufen? Aus welchem Grund?«
»Angeblich wollte er sich bei mir entschuldigen. Persönlich. Vor Ort, auf dem Flugplatz. Er sagte, er sei ein anderer Mensch geworden. Abgebrüht wie er war, fragte er mich tatsächlich, ob es nicht doch möglich sei, wenigstens seine Lizenz für Ultraleichtflugzeuge an meiner Flugschule aufzufrischen. Anscheinend wusste er nicht, dass Falk Steinhausen jetzt der Geschäftsführer und Cheffluglehrer ist.«
»Warum wollte er seine Lizenz ausgerechnet an Ihrer Flugschule auffrischen?«
»Danach habe ich ihn nicht gefragt. Er hätte wissen müssen, dass Falk und ich das ablehnen.«
»Was haben Sie ihm geantwortet?«
»Nichts. Ich habe das Telefonat beendet, bevor er ausreden konnte.«
»Wusste Herr Steinhausen, dass Herr Bergh Sie angerufen hat?«
»Ja«, antwortete der Flugkapitän knapp.
»Hat Herr Bergh Sie auf Ihrem Handy angerufen?«
»Ja.«
»Haben Sie seine Rufnummer noch in der Anrufliste Ihres Handys?«, fragte Jakob.
»Einen Augenblick bitte, da muss ich nachsehen.« Hagendorf nahm sein privates Handy, scrollte schwerfällig durch die Anrufliste und las schließlich Berghs Handynummer vor.
Jakob schrieb mit. Dann unterbrach er die Befragung für wenige Minuten, verließ kurzzeitig den Raum und bat Trisha, so schnell wie möglich die Verbindungsdaten von Berghs zweitem Handy zu ermitteln.
Gemeinsam mit Elena kehrte Jakob in den Besprechungsraum zurück. Elena blickte in die Runde, dann wandte sie sich an Hagendorf.

»Entschuldigung, es hat etwas länger gedauert, bis ich mit der Krankenschwester sprechen konnte, die Ihre Nichte am Sonntag aufgenommen hat. Es war nicht einfach, sie an die Strippe zu kriegen. Wenigstens ist sie heute im Dienst und konnte Ihre Anwesenheit bestätigen. Ihre Schwester habe ich auch erreicht.«
»Na also, dann kann ich ja jetzt gehen«, erwiderte Hagendorf kühl.
»Bleiben Sie bitte. Wir haben noch ein paar Fragen«, sagte Jakob. »Sie sind der Vorsitzende der Interessengemeinschaft Pro Flugplatz Sonnwald. Gibt es aus Ihrer Sicht jemanden aus diesem Kreis, dem Sie den Mord an Bergh zutrauen würden?«
»Wie bitte? Wir sind friedliche Menschen. Ich kann mir niemanden vorstellen.«
»Hat Herr Bergh auch Herrn Steinhausen diffamiert?«, erkundigte sich Jakob.
»Das wissen Sie doch sicher schon.«
»Wir würden es gerne von Ihnen hören.«
»Selbstverständlich. Dieses Arschloch hat ganze Arbeit geleistet. Er hat nicht nur versucht, meinen Ruf als Flugkapitän und Fluglehrer zu schädigen, er hat auch Falk namentlich erwähnt, als er unsere Flugschule überall mies darstellte.«
»Seid ihr jetzt endlich fertig?«, fragte Rechtsanwalt Hick mit Blick zu Osterberger verärgert.
Weder Elena noch Jakob reagierten auf diese Frage. Osterberger sah die beiden Polizisten fragend an.
»Für welche Airline fliegen Sie?«, fragte Elena den Flugkapitän.
Hick warf Hagendorf einen eindringlichen Seitenblick zu. »Diese Frage müssen Sie nicht beantworten.«
»Ich mache keine Geheimnisse um meinen Job«, sagte Hagendorf. Er zog einen Werbeflyer seiner Airline aus der Tasche seines Uniform-Sakkos. »Ich bin Langstrecke geflogen, später Kurzstrecke, innereuropäisch, und zuletzt nur noch von Köln-Bonn nach Stockholm und zurück. Zurzeit arbeite ich ausschließlich im Simulator und gebe zusätzlich Theorieunterricht. Ich bilde aus und ich führe die obligatorische Überprüfung der Piloten unserer Airline und anderer Airlines durch.«

Hick wurde ungeduldig. Er richtete seinen Blick auf Jakob und sagte: »Euch geht offensichtlich der Stoff aus.«
»Noch nicht.« Jakob zog ein Bild aus einer Akte, legte es Hagendorf vor und schaute ihn kalt an. »Kennen Sie Frau Bergh?«
Hagendorf betrachtete das Bild intensiv. »Hm, hübsche Frau. Kann sein, dass ich ihr einmal begegnet bin, aber ich kann mich daran nicht mehr erinnern«, sagte er lächelnd.
»Wie gut ist die Beziehung zwischen Ihnen und Herrn Steinhausen?«, erkundigte sich Elena.
»Das tut nichts zur Sache, auch diese Frage muss mein Mandant nicht beantworten!« Hick sah Elena mit einem überheblichen Blick an.
Hagendorf überlegte kurz, dann setzte er sich über die Empfehlung seines Anwalts hinweg. »Falk ist ein leidenschaftlicher und talentierter Pilot. Mein Ziehsohn, könnte man sagen. Alles, was er fliegerisch draufhat, hab ich ihm beigebracht«, erklärte er stolz.
»Würden Sie sagen, Sie sind befreundet?«
»Wir verstehen uns sehr gut, ich vertraue ihm ... und er mir. Privat haben wir weniger miteinander zu tun, aber das liegt nicht an ihm.«
»Sie kommen also mit seiner Frau nicht klar«, vermutete Elena.
»Dazu möchte ich mich nicht äußern.«
»Es reicht jetzt«, schimpfte Hick. Er blickte den Staatsanwalt arrogant an. »Mein Mandant hat euch alles gesagt, was relevant ist. Kommt zum Ende!«
Osterberger indes schaute Jakob an. »Noch Fragen?«
Jakob schüttelte den Kopf und wandte sich Hagendorf zu. »Vielen Dank, dass Sie hergekommen sind, Herr Hagendorf. Lassen Sie uns bitte wissen, wie und wo wir Sie erreichen können, wenn wir weitere Fragen haben.«
»Ich fliege heute Nachmittag nach Stockholm. Sie erreichen mich unter meiner Handynummer.«
»Sie fliegen selbst?«, erkundigte sich Elena.
»Nein, heute nur als Passagier. Regulärer Linienflug meiner Airline ab Köln-Bonn.« Hagendorf stand auf und verteilte seine Visitenkarten. Elena hielt ihn für einen Moment zurück. »Ich wünsche Ihrer Nichte alles Gute«, sagte sie leise.

Jonas und Trisha stürmten in den Verhörraum und ließen sich von Jakob über den Verlauf der Befragung unterrichten. »Wir mussten ihn gehen lassen«, merkte Jakob an, »obwohl seine Körpersprache deutlich war. Berghs Tod scheint ihm gleichgültig zu sein. Zeitweise hatte ich sogar den Eindruck, dass er froh darüber ist. Und irgendwie wirkte er nervös, obwohl ihm doch schnell klar geworden sein muss, dass wir ihm in Sachen Bergh nichts anhängen können. Aber dann, als er gehen durfte, schien er sehr erleichtert.«

»Vielleicht hat er noch etwas anderes auf dem Kerbholz. Etwas, das möglicherweise überhaupt nix oder nur am Rande mit dem Fall zu tun hat«, meinte Elena.

Osterberger blickte in die Runde. »Findet euch damit ab, dass wir ihn nicht festhalten konnten. Was hätte ich dem Richter denn sagen sollen? Hagendorf flog am Sonntag seine schwerkranke Nichte und seine Schwester nach Berlin. Nachweislich! Er hat keinerlei Vorstrafen. Glaubt ihr wirklich, dass er vor dem Flug noch schnell einen Mord begangen hat? Schließt ihn aus! Ihr wart offensichtlich auf der falschen Fährte, ihr habt euch zu sehr auf ihn fokussiert. Ich habe keine Handhabe, ihn festzuhalten.«

»Wir lassen ihn nach Schweden fliegen, okay. Aber wir bleiben ihm auf den Fersen. Ich schließe ihn erst aus, wenn der Fall aufgeklärt ist«, sagte Jakob entschlossen. »Er muss den Mord ja nicht selbst begangen haben.«

23

Dienstagnachmittag. »Wir könnten in Schweden anrufen und Hagendorfs Alibi für Sonntag in der Früh checken«, schlug Elena vor, nachdem sie im Umkleideraum ihren Jeansrock gegen eine Jeans getauscht hatte und nun mit Jakob über den Verlauf der Befragung des Flugkapitäns sprach.

»Das würde nichts beweisen«, meinte Jakob. »Besser ist, wenn uns Rolf einen Beschluss besorgt, damit wir die Verbindungsdaten von Hagendorfs Handy und seinem Festnetzanschluss abfragen und auswerten können.«

»Ich fürchte, jetzt ist kein guter Zeitpunkt dafür. Wir haben keinen einzigen Beweis, dass er mitschuldig ist oder sogar der Drahtzieher ist. Irgendwie hab ich auch das Gefühl, dass Osterberger froh ist, wenn er dem Richter möglichst wenig erklären muss ... und sich nicht mit Hick anlegen muss«, meinte Elena enttäuscht.

Jonas hämmerte an die Bürotür von Elena und Jakob. Ungeduldig öffnete er die Tür, lehnte sich an den Türrahmen an und verschränkte die Arme. »Wir haben die Kontodaten des Opfers«, berichtete der Kommissar. Zufrieden wechselte sein Blick von Elena zu Jakob.

»Und?«, fragte Jakob.

»Er hat rund zehntausend Euro auf dem Girokonto. Keine auffälligen Einzahlungen, keine auffälligen Auszahlungen während der letzten drei Wochen. Die Mitarbeiterin der Bank hatte nicht viel Zeit. Sie wird uns noch eine Übersicht der Kontobewegungen aus der Zeit vor Berghs Haftantritt zukommen lassen.«

»Wir wissen von seinem Sozialarbeiter, dass es seit dem Tod seiner Mutter noch ein zweites Konto gibt, auf dem ein Teil des geerbten Vermögens von Berghs Mutter geparkt ist. Davon zahlte er die Beerdigung und die laufenden Kosten für das Haus und für das Auto. Das Geld benötigte er auch zur Überbrückung, bis er Arbeitslosengeld kriegen würde oder wieder einen Job. Von seinem Erbe hat er achtzigtausend auf zwei Jahre fest anlegen lassen. Überprüf das

bitte auch mal«, bat Jakob.
»Wird erledigt. Sobald ich Zeit habe, fahre ich nochmal zur Bank und mache etwas Druck«, versprach Jonas. »Die Bankangestellte hat mir allerdings nichts von diesem zweiten Konto gesagt.«
»Ruf mal den Sozialarbeiter an. Möglich, dass Bergh sein zweites Konto bei einer anderen Bank hatte«, schlug Elena vor.
»Mit seiner Kreditkarte hat er zwei Tage vor seinem Tod einhundert Euro von seinem Girokonto abgehoben, an einem Geldautomaten in Montabaur«, erklärte Jonas.
»Shit, das ist nichts Ungewöhnliches. Es bringt uns nicht wirklich weiter«, meinte Elena. »Warten wir mal ab, bis wir einen Überblick über das andere Konto haben.«
In diesem Augenblick stürmte Trisha gut gelaunt an Jonas vorbei in den Raum. Sie trat neben Jakob und überreichte ihm mehrere Seiten einer ausgedruckten Liste. »Aber ich hab etwas, das uns weiterbringen wird. Das ist die Anrufliste von Berghs zweitem Handy. Es steckt eine Prepaid-SIM-Karte drin, aber anhand der Vorwahl hatten wir gleich eine Vermutung, wer der Netzanbieter ist und der hat schnell geliefert«, berichtete die Polizistin. Aufgeregt redete sie weiter: »Da ist eine Rufnummer, die wir kennen. Klaus-Thomas Bergh hat zwei Tage nach seiner Entlassung und in den Tagen danach mehrmals seine Frau angerufen. Das letzte Mal hat er sie drei Tage vor seinem Tod angerufen, das Gespräch wurde aber nach wenigen Sekunden beendet.«
»Sie hat uns tatsächlich belogen«, stellte Jakob fest.
»Wie dumm von ihr. Sie hätte sich doch ausrechnen können, dass wir das früher oder später herausfinden«, meinte Elena.
»Ihr Mann hat außerdem am Abend vor seinem Tod mehrere Anrufe von einem Handy mit unterdrückter Rufnummer bekommen. Der längste Anruf um dreiundzwanzig Uhr zehn dauerte etwa zehn Minuten«, fuhr Trisha fort.
»Versuch mal herauszufinden, wer ihn da angerufen hat«, verlangte Jakob. »Das könnte einer der Täter gewesen sein.«
»Ich arbeite schon daran«, erwiderte Trisha.
»Welche Internetseiten er besucht hat, wird von der IT-Forensik noch

ermittelt, aber das kann dauern. Sie haben die Daten auf Berghs Laptop und auf seinem großen PC noch nicht ausgewertet«, ergänzte Jonas und fuhr fort: »Aber inzwischen konnten sie schon ermitteln, dass Bergh über seinen Festnetzanschluss in Montabaur über längere Zeit nicht telefoniert hat. Er hat nur mal die Rufnummer des Handys angerufen, das ihm Schmitt besorgt hat. Offenbar als Test. Das ergab die Untersuchung seines Routers.«
»Gibt es etwas Neues in Bezug auf Baseball-Clubs und Shops, die Baseballschläger verkaufen?«, erkundigte sich Elena.
»Nein«, antworteten Trisha und Jonas nahezu gleichzeitig.
»Weitermachen!«, befahl Jakob. Er schaute Trisha und Jonas abwechselnd an. Anschließend gab er Elena ein Zeichen zum Aufbruch. »Auf geht's. Wir knöpfen uns Elke Bergh nochmal vor.«
Der Hauptkommissar stand auf und wartete auf Elena, die ihr Notebook noch herunterfuhr. Dann klingelte sein Handy. Die Anruferin war Anke Steinhausen.
»Ich, ... ich habe Ihnen etwas Wichtiges mitzuteilen«, sagte die Frau des Fluglehrers aufgeregt und mit brüchiger Stimme. »Können Sie bitte vorbeikommen?«
»Bleiben Sie ruhig, wir kommen sofort!«
Eine Viertelstunde später öffnete Anke Steinhausen den beiden Ermittlern die Haustür und führte sie in ihr Wohnzimmer. Elena und Jakob stellten fest, dass es der schwangeren Frau nicht gutging. Sie hatte geweint, ihr Augen-Make-up war verlaufen.
»Was ist passiert, Frau Steinhausen?«, fragte Jakob.
»Es geht um Falk, meinen Mann ...«
»Hat er Ihnen wehgetan?«, erkundigte sich Elena.
»So kann man es auch nennen.« Anke Steinhausen trocknete ihre Augen mit einem Taschentuch. »Wir haben bisher eine sehr offene Ehe geführt. Er ist mir hin und wieder fremdgegangen, aber ich habe ihm das verziehen, denn ... auch ich hatte flüchtige sexuelle Abenteuer. Bisher hat das unsere Ehe sogar bereichert und wir haben immer wieder zusammengefunden.«
»Und jetzt hat er sich in eine andere verliebt. Stimmts?«, vermutete Elena.

»Ja, das ist richtig«, gab Anke Steinhausen zu. Erregt sprach sie weiter: »Ich hab ihm gestern gesagt, dass er aufhören muss, mit anderen Frauen ins Bett zu gehen. Verdammt nochmal, er wird bald Vater und muss Verantwortung übernehmen.«
»Wie hat er reagiert?«
»Falk sagte mir, er würde sich von mir trennen. Er gestand mir, dass er diese andere Frau liebt.« Anke Steinhausen fühlte sich über ihren Bauch und schluchzte.
»Darf ich fragen, ob Sie sich sicher sind, dass Ihr Mann der Vater Ihres Kindes ist?«, wollte Jakob wissen.
»Das hat er mich heute Morgen auch gefragt. Daraufhin habe ich ihn rausgeworfen.«
»Das tut uns sehr leid, Frau Steinhausen, aber was hat Ihre kaputte Ehe bitte mit unserem Fall zu tun?«, fragte Elena.
»Ich bedaure, ich habe Sie angelogen … und jetzt möchte ich Ihnen die Wahrheit sagen. Falk war am Samstag den ganzen Tag auf dem Westerwald Airport und kam auch abends nicht heim. Erst am Sonntag in der Früh gegen Viertel nach sechs kreuzte er hier auf.« Anke Steinhausens Hände zitterten. »Ich kann mir aber nicht vorstellen, dass Falk …«
Jakob ließ Anke Steinhausen nicht ausreden. »Wo war Ihr Mann in der Nacht zum Sonntag?«, fragte er sie streng.
»Na wo schon. Vermutlich bei dieser anderen Frau.«
»In wen hat sich Ihr Mann verliebt?«, erkundigte sich Elena.
»Das wollte er mir nicht sagen«, antwortete Frau Steinhausen mit bitterem Blick.
»Sie wissen also nicht genau, wo er in der Nacht zum Sonntag war«, stellte Elena fest.
»Ich habe nicht die leiseste Ahnung, bei wem und wo er war.«
»Wo ist Ihr Mann jetzt?«
»Vermutlich auf dem Westerwald Airport oder gerade am Fliegen. Kann sein, dass er heute Abend nach Hause kommt. Wir müssen reden.« Anke Steinhausens Gesicht war blass.
»Okay, auch wir müssen mit ihm reden«, sagte Elena mit Blick zu Jakob.

»Hat Ihr Mann Verbindungen mit undurchsichtigen Typen? Zu Leuten, die Ihnen suspekt sind?«, fragte Elena.

»Woher ... soll ich das wissen?« Anke Steinhausen stockte, ihre Hände zitterten. »Ich wollte Falk schützen. Deshalb habe ich gelogen. Was erwartet mich jetzt?«, fragte sie ängstlich.

»Das sehen wir noch«, erwiderte Jakob trocken. Anke Steinhausen tat ihm leid.

»Aber gut, dass Sie uns nun die Wahrheit gesagt haben«, beruhigte Elena Anke Steinhausen.

»Was soll ich jetzt bloß tun?«

»Kümmern Sie sich jetzt erst einmal um sich und um Ihre Schwangerschaft«, empfahl Elena.

Jakob zog sein Sakko über und stand auf. »Auf Wiedersehen. Bleiben Sie stark, Frau Steinhausen.« »Gibt es jemanden, dem Sie sich anvertrauen können?«, fragte Elena.

»Ja. Meine Mutter und eine Freundin.« Die beiden Vermittler verließen das Haus. Doch dann blieb der Hauptkommissar plötzlich stehen, kehrte noch einmal um und sah Anke Steinhausen mit nachdenklicher Miene tief in die Augen. »Weiß Ihr Mann, dass Sie sein Alibi widerrufen haben?«

»Nein!«, antwortete Anke Steinhausen. Sie begann zu weinen.

24

Elke Bergh war sichtlich überrascht, als Elena und Jakob vor der Haustür des Forsthauses standen und dringend ein weiteres Gespräch forderten. Widerwillig führte die Frau des Opfers die beiden Polizisten in die Küche und bot ihnen an, am Esstisch Platz zu nehmen. »Was wollen Sie noch von mir?«, fragte sie barsch.
»Machen wir es kurz«, begann der Hauptkommissar. Er schaute Elke Bergh mit ernstem Blick an und suchte Augenkontakt. »Warum haben Sie uns angelogen, Frau Bergh? Sie haben uns nicht gesagt, dass Ihr Mann Sie nach seiner Entlassung aus der Haft angerufen hat. Haben Sie sich vor seinem Tod mit ihm getroffen?«
Elke Bergh senkte sekundenlang ihren Kopf. Dann trank sie einen Schluck Kaffee aus einem Becher, atmete tief durch und schaute Jakob an. »Himmel, ja, ich habe gelogen«, bekannte sie leise. »Ich bin nicht stolz darauf. Klaus rief mich nach seiner Entlassung an und schrieb mir SMS-Nachrichten. Mehrmals. Er nervte mich. Solange, bis ich mit ihm einen Termin vereinbart habe. Was wollen Sie mir jetzt unterstellen? Mit der Ermordung meines Mannes habe ich nichts zu tun!«
»Es wäre besser gewesen, wenn Sie uns gleich reinen Wein eingeschenkt hätten. Wir werden die Staatsanwaltschaft über Ihr Verhalten in Kenntnis setzen müssen«, sagte Elena streng.
»Na wenn schon. Mein Anwalt wird das für mich regeln.« Elke Bergh gab sich gelassen.
»Wo und wann trafen Sie sich mit Ihrem Mann und worum ging es bei Ihrem Treffen?«, erkundigte sich Jakob.
»Am Samstagnachmittag, gut zwei Wochen ... bevor er starb«, stammelte Elke Bergh. »Wir trafen uns auf dem Parkplatz eines Supermarkts in Hachenburg. Als Treffpunkt hatte ich eigentlich ein Café am Alten Markt vorgeschlagen, aber Klaus meinte, was er mit mir zu reden hätte, würde niemanden etwas angehen, also einigten wir uns auf diesen Parkplatz. Ich gebe zu, es war ein Risiko, mich mit ihm zu treffen, aber ich war neugierig, weil ... am Telefon hatte Klaus mir gesagt, dass er mit mir über die Scheidung reden müsse. Aber als er dann in mein Auto einstieg, stellte sich

schnell heraus, dass das nicht alles war, was er von mir wollte.«
»Hat er Sie wieder belästigt?«
»Nicht was Sie meinen, ... aber belästigt hat er mich trotzdem.« Elke Bergh wurde unruhig. Sie saß mit zusammengepressten Beinen auf ihrem Stuhl, ihr verkrampftes Lächeln zeugte von ihrer Nervosität. »Klaus redete auf mich ein. Er wollte junge Frauen, ... ich meine ... bevorzugt gerade volljährig gewordene Mädchen und Frauen bis Mitte zwanzig aus dem Baltikum anwerben. Er hat diese Idee wohl mit zwei Mithäftlingen im Knast rauf und runter diskutiert«, erklärte sie. »Offiziell wollte er den Frauen ein Dach über dem Kopf bieten, ihnen bei der Einbürgerung helfen, einen guten Job oder eine Ausbildungsstelle zu finden und Deutsch zu lernen. Für seine Dienstleistungen hätten die Frauen einen monatlichen Betrag bezahlen müssen. Klaus redete von geringen Kosten für die Frauen und der Aussicht auf ein gutes Leben in Deutschland. Aber Klaus wollte sich nicht zu einem Wohltäter wandeln. Tatsächlich hätten sich die jungen Frauen prostituieren müssen und Klaus hätte gut daran verdient.«
Warum fallen immer noch Frauen auf diese alte Masche rein? Sogar Frauen, die aus Ländern stammen, die der EU angehören, dachte Elena. »Auf welche Weise wollte Ihr Mann die jungen Frauen ködern?«, fragte sie Elke Bergh.
»Klaus sprach von einem seriösen Internetauftritt mit vielen Bildern und guten Texten, zunächst in Englisch und später in den jeweiligen Landessprachen«, antwortete Elke Bergh und erklärte weiter: »Klaus wollte die jungen Frauen motivieren, freiwillig anzureisen. Er wollte es möglichst legal und professionell aussehen lassen, ... nach außen hin.«
»Und welche Rolle hatte Ihr Mann Ihnen zugedacht?«
»Er wünschte sich ...« Elke Berghs Gesicht lief rot an. Zögerlich redete sie weiter: »Er meinte, ... ich könnte ... so etwas wie eine Art mütterliche Freundin sein, zur Betreuung der jungen Frauen, in allen Belangen. Ich hätte auf sie aufpassen sollen. Wie auf Sklavinnen. Ich hätte darauf achten sollen, dass sie ihre Körper pflegen und gesund bleiben. Ich hätte für ihre Ernährung sorgen müssen und ihnen unsere Sprache beibringen ...«

»Er wollte das alles Ihnen überlassen?«, fragte Elena ungläubig.
»Ja genau. Zur Tarnung hätte er sich einen Job gesucht, der ihm möglichst viel Spielraum lässt, und nebenbei hätte er als IT-Consulter gearbeitet. Als Selbstständiger. Und ich hätte mich um seinen Puff kümmern müssen. Um alles. Ausgerechnet ich!« Elke Bergh klang beschämt. Leise redete sie weiter: »Klaus schwärmte mir vor, wir könnten die jungen Frauen, die Mädchen vielleicht sogar zu Edelnutten erziehen. Er meinte, dazu bräuchte er unbedingt meine Hilfe. Er sagte mir, mit meinem guten Aussehen, mit meiner sanften Stimme und mit meiner Eigenschaft, Menschen in meinen Bann zu ziehen, ließe sich viel Geld verdienen. Er meinte, ich sei bestimmt gut darin, den unerfahrenen Frauen beizubringen, wie man Männer am besten befriedigt. Er hat es oft genug von mir verlangt. Ekelhaft!«
»Verzeihen Sie meine Frage, Ihr Mann war offenbar sehr davon überzeugt, dass Sie eine gute Bordellchefin abgeben würden. Haben Sie schon einmal als Prostituierte gearbeitet?«, fragte Elena.
»Nein, natürlich nicht!«, entrüstete sich Elke Bergh.
»Frau Bergh, das war illegal und hochkriminell, was Ihr Mann da plante«, stellte Jakob fest. »Er hätte das Anwerben der Frauen, ihre Anreise und deren sexuelle Ausbeutung niemals im Alleingang durchführen können. Ihr Mann muss gute Verbindungen zu anderen Kriminellen gehabt haben, auch im Ausland, schon wegen der fremden Sprachen. Das sind raffinierte und gut organisierte Verbrecher, die sich bestens auskennen, die das eigentliche Geschäft betreiben und Ihren Mann möglicherweise ausnutzen wollten. Wer steckte wirklich hinter dem Plan, den er Ihnen als seinen präsentierte?«
»Er sagte nur, er hätte gute Kontakte zu Leuten in Litauen und die würden auch die Einreise der jungen Frauen organisieren. Mehr weiß ich nicht und ich will es auch nicht wissen. Klaus behauptete, es sei eine sichere Sache und wir müssten nur ein paar Jahre durchhalten, bis wir genug verdient hätten.« Über Elke Berghs Wangen rollten Tränen. Dann vibrierte und klingelte ihr Handy. Ein klassischer Klingelton. Elke Bergh bat um eine Pause. Georg Neubauer benötigte offensichtlich die Hilfe seiner Altenpflegerin.

25

»Unfassbar, wie heimtückisch und hintertrieben dieser Klaus-Thomas Bergh gewesen sein musste. Gefühllos und profitsüchtig. Einfach erbärmlich«, meinte Elena. »Hat er tatsächlich geglaubt, er kann junge Frauen aus dem Ausland zur Prostitution zwingen, ohne dass wir ihm binnen kurzer Zeit das Handwerk legen? Oder ohne, dass er Ärger mit der kriminellen Konkurrenz kriegt?«
»Es ist nicht unbedingt motivierend, die Mörder eines solchen Verbrechers suchen zu müssen«, gab Jakob zu.
»Aber genau das ist gerade unser Job. Es gibt Strippenzieher im Hintergrund, die Bergh clever manipuliert haben. Da bin ich mir nun ziemlich sicher. Möglicherweise seine Mörder«, meinte Elena.
»Wenn das der Fall ist, sind wir bei Elke Bergh an der falschen Adresse.« Jakob fluchte leise.
Elke Berghs Smartphone, das sie auf dem Esstisch hatte liegen lassen, klingelte und vibrierte erneut. Dieses Mal jedoch gab es die Melodie eines bekannten Love-Songs von sich. Elena hob das Handy hoch und schaute auf das Display. »Ach nee. Schau mal, wer da anruft«, sagte sie überrascht und hielt Jakob triumphierend lächelnd das Smartphone vor die Augen, bevor sie es wieder auf den Tisch legte. Falk Steinhausen war auf dem Display zu lesen.
»Na, wenigstens wissen wir jetzt, wer die mysteriöse Frau ist, mit der Steinhausen zurzeit ins Bett geht«, stellte der Hauptkommissar grinsend fest.
»Ich hab's irgendwie geahnt«, flüsterte Elena und grinste verstohlen.
In diesem Moment kehrte Elke Bergh zurück. Sie nahm ihr Smartphone in die Hand und bemerkte, dass sie einen Anruf verpasst hatte.
»Haben Sie eine Affäre mit dem Fluglehrer Falk Steinhausen?«, fragte Elena scharf.
»Das geht Sie nichts an«, erwiderte Elke Bergh kalt.
Jakob mischte sich ein. »Wir müssen über alles reden, was auch nur im Entferntesten mit dem Mord an Ihrem Mann zu tun haben könnte«, sagte er.
»Es gibt nichts mehr zu reden. Und wenn doch, dann hätte ich gerne meinen Anwalt dabei.«

»Okay, das ist Ihr gutes Recht, Frau Bergh. Kommen Sie bitte morgen um zehn Uhr ins Kommissariat nach Hachenburg und bringen Sie Ihren Anwalt mit!«
»Das geht nicht«, entgegnete Elke Bergh kühl. »Ich habe Ihnen doch gesagt, dass Georg nicht gut alleine bleiben kann. Wenn ich Termine habe, die länger dauern, muss ich eine Vertretung organisieren. Und meinen Anwalt muss ich auch erst einmal anrufen.«
»Dann machen Sie das bitte. Wir sehen uns morgen!« Der Hauptkommissar stand entschlossen auf, während Elena ihm einen missbilligenden Blick zuwarf.
»Lieber wäre es mir, wenn wir hier …« Elke Bergh schien etwas erschöpft.
Jakob setzte sich wieder hin. Er holte seinen Notizblock und einen Kugelschreiber aus seiner Tasche heraus und schrieb einen Namen, ein Datum und eine Uhrzeit darauf. Dann schob er Elena den Notizblock zu. Die Polizistin verstand. Sie eilte nach draußen und rief Trisha an. »Bitte Vorladung von Falk Steinhausen organisieren. Jakob möchte ihn morgen um halb neun vernehmen«, bat sie ihre Kollegin.
»Wird sofort erledigt«, antwortete Trisha eifrig.

Jakob setzte die Befragung von Elke Bergh fort. Wiederum suchte er Augenkontakt mit ihr. »Zurück zu dem Treffen mit Ihrem Mann«, begann er. »Wo wollte Ihr Mann diese Frauen denn unterbringen?«
»Er schwärmte mir vor, er würde sein großes Haus in Montabaur verkaufen und mit dem Geld ein abgelegenes Haus irgendwo im Westerwald erwerben und es als IT-Firma tarnen. Was für eine Idiotie. Die Leute dort hätten doch bald gemerkt, was da läuft. Und ich hätte ihm auch noch helfen sollen, das Haus einzurichten.«
»Das klingt ja, als hätte er das Forsthaus im Blick gehabt«, stichelte Elena.
»Das hätte ich niemals zugelassen!«
»Vorsichtig ausgedrückt wollte Ihr Mann Sie als Aufpasserin für die jungen Frauen einsetzen, wo auch immer. Wie hätten Sie das denn

Herrn Neubauer erklären sollen? Sie hätten ihn nicht länger pflegen können.«
»Darüber hab ich mit Klaus nicht gesprochen. Ich war wütend und entsetzt. Ich hab ihm gesagt, er soll sich zum Teufel scheren.«
»Wie reagierte er?«
»Klaus war stinksauer. Er blieb in meinem Auto sitzen und wollte weiterreden, mit mir verhandeln. Aber dann hab ich den Motor angelassen und Klaus gewarnt. Ich wäre sofort losgefahren und hätte ihn bei der Polizei abgeliefert, wenn er nicht ausgestiegen wäre und mich weiterhin bedrängt hätte. Notfalls hätte ich auch um Hilfe schreien können, es waren genügend Leute auf dem Parkplatz.«
»Warum haben Sie uns nicht früher gesagt, dass er Sie wieder kontaktiert und belästigt hat?«, fragte Elena. Sie war gerade in die Küche zurückgekehrt. »Warum haben Sie uns nicht über seine kriminellen Pläne informiert?«
»Er hat mir gedroht. Er sagte, ich würde großen Ärger bekommen, wenn ich mit irgendwem über seine Pläne rede. Ich hatte sehr große Angst.«
»Wie hätte das eigentlich funktionieren sollen? Ich meine, auf welche Weise wollte Ihr Mann potenzielle Freier auf die jungen Frauen aufmerksam machen und wie hätten die Männer Kontakt aufnehmen können? Hat er Ihnen das gesagt?«
»Er plante einen eigenen Internetauftritt, er plante aber auch, die jungen Frauen über einschlägige Internetportale und Apps anzubieten. Für die Vermittlung hätte er möglicherweise extra kassieren wollen, aber das ist nur eine Vermutung von mir.«
»Hielten Sie das Vorhaben Ihres Mannes nicht für vollkommen naiv?«, fragte Jakob.
»Naiv? Das war menschenverachtend, arrogant und skrupellos. Diese hilflosen jungen Frauen. Einige von ihnen hätten sich vielleicht aus purer Verzweiflung anwerben lassen, weil sie Kinder in ihrer Heimat …«
Elena schnitt Elke Bergh das Wort ab. »Glauben Sie, Ihr Mann ist jemandem mit seinen Absichten in die Quere gekommen?«, fragte die Polizistin.

»Woher soll ich das wissen?«
»Hatten Sie den Eindruck, dass Ihr Mann sich bedroht fühlte?«
»Nein, er wirkte selbstbewusst und cool. Ich hatte eher das Gefühl, er überschätzte sich mal wieder selbst.«
»Hat Sie irgendwer vor oder nach dem Mord an Ihrem Mann kontaktiert? Ist Ihnen irgendetwas komisch vorgekommen?«, wollte der Hauptkommissar wissen.
»Nein, es hat mich niemand kontaktiert und ich habe nichts Außergewöhnliches bemerkt. Sie müssen sich keine Sorgen um mich machen«, meinte Elke Bergh.
»Ich frage Sie noch einmal, wer könnte Ihren Mann getötet haben?«, erkundigte sich Elena.
»Ich habe Ihnen alles gesagt, was ich weiß«, erklärte Elke Bergh kalt.
»Haben Sie neulich Herrn Neubauer vorab darüber informiert, dass Sie Ihren Mann treffen werden?«
»Ja, ich musste Georg doch für kurze Zeit alleine lassen. Mir war nicht wohl dabei. Er hat mir von dem Treffen dringend abgeraten.«
»Sprachen Sie mit Herrn Neubauer anschließend über Ihr Gespräch mit Ihrem Mann?«
Elke Bergh zögerte, bevor sie antwortete: »Ja. Georg merkte, in welcher Verfassung ich war, als ich zurückkam. Ich war aufgewühlt. Ich musste einfach mit ihm darüber reden.«
»Ihr Mann hat Sie bis kurz vor seinem Tod immer wieder angerufen. Was wollte er von Ihnen?«, fragte Jakob.
»Klaus hat mich wieder und wieder mit seinem bescheuerten Plan genervt. Er säuselte mir vor, es wäre doch schön, wenn wir es noch einmal miteinander versuchen würden. Er könne sich keine andere reife Frau für den Job vorstellen.«
»Was haben Sie ihm geantwortet?«
»Ich habe ihm gesagt und geschrieben, er soll mich nie wieder anrufen.«
»Frau Bergh, wir sind hier, weil Sie uns bei der ersten Befragung belogen haben. Das bedeutet, wir müssen nochmals Ihr Alibi überprüfen. Wo waren Sie in der Nacht zum Sonntag?«, fragte Elena mit hartem Gesichtsausdruck.

Elke Bergh blickte abermals kurzzeitig zum Kruzifix. »Nun hören Sie endlich auf, mich zu verdächtigen. Wenn ich mutig gewesen wäre, hätte ich es theoretisch doch damals schon tun können. Aber habe ich Ihnen nicht gesagt, dass ich gläubig bin? Ich begehe keinen Mord.«
»Wir müssen trotzdem nochmal Ihr Alibi überprüfen. Also bitte, wo waren Sie in der Nacht zum Sonntag?«
»Das habe ich Ihnen doch schon gesagt. Ich war die ganze Zeit hier im Forsthaus. So um vier habe Georg zur Toilette geholfen. Er hat das doch bestätigt. Und ... es gibt noch jemanden, der das bezeugen kann. Ich ... war ... mit Falk Steinhausen zusammen. Falk war heimlich hier bei mir im Forsthaus. Er ließ sein Auto draußen an der Landstraße stehen und kam zu Fuß. Das war am späten Samstagabend, ... so gegen elf.«
»Kann Herr Neubauer das bezeugen?«
»Nein, vermutlich nicht. Georg hat bestimmt nichts bemerkt. Falk und ich, wir haben uns bemüht, leise zu sein, obwohl wir uns gestritten haben.«
»Sie hatten Streit?« Elena behielt ihren harten Tonfall bei.
»Ja, aber das hat Sie nicht zu interessieren.«
»Jetzt passen Sie mal gut auf, es geht um die Tötung Ihres Mannes!«, sagte Jakob hart. »Also reden Sie mit uns über Ihr Verhältnis mit Falk Steinhausen und über Ihren Streit mit ihm.«
Elke Bergh gab nach. »Falk und ich, ... wir hatten eine kurze Affäre. Ein paar Monate. Am Samstag beichtete mir Falk, dass seine Frau schwanger ist. Ich hakte nach. Da sagte er mir, sie sei im vierten Monat. Natürlich wurde mir sofort bewusst, dass er damals, als er seine Frau schwängerte, mit ihr und mit mir ins Bett gegangen ist. Ich in einer Dreiecksbeziehung mit ihm und einer mir unbekannten Frau? Nein, danke! Und außerdem, ... ein Kind ändert alles. Deshalb beendete ich unser Verhältnis in der Nacht zum Sonntag. Ich sagte Falk, dies sei unsere letzte gemeinsame Nacht, aber er mochte das nicht akzeptieren. Er redete auf mich ein. Er war enttäuscht und wütend. Er sagte, er könne nicht mehr ohne mich leben und er würde sich von seiner Frau trennen.«

»Wie haben Sie Herrn Steinhausen kennengelernt?«, erkundigte sich Jakob.
»Wir sind eines Abends beim Einkaufen mit unseren Einkaufswagen aneinandergeraten. Zuerst in einem Supermarkt und dann eine halbe Stunde später nochmals auf dem Parkplatz davor.«
»Der gleiche Supermarkt, vor dem Sie sich neulich mit Ihrem Mann getroffen haben?«, grinste Elena.
»Ja. Da kaufe ich oft ein. Unsere Autos standen nebeneinander. Zufällig. Es funkte sofort zwischen Falk und mir. Wir unterhielten uns wie alte Freunde. Irgendwann trafen wir uns. Heimlich, immer nur für kurze Zeit, meistens in Hotels, und immer dann, wenn Georg glaubte, ich sei zum Einkaufen unterwegs. Es ist einfach so passiert. Kein besonders romantischer Beginn, oder?« Elke Bergh lächelte. Elena spürte, dass Elke Bergh Falk Steinhausen liebte. »Ist Ihnen bekannt, dass Herr Steinhausen oft Affären mit anderen Frauen hatte, dass er scharf auf gutaussehende Flugschülerinnen ist?«, stichelte die Polizistin.
»Ja und? Falk hat zu früh geheiratet und muss sich austoben. Er ist so viel jünger als ich, aber er liebt mich. Glauben Sie mir, wenn aus unserer Affäre eine feste Beziehung geworden wäre, hätte er mit keiner anderen Frau mehr etwas angefangen. Falk sucht Geborgenheit. Er ist verrückt nach mir, aber er ist keineswegs nur auf leidenschaftlichen Sex aus. Ich werde seine Zärtlichkeiten und die Gespräche mit ihm sehr vermissen«, antwortete Elke Bergh leise.
»Wusste Herr Steinhausen, dass Sie sich mit Ihrem Mann getroffen haben?«
»Ich wollte ihn da nicht mit hineinziehen.«
»Wann hat Herr Steinhausen am Sonntagmorgen das Haus verlassen?«
»Das kann ich ... ehrlich gesagt ... nicht genau beantworten, ich habe geschlafen. Als ich um sechs aufstand, war er schon weg.«
»Frau Bergh, das bedeutet, Falk Steinhausen war zur Tatzeit möglicherweise nicht mehr hier im Forsthaus. Sie haben ihn mit Ihrer Aussage gerade belastet«, stellte Jakob fest. »Ist Ihnen das bewusst?«
» Falk Steinhausen hatte ein Motiv und Sie selbst hatten auch eins«, ergänzte Elena.
Elke Bergh verteidigte sich und ihren Liebhaber. »Was soll der Blöd-

sinn?«, rief sie. »Wollen Sie Falk und mich jetzt festnehmen? Wir haben mit dem Mord nichts zu tun. Weiß der Teufel, wo er war, als er das Forsthaus verließ, aber er war ganz sicher nicht auf dem Abteigelände. Fragen Sie ihn doch einfach!«
»Wir werden ganz sicher mit ihm zu reden haben«, sagte Jakob streng.
»Sind Sie jetzt fertig? Dann würde ich Sie bitten, zu gehen!« Elke Bergh sah Jakob flehend an, aber der Hauptkommissar hatte nicht die Absicht, ihr diesen Wunsch zu erfüllen. »Wir können Sie nicht zwingen, aber wir bitten Sie, sich weiterhin zu unserer Verfügung zu halten«, sagte er bestimmend.
Elke Bergh lächelte. »Sie denken, wir hauen ab? Falk ist Pilot. Wir haben keinen Grund zu einer Flucht, aber hätten wir fliehen wollen, wären wir längst über alle Berge. Im wahrsten Sinne des Wortes. Nur, ... was hätte ich dann mit Georg machen sollen? Ihn in einem Altenheim unterbringen? Absurd! Ich bin ihm verpflichtet und er ist mir ein väterlicher Freund. Es gab und gibt sowieso keinen Grund für eine Flucht. Falk und ich, wir sind unschuldig. Ihre Theorie ist Unsinn.« Elke Berghs Blicke irrten zwischen den beiden Ermittlern hin und her. »Allerdings, ... ich bin froh und erleichtert, dass ich Ihnen nun die Wahrheit gesagt habe«, gestand sie leise.
»Irgendwann kommt die Wahrheit immer ans Licht«, dozierte der Hauptkommissar. Seine Gesichtszüge zeigten Härte.
»Übrigens, am Freitagnachmittag findet die Beisetzung statt. Mein Anwalt hat mir empfohlen, das Begräbnis zu organisieren.«
»Das verstehe ich jetzt nicht. Sie sagten, er hätte keine feierliche Beerdigung verdient«, sagte Elena mit provokanter Stimme.
Elke Bergh blieb ruhig. »Ich habe es mir anders überlegt. Allerdings werde ich keinen Staatsakt organisieren.«
»Heißt das, Sie erben?«, fragte Elena.
»Das ist noch nicht geklärt. Mein Anwalt hat die Sache noch auf dem Tisch, aber die Finanzierung der Beerdigung ist gesichert. Wenigstens entstehen mir keine Kosten. Und nun verschwenden Sie bitte nicht weiter meine Zeit.« Elke Bergh stand auf.
»Bringen Sie uns bitte nach oben, wir müssen uns nochmal mit

Herrn Neubauer unterhalten«, bat Jakob Elke Bergh.
»Ich gebe Ihnen fünf Minuten. Es geht ihm nicht besonders gut. Ich habe den Arzt gerufen. Es kann nicht mehr lange dauern, bis er hier ist.«
Auf der Treppe blieb Jakob stehen, drehte sich um, hielt Elena zurück und schaute Elke Bergh mit ernstem Blick an. »Wusste Ihr Mann von Ihrer Affäre mit Falk Steinhausen?«, fragte er.
»Nein!«
»Hat Ihr Mann Ihnen gesagt, warum er unbedingt wieder fliegen wollte?«
Elena ergänzte die Frage: »Er hat kurz nach seiner Freilassung direkt wieder versucht, Flugkapitän Hagendorf für die Erneuerung seiner Lizenz für Ultraleichtflugzeuge zu gewinnen. Ist Ihnen das bekannt?«
»Nein, aber ich kann mir vorstellen, warum er seine Lizenz wieder aktivieren wollte. Höchstwahrscheinlich plante er, neben dem Geschäft mit den Mädchen Drogen zu schmuggeln. Damit hatte er ja eine gewisse Erfahrung, wie ich glaube. Ich bin davon überzeugt, es war ihm völlig gleichgültig, was mit den Menschen passiert, die die Drogen konsumieren.«
»Hätten Sie uns über seine Absichten informiert, hätten wir frühzeitig eingreifen können und die kriminellen Pläne Ihres Mannes durchkreuzt. Vielleicht hätten wir so auch den Mord an ihm verhindern können!«, stellte Elena fest. »Sie haben nicht nur unsere Ermittlungen behindert. Das ist eine Sache für den Staatsanwalt. Ist Ihnen das klar?«
»Und wenn schon. Ich habe einen kompetenten Anwalt.« Elke Bergh gab sich Mühe, kühl und selbstbewusst zu wirken, aber die Polizisten merkten ihr ihre Unsicherheit an.

Der alte Mann lag im Bett und sah sich eine Fernsehsendung an.
»Herr Neubauer, Sie haben uns am Sonntag nicht die volle Wahrheit gesagt«, sagte Elena mit eindringlichem Blick.
»Sie fragten mich nach Elkes Alibi und ich sagte Ihnen wahrheits-

gemäß, dass Elke Sonntagnacht hier war. Sie hat das Haus nicht verlassen.«
»Elke Bergh hatte Besuch. Wussten Sie das?«
»Ja. Die beiden haben abwechselnd miteinander gevögelt und sich gezofft. Das war selbst ohne Hörgeräte nicht zu überhören.« Neubauer ergriff zitternd die Fernbedienung, schaltete das Fernsehgerät aus und grinste schwach.
»Warum haben Sie uns das nicht gesagt?«
»Sie haben nicht danach gefragt und ich hielt es für nicht relevant.«
»Kennen Sie Falk Steinhausen?«
»Ja, Elke hat ihn mir ihren neuen Lover einmal vorgestellt, als er bei schlechtem Wetter auf einen Kaffee hier war. Ich mag ihn und ich glaube, er tut Elke gut.«
»Wann hat er am Sonntagmorgen das Haus verlassen? Die Wahrheit bitte!«
»So gegen zwanzig vor fünf. Er war nicht gerade leise.«
»Die Uhrzeit haben Sie sich so genau gemerkt?«
»Wenn Sie mir am Sonntag zugehört hätten, … ich konnte nicht schlafen, hab dauernd auf die Uhr gesehen.«
»Warum haben Sie bei der ersten Befragung den Verdacht auf Herrn Hagendorf gelenkt?«, fragte Jakob.
»Ich gebe zu, es war ein Fehler, den Flugkapitän zu erwähnen.«
»Ein Fehler? Ich glaube, Sie wollten ablenken und uns in die falsche Richtung schicken. Elke Bergh hatte ein Motiv«, sagte Elena schroff.
»Ich sag's nochmal. Zum Mitschreiben. Elke war die ganze Nacht über hier. Sie ist eine gläubige Katholikin. Sie könnte niemals jemanden ermorden.« Der alte Mann atmete schwer.
»Und nun hat Ihre Pflegerin die Beziehung zu Falk Steinhausen beendet. Auch er hatte ein Motiv«, warf Jakob ein.
»Was möchten Sie jetzt von mir hören?« Neubauer richtete sich schwerfällig im Bett auf. »Die Trennung von Falk wird Elke nicht lange durchhalten. Nach allem, was sie durchgemacht hat, braucht sie endlich einen liebevollen Mann an ihrer Seite. Und glauben Sie mir, der junge Pilot ist nicht der Typ, der mordet. Elke und er haben die Tat nicht begangen. Und jetzt gehen Sie bitte. Ich warte auf meinen Hausarzt.«

»Eine Sache müssen wir noch klären«, sagte Jakob. »Sie haben gewusst, dass Elke Bergh sich mit ihrem Mann getroffen hat, dass die beiden Kontakt hatten. Sie wussten, welche Pläne Herr Bergh hatte. Warum haben Sie uns das verschwiegen?«, fragte er.
Der alte Mann kratzte sich am Kopf. »Weil Elke es so wollte. Aus Angst vor ihm. Nachdem sie den Kontakt abgebrochen hatte, hofften wir, er würde Ruhe geben. Anderenfalls hätten wir Sie angerufen!«
»Ihr Verhalten kommt einer Behinderung unserer Ermittlungen gleich«, sagte Jakob hart. »Außerdem haben Sie uns Informationen über ein geplantes Verbrechen vorenthalten. Darüber wird noch zu reden sein.«
»Damit muss ich leben«, antwortete Neubauer kalt.

Die beiden Ermittler verließen das Forsthaus und fuhren zurück zum Polizeipräsidium.
»Glaubst du, dass sie uns jetzt die Wahrheit gesagt haben?«, fragte Jakob.
Elena schwieg eine Weile nachdenklich. Dann sagte sie: »Wenigstens wissen wir jetzt, was Bergh plante. Aber ich könnte wetten, dass Elke Bergh uns noch nicht alles gesagt hat. Sie hat es zwar abgestritten, aber ich bin mir hundertprozentig sicher, dass Falk Steinhausen von Elke Berghs Treffen mit ihrem Mann gewusst hat. Elke Bergh und Falk Steinhausen waren zusammen. Sie hat ihm garantiert alles über das Treffen mit ihrem Mann erzählt.«
»Das ist auch meine Vermutung. Die Dinge sprechen eindeutig gegen die beiden«, meinte Jakob.
»Und möglicherweise deckt Neubauer sie. Elke Bergh und Falk Steinhausen hatten Motive. Bergh lässt seine Frau nicht in Ruhe, will sie in kriminelle Angelegenheiten reinziehen und will sie als seine Frau zurück. Steinhausen will Elke Bergh für sich alleine, er will vor allem nicht, dass Bergh sie zu einer Nutte und Puffmutter macht ... und er hasste Bergh, schon bevor er Elke Bergh kennenlernte.«

»Steinhausen ist einer der Täter«, meinte Jakob. »Darauf verwette ich mein letztes Hemd. Lass uns abwarten, was er morgen zu sagen hat. Er hat kein Alibi und wenn er sich in Widersprüche verwickelt, haben wir ihn.«
»Er fährt aber kein breites Auto mit breiten Schlappen«, warf Elena ein. »Vor dem Hangar der Flugschule stand ein Audi A4.«
»Es waren mindestens zwei Täter, wie du weißt. Wenn Steinhausen einer von ihnen war, kann er mit dem anderen mitgefahren sein. Fragt sich bloß, wer der andere war«, sagte Jakob.
»Elke Bergh tut mir leid, ob sie mit drinhängt oder nicht«, meinte Elena nachdenklich. »Sie liebt Steinhausen, aber sie musste stark sein und die Beziehung beenden, weil Frau Steinhausen schwanger ist. Elke Bergh will die Trennung nicht wirklich. Sie ist hin- und hergerissen. Das war ihr deutlich anzumerken. Und Steinhausen ist möglicherweise in einen Mord verwickelt, weil er Elke Bergh liebt.«
»Und warum baggert er dann immer noch andere Frauen an?«, fragte Jakob.
»Weil er ein Testosteron gesteuerter Idiot ist.«
»Der Streit fand in der Nacht vor dem Mord statt«, stellte Jakob fest. »Glaubst du, es ging nur um die Trennung der beiden?«
»Hm, … sie ist gläubig. Sie hat bestimmt nicht gewollt, dass ihr Mann stirbt.«
»Du meinst, sie hat von dem Treffen auf dem Abteiparkplatz gewusst, aber Steinhausen und ein unbekannter Täter sind unabgestimmt mit ihr zu weit gegangen?«, fragte Jakob.
»Ja, so könnte es gewesen sein. Angenommen, Elke Bergh akzeptierte allenfalls, dass Steinhausen … oder wer auch immer ihm helfen würde … Klaus-Thomas Berg als Denkzettel ein paar Schläge verpasst, an einem ihr heiligen Ort, dem Ort ihrer Hochzeit, aber dann nutzten Steinhausen und der Unbekannte die Gelegenheit, um Bergh loszuwerden. Für immer und ewig.«
»Ist das der Grund, warum Elke Bergh Steinhausen eben mit ihrer Aussage belastet hat und ihm kein Alibi gegeben hat? Ist sie als Gläubige wütend, weil Steinhausen und ein Komplize gemeinsam einen Mord begangen haben?«, grübelte Jakob mit faltiger Stirn.

»Möglich«, erwiderte Elena. »Vielleicht hatte sie aber auch einfach nur Angst, wegen einer weiteren Falschaussage Ärger zu kriegen, wenn herauskommt, wo Falk Steinhausen zur Tatzeit wirklich war. Und sie wusste nicht, ob Neubauer Steinhausen nicht doch gehört hat und uns sagen würde, wann der Pilot das Haus verlassen hat.«
»Hm, könnte passen«, brummte Jakob. »Ich kann es drehen und wenden, wie ich will, für mich deutet alles darauf hin, dass Steinhausen und mindestens ein Komplize die Tat begangen haben.«
»Wenn du recht hast und wenn Steinhausen Elke Bergh in den letzten Tagen alles gebeichtet hat, dann wird es ihr schwerfallen, ihn weiterhin zu lieben. Ein zweiter triftiger Grund für eine Trennung der beiden.« Elena steuerte den Tiguan auf den Parkplatz vor dem Revier. Sie stieg aus und gähnte herzhaft. Gerne würde sie jetzt auf dem Balkon ihrer Wohnung in der Sonne sitzen und sich ausruhen. In wenigen Stunden würde die Sonne hinter dem Horizont verschwinden. Jakob erriet Elenas Gedanken und ging voraus ins Polizeigebäude. Elena folgte ihm müde.
»Wir müssen herausfinden, was Frau Bergh wirklich wusste ... und wann«, sagte Jakob auf dem Weg in den Besprechungsraum.
»Ja, das müssen wir. Nur wie, wenn sie uns weiterhin belügt?«
»Abwarten, ob Steinhausen auch dann noch gut mauert, wenn wir ihn ins Kreuzverhör nehmen.«

Jonas und Trisha saßen im Besprechungsraum und warteten ungeduldig. »Wir haben bei den Auswertungen der Tankstellenkameras eine interessante Entdeckung gemacht«, berichtete Jonas, als Elena und Jakob eintrafen.
Jonas fuhr fort: »Wie wir wissen, ist der Mord am Sonntagmorgen zwischen vier und fünf Uhr vierzig passiert. Um genau fünf Uhr vierzehn hat die Kamera einer Tankstelle an der B 414 einen in Richtung Altenkirchen fahrenden Pickup aufgezeichnet. Einen älteren, stark verdreckten Dodge Ram 1500, schwarz, vermutlich Baujahr 2015. Die Tankstelle befindet sich wenige Kilometer vor der Ab-

biegung zu dem kleinen Dorf Dreieichen. Die Kamera wird jeweils morgens um fünf aktiviert, wenn die Tankstelle öffnet. Aber sie ist falsch eingestellt. Statt die äußeren Zapfsäulen zu filmen, ist sie in einem ungünstigen Winkel auf die Bundesstraße ausgerichtet. Gut für uns, aber leider sind die Aufnahmen recht unscharf.«

Trisha ging zum Flipchart und notierte die Zeiten und den Ort. »In dem Auto saßen vorne zwei nicht identifizierbare Personen. So wie es aussieht, trugen beide Baseballkappen und Hemden oder Poloshirts. Ob auf den hinteren Sitzen weitere Personen saßen, können wir nicht sagen, das ist nicht erkennbar«, berichtete Trisha und sprach weiter: »Die Gesichter der beiden Insassen vorne sind leider auch nicht zu erkennen.«

Jakob wurde plötzlich hellwach »Baseballkappen!«, wiederholte er.

»Kennzeichen des Dodge?«, fragte Elena unruhig.

»Tja, das hintere Nummernschild ist in der Stoßstange eingelassen, man kann es auf den Bildern nicht sehen, und das vordere ist stark verdreckt. Nicht lesbar. Auch nicht, nachdem wir die Bilder vergrößert und bearbeitet haben. Besser, wir lassen die Forensik ran«, antwortete Trisha. »Aber wisst ihr, was interessant ist? Die Verkehrskamera an der B 414-Abbiegung zur Hochstraße vor Altenkirchen hat keinen Dodge Ram aufgezeichnet. Das bedeutet, die Personen sind mit dem Auto vorher abgebogen.«

»Okay, ich will, dass ihr herausfindet, wie viele verdammte schwarze Dodge Ram 1500 im Kreis Altenkirchen und in den angrenzenden Kreisen zugelassen sind und auf wen!«, befahl der Hauptkommissar energisch.

»Das läuft schon.« Trishas Stimme klang optimistisch.

»Endlich eine neue Spur«, meinte Elena. Nachdenklich fuhr sie fort: »Nur, ... wenn die Personen in dem Pickup unsere Täter sind, und davon gehe ich aus, dann können wir Steinhausen ausschließen. Ich meine, ... höchstwahrscheinlich. Der Pickup fuhr nicht in Richtung Hachenburg. Er wurde in die Gegenrichtung gefahren und Steinhausen war gegen Viertel nach sechs bei seiner Frau in Hachenburg.«

»Mist. Fangen wir jetzt wieder von vorne an?«, fragte Jonas. Er schloss sein Notebook an den Beamer des Besprechungsraums an und spielte das Video in verschiedenen Geschwindigkeiten ab.

»Entspannt euch«, sagte Jakob, nachdem er sich das Video intensiv angeschaut hatte. »Wir bleiben an Steinhausen weiter dran, auch wenn man ihn auf dem Video nicht erkennen kann. Vielleicht hat er hinten in dem Dodge gesessen. Wir hatten nicht ausgeschlossen, dass es drei Täter waren.«

»Vielleicht haben die Männer mit dem Dodge Steinhausen kurz vor der Tat irgendwo aufgelesen und ihn nach der Tat wieder abgesetzt. Von dort ist er dann mit seinem Auto nach Hause gefahren«, meinte Trisha. Jakob stimmte ihr mit erhobenem Daumen zu. Dann beendete er die Besprechung und ging in sein Büro. Elena folgte ihm. Es war kurz vor achtzehn Uhr. Zeit, Feierabend zu machen. Doch ein Brief auf seinem Schreibtisch erregte Jakobs Aufmerksamkeit.

An Kriminalhauptkommissar Lorenz-Schultheis persönlich!

Der Brief war nicht frankiert und es fand sich kein Absender auf der Rückseite.

»Eine Kollegin hat ihn dir heute Nachmittag auf den Tisch gelegt«, merkte Trisha an, als sie Jakobs Büro betrat, um sich von ihm in den Feierabend zu verabschieden. »Die Kollegin sagte, die Dame von der Rezeption hätte den Brief heute Morgen im Außen-Briefkasten am Tor Eins gefunden.«

Jakob zog Handschuhe an, öffnete den Brief vorsichtig, zog ein Din-A4-Blatt heraus und las:

Wenn Ihnen etwas an Ihrer hübschen Frau und Ihrer süßen Tochter liegt, stellen Sie die Ermittlungen ein! Bergh war krimineller Abschaum. Er musste sterben!

Der Hauptkommissar erschrak. Mit gespielter Routine gab er Trisha das Blatt und den Briefumschlag. »Gut, dass du noch hier bist«, sagte er. »Sag bitte Flo Bescheid. Die Spurensicherung soll schnellstmöglich die Fingerabdrücke nehmen und schauen, ob wir sie im System haben. Der Brief ist offenbar mit einer alten Schreibmaschine geschrieben worden. Schau mal genau hin, der Buchstabe e ist fetter gedruckt als die anderen Buchstaben und die Ausrufungszeichen sind höher gedruckt als der restliche Text. Dieselbe Schreibmaschine wurde auch für den Briefumschlag benutzt. Finde heraus, ob wir Briefe oder sogar Erpresserbriefe haben, die mit dieser Schreibmaschine geschrieben wurden.«

»So gut wie erledigt«, antwortete Trisha, während sie aus hektisch dem Raum eilte.

Elena rief ihr nach: »Entweder haben wir es mit einem Täter zu tun, der nicht Computer-affin ist oder mit einem, der absichtlich eine Schreibmaschine benutzt hat, um uns in die Irre zu führen.«

Jakob versuchte seine Nervosität zu unterdrücken und wieder einen klaren Kopf zu bekommen. »Haben wir nicht Kameras draußen, die den Bereich am Tor Eins überwachen?«

Elena nickte stumm. Sie griff zum Telefonhörer, wählte eine Rufnummer und sprach mit einem Kollegen. Nur wenige Minuten später konnten die Ermittler die Aufnahmen der Außenkamera auf einem großen Bildschirm anschauen, der an Elenas Notebook angeschlossen war.

»Die Technik zur Überwachung des Außenbereiches ist schon seit einiger Zeit wieder veraltet«, bemerkte Jonas seufzend. Trisha hatte ihn noch im Büro angetroffen und ihn gebeten, noch zu bleiben. »Es gibt keinen Bewegungsalarm und leider ist der ganze Bereich schlecht ausgeleuchtet«, stellte Jonas weiter fest.

Die Ermittler schauten sich das Video angestrengt an. »Stopp!«, rief Jakob plötzlich. »Spul mal ein paar Sekunden zurück, Elena, da war etwas.«

Das Kameravideo zeigte einen etwa einen Meter achtzig großen, sehr stämmigen Mann, der gegen dreiundzwanzig Uhr zehn einen Brief in den Briefkasten einwarf. Der Mann war zu Fuß unterwegs gewesen und er hatte es offensichtlich eilig gehabt. Die Ermittler konnten sehen, dass er Jeans, Stiefel und einen schwarzen Hoodie getragen hatte. Sein Blick war gesenkt, die Kapuze des Hoodies hatte er tief ins Gesicht gezogen, Mund und Nasenpartie waren von einer Corona-Maske bedeckt.

»Verfluchte Schlamperei!«, fluchte Jakob. »Wer checkt hier bei uns die Live-Kamerabilder oder wenigstens die Aufzeichnungen? Das hätte doch längst einen Diensthabenden alarmieren müssen. Wer hat da gepennt?«

»Es ist Urlaubszeit«, meinte Jonas, »die Kollegen sind ...«

»Du musst niemanden in Schutz nehmen. Im Polizeidienst gibt es keine Entschuldigung für so etwas, auch nicht in der Urlaubszeit.«

»Dieser Mann, der den Brief eingeworfen hat, scheint ziemlich abgebrüht zu sein. Er musste doch damit rechnen, dass das Gelände und die Gebäude überwacht werden«, meinte Elena.

»Es war eindeutig ein Mann. Elke Bergh war es jedenfalls nicht. Und ich kann mir irgendwie auch nicht vorstellen, dass es Falk Steinhausen war, die Körperstatur passt nicht wirklich«, meinte Jakob.

»Er kann aber dahinterstecken«, gab Elena zu bedenken.

»Jep, wir sind noch nicht fertig mit ihm, auch wenn wir gerade jetzt neuen Spuren nachgehen müssen.« Jakob musste zugeben, dass an Elenas Theorie etwas dran war. »Bitte den Staatsanwalt über die Drohung und das Video informieren«, bat er Elena.

Die Polizistin nickte. »Was wirst du jetzt tun?«, fragte sie nach einer Weile des Schweigens. Besorgt blickte sie Jakob an.

Jakob sprang auf. »Romy und Chloé in Sicherheit bringen. Sofort!«, erwiderte er entschlossen.

26

Dienstagabend, neunzehn Uhr zehn. Romy saß in der Abendsonne am Terrassentisch, leger mit lediglich einem T-Shirt und Shorts bekleidet. Sie las eine Tageszeitung und trank einen Aperitif. Romy kam selten zum Lesen, weshalb sie die Zeit des Alleinseins heute sehr genoss. Das Abendbrot hatte sie bereits vorbereitet. Es gab Sauerteigbrot, Käse, Salami, verschiedene Sorten Dosenwurst und dazu ein gut gekühltes Hachenbuger Pils. Jakob liebte den aromatisch-würzigen Geschmack des Biers aus der Hachenburger Brauerei und er mochte dieses einfache, aber herzhafte Abendessen. Als er die Terrasse betrat und Romy mit einem flüchtigen Kuss begrüßte, spürte sie sofort, dass es ihm nicht gutging. »Du schaust so ernst drein. Du hast etwas auf dem Herzen, stimmt's?«
Jakob setzte einen bedeutungsvollen Blick auf und reagierte zögerlich. »Hör zu, ... also ... ich habe einen anonymen Drohbrief bekommen«, begann er. »Irgendwer muss Erkundigungen über uns eingeholt haben. Ich soll die Ermittlungen im aktuellen Fall einstellen, sonst ...«
»Sonst was?«
Jakob nahm am Terrassentisch Platz. »Chloé und du, ihr seid in Gefahr«, erklärte er. »Gedroht hat man mir schon öfter, aber diese Drohung, ist eine andere. Ich kann sie nicht einschätzen. Möglicherweise steckt eine brutale Verbrecherbande dahinter. Es ist besser, wenn du eine Weile Urlaub machst. Ich denke an einen Urlaub bei Julia und Karl in Wick in Schottland. Und nimm Chloé mit. Unbedingt!«
»Ist das wirklich notwendig oder bist du nur wieder hypervorsichtig?« Die Blicke der beiden trafen sich.
»Ja. Wir müssen vorsichtig sein. Um jeden Preis. Ich habe mich schon um Verstärkung bemüht. Wir stellen euch ab morgen jeweils einen Polizisten vor die Tür, zu eurem Schutz. Chloé weiß noch nichts von dieser Sache, ich werde sie aber gleich anrufen.«
»Polizeischutz? Das möchte ich nicht. Das engt mich ein. Und Chloé wird sich aus dem Haus schleichen, da kannst du drauf wetten. Pfeif deine Kollegen bitte zurück!«
»Das kann ich nicht. Mir bleibt keine Wahl. Du musst mit Chloé nach

Schottland reisen. Noch diese Woche. Karl war Hauptkommissar, Julia hat bis vor kurzem als Oberstaatsanwältin gearbeitet. Die beiden werden sich sicher über euren Besuch freuen und Verständnis für unsere Situation haben.«
»Wie stellst du dir das vor? Ich kann hier nicht einfach abhauen. Mein Auftragsbuch ist voll. Und Chloé wird nicht mitspielen wollen. Sie hat jemanden kennengelernt. Die beiden genießen gerade ihre Semesterferien. Ein schlechtes Timing für Chloé, ausgerechnet jetzt mit mir nach Schottland zu reisen.«
»Es hilft nichts. Ich muss euch aus der Schusslinie bringen.«
»Aber ...«
»Nix aber!«, sagte Jakob energisch. »Nehmt eure Notebooks mit. Karl wird sicher noch zwei Netzadapter für eure Ladegeräte haben, ansonsten müsst ihr vor Ort welche bestellen. Du kannst auch in Schottland arbeiten und Chloé kann ihre Studien vertiefen, wenn sie möchte. Oder macht einfach mal Urlaub. Spannt aus, nehmt euch einen Mietwagen, macht Ausflüge und genießt die raue Schönheit des Landes. Wenn euch langweilig werden sollte, unterstützt Julia und Karl. Die beiden hüten Jennys Kind und Karl hilft im Pub aus, wenn er nicht gerade andere Flausen im Kopf hat. Jennys Junge dürfte jetzt etwa drei Jahre alt sein. Sie kann in ihrem Pub sicher jede zusätzliche Hilfe brauchen. Ist das nicht genau Chloés Ding? Auf jeden Fall eine gute Gelegenheit für sie, ihre Englischkenntnisse zu verbessern.«
»Und wie lange soll das dauern?« Romys Blick deutete Hilflosigkeit an.
»Solange bis wir die Täter gefasst haben.«
»Aber Chloé und ich, wir können doch nicht ewig in Schottland bleiben.«
»Müsst ihr auch nicht. Wir werden den Fall sicher bald aufklären.«
»Du willst mich nur beruhigen, gib es zu.«
Jakob schüttelte den Kopf. »Nein, keineswegs. Du und Chloé, ihr seid alles, was zählt für mich. Eure Sicherheit ist mir wichtiger als alles andere.«
Romy bemühte sich, ruhig zu bleiben. »Und wenn ...?«
»Diese Drohung ist kein schlechter Scherz, Liebling. Es handelt sich möglicherweise um eine Machtdemonstration. Wir nehmen die

Sache bitterernst. Wir wissen noch nicht, mit wem wir es zu tun haben und wozu diese Verbrecher fähig sind.« Jakob wagte nicht, diesen Gedanken zu Ende zu denken. Er schwieg minutenlang, mit ernster Miene. Auch Romy schwieg. Bisher hatte sie es immer für selbstverständlich gehalten, dass Jakob auf der Siegerseite stand. Er war ihr Fels in der Brandung. Sie fühlte sich sicher in ihrer Ehe mit ihm. Jakob war ein guter Polizist, der immer den Überblick hatte und alles im Griff behielt. Bisher hatte es kaum Fälle gegeben, die Jakob als Cold-Case hatte liegenlassen müssen. Nun saß ihr ein verunsicherter, von Zweifeln geplagter Mann gegenüber. Romy wünschte, sie könnte ihm irgendwie helfen. »Was ist mit dir?«, schoss es plötzlich aus ihr heraus. »Ich kann dich doch nicht alleine lassen. Mir ist nicht wohl bei dem Gedanken. Was, wenn dir etwas passiert?«
»Keine Sorge, ich komm schon klar. Ab jetzt trage ich meine Dienstwaffe. Und wenn sich herausstellt, dass eine organisierte Verbrecherbande hinter der Tat steckt, dann wird eine Spezialeinheit den Fall übernehmen.«
Romy resignierte. Sie musste Jakobs Entscheidung akzeptieren, schon wegen Chloé. Sie stand auf, zog Jakob von seinem Stuhl hoch, umarmte ihn und küsste ihn auf die Wange. »Also gut. Ich rufe Julia und Karl an und frage sie, ob sie Chloé und mir Asyl gewähren. Du rufst unsere Tochter an. Dabei kann sie dir gleich erklären, mit wem sie gerade zusammen ist.« Romy löste die Umarmung und lächelte angestrengt. »Mal sehen, ob es dir gelingt, Chloé für die Reise nach Schottland zu motivieren. Das wird nicht easy. Wenn du sie anrufst, kuschelt sie vermutlich gerade mit ihrem neuen Lover auf dem Sofa und die beiden ziehen sich eine neue Streaming-Serie rein, oder sie achten nicht auf den Film und treiben es gerade.« Romy lachte und versuchte die Stimmung aufzulockern, während sie sich wieder an den Tisch setzte. Jakob nahm ebenfalls wieder Platz und betrachtete seine Frau. Ihre Willenskraft und ihr Humor beeindruckten ihn. Romy füllte die Biergläser, prostete Jakob zu und nahm einen großen Schluck aus ihrem Glas. »Pass auf dich auf. Ich liebe dich. Ich möchte nicht als Witwe aus Schottland zurückkommen.« Der Gedanke daran war ihr unerträglich.

27

Mittwochmorgen, acht Uhr dreißig. Dr. Rolf Osterberger, Jakob und Elena saßen im Vernehmungsraum des Kommissariats, unterhielten sich und warteten auf Falk Steinhausen, der in Begleitung seines Anwalts eine Viertelstunde zu spät eintraf. Trisha führte die beiden in den Raum und ging zurück zu ihrem Arbeitsplatz. Steinhausen hatte am Vorabend noch mit Hagendorf telefoniert und der Flugkapitän hatte ihm seinen Anwalt Dr. Hick empfohlen. Er hatte dem Fluglehrer sogar angeboten, die Kosten zu übernehmen, aber Steinhausen mochte das Angebot nicht akzeptieren.

Elena schaltete das Aufnahmegerät ein, gab über die Tastatur den Wochentag und das Datum ein, schaute in die Kamera und sagte: »Vernehmung Falk Steinhausen, Beginn acht Uhr fünfzig.«

Der Fluglehrer wirkte angespannt, Hick hingegen saß entspannt auf seinem Stuhl und trank eine Cola.

»Herr Steinhausen, wir haben Sie hierher beordert, weil Sie unter Mordverdacht stehen«, begann Jakob.

»Das ist Unfug«, sagte Steinhausen mit rauer Stimme. »Ich habe Klaus nicht umgebracht und mit dem Mord nichts zu tun!«

»Sie hatten eine Affäre mit Elke Bergh«, sagte Elena. »Sie hassten Herrn Bergh. Lumpenpack wie er gehört nicht in die Luft. Das waren Ihre Worte. Bergh hat Herrn Hagendorf und Sie mit allen Mitteln, die ihm zur Verfügung standen, gemobbt. In allen sozialen Medien im Internet. Bevor er seine Haftstrafe antreten musste, hat er die Flugschule, Herrn Hagendorf und Sie persönlich in den Dreck gezogen und in einer Bürgerinitiative gegen den Nachbarflugplatz Sonnwald gehetzt. Und nun, nach seiner Entlassung aus zweijähriger Haft, wollte Bergh wieder fliegen. Ausgerechnet an Ihrer Flugschule wollte er seine Lizenz für Ultraleichtflugzeuge wieder auffrischen. Warum auch immer. Herr Hagendorf hat Herrn Bergh erneut als Kunde Ihrer Flugschule abgelehnt. Wir gehen davon aus, dass das auch in Ihrem Interesse war, aber jetzt musste Ihnen ja bewusst gewesen sein, dass alles wieder von vorne beginnen würde.«

»Sie mussten davon ausgehen, dass Herr Bergh die Radikalisierung der Bürgerinitiative gegen den Flugplatz Sonnwald wieder

ankurbeln würde«, warf Jakob ein. »Der drohende Umzug Ihrer Konkurrenz zum Westerwald Airport würde sich sehr nachteilig für Sie und Ihr Unternehmen auswirken. Mehr noch, neue herabwürdigende Rezensionen gegen Sie und Ihre Firma würden überdies Ihre Existenz gefährden.«
»Und dann wollte Herr Bergh auch noch seine Frau zurück und sie in kriminelle Handlungen hineinziehen. Ihre Liebe war in großer Gefahr. Sie hatten Angst um Elke Bergh, wollten sie schützen. Sie mussten handeln«, ergänzte Dr. Osterberger.
Steinhausens Gesicht lief rot an. Er war wütend und wollte protestieren, aber sein Anwalt hielt ihn zurück.
»Sie hatten gleich zwei Motive und für die Tatzeit haben Sie kein Alibi. Ihre Frau hat das Alibi, das sie Ihnen zunächst gab, inzwischen zurückgezogen. In Ihrer Haut möchte ich momentan nicht stecken«, sagte Jakob.
»Sie planten den Mord und Sie hatten Helfer. Einer von denen rief Klaus-Thomas Bergh am Samstagabend an, während Sie bei Frau Bergh waren. Am Sonntag in der Früh ermordeten Sie Bergh, gemeinsam mit ihren Helfern. Die Männer fahren einen Pickup. Einen Dodge Ram 1500. Hab ich recht?« fragte Elena scharf. Sie sah Steinhausen herausfordernd an. Steinhausen wurde es zu viel. Er ließ sich nicht mehr von Hick bremsen. Wütend sprang er auf und stützte sich mit den Händen auf dem Tisch ab. »Himmel Herrgott nochmal, Sie sind ja völlig auf dem Holzweg«, brüllte er. »Ja, ich fand Bergh zum Kotzen und ich hasste dieses widerliche Arschloch. Das ist aber auch schon alles. Ich habe keine Kumpels, die einen Pickup fahren.« Steinhausen warf seinem Anwalt einen flehenden Blick zu, doch Hick blieb entspannt und grinste.
»Setzen Sie sich bitte!«, befahl Jakob, aber Steinhausen blieb stehen.
»Sie sollen sich setzen!«, befahl Jakob hart.
Steinhausen setzte sich zögernd und fuhr in einem ruhigeren Ton fort: »Sie denken tatsächlich, dass ich …?«
»Ja, das tun wir«, behauptete Elena.
Endlich mischte Hick sich ein. »Mehr habt ihr nicht zu bieten?«, fragte er.

»Sprechen wir doch mal über das Alibi von Herrn Steinhausen«, schlug Osterberger vor. Er bemühte sich, Steinhausen in die Augen zu schauen, aber Steinhausen wich den Blicken des Staatsanwalts aus.
»Sie waren bei Frau Bergh und haben das Forsthaus am Sonntagmorgen um zwanzig vor fünf verlassen. Sie waren aber erst gegen Viertel nach sechs zuhause. Was haben Sie in der Zeit zwischen zwanzig vor fünf und Viertel nach sechs gemacht?«, erkundigte sich Osterberger.
»Ich bin rumgefahren. In meinem Kopf herrschte Chaos. Elke hat unsere Beziehung beendet. Ich musste meine Gedanken sortieren und meine Emotionen wieder unter Kontrolle bringen. Außerdem war mir klar, dass ich mit meiner Frau einen heftigen Streit kriegen würde, sobald ich mein Haus betrete. Ich schwör Ihnen, so war das.«
»Herr Steinhausen, ich frage Sie noch einmal: Haben Sie mit dem Mord an Klaus-Thomas-Bergh irgendetwas zu tun?« Elena behielt ihren scharfen Tonfall bei.
»Nein, zum Teufel, hab ich nicht!«, erwiderte Steinhausen.
Jakob unterbrach das Verhör und bat Osterberger, ihn auf den Flur vor dem Vernehmungsraum zu begleiten. Er wollte mit ihm unter vier Augen reden. Elena nutzte die Chance, ging nach draußen und zündete sich hektisch eine Zigarette an.
»Ich möchte, dass du einen Beschluss besorgst, Rolf«, wünschte Jakob. »Wir müssen eine Hausdurchsuchung bei Steinhausen durchführen.«
»Hausdurchsuchung bei Steinhausen? Was versprecht ihr euch davon? Von ihm als Pilot erwarte ich wenigstens zum jetzigen Zeitpunkt eine gewisse Intelligenz. Wenn er einer der Täter ist, hat er die Tatwaffe und andere Beweismittel längst entsorgt«, konterte der Staatsanwalt. »Das Zeitfenster vom Verlassen des Forsthauses bis zu seiner Ankunft daheim ist ohnehin sehr kurz. Glaubt ihr ernsthaft, er war involviert?«
»Er hatte Gründe genug für einen Mord und er hat uns nicht alles gesagt. Dass Bergh nach seiner Entlassung Kontakt mit Hagendorf aufgenommen hat, verschwieg er uns. Wir müssen auf Nummer

sicher gehen. Wenn wir irgendwelche Mails auf seinem Computer finden oder im Haus ein Hemd oder ein Poloshirt, an dem ein dunkelgrüner Knopf fehlt, ist er unser Mann. Wir wissen bereits, dass seine Frau ein grünes Poloshirt hat ...«
»Und wenn ihr nichts findet?«
»Wir suchen parallel noch nach den Männern mit diesem Pickup. Wir glauben, dass es eine Verbindung zu Steinhausen gibt. Wir müssen an ihm unbedingt dranbleiben. Er könnte an dem Mord beteiligt gewesen sein oder die Tat organisiert haben«, sagte Jakob. Der Hauptkommissar klang frustriert.
»Okay, ich werde sehen, was sich machen lässt«, versprach Osterberger. »Du kriegst deine Hausdurchsuchung. Und damit ihr die Verbindungsdaten seines Handys und seines Festnetzanschlusses überprüfen könnt, besorge ich euch zusätzlich einen Beschluss für den Telefonnetzbetreiber.«

Jakob, der Staatsanwalt und auch Elena kehrten in den Vernehmungsraum zurück. Osterberger sah Steinhausen scharf an. »Ich werde beantragen, dass Sie bis morgen unser Gast bleiben«, sagte er. »Außerdem werde ich den Richter um einen Beschluss zur Durchsuchung Ihres Hauses und zur Überprüfung Ihrer Telefondaten bitten.«
»Das können Sie nicht machen«, brüllte Steinhausen. »Durchsuchen Sie mein Haus und checken Sie meine Anruflisten, wenn der Richter Ihnen einen Freibrief dafür ausstellt. Ich habe nichts zu verbergen, aber Sie können mich doch hier nicht einsperren. Ich muss meinen Job machen und mich um meine Firma kümmern.«
»Beruhigen Sie sich. Darüber ist das letzte Wort noch nicht gesprochen«, versprach Hick seinem Mandanten, während er Osterberger einen verächtlichen Blick zuwarf.

28

Mittwoch, zehn Uhr. Jakob und Elena saßen in ihrem Büro, tranken Kaffee und diskutierten.
»Steinhausen war es nicht«, vermutete Jakob. »Wir sind die ganze Zeit falsch unterwegs gewesen. Verdammte Scheiße!«
»Warten wir mal ab, wie er sich benimmt, wenn er ein paar Stunden in der Zelle war und was bei der Hausdurchsuchung rauskommt«, schlug Elena energisch vor.
»Wir haben nicht allzu viel in der Hand gegen ihn. Ich wette, es wird Hick leichtfallen zu erreichen, dass wir Steinhausen nicht bis morgen einbuchten dürfen. Sei's drum. Er war es nicht.« Jakob klang unsicher.
»Hast du mal wieder deinen Bauch gefragt?«, erkundigte sich Elena sanft lächelnd.
Jakob fuhr sein Notebook hoch und sah hinüber zu Elena. »Berufserfahrung und Instinkt«, erklärte er trocken. »Kann höchstens sein, dass er den Mord geplant hat, aber traust du ihm das zu?«
Elena sah Jakob an, dass er wieder einmal von Selbstzweifeln geplagt wurde. »Du kannst nichts dafür, dass wir nicht weiter vorangekommen sind«, beruhigte sie ihn. Jakob antwortete nicht. Er blickte starr auf das Display seines Notebooks und buchte die Flüge für Chloé und Romy. Elena hatte bemerkt, dass Jakob hin und wieder unter Stimmungsschwankungen litt. Von Zeit zu Zeit war er auffällig deprimiert und pessimistisch gestimmt, wie im Augenblick. Meistens bemühte er sich, gut gelaunt zu sein und optimistisch in die Zukunft zu blicken. Elena hatte allerdings festgestellt, dass seine depressiven Phasen in den letzten Monaten häufiger auftraten. Sie nahm sich vor, einmal unter vier Augen mit ihm und bei Gelegenheit auch mit Romy darüber zu reden. Sie fürchtete, Jakob könnte kurz vor einem Burn-out stehen.

Etwa zur gleichen Zeit wurde Trisha im Nachbarbüro bei ihren Recherchen unterbrochen. Sie eilte nach unten zur Rezeption der

Dienststelle. Ein Offroad-Biker erwartete sie dort. Er hatte die Dame am Empfang des Reviers gebeten, mit einem Mitarbeiter oder einer Mitarbeiterin der Kripo sprechen zu dürfen.

»Ich habe ein Handy gefunden«, sagte der Mann aufgeregt und drückte Trisha das verschmutzte Smartphone in die Hand. »In der Innenseite der Schutzhülle steckt ein Zettel. Darauf steht eine Adresse in Montabaur und der Name K. T. Bergh. Ist das vielleicht das Handy des Toten, der am Sonntag bei der Abtei Marienstatt gefunden wurde?«

»Wir haben der Presse noch keinen Namen genannt. Woher wussten Sie …?«

»Wir sind hier im Westerwald, so etwas spricht sich herum.«

»Kommen Sie mit nach oben in mein Büro. Ich benötige eine detaillierte Aussage von Ihnen!«, sagte Trisha. Es klang wie ein Befehl.

»Möchten Sie etwas trinken?«, fragte Jonas, der sich mit Trisha das Büro teilte. Der Offroad-Biker nahm an einem kleinen Besprechungstisch Platz. Er schaute Jonas nervös an und bat um ein Glas Wasser. Jonas stand gemächlich auf, ging in die Teeküche und kam mit einer Tasse Kaffee für Trisha und mit einem Glas Wasser für den Offroad-Biker zurück. Trisha nickte ihrem Kollegen dankend zu, dann wandte sie sich an den Biker. »Wir brauchen zunächst Ihre Personalien und Ihre Kontaktdaten. Können Sie sich bitte ausweisen?«, bat Trisha den etwa fünfunddreißigjährigen, sportlich aussehenden Mann. Er roch unangenehm nach Schweiß, seine Sportkleidung war stark verschmutzt. Trisha hatte den Eindruck, dass er exzessiv und regelmäßig mit seinem Fahrrad durchs Gelände fuhr. Die Polizistin öffnete ein Fenster, um frische Luft in das Büro hineinzulassen. Für Sportler hatte sie großes Verständnis, schließlich trieb sie selbst viel Sport, doch nie wäre es ihr in den Sinn gekommen, schlecht riechend und verdreckt bei der Polizei zu erscheinen. Sie würde nur dann eine Ausnahme machen, wenn es um Leben und Tod ging. Auch Jonas rümpfte die Nase. Der Biker schien nichts zu bemerken. Er zog umständlich seinen Personalausweis aus seiner Hüfttasche heraus und gab ihn weiter an Trisha. Die Polizistin warf einen Blick darauf, öffnete eine App auf ihrem Notebook und begann ein Protokoll zu schreiben. »Herr Martens, wohnhaft in Limbach? Sie sind doch nicht etwa …?«

»Doch, der bin ich. Meine Frau hat die Leiche am Sonntagmorgen entdeckt.« Der Biker lächelte verkrampft.

»Waren Sie etwa am Sonntag in der Früh auch in der Nähe der Abtei unterwegs? Mit Ihrem Fahrrad?« erkundigte sich Trisha.

»Mountain-E-Bike«, entgegnete Martens stolz. »Nein, am Sonntag um diese Zeit war ich zuhause. Ich musste mal ausschlafen.«

»Wann haben Sie das Handy gefunden?«

»Vor etwa vier Stunden. Ich habe heute frei und bin eine weite Strecke gefahren. Das Handy fand ich im Auersbacher Forst. Ich dachte, es könnte Ihnen helfen, wenn ich es Ihnen heute noch bringe.«

»Natürlich hilft uns das. Es wäre nur besser gewesen, wenn Sie es eher abgegeben hätten.«

Martens senkte verschämt seinen Blick. Trisha trank einen Schluck Kaffee und aktivierte eine Karten-App auf ihrem Notebook. Sie tippte Auersbach im Westerwald ein und schob das Notebook so auf den Besprechungstisch, dass Martens direkt vor dem Gerät saß. Trisha stellte sich hinter Martens. Der Biker schien sich mit der App auszukennen. Er vergrößerte den Bildausschnitt und deutete genau auf die Stelle im Wald, an der er das Handy gefunden hatte.

Trisha lächelte, als Martens aussagte, er habe das Handy dort unter einem Gebüsch gefunden. Sie vermutete, dass Martens dort zum Pinkeln von seinem Fahrrad abgestiegen war. Zufällig, vor jenem Gebüsch. Trisha machte einen Screenshot von der Karte und speicherte die Datei ab. »Ist Ihnen etwas Besonderes aufgefallen dort im Wald?«, fragte sie den Biker.

»Eigentlich nicht. Nur, … da werden gerade abgestorbene Fichten gefällt. Es stand ein großer Harvester im Wald. Nicht weit entfernt von der Fundstelle. Auf einer Informationstafel in der Nähe hab ich gesehen, dass dort großflächig wieder aufgeforstet werden soll. Waldarbeiter hab ich aber nicht gesehen.«

»Herr Martens, es wäre gut, wenn Sie uns die Stelle im Wald vor Ort zeigen würden. Können Sie sich bitte Zeit nehmen dafür?«

»Jetzt gleich? Ja, ... okay, ... aber dafür benötigen Sie ein geländegängiges Auto.«

Jonas sah von seinem Notebook auf. Er hatte das Gespräch zwischen Trisha und Martens verfolgt. »Das kriegen wir hin«, sagte er. »Kommen Sie bitte mit. Ein Kollege von der Schutzpolizei wird mit Ihnen in den Wald fahren und Sie zu Fuß begleiten, wenn er mit dem Streifenwagen nicht durchkommt.«

»Beeil dich, Jonas. Komm anschließend zu Jakob und Elena ins Büro. Es gibt Neuigkeiten«, sagte Trisha mit geheimnisvollem Blick. Hektisch verließ sie den Raum und stürmte ins Büro von Elena und Jakob. »Wir haben sein Smartphone«, rief sie lächelnd. »Ein Offroad-Biker hat es heute Morgen im Wald bei Auersbach gefunden.« Trisha legte eine Plastiktüte auf den Tisch, in die sie das Handy gesteckt hatte. »Es ist ausgeschaltet.«

»Igitt, wie sieht das Ding denn aus?« Elena grinste breit.

»Es hat im Dreck gelegen. Hoffentlich hat der Biker nicht auch noch draufgepinkelt«, sagte Trisha lachend.

»Per Kurier an Florence. Und ruf sie bitte vorher an«, befahl Jakob. »Sofort! Flo soll bitte die Fingerabdrücke nehmen, wenn noch welche drauf sind, und ihre Kollegen von der IT-Forensik sollen versuchen, das Smartphone zu aktivieren. Vielleicht findet sich etwas Auffälliges im Speicher. Bilder, Dateien, E-Mails und was uns sonst noch helfen kann. Wobei, ... die Anrufliste haben wir ja schon.«

»Ich hab noch mehr«, sagte Trisha. »Eine Kollegin von der IT-Forensik, Claudia Quirmbach, hat mich eben angerufen. Die Kolleginnen und Kollegen haben Berghs Laptop endlich untersuchen können. Seinen anderen Computer leider noch nicht.«

»Ergebnisse?«, fragte Jakob.

»Einige Ordner und Dateien auf dem Laptop sind verschlüsselt, aber es wurden grobe Entwürfe für eine Webseite gefunden. Anscheinend für Berghs Vorhaben, junge Frauen anzuwerben. Das Menü ist in Englisch gestaltet. Bilder von Frauen wurden nicht entdeckt, aber es gibt Platzhalter dafür.«

»Welche Internetseiten hat er besucht und wurden seine E-Mails schon ausgewertet?«, erkundigte sich Elena.

»Die IT-Forensiker arbeiten mit Hochdruck daran.«
»Die sollen sich endlich mal etwas beeilen«, entfuhr es Elena.
»Die Kollegen haben mir gerade schon etwas geschickt, das euch interessieren wird. Die Kopie einer Datei mit einer E-Mail-Adresse und einer Telefonnummer in Litauen. Könnte ein Mann sein, wenn ich den Namen richtig interpretiere«, sagte Trisha.
»Den Kontakt kann Bergh nur von diesem Deutsch-Litauer aus dem Knast gehabt haben«, meinte Jonas, als er das Büro betrat.
»Ich werde mich mit Europol in Verbindung setzen und auch mal beim LKA nachfragen«, versprach Trisha.
»Perfekt«, lobte Jakob die junge Polizistin.
»Wir müssen unbedingt einmal direkt mit diesem Deutsch-Litauer Vanagas im Knast reden. Und auch mit Nelles, wenn er wieder aus dem Gefängniskrankenhaus zurück ist«, schlug Elena ungeduldig vor. Dann nahm sie den Hörer ihres Festnetztelefons ab, um zu telefonieren.
»Einen Moment noch.« Trisha blickte bedeutungsvoll in die Runde ihrer Kolleginnen und Kollegen. »Das Wichtigste muss ich euch noch mitteilen. Ich bin heute Morgen einen großen Schritt vorangekommen.« Trisha wartete, bis sie die Aufmerksamkeit aller verspürte. »Ratet mal, wie viele schwarze Dodge Ram im Westerwaldkreis, im Kreis Altenkirchen und im Lahn-Dillkreis zugelassen sind«, sagte sie lächelnd.
Elena war plötzlich hellwach. »Heraus damit. Was hast du herausgefunden?«, fragte sie.
»Also tatsächlich sind viel mehr schwarze Dodge Ram in den drei Landkreisen gemeldet, als ich vermutet hätte«, antwortete Trisha mit strahlenden Augen und fuhr fort: »Aber eines dieser Autos gehört einem einundfünfzig Jahre alten Mann, der in Dreieichen bei Altenkirchen wohnt. Sein Name ist Wolf Korfmacher. Er arbeitet als Forstwirt, aber er hat auch ein Gewerbe angemeldet. Er schlägt sich nebenbei offenbar mit Schreinerarbeiten durch. Und vorbestraft ist er auch, wegen Körperverletzung. Er hat einen Dealer, der den Jugendlichen im Dorf Drogen verkaufte, brutal zusammengeschlagen. Ein Fall von Selbstjustiz. Ziemlich schräger Gerechtigkeitssinn, wenn

ihr mich fragt. Die Tat liegt aber schon einige Jahre zurück.«
»Sehr interessant«, meinte Jakob. Er schaute Trisha mit ernster Miene an und befahl: »Dranbleiben!«
»Ich hab noch etwas«, sagte Trisha. Sie schaute motiviert in die Runde und rückte ihr Haarband zurecht. »Sein drei Jahre jüngerer Bruder Rainer ist unter der gleichen Adresse in Dreieichen gemeldet und ebenfalls wegen Körperverletzung vorbestraft. Dreieichen. Klingelt da bei euch etwas? Der jüngere Bruder arbeitet übrigens auch als Forstwirt. Das ist die offizielle Berufsbezeichnung für Waldarbeiter mit abgeschlossener Ausbildung.«
Jakob stieß einen bewundernden Pfiff aus. »Gut gemacht, Trisha«, rief er anschließend.
»Warum bringen zwei Waldarbeiter einen Ex-Knacki um? In welcher Beziehung standen Sie zu dem Opfer? Und gibt es eine Verbindung zu Steinhausen?« Elena zog die Augenbrauen hoch und schaute Jakob fragend an.
»Das finden wir noch raus«, meinte Jakob. Er war erleichtert. Endlich gab es neue Hinweise.
»Wenn diese beiden Typen unsere Täter sind, warum waren sie dann so doof und entsorgen Berghs zweites Handy quasi an ihrem Arbeitsplatz im Wald?«, fragte Jonas und fügte hinzu: »Vorausgesetzt, sie sind momentan dort eingesetzt.«
»Vielleicht hat es einer der beiden dort verloren«, mutmaßte Trisha.
»Das Handy kann auch irgendwer anders dort platziert haben«, meinte Elena.
»Zwei Männer mit einem Dodge Ram zur fraglichen Uhrzeit am Sonntagmorgen auf der B 414, beide Waldarbeiter, Berghs zweites Handy im Wald, das passt doch alles perfekt zusammen«, stellte Jakob fest. »Ab sofort volle Konzentration auf diese beiden Männer. Zieht eure Einsatzkleidung an und bewaffnet euch. Abfahrt nach Dreieichen in fünf Minuten! Elena bitte den Staatsanwalt informieren!«, befahl er. »Rolf möge bitte die Hausdurchsuchung bei Steinhausen ohne uns koordinieren und durchführen. Wir haben jetzt Wichtigeres zu tun.«
»Die beiden Männer mit dem Dodge Ram können vollkommen un-

schuldig sein, auch wenn es gerade nicht so aussieht«, warf Elena ein.
»Das werden wir in Dreieichen herausfinden, da bin ich mir sicher«, meinte Jakob selbstbewusst.
»Soll ich Verstärkung anfordern?«, fragte Jonas.
»Das dauert mir zu lange. Wir sind zu viert. Wir kriegen das auch alleine hin.« Jakob wartete, bis alle das Büro verlassen hatten, dann rief er Romy an. »Die Flüge sind gebucht, Darling. Morgen Vormittag um zwanzig nach sechs ab Köln-Bonn. Ich werde euch höchstpersönlich zum Flughafen bringen.«
»Aber Chloé …«
»Wir holen sie heute Abend in Koblenz ab. Sie kann bei uns übernachten.«
»Okay, ich sag's ihr.«
»Ich muss jetzt los. Ein Einsatz.«
»Habt ihr Fortschritte gemacht bei euren Ermittlungen? Kann es sein, dass Chloé und ich unbegründet nach Schottland fliegen?«
Das weiß ich frühestens heute Abend, dachte Jakob, aber er verwarf den Gedanken gleich wieder und sagte vorsichtig: »Wir sind einen kleinen Schritt weiter.«
»Ist auch egal. Chloé und ich werden jetzt Urlaub machen. So oder so. Wir freuen uns darauf und Julia und Karl freuen sich auch.«
»Vielleicht kann ich bald für ein paar Tage nachkommen.«
»Bloß nicht«, scherzte Romy.
»Ich muss jetzt wirklich aufbrechen.«
»Geh keine Risiken ein. Bitte!«

29

Mittwoch, zehn Uhr achtzehn. Elke Bergh hatte Georg Neubauer versorgt und sich für den Rest des Vormittags zum Einkaufen abgemeldet. Ihre kurze Einkaufstour sollte sie zuerst zu einem Hofladen in der Nähe führen, wo sie regelmäßig regionale Produkte kaufte. Auf ihrem Einkaufszettel standen Kartoffeln, Eier, Hausmacher Wurst, Bienenhonig und Marmelade. Neubauer bevorzugte diese Produkte des Hofladens, dort hatte früher schon seine verstorbene Frau eingekauft.

Elke Bergh war gerade im Begriff eines der Flügeltore der Scheune am Forsthaus zu öffnen, um ihren Volvo herauszufahren, als plötzlich ein Mann in der Einfahrt zum Forsthaus auftauchte. In Gedanken versunken bemerkte die Altenpflegerin die hastigen Schritte des Mannes viel zu spät. Sie wandte sich um und erschrak. Sie kannte den Mann nicht. Er war groß, trug Jeans, schwarze Stiefel, einen schwarzen Hoodie und eine dunkle Sonnenbrille. Elke Bergh spürte, dass Unheil drohte und eilte zum Forsthaus zurück. Der Mann rannte hinter ihr her und holte sie nach wenigen Metern ein. Mit seiner rechten Hand zog er eine Pistole aus der Gesäßtasche seiner Jeans und drückte sie an Elke Berghs Schläfe. Die Altenpflegerin schrie um Hilfe, doch der Mann presste ihr blitzschnell seine linke Hand von hinten auf ihren Mund, wobei er sie hart an sich heranzog. »Maul halten und mitkommen!«, befahl er leise. Dann lockerte er seinen Griff und deutete Elke Bergh an, in Richtung Straße zu gehen. »Wenn du einen Ton von dir gibst, bist du tot. Außer dem behinderten Alten im Forsthaus hört dich hier eh niemand«, sagte er und hielt seine Pistole nun von hinten auf sie gerichtet. Elke Bergh gehorchte. Mechanisch. Sie zitterte. Dunkle Gedanken schossen ihr durch den Kopf. Wer ist dieser Mann? Was will er von mir? Ist er Klaus' Mörder? Sie fand keine Antwort auf ihre Fragen. Er wird mich vergewaltigen, dachte sie schließlich. Und wenn er sich befriedigt hat, wird er mich töten. Während Klaus im Knast saß, ging es mir gut. Warum holt mich das Unglück jetzt wieder ein? Elke Bergh stolperte, sie stürzte zu Boden, wollte liegenbleiben. Aber der Entführer zog sie unsanft hoch und schubste sie vorwärts. Zur Landstraße hin. Dort, vor der Einfahrt zum Forsthaus, war ein uralter, blau-weiß lackierter VW-Bus abgestellt. »Einsteigen!«, befahl der Mann. »Hinten!« Elke Bergh schaute sich ängstlich nach allen Seiten um, aber es war keine Menschenseele zu sehen. Es war hoffnungslos. Sie tat, was der Mann verlangte und stieg ein. Die hinteren Sitzbänke in dem VW-Bus waren ausgebaut, sodass Elke Bergh sich auf den Boden setzen musste. An den Seitenfenstern waren beigefarbene, stark verschmutzte, schlecht riechende Gardinen befestigt. Niemand konnte hinten in den VW-Bus hineinschauen und Elke Bergh war die Sicht nach draußen versperrt. Nur durch das hintere Fenster drang ein wenig mehr Licht, obwohl das Fenster wie das gesamte Auto, stark verschmutzt war. Der Entführer steckte seine Pistole weg, stieg ebenfalls hinten ein und befahl Elke Bergh ihre Arme hinter ihrem Rücken zu verschränken. Dann fesselte er ihre zitternden Hände mit Kabelbindern. Anschließend schloss er die Seitentüren von außen, ging um das Auto herum, nahm auf dem Fahrersitz Platz und startete den Motor.

Mittwoch, zehn Uhr zwanzig. Elena beschleunigte ihr Auto. Trisha hatte gerade die Adresse der Korfmacher-Brüder in Dreieichen ins Navi des Autos eingegeben, als ihr Smartphone klingelte. Das Telefonat dauerte nur eine knappe Minute. »Das Handy, mit dem Bergh am Abend vor seinem Tod mit unterdrückter Rufnummer angerufen wurde, gehört Wolf Korfmacher«, jubelte sie. »Die zuständigen Mitarbeiter des Netzbetreibers haben schnell geliefert.«
Jakob und Jonas saßen hinten im Auto und klatschten sich einander ab.
»Volltreffer!«, rief Elena. Sie presste ihren Fuß auf das Gaspedal. Der Tacho des Autos zeigte einhundertdreißig Stundenkilometer. »Dreißig drüber«, stellte Trisha grinsend fest, während sie die Sondersignalanlage des Dienstfahrzeugs einschaltete.
Das zweihundert Seelen Dorf Dreieichen lag wenige Kilometer abseits der B 414. Elena bremste stark ab, Trisha schaltete Blaulicht-

blitzer und Martinshorn wieder aus. Elena fuhr langsam in das Dorf hinein. Die Ermittler schauten sich um. In der Dorfmitte an einer Kreuzung wuchs eine alte Linde, davor standen hochwertige neue Bänke. Niemand saß darauf, niemand war zu sehen. Die einstige Dorfstruktur ist noch gut erhalten, dachte Jakob. Wie in vielen anderen Orten im Westerwald fanden sich auch in Dreieichen noch ältere Fachwerkhäuser im Dorfzentrum. Einige Häuser waren, wie Jakob vermutete, von den Eigentümern durch Eigeninitiative mit erheblichem finanziellem Aufwand, vielleicht auch mit zusätzlichen Fördermitteln aus dem Denkmalschutz, hübsch herausgeputzt und renoviert worden. Teilweise waren auch moderne Gebäudeteile angebaut worden. Andere Fachwerkhäuser hatte man allerdings nur notdürftig instandgesetzt oder sie waren Bausünden zum Opfer gefallen. Bei manchen Häusern waren die Hauswände zur Wetterseite hin mit Schieferplatten beschlagen. Jakob wusste, dass sich das dörfliche Leben in den Dörfern des Westerwalds, so wie er es aus Schilderungen seiner Großeltern mütterlicherseits kannte, stark verändert hatte. Wie in vielen anderen Dörfern in der Gegend gab es keine Tante-Emma-Läden mehr, keine Bäckereien, keine Metzgereien, keine Kneipen, keine Postfilialen. Tagsüber wirkten manche der kleinen Dörfer wie ausgestorben. Viele junge Menschen waren weggezogen, nach Köln, Bonn, Koblenz, Frankfurt oder nach weiter entfernten Orten. Andere waren geblieben. Sie arbeiteten in den vielen innovativen, mittelständischen Unternehmen, in Forschung, Entwicklung oder Produktion, in modern organisierten und eingerichteten Handwerksbetrieben, im Gesundheitswesen, in Dienstleistungsunternehmen oder als Selbstständige. Die Menschen, die im Westerwald wohnten, aber einen Job in der Ferne hatten, mussten weite Strecken pendeln, an jedem Arbeitstag, bei jedem Wetter, oder sie kamen nur am Wochenende nach Hause in den Westerwald. Für die meisten von ihnen war es deshalb ein Segen, dass ihnen ihre Firmen seit der Corona-Pandemie das Arbeiten im Home-Office anboten und ermöglichten. Natürlich waren auch viele Ältere im Dorf geblieben, in der Hauptsache Rentnerinnen und Rentner. Die Dorfgemeinschaften gaben nicht auf, organisierten sich selbst, schlossen sich zu ehrenamtlichen Initiativen zusammen und verwirklichten kreative Ideen zur Gestaltung ihrer Dörfer und ihres Lebens im Westerwald, wobei sie auch für viele kulturelle Höhepunkte sorgten. Aber es war ein anderes Leben als noch in den Sechzigern oder in den Siebzigerjahren. Und dennoch, die schöne Landschaft des Westerwalds entschädigte die Menschen für vieles.

Das alte Fachwerkhaus auf dem Anwesen der Korfmacher-Brüder befand sich in einem breiten Tal am südlichen Dorfrand. Nur wenige hundert Meter vom Grundstück entfernt trennte ein schmaler Bach eine weitläufige Weidenlandschaft von einem Mischwald, bestehend aus Fichten und Buchen, ab. Ein am Fachwerkhaus angebauter ehemaliger Stall und eine gegenüberliegende Scheune ließen darauf schließen, dass frühere Bewohner einst Nebenerwerbslandwirtschaft betrieben haben mussten. Wie Elena vermutete, zeugte eine verschmutzte Satellitenschüssel auf dem Dach des Hauses davon, dass das Telekommunikationsnetz an diesem abgelegenen Standort bislang nur geringe Internetbandbreiten zuließ, weshalb die Bewohner das Fernsehprogramm nicht per Internet empfangen konnten. An der Hauptstraße waren aber bereits Bauarbeiten im Gange, die darauf hindeuteten, dass gerade Glasfaserkabel im Dorf verlegt wurden.

Die Oberkommissarin parkte den VW-Tiguan in der Hofeinfahrt. Die Polizisten sprangen heraus, zogen ihre Dienstwaffen und sicherten sich gegenseitig. Das Haus machte einen ungepflegten Eindruck. Die Fachwerkbalken hatten dringend einen neuen Anstrich nötig, ebenso die Holzrahmen der einfach verglasten Fenster, die jeweils aus zwei Fensterflügeln bestanden. An vielen Gefachen zwischen den Fachwerkbalken blätterte der Putz ab und Efeuranken wucherten ungezähmt über die Westseite des Hauses. Der große Hof zwischen Haus und Scheune war mit Pflastersteinen aus Basalt befestigt, zwischen denen Unkraut wuchs. Nur dort, wo, wie die Ermittler vermuteten, die Autos der Bewohner abgestellt wurden, war das Unkraut zurückgedrängt worden. Jakob schätzte das Alter der Scheune, ebenfalls ein traditioneller Fachwerkbau, auf höchstens achtzig bis einhundert Jahre. Sie schien deutlich später erbaut worden zu sein als das Wohnhaus. Mit Ausnahme der großen Scheunentore befand sie sich in einem signifikant besseren Zustand als das alte Fachwerkhaus. Rechts an der Scheune war eine Werkstatt angebaut. Über der Eingangstür der Werkstatt hing ein verwittertes Schild mit der Aufschrift:

Stellmacherei G. Korfmacher. Meisterbetrieb. Gegr. 1938.

»Vermutlich der Großvater der Korfmacher-Brüder«, meinte Jakob.
»Was macht ein Stellmacher?«, wollte Elena wissen.
»Er baut und repariert Kutschen und Kutschenräder aus Holz. Überwiegend für den landwirtschaftlichen Bedarf. In anderen Gegenden spricht man auch vom Beruf des Wagners«, erklärte Trisha.
Jakob zeigte sich beeindruckt. Er hatte Trisha das Wissen um dieses alte, nahezu ausgestorbene Handwerk nicht zugetraut.
»Die Typen scheinen ausgeflogen zu sein«, stellte Elena fest.
»Das war zu vermuten, es stehen ja auch keine Autos auf dem Hof«, witzelte Trisha.
»Die Männer werden in irgendeinem Walddistrikt bei der Arbeit sein«, vermutete Jonas.
»Eine wunderbare Gelegenheit zur Durchsuchung der Gebäude.« Jakob rieb sich grinsend die Hände. »Genauso hab ich mir das vorgestellt.«
»Aber wir dürfen doch nicht einfach so …«
Jakob fiel Jonas ins Wort: »Bleib mal cool, Mann. Wir suchen zwei mutmaßliche Mörder. Ich nehme das auf meine Kappe. Du und Trisha, ihr schaut euch im Haus um, Elena und ich checken die Werkstatt und die Scheune.«
»Moment noch«, sagte Trisha. Sie nahm ihr Handy und rief den Schutzpolizisten an, der mit Martens in den Wald zu der Stelle gefahren war, wo der Offroad-Biker Berghs zweites Handy gefunden hatte.
»Martens und unser Kollege sind gerade aus dem Wald zurückgekommen. Martens hat ihm den Fundort des Handys gezeigt. Es waren keine Waldarbeiter vor Ort. Der Kollege hat alles fotografiert,

aber er meint, die Spurensicherung sollte sicherheitshalber dort hinfahren und Schuhabdrücke sichern«, berichtete Trisha nachdem sie das Gespräch beendet hatte.

»Okay, also beeilen wir uns!«, bellte Jakob. »Mit Flo telefoniere ich später.«

Jonas und Trisha hielten ihre Waffen im Anschlag und gingen zum Hauseingang. Jonas kniete vor einem Blumentopf, hob ihn an und fand grinsend den Schlüssel zur Haustür. Während Trisha und Jonas im Haus verschwanden, öffnete Elena mit ihrem Lockpicking-Set die Tür der Werkstatt.

Elena und Jakob traten ein. Es roch stark nach Holz, nach Leim und nach Farbe. Die beiden Kriminalisten sahen sich blitzschnell um. Links des Eingangs befand sich eine große alte Bandsäge, hinter der Holzabfälle lagerten. Rechts gegenüber der Bandsäge stand ein alter gusseiserner Ofen, daneben eine moderne Hobelbank. Weiter hinten in der Werkstatt, an der linken Wand, ruhte eine Bohrmaschine auf einem großen Ständer. Unterhalb des hinteren Fensters stand eine alte Werkbank.

Während Jakob im unteren Teil der Werkstatt blieb, eilte Elena mit ihrer Waffe im Anschlag eine steile Treppe hoch, die sich hinten in der Werkstatt befand und in einen oberen Werkraum führte. »Niemand hier«, rief sie nach unten. Jakob ließ sich Zeit. Er steckte seine Waffe weg, zog seine Handschuhe an und schaute sich weiter um. Er öffnete eine in der Werkbank integrierte große Schublade auf, die sich nur schwer herausziehen ließ, und fand darin alte Schraubenschlüssel, Feilen und Zangen, die teilweise schon rosteten. Links und rechts des Fensters waren Regale montiert, auf denen Farbbüchsen, Schrauben, Metallbeschläge und neuere Werkzeuge lagerten. An der rechten Seitenwand unter einem weiteren Fenster stand ein großer Amboss, daneben eine veraltete Schweißbrennerausrüstung mit Gas- und Sauerstoffflaschen. Nicht ungefährlich, das alte Zeug, dachte der Hauptkommissar. Dann folgte er Elena. Im oberen Teil der Werkstatt standen verschiedene neuwertige Schreinerei-Maschinen, eine moderne Drechselbank, sowie eine alte Werkbank. Darauf lagen hochwertige Drechselwerkzeuge,

Schleifklötze und verschiedene Arten Schleifpapier. Jakob nahm einen Drechselmeißel in die Hand, betrachtete ihn und legte ihn wieder zurück. Dann ließ er den Raum auf sich wirken.

»Offenbar ziemlich wertvoll, all diese Maschinen hier. Und so wie es aussieht, werden in dieser Schreinerei nur Tische und Stühle hergestellt«, meinte Elena. Sie deutete auf eine Ecke im Raum, wo mehrere Tische demontiert und für den Transport verpackt lagerten.

»Und Stühle und Tische haben Beine«, ergänzte Jakob. Er nahm ein Tischbein von einer Palette, die in der Mitte des Raums lagerte.

»Schau mal genau hin. Der obere Teil dieser runden Tischbeine dürfte etwa die Maße des Barrels eines Baseballschlägers haben«, meinte Elena.

»Barrel?«

»Jep, Barrel nennt man den vorderen Teil eines Baseballschlägers.«

»Gedrechselte Kunstwerke, diese Stuhl- und Tischbeine. Aus Eschenholz gefertigt und fürs Lackieren vorbereitet. Saubere Arbeit«, stellte Jakob fest, während er das Tischbein zurücklegte. »Wir sollten die Tatwaffe suchen. Ich bin davon überzeugt, dass wir sie hier in der Werkstatt finden.«

Elena spurtete die Treppe hinunter und durchwühlte die Holzabfälle hinter der Bandsäge. »Ich hab was«, rief sie aufgeregt nach wenigen Minuten. Jakob folgte ihr nach unten, wo sie ihm den abgesägten Teil eines mit Blut befleckten Tischbeins zeigte. »Die Tatwaffe war ein Tischbein. Sie haben es hier zersägt«, stellte die Polizistin ruhig fest. »Bei nächster Gelegenheit hätten sie die Holzreste in ihrem Bollerofen verbrannt.«

»Den Staatsanwalt informieren und den Rest des Tischbeins sicherstellen. Und bitte auch Flo anrufen. Sie möge hier schnellstmöglich anrücken«, befahl der Hauptkommissar. Selbstbewusst fügte er hinzu: »Wir kriegen die Täter. Heute noch.«

Elena nickte, griff zu ihrem Smartphone und telefonierte. Jakob ging nach nebenan zur Scheune. Einer der beiden Flügel der Scheunentore war nur angelehnt. Der Hauptkommissar trat ein und sah sich um. In der Mitte der Scheune stand ein historischer Heuwagen aus Holz, mit einer Deichsel für Fahrten mit Zugtieren. Links daneben an der Wand lagerten unzählige Kutschenräder in verschiedenen Größen und ein verrotteter Kinderschlitten. Hinter der Kutsche entdeckte Jakob eine alte Egge und einen Pflug und an der rechten Wand der Scheune hingen drei verrostete Sensen, fünf Heugabeln aus Holz und ein Zuggeschirr für Pferde. Im oberen Teil der Scheune, den Jakob über eine Leiter erreichte, lagerten vorgeschnittene Holzvorräte zur Herstellung von Massivholz-Tischen. Jakob vermutete, dass die Holzvorräte nur mit einem außen an der Scheune angebrachten Flaschenzug durch eine zusätzliche Öffnung oberhalb der Scheunentore dorthin gebracht worden sein konnten. In dieser Scheune ist die Zeit stehengeblieben, dachte Jakob, während er mühsam wieder nach unten kletterte und sich den Staub von seiner Kleidung klopfte. Bis auf die wertvollen Holzvorräte oben lauter alter Plunder. Museumsreif.

Trisha und Jonas stürmten in die Scheune. »Habt ihr was?«, fragte Jonas aufgeregt.
»Aber klar doch«, erwiderte Jakob. »Elena hat vermutlich die Tatwaffe gefunden. Ein von den Männern serienmäßig hergestelltes Tischbein.«
»Beziehungsweise das, was davon noch übrig ist«, sagte Elena grinsend.
»Wir haben das Haus grob durchsucht«, berichtete Trisha. »Insgesamt das reinste Chaos. Sauberkeit und Ordnung scheint den Brüdern ein Fremdwort zu sein. Ein unbeschreiblicher Dreck überall. Ich möchte wissen, wann im Haus das letzte Mal geputzt wurde. Auf dem Küchentisch stehen noch die Reste des Frühstücks rum. Im Badezimmer haben wir keine Damenartikel gefunden.«
»Aber ratet mal, was wir gefunden haben«, posaunte Jonas. Er hielt ein DIN-A4-Blatt in seiner rechten Hand. »Im Fachwerkhaus gibt es oben ein kleines Büro. Den Computer haben wir nicht ans Laufen gekriegt, aber auf dem Schreibtisch stand eine alte Schreibmaschine …«

Jakob riss Jonas den Zettel aus der Hand und las den Text, den Jonas getippt hatte.

»Der Drohbrief ist eindeutig mit dieser Schreibmaschine geschrieben worden. Ich habe keinen Zweifel daran«, triumphierte Trisha. »Und noch etwas: Wir haben auf dem Schreibtisch das Schreiben eines Gerichtsvollziehers gefunden. Diesem Wolf Korfmacher steht das Wasser bis zum Hals. Sein Betrieb wirft nicht mehr genug ab. Er ist pleite und wenn er Pech hat, muss er auch noch Privatinsolvenz anmelden.«

»Das kann ich mir gut vorstellen. Die Herstellung von handgefertigten, hochwertigen Tischen im kleinen Stil kann ihn nicht über Wasser halten«, meinte Elena. »Der Wettbewerb ist garantiert knallhart.«

»Scheint zu stimmen. Sein Auftraggeber hat ihm vermutlich genau aus diesem Grund einen Großauftrag entzogen«, erklärte Trisha. »Ein entsprechendes Schreiben des Auftraggebers lag ebenfalls auf dem Schreibtisch.«

»Ich vermute mal, dass die Insolvenz auch seinen Bruder Rainer hart trifft«, meinte Jonas. »Gut vorstellbar, dass die beiden in der Werkstatt Hand in Hand gearbeitet haben und sich die Einnahmen teilten, solange das noch funktionierte. Im Zimmer von Rainer Korfmacher haben wir Kontoauszüge gefunden, auf einem Regal. Rainer Korfmacher ist ebenfalls tief in den roten Zahlen. Die Pleite ist Fakt, aber irgendetwas ist faul. Die Brüder haben trotzdem noch Kohle auf der hohen Kante.« Der Polizist gestikulierte aufgeregt mit den Händen, seine Blicke trafen Elena und Jakob, während er auf Trisha deutete.

Trisha strahlte. »Eine der Schubladen des Schreibtischs im Büro war abgeschlossen. Kein Problem für mich, sie zu öffnen.« Die Kommissarin hielt inne und wartete, bis sie Elenas und Jakobs Aufmerksamkeit verspürte.

»Nun mach's nicht so spannend. Was war in der Schublade?«, fragte Elena.

Trisha grinste breit. »Ein Stapel Geldscheine«, erklärte sie. »Vierzigtausend Euro! Eingewickelt in das Papier einer Tageszeitung, zehn

Tage alt. Ganz schön leichtsinnig von den beiden, so viel Geld in einer Schublade aufzubewahren.«
»Teufel auch, jetzt weiß ich, was passiert ist. Wie konnte ich nur so blind sein!«, schimpfte Jakob. »Neubauer war früher Forstinspektor. Ein hohes Tier. Er kennt die Korfmacher-Brüder ganz sicher aus seiner aktiven Zeit. Sie müssen damals noch sehr jung gewesen sein. Heute als Forstwirte werden sie kein allzu hohes Einkommen haben und jetzt ist auch noch Wolf Korfmachers Betrieb so gut wie pleite. Neubauer hat die Situation ausgenutzt und die klammen Typen für den Mord an Bergh bezahlt. Der alte Mann konnte es nicht ertragen, dass Klaus-Thomas Bergh seine Frau nicht in Ruhe ließ und sie nach seiner Haftentlassung in kriminelle Angelegenheiten verwickeln wollte. Neubauer wollte Elke Bergh vor diesem Monster schützen und er hatte Angst, sie zu verlieren. Vierzigtausend Euro für ein Menschenleben!«
»Wahnsinn!«, entfuhr es Elena. »Wie konnten wir das übersehen? Neubauer hatten wir nicht wirklich auf dem Radar. Offenbar hat er die Korfmacher-Brüder als Auftragskiller angeheuert.«
»Was machen wir jetzt? Sollen wir die Hausdurchsuchung bei Steinhausen abblasen?«, fragte Trisha. »Nee, in Sachen Steinhausen gehen wir lieber auf Nummer sicher«, meinte Jakob und fuhr fort: »Und die beiden Waldarbeiter werden uns garantiert heute noch in die Arme laufen.«
Die Polizisten verließen die Scheune und gingen zurück auf den Hof. Jakob wollte gerade Befehle erteilen, als eine ältere Frau mit einem modernen Traktor vorbeifuhr. Nachdem sie die Ermittler entdeckt hatte, wendete sie und fuhr mit dem Traktor vor den Hof. Jakob schätzte das Alter der Frau auf mindestens achtzig. Die Bäuerin stellte den Motor des Traktors ab und lehnte sich aus der Kabine heraus. Ihr buntes Kopftuch verdeckte nur einen Teil ihrer zerzausten grauen Haare, die ihr bis zur Schulter reichten. Ihre Haut war faltig und sonnengebräunt, ihre nackten Oberarme waren muskulös. »Suchen Sie die Herren Waldarbeiter? Haben die Burschen etwa wieder etwas ausgefressen?«, fragte sie mit kräftiger, lauter Stimme. Ihr Westerwälder Dialekt war unüberhörbar.

»Wie kommen Sie darauf?«, fragte Jakob amüsiert.
»Na, das sieht doch ein Blinder mit dem Krückstock, dass Sie Bullen sind. Ihre Schutzwesten, Ihre ...«
Jakob zeigte der alten Frau seinen Dienstausweis. »Wir würden uns gerne mit den beiden Männern unterhalten. Wissen Sie, wo wir sie finden können?«
»Um die Uhrzeit? Entweder arbeiten sie im Wald oder sie machen mal wieder schmutzige Geschäfte. Vielleicht kloppen sie sich auch gerade mit irgendwem. Ich habe ihre Eltern und ihre Großeltern noch gekannt. Bis auf die Mutter liegen sie alle schon auf dem Friedhof. Gott hab sie selig. Ihr Opa, der alte Korfmacher, war ein guter Mensch. Er verstand was von der Stellmacherei. Sein Holz für die Räder und Fuhrwerke, die er baute, suchte er sich im Wald noch selber aus. Als das Handwerk langsam ausstarb und der alte Korfmacher seinen kleinen Betrieb schließen musste, bildete er sich weiter und wurde Schreinermeister. Er war ein leuchtendes Beispiel für gute Handwerkskunst. Seine Kunden konnten auf ihn zählen. Er würde sich in seinem Grab rumdrehen, wenn er wüsste, was hier läuft.«
»Was läuft denn hier?«, fragte Elena ungeduldig. »Können Sie das bitte genauer beschreiben?«
»Gucken Sie sich doch hier mal um. Das Fachwerkhaus war einmal ein Schmuckstück. Der alte Korfmacher hat es in den Siebzigern noch renoviert, hat eigenhändig eine Ölheizung eingebaut, das Dach neu decken lassen und das Anwesen gehegt und gepflegt. Seit seinem Tod und dem Tod seiner Frau ist nichts mehr am Haus gemacht worden. Nicht nur die Fenster müssten dringend erneuert werden. Und haben Sie sich mal den Garten angeschaut? Der Rasen ist seit Menschengedenken nicht mehr gemäht worden und der alte Holzlattenzaun von Anno Tobak hätte schon längst weggerissen und ersetzt werden müssen. Aber Rainer und Wolf kümmern sich um nichts, lassen alles vergammeln. Eine Schande ist das. Schon ihr Vater war ein Taugenichts. Hat bei der Bahn gearbeitet. Hat nie gespart, hat immer alles auf den Kopf gehauen, wenn er unterwegs war. Und ständig trieb er es mit anderen Frau-

en. Seine Frau, die Mutter der Jungs, verzweifelte daran. Drei Jahre nach Rainers Geburt bekam sie nervliche Probleme, dann brannte sie mit einem anderen Mann durch. Sie lebt in Hannover, glaube ich. Damals mussten die Großeltern die Erziehung von Wolf und Rainer übernehmen. Der alte Korfmacher und seine Frau waren seinerzeit schon über sechzig. Aber die beiden taten alles für ihre Enkel. Der Alte sorgte dafür, dass Wolf Schreiner wurde. Sein jüngerer Bruder Rainer ging lieber in den Wald und machte eine Ausbildung zum Forstwirt. Später wollte auch Wolf lieber im Wald arbeiten. Also kümmerte sich der Großvater darum, dass auch Wolf eine Ausbildung zum Forstwirt machen konnte. Und im Wald, da machen sie anscheinend einen guten Job. Ich kenne einen der Regionalförster, der hat mir das mal gesagt. Und gute Schreiner sind die beiden auch. Na ja, sie haben auch viel Geld in neue Maschinen gesteckt. Ihr Opa war nicht arm, ... hat immer gespart und sein Geld am Kapitalmarkt vermehrt. Man munkelt, dass er seinen Enkeln schon früh immer wieder Geld geschenkt und es für sie angelegt hat. Auch das gesamte Anwesen und seine Äcker und Wiesen hat er verschenkt. So wollte er erreichen, dass der Pflichterbteil für seinen missratenen Sohn gering ausfiel. Und dieser Typ hat sich wohl auch nicht dagegen gewehrt. Ist nicht mal zur Beerdigung seiner Eltern erschienen. Der alte Korfmacher wollte, dass seine Enkel wenigstens nebenbei noch professionell schreinern. Und das machen sie ja auch. Ansonsten haben sie wohl zwei Seelen in der Brust. Sie schlagen ihrem Vater nach. Im Dorf geht das Gerücht um, dass sie pleite sind. Vor zwei Jahren haben sie ihre Äcker und Wiesen verkauft, aber ihre Taschen sind löchrig. Ist ja auch logisch, sie treiben sich dauernd in Spielcasinos rum. Die Leute reden. Sie sagen, Wolf hätte seinen dicken Pick-up beim Zocken gewonnen. Aber den wird er bald los sein. Jetzt schleicht der Gerichtsvollzieher um das Haus herum. Wir fragen uns, ob auch das Anwesen hier unter den Hammer kommen wird und ob die wertvollen Maschinen gepfändet werden.«
»Besitzt Rainer Korfmacher auch ein Auto?«, fragte Trisha.
»Oh ja, er fährt einen VW-Bus. Wissen Sie, so einen ganz alten.

Blau-weiß, mit Flügeltüren auf der rechten Seite. Rainer war früher mal für ein paar Jahre mit einer Rothaarigen zusammen. Die hatte wenig im Kopf, aber lange Beine, viel Oberweite und vor allem viel Geld. Ich glaube, sie war eine Bordsteinschwalbe. Mit dem VW-Bus sind die beiden bis ans Nordkap gefahren. Aber die Rothaarige hat Rainer längst verlassen. Er konnte sich damit nicht abfinden. Eine Zeitlang soff er wie ein Loch. Eine neue Frau hätte ihm sicher gutgetan, aber er fand nie die Richtige. Er ist so ein Typ, der gerne auf Reisen geht, aber wenn, dann nur mit dem VW-Bus und nur mit einem Zelt. Für ihn gibt's nur Camping. Urlaube dürfen nix kosten. Nur an alkoholischen Getränken wird nicht gespart. Welche Frau macht das schon mit. Und jetzt rostet der VW-Bus vor sich hin. Vermutlich wird der TÜV das Auto bald …«

Jakob stoppte den Redefluss der alten Frau: »Wann haben Sie Wolf und Rainer Korfmacher zuletzt gesehen?«

»Weiß ich nicht mehr genau. Vielleicht vor zwei Wochen oder so. Da kamen die beiden gerade aus dem Wald.«

»Lebt Wolf Korfmacher ebenfalls solo oder hat er eine Partnerin?«

»Dieser verschrobene Kerl? Den will doch keine haben. Der ist ein richtiger Idiot geworden. Aufbrausend, hat seine Emotionen oft nicht unter Kontrolle. Erst recht nicht, wenn er getrunken hat. Wenn ihm einer querkommt, droht er ihm Prügel an oder verpasst ihm gleich eine. Welche Frau sollte es bei ihm aushalten? Früher …«

»Was war früher?«, erkundigte sich Jakob.

»Als er noch jung war, machte er mit einem Mädchen aus dem Nachbarort rum. Ziemlich lange sogar. Ein hübsches Ding. Und gescheit. Ihre Eltern lehnten diese Beziehung ab, aber sie hielt zu Wolf. Doch dann wurde sie unbeabsichtigt schwanger und verlor das Baby im zweiten Monat. Sie gab ihm die Schuld. Ich glaube, das hat er nie richtig verarbeitet. Damals verschwand er für fast ein halbes Jahr und arbeitete in Bayern. Bis ihn auf dem Weg durchs Gestrüpp in den Wald zu seinem Arbeitsplatz ein Heckenbock biss. Er hats viel zu spät gemerkt und sich das Vieh selbst entfernt. Statt rechtzeitig zum Arzt zu gehen.«

»Heckenbock?«, fragte Elena irritiert.

»Zecke«, übersetzte Jakob schmunzelnd.
»Äh ... ja, richtig. Heckenböcke. So nennen wir alten Westerwälder hier zuweilen noch die Zecken«, bestätigte die Bäuerin lächelnd.
»Blöd, wenn man sich als Waldarbeiter nicht dagegen impfen lässt. Aber Wolf hatte Glück im Unglück, er bekam ... in Anführungszeichen ... nur eine schlimme Gesichtslähmung, die aber bald wieder ausheilte. Damals, als er krank zurückkam, sah er schrecklich aus. Sein ganzes Gesicht war schief. Er konnte sein rechtes Auge nicht ganz schließen, sein rechter Mundwinkel hing runter und er konnte eine Weile nicht richtig sprechen und kauen. Die Leute lachten über ihn und verspotteten ihn. Diese Idioten. Da wurde Wolf zum Einzelgänger. Seitdem hat man ihn nur noch selten lachen sehen. Aber er hat Sinn für Gerechtigkeit. Im Dorf ist öfters mal ein Drogendealer aufgetaucht, der den jungen Leuten dieses Dreckzeug verkaufen wollte. Den Mann hat Wolf windelweich geschlagen. Und Rainer hat ihm dabei geholfen.«
»Okay, danke, Frau ...«
»Pauly«, erwiderte die alte Frau. »Mein Name ist Thea Pauly. Ich bewirtschafte mit meinem Mann einen Hof am westlichen Ortsende. Wir haben vierundfünfzig Kühe, aber die Landwirtschaft lohnt sich kaum noch. Mein Mann und ich, wir sind auch eigentlich schon zu alt für diese harte Arbeit. Früher haben wir nebenbei auch noch die Dorfkneipe betrieben, aber das ist sehr lange her. Unsere Kinder wollen den Hof nicht weiterführen. Aus ihnen sind Stadtmenschen geworden.« Die Bäuerin startete den Motor des Traktors, doch Jonas bat sie, noch zu bleiben. »Wir haben im Haus ein paar Fotos gefunden. Können Sie sich diese bitte mal anschauen und uns zeigen, auf welchen Fotos die beiden Brüder zu sehen sind?«
Thea Pauly stellte den Motor wieder ab und sprang schwungvoll von ihrem Traktor herunter. Jakob bewunderte die energiegeladene Bäuerin. Er unterhielt sich mit ihr über Bauernregeln für das Juliwetter und staunte über ihr Wissen, während Trisha ins Haus eilte. Als die Polizistin nach wenigen Minuten zurückkam, zeigte sie der Bäuerin gespannt die Fotos, die sie im Wohnzimmer der Korfmacher-Brüder gefunden hatte. Thea Pauly brauchte nicht lange.

Sie sortierte die Fotos aus bis auf eins, das die beiden Forstwirte in Großaufnahme zeigte, offensichtlich bei einer Arbeitspause im Wald. »Schon etwas älter, das Foto. Vielleicht vier bis fünf Jahre«, schätzte die Bäuerin. Sie gab Trisha das Foto zurück und lächelte. »Sehen nicht übel aus, die beiden Brüder. Stämmige Burschen, finden Sie nicht auch? Wirklich schade, dass sie ihr Leben nicht in den Griff kriegen. Wenigstens halten sie zusammen wie Pech und Schwefel.«

Aus den Auspuffen des Traktors entwich dunkler Qualm, als die Bäuerin den Motor startete und weiterfuhr.

30

Mittwoch, elf Uhr siebzehn. »Trisha und Jonas, ihr behaltet eure Einsatzkleidung an, ihr bleibt hier und haltet unauffällig die Stellung. Wenn die Herren Korfmacher eintreffen sollten, bereitet ihr ihnen einen würdigen Empfang«, befahl Jakob und fuhr fort: »Ich fordere eine Streife zu eurer Unterstützung an. Die Kollegen sollen ihr Fahrzeug nicht hier in der Nähe des Fachwerkhauses abstellen. Keiner von euch hält sich direkt hier in der Hofeinfahrt auf, sonst wecken wir noch mehr schlafende Hunde. Und ruft das Forstamt an. Ich will wissen, in welchem Waldbezirk die Korfmacher-Brüder heute arbeiten und wann sie Feierabend machen.«

»Wir sollen hierbleiben und Wache schieben?« Trisha schaute Jakob enttäuscht an.

»Unbedingt! Ich möchte, dass ihr die zwei Männer hier festnehmt.«

»Hm, wenn wir schnell herausfinden können, wo die Typen heute arbeiten, würde es dann nicht mehr Sinn machen, mit einem Einsatzkommando dort aufzukreuzen?«, schlug Jonas fragend vor.

»Im Wald haben sie bessere Chancen zur Flucht. Sie werden sich da auskennen wie in ihrer Westentasche«, konterte Jakob und argumentierte weiter: »Bis wir geräuschlos ein Einsatzkommando im Wald haben, … das kann dauern und ist aufwändig. Mir scheint es besser, hier auf die beiden zu warten.«

»Und wenn nur einer der Männer hier eintrudelt?«

»Festnehmen, aufs Revier bringen und mit dem Verhör beginnen. In diesem Fall bleiben Trisha und einer der Streifenpolizisten aber unbedingt hier. Der andere Korfmacher wird sich schon noch blicken lassen. Die beiden wissen ja nicht, dass wir ihnen auf den Fersen sind. Und vielleicht kriegt ihr aus dem einen ja raus, wo der andere sich rumtreibt.«

»Okay, wie du meinst«, erwiderte Trisha missmutig. »Dann machen wir es uns hier halt gemütlich.«

»Und ihr beide?«, fragte Jonas mit Blick zu Jakob.

»Elena und ich knöpfen uns Neubauer vor«, antwortete der Hauptkommissar. Seine Blicke wanderten zu Elena, dann zu Jonas und Trisha. Die beiden schienen enttäuscht zu sein. Sie hatten keine Lust, möglicherweise einige Stunden in Dreieichen ausharren zu müssen. Ein Einsatz im Wald wäre eher nach ihrem Geschmack gewesen. Jakob war nicht überrascht. Er erahnte die Gedanken der beiden, doch er blieb stur. Auch Elena spürte Jonas' und Trishas Frust. Sie stellte sich die Frage, wie sie an Jakobs Stelle entschieden hätte. Der Hauptkommissar indes mahnte Elena ungeduldig zur Eile: »Los jetzt, worauf warten wir noch?«

Die Polizistin blieb ruhig. »Du fährst!«, rief sie Jakob zu. Ohne seine Zustimmung abzuwarten, warf sie dem Hauptkommissar ihren Autoschlüssel zu. Jakob fing den Schlüssel gekonnt auf und folgte Elena zu ihrem Auto, während Trishas Smartphone klingelte.

»Bleibt noch kurz! Claudia Quirmbach von der IT-Forensik ruft an.« Trisha nahm das Gespräch an und schaltete den Lautsprecher ein.

»Wir haben Berghs zweites Handy schon aktiviert und ausgelesen«, erklärte die Kollegin von der IT-Forensik. »War easy. Handy vorsichtig geöffnet, Akku-Kontakte gereinigt, Akku geladen, und schon konnten wir das Handy einschalten. Passwort ist das Geburtsdatum seiner Frau. Steht ja in seiner Akte. Wir fragen uns, warum Bergh seine Computer nur recht unsicher geschützt hat und warum er bei den Handys keinen Wert auf ein sicheres Passwort gelegt hat. Sehr nachlässig für einen Softwareentwickler und IT-Consulter, oder?«

»Okay, okay, Claudia, was habt ihr gefunden?«, fragte Trisha ungeduldig.

»Ja, also die Verbindungsdaten habt ihr ja schon. Aber wir haben eine ganze Menge E-Mails gefunden, die Bergh mit einem Kontakt in Litauen ausgetauscht hat. Es handelt sich um die gleiche E-Mail-Adresse, die wir auch in den Kontaktdaten auf seinem Laptop gefunden haben.«

»Danke, dass ihr das Handy so schnell unter die Lupe genommen habt. Ihr macht einen guten Job«, lobte Trisha Claudia.

»Ich hab noch mehr«, sagte die sechsunddreißigjährige IT-Forensikerin. »Bergh hat sich mit seiner Frau zu einem Treffen verabredet, kurz nach seiner Entlassung aus der Haft. Sie hat damals den Termin nach einigem Hin und Her per SMS bestätigt. Samstagnachmittag, zwei Wochen vor Berghs Tod. Ein paar Tage nach dem Termin schrieb sie ihm mehrmals, er soll sich zum Teufel scheren und sie in Ruhe lassen.«

»Okay, das wissen wir schon, aber es bestätigt die Aussage von Frau Bergh und rundet unser Bild ab«, meinte Trisha. »Du bist die Beste. Mach bitte weiter und check mal, ob Bergh Kontakt mit einem Fluglehrer namens Steinhausen hatte. Die Rufnummer schicke ich dir gleich.«

»Gerne, aber ich bin noch nicht fertig«, sagte die Forensikerin mit sanfter Stimme. »Da wäre noch etwas Wichtiges ...«

»Fingerabdrücke?«, fragte Trisha.

»Erraten«, antwortete Claudia Quirmbach. »Bevor man uns das Smartphone zur Untersuchung überlassen hat, wurde es auf Fingerabdrücke untersucht. Es ist sehr schmutzig. Aber dennoch, es wurden schwache Fingerabdrücke von Klaus-Thomas Bergh gefunden und weitere von diesem Offroad-Biker. Und, das wird euch sehr interessieren, von einem Mann aus Dreieichen im Kreis Altenkirchen. Er ist vorbestraft und heißt ...«

»Korfmacher!«, warf Trisha grinsend ein.

»Ja, Rainer Korfmacher. Ihr wisst das schon?«

»Jep. Wir sind ihm und seinem Bruder gerade auf den Fersen.«

Mittwoch, elf Uhr einundzwanzig. Wolf Korfmacher steuerte seinen Dodge Ram in die Einfahrt zum Forsthaus hinein. Er stieg aus und sah sich um. In der Hofeinfahrt, ein paar Meter vor dem Forsthaus, fand er ein Smartphone. Elke Bergs Smartphone, mutmaßte er grinsend. Dann ging er zum Haus und schlug mit einem Tischbein ein Fenster im Erdgeschoss ein. Er entfernte die restlichen Glassplitter, öffnete das Fenster und kletterte in das Haus hinein. Mit kräftigen Schritten erklomm er die Treppe nach oben.

»Was willst du hier?«, fragte Neubauer. Mit seiner linken Hand griff er zur Fernbedienung und schaltete sein Fernsehgerät aus.

»Wir müssen reden«, sagte Wolf Korfmacher.

»Worüber? Wir sind quitt! Was willst du noch?«, fragte Neubauer. Er betätigte den Schalter für die elektrische Verstellung des Krankenbetts und richtete seinen Oberkörper auf.
»Du hast zu wenig bezahlt«, sagte Korfmacher. Sein drohender Blick traf Neubauer.
»Spinnst du? Ihr habt bekommen, was wir vereinbart hatten. Zwanzigtausend für jeden plus die Kohle für den Brief an den übereifrigen Hauptkommissar.«
»Du musst nochmal vierzigtausend Euro drauflegen, sonst …«
»Du willst mich erpressen? Das kannst du dir gleich wieder abschminken.«
»Nein, das werde ich nicht. Denn … wir haben deine kleine süße Altenpflegerin. Wenn du bis heute Abend nicht zahlst, wirst du es bitter bereuen!« Korfmacher grinste siegessicher.
»Mach keine Geschichten«, erwiderte Neubauer. »Damit kommt ihr niemals durch, dafür werde ich sorgen!«
»Das werden wir ja sehen!«, sagte Korfmacher schroff.
»Ich will Elke sprechen«, verlangte Neubauer lautstark. »Sofort!«
»Das ist im Augenblick leider nicht möglich.« Korfmacher nahm das Tischbein in seine schmutzige linke Hand und zog mit seiner rechten Hand Elke Berghs Smartphone aus der Gesäßtasche seiner grünen Arbeitshose. Er hielt das Handy demonstrativ hoch, dann warf er es Neubauer aufs Bett und schaute ihn grinsend an.
Neubauer betrachtete das Handy. Es gab keinen Zweifel. Es war das Smartphone von Elke Bergh.
»Mit dir und deinem verdorbenen Bruder verhandele ich nicht mehr. Es war ein Fehler, euch zu vertrauen«, sagte der alte Mann. Mit seiner rechten Hand griff er schwerfällig unter seine Bettdecke und zog eine schussbereite Pistole hervor. »Ich spiele euer Spiel nicht mit. Ruf deinen Bruder an und sagt ihm, er soll Elke augenblicklich zurückbringen! Und dann vergessen wir die ganze Sache.« Neubauer richtete die Waffe mit unruhigen Händen auf Wolf Korfmacher. Damit hatte der Forstwirt nicht gerechnet. Nachdem er eine Schrecksekunde überwunden hatte, nahm er das Tischbein in seine rechte Hand und holte aus, aber bevor er zu-

schlagen konnte, handelte Neubauer und drückte ab. Korfmacher brach zusammen und fiel zu Boden. »Mach deinen Pakt mit dem Teufel«, sagte der alte Mann hart zu der blutenden Leiche. »Wir sehen uns in der Hölle!«

31

Mittwoch, zehn Uhr dreiundvierzig. Der Entführer hatte Elke Bergh aus dem VW-Bus herausgezerrt und sie durch ein Waldstück zu einem alten Bunker getrieben. Der mit Gestrüpp überwachsene Bau aus Stahlbeton konnte nur durch einen schmalen, etwa zwei Meter langen Tunnel betreten werden, an dessen Ende sich eine stark angerostete Stahltür befand. Es gab keine Fenster. Elke Bergh war in Panik geraten. Ein zweiter Mann war plötzlich vor dem Bunker aufgekreuzt. Er war etwa gleich groß wie der Entführer und hatte sein Gesicht mit einer furchterregend aussehenden schwarzen Sturmhaube verdeckt. Er hatte Elke Bergh am ganzen Körper befummelt und die Taschen ihrer Jeans und ihre Handtasche durchsucht. Dabei hatte er ihre Bluse aufgerissen, ihr Top hochgeschoben und gierig ihre Brüste angefasst. Ein leichtes Spiel für ihn, denn Elke Bergh hatte keinen BH unter ihrem Top getragen.
»Wo ist dein Handy?«, hatte er sie gefragt.
»Das hab ich verloren«, hatte sie geantwortet, zitternd vor Angst. »Es liegt vermutlich vor dem Forsthaus. Dort, wo ich entführt wurde.« Dann hatte sie Mut gefasst. »Was wollen Sie überhaupt von mir?«, hatte sie die beiden Verbrecher angebrüllt.
»Das wirst du noch früh genug erfahren, Schlampe«, hatte der Mann mit der Sturmhaube gesagt. Dann war er wieder im Wald verschwunden. Elke Bergh hatte in der Ferne das Anlassen seines Autos gehört. Sie hatte vermutet, dass es sich um ein Auto mit einem kräftigen Achtzylinder-Motor handeln musste. Aber ihr war keine Zeit geblieben, weiter darüber nachzudenken. Der Entführer hatte die Stahltür des Bunkers aufgeschlossen und geöffnet. Anschließend hatte er Elke Bergh unsanft mit vorgehaltener Waffe in den Bunker hineingeschubst.

Mittwoch, elf Uhr neunundzwanzig. Während der Fahrt zum Forsthaus klingelte Jakobs Smartphone. Doch Jakob konnte nicht telefonieren. Er musste sich auf das Fahren konzentrieren. Mit einer

Hand kramte er das Handy ungeschickt hervor und gab es, wie oft in solchen Situationen, wortlos an Elena weiter.

»Anruf von Osterberger«, sagte Elena, nachdem sie das Gespräch beendet hatte. »Die Hausdurchsuchung bei Steinhausen ist gelaufen. Es wurde nichts Verdächtiges gefunden. Kein Poloshirt oder Hemd, an dem ein grüner Knopf fehlt. Nichts. Sein Notebook und sein Handy werden gerade noch genauer überprüft, aber die Kollegen fanden auf den ersten Blick keine Hinweise, die auf eine Mittäterschaft hindeuten.«

»Hm«, antwortete Jakob. Er strich mit der linken Hand über sein Kinn und fühlte seine Bartstoppeln. Er begann über Steinhausen nachzudenken, aber dann klingelte sein Handy ein weiteres Mal. Elena warf einen Blick auf das Display des Handys. Dann nahm sie das Gespräch an.

»Kriminaloberkommissarin Dietrich am Telefon von Kriminalhauptkommissar Jakob ...«

Der Anrufer unterbrach Elena. Leise und trocken sagte er: »Georg Neubauer hier. Bitte kommen Sie zum Forsthaus. Beeilen Sie sich. Es ist dringend. Sie haben Elke.«

»Behalten Sie die Nerven, wir sind gleich bei Ihnen!« Elena beendete das Gespräch.

»Das war Neubauer«, berichtete sie. »Elke Bergh ist entführt worden!« Hektisch schaltete sie Blaulicht und Martinshorn ein.

»Verflucht. Das hat uns gerade noch gefehlt«, schimpfte Jakob. Sein Blick blieb auf die Straße gerichtet. Nervös trat er aufs Gaspedal. Es waren nur noch wenige Kilometer zu fahren, doch die Strecke war kurvenreich. Als Jakob den VW-Tiguan in die Einfahrt zum Forsthaus steuerte, zeigte Elenas Uhr elf Uhr zweiundvierzig.

Mittwoch, elf Uhr fünf. Trotz des heißen Sommerwetters war es im Inneren des Bunkers kalt und es roch muffig. Die Stahltür stand halb offen, doch es drang nur wenig Licht in den Bunker hinein. Elke Bergh fror entsetzlich. Der Entführer hielt eine Taschenlampe

in seiner linken Hand und schubste die Altenpflegerin weiter in den Raum hinein. Sie spürte den Lauf der Pistole, die der Mann mit seiner Rechten fest gegen ihren Rücken presste. Er befahl ihr auf einem verdreckten Stuhl Platz zu nehmen, der zwischen zwei größeren Holzkisten stand, die verschlossen an der Wand gegenüber dem Eingang lagerten. Der Entführer steckte seine Pistole in die Bauchtasche seines Hoodies, legte die Taschenlampe zur Seite, holte ein Feuerzeug aus der Tasche seiner Jeans heraus und zündete eine alte Petroleum-Lampe aus Armee-Beständen an, die sich in der Mitte des Bunkers auf einem Stapel Paletten befand. Dann zog er die Stahltür des Bunkers zu, sodass der Raum nur noch von dem flackernden Licht der Petroleumlampe beleuchtet wurde. Aufmerksam scannte Elke Bergh den Raum mit ihren Blicken ab. Sie schätzte die Größe des kleinen Bunker-Innenraums auf etwa dreißig bis vierzig Quadratmeter. Für einen kurzen Augenblick schöpfte sie Hoffnung. Der Entführer griff in eine Werkzeugkiste neben dem Palettenstapel, holte einen Seitenschneider heraus und befahl Elke Bergh aufzustehen. Er betrachtete gierig ihre Brüste, dann aber ging er um die Altenpflegerin herum und durchschnitt die Kabelbinder, mit welchen er ihre Hände gefesselt hatte. Hastig zog Elke Bergh ihr Top nach unten und bedeckte ihre entblößten Brüste. Dann setzte sie sich zurück auf den Stuhl. Der Entführer ließ sie schweigend gewähren. Er ist in meinem Alter, dachte sie. Der Mann setzte sich auf einen Hocker, zündete sich eine Zigarette an und starrte sein Opfer an. Er ließ Elke Bergh nicht aus den Augen. Plötzlich sagte er: »Sobald Georg gezahlt hat, lass ich dich laufen.«
Elke Bergh ahnte, dass er log. Beim Betreten des Bunkers hatte er seine Sonnenbrille absetzen müssen. Elke Bergh hatte sein Gesicht und seine Augen gesehen. Sie würde ihn wiedererkennen, davon musste er ausgehen. Sie fragte sich, wofür Georg bezahlen musste. Bestand irgendein Zusammenhang mit der Ermordung ihres Mannes? Was hatte Georg damit zu tun? Hatte der andere, der sie vor dem Bunker befummelt hatte, Georg in seiner Gewalt? Sie machte sich große Sorgen. Sie liebte den alten Mann. Auf ihre Art. Er verkörperte den Vater, den sie nie hatte. Elke Bergh spürte, wie ihr

Magen krampfte und ihr Herz pochte. Ihre Handgelenke bluteten. Dort, wo die Kabelbinder ihr ins Fleisch geschnitten hatten. Sie hatte Schmerzen. Dann beschloss sie, stark zu sein. Sie würde nicht aufgeben. Sie würde sich wehren. Auch wenn es ein ungleicher Kampf werden würde.

Mittwoch, elf Uhr dreiundvierzig. Jakob stellte den VW in der Einfahrt zum Forsthaus ab. Elena und er waren wie elektrisiert. Vor dem Haus stand ein schwarzer Dodge Ram 1500. Die beiden Polizisten zückten ihre Pistolen und liefen zum Eingang. Die Tür war geschlossen. Elena kletterte durch das beschädigte offene Fenster, sicherte den Raum und öffnete dann die Haustür von innen mit dem Schlüssel, der im Türschloss steckte. Jakob folgte seiner Kollegin leise. Elena grinste. Sie spürte, dass Jakob froh war, nicht auch durch das Fenster einsteigen zu müssen. Die beiden Polizisten sprinteten nach oben, schauten sich vorsichtig um und drangen mit vorgehaltenen Waffen in Neubauers Zimmer ein. Der alte Mann saß aufrecht in seinem Bett, auf dem Boden davor lag ein Mann in einer Blutlache.
»Endlich sind Sie da«, rief Neubauer aufgeregt. »Ich musste ihn erschießen. Es war Notwehr. Ich konnte Ihnen das eben nicht am Telefon sagen, weil ...«
»Weil was?«, fragte Jakob hart.
»Weil Sie dann vermutlich mit einem riesigen Polizeiaufgebot hier angerückt wären. Reine Zeitverschwendung. Sie müssen Elke befreien!«
Elena steckte indes ihre Waffe weg, kniete am Boden neben den Mann, dessen Alter sie auf etwa fünfzig schätzte, und fühlte seinen Puls. Kopfschüttelnd blickte sie zu Jakob, während sie noch immer neben der Leiche kniete. »Er ist tot«, stellte sie ernst fest. Elena sah sich den Toten genau an, bevor sie aufstand. Der Mann trug ein hellgrünes Poloshirt. Am linken Ärmel fehlte ein Knopf.
»Ist das Wolf Korfmacher?«, fragte Elena den alten Mann.

»Ja«, bestätigte Neubauer.

»Wo ist Ihre Waffe?«

Neubauer kramte mit zitternden Händen seine Pistole unter seiner Bettdecke hervor und legte sie vor sich ab. Die Polizistin zog Handschuhe an, nahm die Waffe, betrachtete sie kurz, entlud und sicherte sie. Dann zog sie einen großen Asservatenbeutel aus einer Tasche ihrer Einsatzkleidung, legte die Pistole, die restliche Munition und das entleerte Magazin in den Beutel und verstaute ihn wieder.

»Warum haben Sie ihn erschossen?«, wollte Jakob wissen.

»Ich habe ihm und seinem Bruder vierzigtausend Euro bezahlt, damit sie dieses Schwein umbringen. Vierzigtausend! Aber das war ihnen nicht genug. Sein Bruder und er, sie haben Elke entführt. Wolf kam her und erpresste mich. Er forderte noch mehr Geld. Er wollte nochmal vierzigtausend. Das konnte ich absolut nicht akzeptieren. Wenn ich schwach geworden wäre, hätten Wolf und Rainer niemals aufgehört, mich zu erpressen. Als ich Wolfs Forderung ablehnte, hat er mich mit diesem Tischbein bedroht.« Neubauer deutete auf das Tischbein neben der Leiche. »Da musste ich mich wehren. Er wollte gerade zuschlagen, da hab ich …«

»Ich nehme Sie hiermit wegen Anstiftung zum Mord und wegen des dringenden Verdachts der Tötung von Wolf Korfmacher fest. Ich schlage vor, Sie telefonieren mit Ihrem Anwalt«, sagte Jakob. Der Hauptkommissar blickte Neubauer eindringlich an. Der alte Mann erwiderte Jakobs Blick. »Ich bin an allem schuld«, jammerte er, »aber jetzt brauche ich Ihre Hilfe. Rainer Korfmacher hat Elke in seiner Gewalt.«

»Haben die Korfmacher-Brüder Ihnen ein Ultimatum gestellt?«, fragte Elena.

»Nein. Wolf wollte das Geld sofort. Deshalb fürchte ich, sein Bruder wird nicht lange fackeln, wenn er in den nächsten zwei Stunden nichts hört von Wolf. Er wird durchdrehen. Sie müssen Elke finden und befreien. Beeilen Sie sich!« Neubauers Stimme klang rau.

»Sie haben Wolf Korfmacher getötet. Wie sollen wir jetzt herausfinden, wo sein Bruder Elke Bergh versteckt hält?«

»Da gibt es nicht viele Möglichkeiten. Entweder sie halten Elke im

Gebäude der alten Stellmacherei ihres Großvaters in Dreieichen fest, oben in ihrer Schreinerei, in der Scheune nebenan, in ihrem Haus in Dreieichen, oder …«

Elena unterbrach Neubauer hektisch. »Dreieichen? Da kommen wir gerade her«, sagte sie. »Da war niemand.«

»Dann bleibt nur noch der alte Bunker im Auersbacher Wald, hier in der Nähe. Die Anlage ist ein Relikt aus dem Zweiten Weltkrieg. Der Bunker diente der Wehrmacht einst als Materiallager. Im Auersbacher Wald gab es während des Krieges ein paar befestigte Stellungen. Von dort haben sie damals diese fürchterlichen Vergeltungswaffen, die V2, abgeschossen. Der alte Korfmacher hat den Bunker in den Fünfzigern gekauft, ohne damals eine Verwendung dafür gehabt zu haben, wie ich glaube. Er interessierte sich einfach sehr für solche Anlagen, weil er im Krieg als Soldat zuletzt bei einer Einheit war, die die V2 zu ihren Stellungen transportiert hat.«

»Wie kommen wir zu diesem Bunker?«, fragte Jakob.

»Moment. Ich hole eine Karte.« Der alte Mann rutschte schwerfällig auf die Bettkante und griff zu seinem Rollator.

»Sagen Sie mir, wo ich die Karte finde, das geht schneller«, bellte Jakob, während Elena Neubauer wieder zurück ins Bett half.

»In meinem Büro nebenan. Im Schreibtisch. Zweite Schublade von oben rechts.«

Jakob vergeudete keine Sekunde. Eine Minute später breitete er die Wanderkarte auf dem Bett aus, sodass Neubauer ihm zeigen konnte, wo sich der Bunker befand. Jakob fotografierte den Kartenausschnitt, dann rief er Jonas an.

»Hör zu! Ist die Streife schon da? Ihr müsst sofort zu einem alten Bunker im Auersbacher Wald kommen. Wolf Korfmacher ist tot, Neubauer hat ihn hier im Forsthaus erschossen. Rainer Korfmacher hat Elke Bergh entführt. Er hält sie höchstwahrscheinlich in diesem Kriegsbunker fest. Ich schicke dir Fotos einer Wanderkarte …«

»Du musst mir keine Fotos schicken, ich weiß, wo der Bunker ist. Als Jugendliche haben wir uns dort oft rumgetrieben. Ich schicke dir gleich die GPS-Positionsdaten des Bunkers auf dein Smartphone. Die Streife ist längst eingetroffen. Zwei Streifenwagen sogar. Je eine

Kollegin und ein Kollege. Aber Flo und Team sind noch nicht …«
»Okay. Die Kollegen sollen Ihren Chef anrufen. Eine Streife bleibt bitte vor Ort und überwacht das Anwesen der Korfmacher-Brüder. Kann nix schaden. Die Kollegin und der Kollege, die mit dem zweiten Streifenwagen gekommen sind, sollen mit dir und Trisha schnellstens zum Bunker kommen.«
»Verstanden«, antwortete Jonas.
Jakob verspürte eine extreme Anspannung. »Ich fahre jetzt los. Wir treffen uns am Bunker! Ich fordere ein Einsatzkommando an«, ergänzte er entschieden.
»Die sollen Werkzeug mitbringen, falls wir den Bunker mit Gewalt öffnen müssen«, schlug Jonas vor.
»Guter Einfall.« Hektisch beendete Jakob das Telefonat mit Jonas. Zu Elena gewandt, sagte er: »Ich brauche dein Auto. Du bleibst bitte hier und kümmerst dich um alles Weitere. Ruf Vicky an. Sie soll herkommen. Ruf bitte auch Osterberger und unseren Chef an!«
»Und Flo?«
»Ach ja, natürlich. Ruf auch sie bitte an«, befahl Jakob. »Ich möchte, dass ein paar ihrer Leute in Dreieichen das Korfmacher-Anwesen untersuchen, aber Flo soll bitte persönlich mit einer Kollegin hierher ins Forsthaus kommen!«

32

Elena und Neubauer blieben alleine in dessen Zimmer zurück. »Hoffentlich hat Rainer Elke nichts angetan«, jammerte der alte Mann.
Die Polizistin bemühte sich, ihn zu beruhigen. »Machen Sie sich keine Sorgen. Frau Bergh ist entführt worden, um Sie zu erpressen. Rainer Korfmacher hält Frau Bergh gefangen, aber er wird ihr nichts tun. Ich bin mir sicher, sie ist wohlauf. Meine Kolleginnen und Kollegen werden alles tun, um sie zu befreien.«
»Ich soll mir keine Sorgen machen? Sie kennen Rainer Korfmacher nicht«, erwiderte Neubauer ängstlich. Elena musste ihm eine Antwort schuldig bleiben. Sie konnte die Gefahr, die von Wolf Korfmachers jüngerem Bruder ausging, nicht einschätzen. Sie warf einen Blick auf die Leiche und entschied, das Zimmer zu verlassen. Es schwirrten bereits Fliegen um den toten Körper herum. Elena half dem alten Mann in seinen Rollstuhl und schob ihn nach nebenan in sein Büro. Dann verließ sie das Zimmer, erledigte mehrere kurze Telefonate und ging anschließend nach unten in die Küche, um eine Flasche Wasser und zwei Gläser zu holen. Als sie in Neubauers Büro zurückkehrte, lehnte er das Getränk mit einer abweisenden Handbewegung ab. Die beiden schwiegen eine Weile. Schließlich erlaubte Neubauer Elena in seinem Arbeitszimmer bei geöffnetem Fenster zu rauchen. Er zeigte auf ein Bücherregal, auf dem ein altertümlicher Aschenbecher lagerte. Elena genoss die Zigarette, während ihre Blicke angestrengt auf Neubauer gerichtet blieben. Er schien krank zu sein, er war nur noch ein Schatten seiner selbst. Nachdem Elena ihre Zigarette geraucht hatte, griff sie zu einem Stuhl, positionierte ihn vor Neubauer und setzte sich rittlings darauf. »Sie werden heute Nachmittag eine offizielle Aussage machen müssen. Die Staatsanwaltschaft wird Anklage erheben und Sie werden heute noch einem Haftrichter vorgeführt. Wie mit Ihnen angesichts Ihrer gesundheitlichen Einschränkungen weiter verfahren wird, muss noch entschieden werden. Man wird Sie gleich abholen, eine Krankenschwester und ein Arzt werden Sie betreuen.«
»Ich habe mein Leben gelebt, ich bin ein Krüppel. Es ist mir scheiß-

egal, was mit mir passiert«, rief Neubauer aufgebracht. »Hauptsache Elke kommt wieder frei.« Der alte Mann starrte die Polizistin an. Plötzlich sagte er: »Ich gebe zu, es war kein perfekter Mord. Wir haben zu viele Fehler gemacht. Kein Wunder, dass Sie uns auf die Schliche gekommen seid. Aber es würde mich schon interessieren, wie Sie es so schnell geschafft haben.«
»Netter Versuch, aber das darf ich Ihnen nicht sagen.« Elena lächelte. Sie spürte, dass Neubauer bereit war, schon vor dem offiziellen Verhör auf ihre Fragen einzugehen, aber sie bedrängte ihn nicht. Sie stand auf, zündete sich eine weitere Zigarette an, nahm einen tiefen Zug und blies den Rauch zum Fenster hinaus. Neubauer beobachtete sie. »Sie sollten besser damit aufhören. Irgendwann werden Sie es bereuen«, meinte er.
»Mit dem Rauchen aufhören? Das ist nicht so einfach.«
»Was ist daran so schwer?«, fragte der alte Mann.
»Vielleicht liegt es an meinen Lebensumständen. Ich …«
»Es tut mir gut, mit Ihnen zu reden«, warf Neubauer ein.
»Die Sache ist Ihnen aus dem Ruder gelaufen. Mit einer Erpressung haben Sie nicht gerechnet. Ebenso wenig haben Sie mit der Entführung von Frau Bergh gerechnet. Hab ich recht?« Elena setzte sich wieder auf den Stuhl. Sie hob ihren Kopf und versuchte Neubauer in die Augen zu schauen. Er hielt ihrem ernsten Blick nur für Sekundenbruchteile stand. Dann senkte er den Kopf. »Um ehrlich zu sein, erst heute Morgen bekam ich es irgendwie mit der Angst zu tun, als Elke das Haus verließ«, antwortete er mit leiser Stimme. »Ich rechnete keineswegs damit, dass die beiden Elke entführen würden, aber ich hatte den Verdacht, dass Rainer oder Wolf hier nochmal auftauchen würden, sobald Elke unterwegs ist. Wolf hatte mir schon angedroht, dass er mehr will, als ich ihm neulich das Geld für den Drohbrief an den Hauptkommissar gab. Die Geldübergabe fand immer dann statt, wenn Elke einkaufen war.«
»Aha, also Sie haben den Brief veranlasst«, stellte Elena fest.
»Na wer denn sonst? Dank Internet war es recht einfach, etwas über die Frau und die Tochter des Hauptkommissars herauszufinden.« Neubauer rang sich ein Lächeln ab. »Zweitausend Euro musste ich

blechen. Für einen Zettel in einem Brief.«
»Sie haben viel Bargeld im Haus?«
»Ja. Es ist, ... ich halte nicht viel von Banken. Ich habe einen großen Bargeldbetrag in meinem Tresor deponiert. Davon wissen nur Elke und ich.«
»Aber Wolf Korfmacher hat es geahnt, stimmts?«
»Vermutlich.«
»Woher wusste Wolf Korfmacher eigentlich, dass Frau Bergh heute unterwegs sein würde?«
»Wolf und Rainer haben wohl herausgefunden, dass Elke fast immer an den gleichen Wochentagen zum Einkaufen fährt. Und meistens zu den gleichen Uhrzeiten.«
»Und woher wussten Sie, dass Wolf Korfmacher ausgerechnet heute hier aufkreuzen würde?« Elena machte sich Notizen, während sie ihre Fragen stellte.
»Ich hatte so eine Vorahnung«, antwortete Neubauer. »Als Elke heute Morgen zum Einkaufen aufbrach, schleppte ich mich mit dem Rollator in mein Arbeitszimmer und holte sicherheitshalber die Pistole aus meinem Tresor. Die Waffe stammt noch aus Wehrmachtsbeständen. Sie gehörte meinem Vater. Ein Wunder, dass sie noch funktioniert hat.«
»Wir wissen noch nicht genau, wie die Entführung abgelaufen ist, aber wenn Rainer Bergh als mutmaßlicher Entführer Elke Bergh hier vor dem Forsthaus abgepasst hat, dann hätten Sie das doch mitkriegen müssen, oder? Hilferufe von Frau Bergh, das Motorgeräusch eines fremden Autos, vermutlich eines VW-Busses. Sie hätten uns anrufen können.«
»Ich mache mir große Vorwürfe«, erklärte Neubauer kleinlaut. »Ich habe nichts gehört. Ich hatte das Fernsehgerät an. Habe mir ein Konzert angeschaut beziehungsweise angehört. Beethovens zehnte Sinfonie, die Unvollendete. Wussten Sie, dass man versucht hat, das Werk mithilfe von künstlicher Intelligenz zu vollenden? Man hat den dritten und den vierten Satz hinzukomponiert. Das Ergebnis hat mich überrascht und begeistert. Da habe ich die Lautstärke meines Fernsehgerätes hochgedreht.« Neubauer deutete auf seine Ohren.

»Leider hatte ich auch wieder einmal vergessen, meine Hörgeräte anzuziehen. Etwa zehn Minuten nachdem Elke sich verabschiedet hatte, war das Konzert zu Ende. Ich schaltete das Fernsehgerät ab und wartete eine ganze Weile. Als alles ruhig blieb, dachte ich, meine Befürchtung sei unnötig gewesen, zumindest was den heutigen späten Vormittag und frühen Nachmittag betrifft. Ich wurde unvorsichtig und schaltete das Fernsehgerät wieder ein. Es wurde noch ein anderes schönes Konzert gesendet. Plötzlich stand Wolf in meinem Zimmer. Wie konnte ich nur so blöd sein? Ich hätte auf meine innere Stimme hören sollen und besser aufpassen müssen.« Neubauers Stimme zeugte von seiner Bitterkeit und von seiner Wut über sich selbst.

»Es war nicht besonders clever, Herrn Bergh ermorden zu lassen, finden Sie nicht?« Elena schaute ungeduldig auf ihre Armbanduhr. Vicky und Flo waren noch nicht eingetroffen und von Trisha, Jakob und Jonas hatte sie noch nichts gehört.

»Oh doch. Ich habe lange darüber nachgedacht. Es gab nur einen Weg: Bergh musste sterben«, erwiderte Neubauer und ergänzte: »Elke war endlich zurück im Leben, sie hatte wieder Träume, konnte wieder lachen. Und dieser Verbrecher kam aus dem Knast und hatte nichts anderes im Kopf als alles wieder zu zerstören, sie wieder auszunutzen, sie zu demütigen. Er wollte mir mein Mädchen wegnehmen und aus ihr eine Edelhure und eine Puffmutter machen. Sie hätte seine rechte Hand werden sollen. Ahnungslose, gutgläubige junge Frauen hätten sich für Bergh prostituieren müssen. Sie hätten kaum Chancen gehabt, zu entkommen. Elke hat es abgelehnt, für Bergh zu arbeiten. Sie hat versucht, den Kontakt zu Bergh wieder abzubrechen, aber er hätte sie niemals in Ruhe gelassen. Das konnte ich auf gar keinen Fall zulassen.« Neubauers Augen füllten sich mit Tränen, während er Elena anschaute und sie insgeheim mit Elke Bergh verglich.

»Hat Frau Bergh gewusst, dass Sie den Mord an ihrem Mann beauftragt haben?«, fragte sie Neubauer.

»Oh Gott nein. Sie wusste nichts davon. Ich habe das alles hinter ihrem Rücken organisiert. Sie wissen doch, dass Elke eine gläubige

Katholikin ist. Auch wenn sie ihren Mann tiefgründig hasste, hätte sie niemals zugelassen, dass er um ihretwillen ermordet wird.«
»War Herr Steinhausen in irgendeiner Weise involviert oder wusste er von Ihrem Plan?«
»Nein.«
»Wie ist das alles abgelaufen? Wie und wodurch hat Herr Bergh sich ködern lassen, zu dieser frühen Zeit an einem Sonntag. Warum haben Sie ausgerechnet das Gelände der Abtei für den Mord ausgewählt?«
»Sehr viele Fragen auf einmal, finden Sie nicht? Muss ich darauf antworten?«
»Nein. Nur wenn Sie möchten. Heute Nachmittag beim Verhör wird's allerdings ernst für Sie. Spätestens dann wird es Zeit für die Wahrheit.« Elena zündete sich noch eine Zigarette an und nahm einen tiefen Zug.
»Sie gefallen mir«, meinte Neubauer. »Sie sind ein besonderer Mensch, selbstbewusst, engagiert und authentisch. Das spüre ich. Und hübsch sind Sie auch. Das ist nicht zu übersehen.«
Elena errötete. »Sie haben große Schuld auf sich genommen«, sagte sie ausweichend.
»Das war es mir wert. Elke und Klaus haben in der Abteikirche geheiratet. An diesem Ort, der den Gläubigen heilig ist. Mir ist bekannt, dass Elke dort früher oft gebetet hat. Ich wollte, dass ihr Gerechtigkeit widerfährt, genau an diesem Ort. Ich musste Elke von diesem kriminellen Dreckschwein befreien. Sie hätten mal sein breites und arrogantes Grinsen sehen sollen, das er immer draufhatte. Ich hätte diesem Dreckskerl schon damals aus dem Verkehr ziehen lassen sollen.«
»Kennt Frau Bergh die Korfmacher-Brüder?«
»Nein.«
»Möchten Sie beschreiben, wie es gelungen ist, Klaus-Thomas Bergh anzulocken?« Elena blickte Neubauer fragend an.
Neubauer grinste. »Zuerst musste ich seine Handynummer herausfinden. Das war nicht ganz einfach, aber dann haben Elke und ich in meinem Zimmer gemütlich gefrühstückt. Wir trugen beide noch

unsere Schlafanzüge. Nach dem Frühstück half Elke mir beim Anziehen, dann ging sie ins Bad und trällerte ihre Lieblingssongs unter der Dusche. Ihr Handy hatte sie hier liegenlassen. Alles andere war einfacher als ich dachte. Ein Kinderspiel.«
»Ein Kinderspiel?«
»Ich kenne die Korfmacher-Brüder schon sehr lange. Beide sind ... ähm ... Wolf war kriminell und immer pleite, immer in Geldnot. Wolf konnte Rainer leicht manipulieren. Immer schon. Also rief ich Wolf an. Er kam her, als Elke nach dem Einkaufen für sich selbst etwas erledigen wollte. Einen ganzen Tag lang. Ich glaube, sie brauchte mal eine Pause, etwas Abstand von mir. Ich weiß nicht mehr so genau, wann das war. So vor zehn Tagen etwa. Elke schickte wieder ihre Freundin Doris an diesem Tag. Die junge Altenpflegerin ist selbstständig und sehr nett. Sie sollte mich betreuen, aber nicht ganztägig, sondern sie sollte in zwei- bis dreistündigen Intervallen zu mir kommen. Ich rief Wolf an, als Doris aus dem Haus ging. Von seinem Arbeitsort im Wald war er schnell hier.«
»Und wie verschaffte sich Wolf Korfmacher Zutritt zum Forsthaus?«
»Ich bitte Sie. Wolf war ein ausgebuffter Verbrecher. Er kam problemlos durch die Hintertür ins Haus. Ich hatte ihn dringend gebeten, keinen Schaden anzurichten, damit Elke nichts merkt.«
»Aber heute hat er ein Fenster eingeschlagen«, berichtete Elena.
»Sieht so aus, als hätte er es eilig gehabt und sein Einbrecherwerkzeug vergessen. Was solls. Ist völlig unwichtig.«
»Was haben Sie mit Wolf Korfmacher damals vereinbart?«
»Vorkasse!« Neubauer lächelte unsicher. »Ich hatte das Geld schon aus dem Tresor geholt, als er mich besuchte.«
»Okay, aber das war nicht meine Frage.«
»Ich gab Wolf und Rainer ganz genaue Instruktionen und wir haben das alles mehrmals gedanklich durchgespielt. Wolf spielte den Kontaktmann. Er hatte keine Schwierigkeiten, Bergh zu ködern. Er musste nur ein bisschen pokern. Wolf hat Bergh am Samstagabend angerufen und ihm aufgetischt, er habe vor zwei Wochen endlich einmal wieder einen guten Freund besucht. Im Knast. Zufälliger-

weise sei das wohl Berghs Knastkumpel Nelles gewesen. Wolf hat Bergh gesagt, Nelles habe ihm verraten, dass Bergh im Knast Ideen entwickelt hätte, wie man diese Sache mit den jungen Frauen durchziehen könnte. Wolf hat Bergh angeboten, in das Geschäft mit einzusteigen. Er hat ihm gesagt, er sei sich sicher, dass Bergh so eine Sache auf deutscher Seite niemals alleine stemmen könnte. Wolf hat Bergh erklärt, er kenne Leute aus der Szene und er wüsste, wie man mit der lokalen Konkurrenz kooperieren könne, damit es keinen Ärger gibt. Dann hat Wolf Bergh noch vorgegaukelt, sein Bruder und er hätten Geld und vor allem ein abgelegenes großes Haus, wo man die jungen Frauen unterbringen könnte. Man müsse nur noch jemanden finden, der auf die jungen Dinger aufpasst. Am besten eine durchsetzungsfähige Frau. Außerdem schwärmte Wolf Bergh vor, er habe ein gut eingerichtetes Filmstudio im Haus, das man zum Drehen von Pornos nutzen könnte, um noch mehr Kohle zu machen. Zum Schluss hat Wolf Bergh noch weisgemacht, er habe schon sehr konkrete Pläne und es wäre doch gut, gemeinsame Sache zu machen. Bergh sei IT-Spezialist, das sei von großem Vorteil für das Vorhaben.«

»Bergh hat Korfmachers erlogene Geschichte nicht hinterfragt? Kaum zu glauben«, sagte Elena.

»Also, zuerst war Bergh verärgert, weil er davon ausgehen musste, dass Nelles alles ausgeplaudert hat. Außerdem schien er zu befürchten, dass Wolf seinen Plan durchkreuzt, wenn er, Bergh, nicht mitspielt. Aber das war gut für uns. Dann, im Laufe des Telefonats, hatte Wolf Berghs Interesse wohl geweckt. Bergh fragte Wolf nur noch, wer ihm seine Handynummer gegeben hat. Wolf war ein ausgezeichneter Lügner. Er hat Bergh gesagt, es sei kein großes Problem für ihn gewesen, Elke ausfindig zu machen. Wolf hat Bergh vorgeschwindelt, Elke habe ihm die Rufnummer gegeben, weil er ihr gesagt hat, er muss ihren Mann unbedingt über etwas Wichtiges informieren und ihn vor einer großen Dummheit bewahren. Noch eine glatte Lüge, aber irgendwie musste er ja an die Rufnummer kommen.«

»Woher kannten Sie eigentlich den Namen von Berghs Mithäftling Nelles?«

»Bergh hat seiner Frau gegenüber seine Knastkumpels einmal erwähnt. Neulich, als er sie als Puffmutter anwerben wollte. Natürlich hat Elke mir das brühwarm erzählt.«
»Ich frage mich gerade, warum Frau Bergh uns das verschwiegen hat«, sagte Elena enttäuscht.
»Elke hat Ihnen wahrscheinlich nicht vertraut. Sie musste vermuten, dass ihr Kriminalisten sofort alle Register zieht.«
»Aber wir sind die Kripo. Wir haben Frau Bergh mehrfach befragt. Uns hätte sie alles sagen müssen, dann hätten wir …«
Neubauer fiel Elena ins Wort. »Bergh hat gegenüber Elke gute Verbindungen ins Baltikum erwähnt. Sie kennt nicht nur den Namen Nelles. Sie kennt auch den Namen eines Deutsch-Litauers, mit dem Bergh im Knast Kontakt hatte, und sie hat auch ein paar Informationen über ihn. Sie fürchtete Mafia ähnliche Strukturen. Damit wollte sie nichts zu tun haben. Sie hatte große Angst, in etwas Hochkriminelles hineingezogen zu werden. Natürlich hätte Elke Ihnen viel früher sagen können, was Bergh vorhatte und was sie über den Litauer weiß, aber wir wissen doch beide, wie das gelaufen wäre. Auf die Schnelle hätten Sie Bergh nicht wieder aus dem Verkehr ziehen können. Er hätte Elke weiterhin massiv bedrängt, möglicherweise sogar mit Ansagen von diesem Litauer aus dem Knast. Als Elke mir sagte, sie habe Angst vor ihrem Mann und sie würde versuchen, ihn erst einmal ohne Polizei auf Distanz zu halten und die Polizei zu einem späteren Zeitpunkt einzuschalten, hielt ich das für sehr leichtsinnig. Ich wusste, was ich zu tun hatte. Allerdings, dieser Litauer war auch mir suspekt. Ich ahnte, dass Bergh seine Ideen auch mit ihm diskutiert hat, im Knast. Aber ich wusste ja nicht viel über diesen Verbrecher. Deswegen hatte Wolf die Anweisung, den Litauer nicht namentlich zu nennen, als er mit Bergh telefonierte. Wolf sollte Bergh gegenüber nur erwähnen, er habe gute Kontakte in Osteuropa.«
»So einfach war das? Wolf Korfmacher nennt Bergh den Namen seines Mithäftlings Nelles, erzählt Bergh diese Story, schlägt ihm vor, er und sein Bruder würden in das Geschäft mit einsteigen und Bergh fährt voll darauf ab?« Elena schaute Neubauer ungläubig an.
»Zugegeben, unser Plan war riskant. Ich meine, die Story hatte ihre

Schwächen. Tatsächlich hatte ich mit mehr Schwierigkeiten gerechnet«, gab Neubauer zu, »aber vermutlich hatte Bergh während des Telefonats mit Wolf ganz viele Dollarnoten vor den Augen.«
»Hat Bergh nicht argwöhnisch reagiert, schon wegen des Treffpunkts und der frühen Zeit am Sonntagmorgen?«, fragte Elena.
»Natürlich hat er das hinterfragt, aber damit hatten wir gerechnet. Wolf hat ein bisschen Druck auf Bergh ausgeübt. Er hat ihm erklärt, er müsse noch am Sonntag zu Verhandlungen ins osteuropäische Ausland reisen und er habe deshalb kaum Zeit. Er hat Bergh gesagt, es wäre ihm wohler, wenn man sich vor seiner Reise noch persönlich kennenlernt. Und um den Deal schnell unter Dach und Fach zu bringen, müsse er mit ihm, seinem möglichen neuen Geschäftspartner, noch eine Menge Einzelheiten besprechen. Das Abteigelände sei eine gute Tarnung. Niemand würde vermuten, dass dort auf dem Parkplatz an einem Sonntag zu so früher Zeit über illegale Geschäfte geredet wird.«
»Ziemlich dumm von Bergh, auf so eine Geschichte hereinzufallen«, meinte Elena kopfschüttelnd.
»Dumm? Nach dem Telefonat mit Bergh schrieb mir Wolf eine SMS. Er schrieb, Bergh sei regelrecht euphorisch gewesen und habe den Termin ohne Zögern zugesagt. Ich habe ihn nie als dumm eingeschätzt, aber seine Gier und seine Selbstüberschätzung haben ihn blind gemacht. Ich glaube, er hat den Termin schon deshalb zugesagt, weil er auf Nummer sicher gehen musste. Es wäre nachteilig für ihn gewesen, wenn andere seinen Plan ohne ihn umgesetzt hätten, hier im Westerwald.« Neubauer grinste.
»Haben Sie nicht damit gerechnet, dass Bergh bewaffnet zum Treffpunkt kommt?«, erkundigte sich Elena.
»Selbstverständlich. Darauf waren wir natürlich vorbereitet. Im Notfall hätte Rainer Korfmacher von seiner Pistole Gebrauch gemacht. Aber eigentlich wollten wir das nicht. Ein Pistolenschuss hätte möglicherweise Zeugen auf den Plan gerufen.«
»Herr Neubauer, Sie sagten, Sie hätten Rainer und Wolf Korfmacher genaue Instruktionen gegeben. Was haben Sie mit den Männern vereinbart?«

»Ausgemacht war, dass die beiden sich mit Bergh auf dem Parkplatz treffen, lässig miteinander reden und eine Vertrauensbasis herstellen. Dann sollte Wolf unter einem Vorwand zu seinem Auto gehen und ein Tischbein als Waffe holen, während Rainer die Aufgabe hatte, Bergh abzulenken. Es musste alles blitzschnell gehen. Schnell genug, damit Rainer und Wolf ihren Job weit vor dem Morgengebet machen konnten. Sie sollten ihn erschlagen und ihm dann noch die Fresse polieren. Wolf hat die Gegend ausgekundschaftet am Sonntag vorher. Es war nix los zur Zeit vor dem Morgengebet. Also beschlossen wir, es so zu machen, wie ich es vorgeschlagen hatte.«

»Haben die Korfmacher-Brüder Ihnen später den tatsächlichen Tathergang in allen Details geschildert, Herr Neubauer?«, fragte Elena.

»Nein, das hat mich nicht interessiert. Hauptsache Bergh ist erledigt.«

Mittwoch, zwölf Uhr zehn. Viktoria begann mit der Untersuchung der Leiche im Forsthaus. Wenig später trafen auch Florence und eine ihrer Kolleginnen ein. Mit wenigen Minuten Abstand erreichten nacheinander auch Staatsanwalt Dr. Osterberger, eine Krankenschwester und ein Arzt den Tatort.

»Befreien Sie Elke. Ich möchte mein Mädchen wiedersehen«, rief Neubauer weinend. Verzweifelt versuchte er sich an Elena festzuhalten, als er abgeholt wurde.

33

Mittwoch, zwölf Uhr acht. Elke Bergh kämpfte gegen ihre Angst an. Leise sprach sie ein Stoßgebet. Würde Gott ihr helfen? Sie zweifelte. Ihre Gedanken kreisten um Falk und Georg. Hatte Falk wirklich etwas angestellt? Sie konnte nicht glauben, dass der Mann, den sie zärtlich liebte, zu einem Mord fähig gewesen war oder sich irgendwie daran beteiligt hatte. Und Georg? Hatte er etwas mit dem Mord an Klaus zu tun? Georg hatte sie oft genug vor ihrem Mann gewarnt und ihr seinen Schutz angeboten. Hatte Georg die Tat geplant und vielleicht sogar ihren Entführer und den Mann mit der Sturmhaube für den Mord bezahlt? Auch das konnte sie sich nicht vorstellen. Elke Bergh war sich darüber im Klaren, dass Georg nicht lange durchhalten würde, wenn auch er entführt worden wäre. Doch sie konnte nicht weiter darüber nachdenken. Sie musste ein anderes Problem lösen. Mutig stand sie auf und ging vorsichtig zum Ausgang des Bunkers.

»Wo willst du hin?«, fragte ihr Entführer schroff. Er stand auf und hielt Elke Bergh fest.

»Ich muss mal.«

»Das soll ich dir glauben? Du willst nur abhauen. Das werde ich nicht zulassen. Du kannst hier im Bunker pinkeln, unter meiner Aufsicht!«

»Nein, das kann ich nicht!«

Der Entführer drehte ihr den linken Arm auf den Rücken und drängte sie grob in eine Ecke des Bunkers. Dann ließ er sie los und schob eine der Holzkisten vor sie. Er grinste hämisch. »So bitteschön, hinter der Kiste kannst du pinkeln.«

Elke Bergh hatte keine Wahl. Ihre Blase war voll und schmerzte. Sie musste sich erleichtern. Sie hoffte, dass der Mann wegsehen würde, aber er tat es nicht. Lüstern schaute er zu, wie sie sich Hose und Slip herunterzog und in die Hocke ging. Elke Bergh konnte unter diesen Umständen nicht urinieren. Überraschenderweise hatte der Entführer plötzlich ein Einsehen. Er ging vor zur Stahltür des Bunkers, öffnete sie vollständig und sah nach draußen. Frische Luft und etwas Tageslicht drangen in den Bunker. Elke Bergh nutzte die Gelegenheit.

Erleichtert zog sie Slip und Hose eilends wieder hoch. Der Kidnapper zog die Bunkertür wieder halb zu und drehte sich langsam herum. Er schaute auf seine Uhr und befahl Elke Bergh, sich wieder auf den Stuhl zu setzen, auf dem sie vorher gesessen hatte. Dann sagte er grinsend: »Na also, das war doch gar nicht so schlimm, oder?«
Spar dir deine dreckigen Bemerkungen, dachte Elke Bergh. Sie überlegte fieberhaft, wie sie entkommen könnte. Der Mann war muskulös und bewaffnet. Wie sollte sie ihn überlisten? Hatte sie eine Chance, aus diesem Wald herauszufinden? Sie wusste nicht, wo sich der Bunker befand. Wie sollte sie zur nächsten Straße oder zu einem nahegelegenen Ort gelangen? Ihr Orientierungssinn war schwach ausgeprägt.

Jakob trug immer noch seine Einsatzkleidung. Er schwitzte entsetzlich in der Mittagshitze. Er fühlte, wie ihm der Schweiß den Rücken hinunterlief, als er in Elenas Dienstwagen einstieg, die Klimaanlage einschaltete und losfuhr. Während der Fahrt in Richtung Auersbacher Wald geriet er in einen Stau. Auf der Landstraße hatte sich ein Unfall ereignet. Jakob wurde zunehmend ungeduldiger. Er schaltete Blaulicht und Martinshorn ein, überholte die Fahrzeuge im Stau und fuhr langsam an die Unfallstelle heran. Ein Polizist hob seine Kelle und deutete ihm an, zu warten. Jakob hielt an und ließ das Seitenfenster herunter. »Lassen Sie mich gefälligst durch, Mann«, brüllte er. »Ich bin im Einsatz. Die Kollegen kommen sicher gleich? Wird ein Notarzt benötigt?«
»Nein«, erklärte der Polizist. »Unfallaufnahme. Nur ziemlicher Blechschaden.«
Nachdem Jakob die Unfallstelle halb auf dem Straßenrand, halb auf der angrenzenden Wiese vorsichtig umfahren hatte, telefonierte er. Er fluchte, als er erfuhr, dass das Einsatzkommando frühestens in etwa zehn Minuten beim Bunker sein würde.

Es war zwölf Uhr fünfundzwanzig, als Jakob Elenas VW-Tiguan mit knirschenden Reifen auf einer geschotterten Parkbucht am Waldrand abstellte. Vor Jakob parkten bereits ein Streifenwagen und ein alter, blau-weißer VW-Bus. Vor dem Streifenwagen stand ein Polizist der Schutzpolizei, den Jakob nicht kannte. »Hi, ich bin Tim«, sagte der Polizist. »Meine Kollegin Marie, Trisha und Jonas sind gerade in Richtung Bunker unterwegs. Soll ich Sie begleiten?«
»Nein, Tim, Sie bleiben besser hier. Ich habe ein Einsatzkommando angefordert. Weisen Sie die Kolleginnen und Kollegen bitte ein, wenn sie kommen.«
»Okay«, erwiderte der Polizist. »Wenn meine Hilfe gebraucht wird, ... es besteht Funkkontakt zwischen mir und Marie.«
»Okay, sehr gut«, antwortete Jakob. Mit schnellen Schritten lief er in den Fichtenwald hinein. Durch die Baumkronen brach sich das Sonnenlicht. Bis auf das Gezwitscher einiger Vögel war nichts zu hören. Die Navigations-App auf Jakobs Smartphone führte ihn zielsicher zum Bunker. Der schmale, mit Betonplatten befestigte Waldweg musste zu Kriegszeiten wesentlich breiter gewesen sein, doch nun war er so zugewachsen, dass er kaum mehr mit Autos und erst recht nicht mehr mit LKWs befahren werden konnte. Die Natur hatte sich seit dem Kriegsende große Teile der Zufahrt zum Bunker zurückgeholt. Nach etwa einhundert Metern, etwas abseits des Waldwegs, fiel Jakobs Blick auf ein stark verwittertes, großes Betonfundament, das teilweise von Gras und Unkraut überwuchert war. Als der Hauptkommissar nur wenig weiter am Weg ein ähnliches Betonfundament fand, vermutete er, dass man von hier aus damals die tödlichen V2-Raketen abgefeuert haben musste. Aber Jakob hatte keine Zeit, sich die Fundamente genauer anzuschauen, obwohl er sich sehr für Kriegshistorie interessierte. Der Weg führte immer tiefer in den Wald hinein. Jakob zweifelte, doch er wusste, dass ihm die Navi-App seines Smartphones den richtigen Weg zeigte. Er begann zu rennen. Minuten später holte er Trisha, Jonas und die Kollegin der Schutzpolizei ein. Die zweiunddreißigjährige Polizeioberkommissarin Marie Pfeiffer begrüßte Jakob mit ernstem Blick. Die kräftige, blonde Polizistin war bewaffnet und trug Einsatzkleidung.

Mittwoch, zwölf Uhr vierunddreißig. Schon wieder schaute der Entführer nervös auf seine Uhr. »Verflucht, wo bleibt er bloß?«, fluchte er leise. Elke Bergh konnte sich denken, auf wen er wartete. Sie musste etwas unternehmen. Jetzt! Sie beobachtete den Mann. Offensichtlich wurde er immer unruhiger. Plötzlich ging er zu einer der Holzkisten und griff zu einer Isomatte, die zusammengerollt neben der Holzkiste lag. Er breitete die Isomatte vor dem Palettenstapel aus, zog Elke Bergh von ihrem Stuhl weg und verlangte von ihr, sich auf die Matte zu legen. Elke Bergh gehorchte nicht. Stattdessen versuchte sie zur Stahltür zu gelangen. Der Entführer sprintete hinter ihr her, versperrte ihr den Weg zur Tür und schubste sie gewaltsam zurück. »Es kann nicht mehr lange dauern«, sagte er. »Mein Bruder wird bald hier sein. Aber vorher werden wir beide noch ein bisschen Spaß haben.« Der Mann grinste und zog seine Pistole aus der Bauchtasche seines Hoodies heraus. Er hielt Elke Bergh die Pistole an die Schläfe und zwang sie zu Boden. Dann steckte er die Waffe zurück in die Tasche seines Hoodies und zog seine Hose und seine Unterhose herunter. Er kniete sich vor Elke Bergh hin, öffnete ihre Hose und schob ihr Top nach oben. Verlangend schaute er sie an. Elke Bergh lag auf dem Rücken und roch seinen fauligen Atem. Sie ekelte sich. Während er versuchte, ihr die Hose und den Slip herunterzuziehen, langte sie blitzschnell mit ihrer rechten Hand nach hinten in die Werkzeugkiste und bekam einen Schraubendreher zu fassen. »Niemand wird mir je wieder wehtun«, rief sie wütend. Dann richtete sie ihren Oberkörper auf und stach kraftvoll zu. Der Entführer schrie vor Schmerz. Reflexartig zog er den Schraubendreher aus seiner linken Körperseite heraus. An der Einstichwunde blutete er stark, aber das hielt ihn nicht davon ab, Elke Bergh kräftig zu schlagen. Sie schrie und schlug zurück, schaffte es, sich von ihm zu lösen. »Du verfluchte Nutte«, brüllte er. »Das wirst du noch bereuen. Zieh deine Bluse und dein verdammtes Top aus und gib mir das Top, damit ich es mir auf die Wunde drücken kann! Kannst du Autofahren? Ich muss sofort zu einem Arzt!«

»Ich fahre nicht mit nacktem Oberkörper Auto, aber ich bin Krankenschwester und werde erste Hilfe leisten«, erwiderte Elke Bergh. »Geben Sie mir den Schlüssel Ihres VW-Busses und sagen Sie mir, wie ich das Auto finde. Dann hole ich den Verbandskasten. In der Zwischenzeit sollten Sie den Notarzt anrufen. Sie müssen in ein Krankenhaus. Sofort!«
»Du glaubst, du kannst mich hier im Bunker zurücklassen? Oh nein. Du machst genau das, was ich dir sage!«, schrie Rainer Korfmacher mit schmerzverzerrter Stimme.

Mittwoch, zwölf Uhr fünfunddreißig. Die Polizisten vor dem Bunker hörten die Schreie. »Zugriff!«, befahl Jakob mit leiser Stimme. »Wir können nicht länger auf das Einsatzkommando warten. Marie, funk deinen Kollegen an. Er soll einen Rettungswagen anfordern. Dringend.«
Trisha und Jonas drangen als erste in den Bunker ein, Jakob und Marie Pfeiffer folgten den beiden. »Rainer Korfmacher: Aufstehen, Hände hinter den Kopf«, brüllte Jonas. Der Entführer war vollkommen überrascht. Er lag auf der Seite, während Elke Bergh mit nacktem Oberkörper neben ihm kniete und ihr Top auf seine blutende Wunde presste. Korfmacher konnte nicht aufstehen. Durch den starken Blutverlust war er kurz davor, sein Bewusstsein zu verlieren. Elke Bergh hatte seine Waffe aus der Tasche seines Hoodies genommen und hinter sich gelegt. Erleichtert stellte sie fest, dass es nicht der Bruder des Entführers war, der in den Bunker gekommen war. »Er hat mich gekidnappt und mich geschlagen. Er wollte mich vergewaltigen. Ich musste mich wehren«, rief sie den Polizisten aufgeregt zu. »Sie kommen genau zur richtigen Zeit. Rufen Sie einen Notarzt!«
Trisha hob die Waffe des Verletzten vom Boden auf, entlud und sicherte sie und gab sie Jonas. Marie Pfeiffer bat ihren Kollegen von der Schutzpolizei über Funk, das Einsatzkommando zurückzupfeifen. Indes verließ Trisha den Bunker und rannte zum Streifenwagen,

um den Verbandskasten und Rettungsdecken für Elke Bergh und Rainer Korfmacher zu holen. Elke Bergh kniete noch immer neben Rainer Korfmacher und presste weiterhin ihr Top auf seine Wunde. Jakob löste sie kurzzeitig ab, damit sie ihre Bluse anziehen konnte. Anschließend kniete sie sich wieder vor Korfmacher hin und übernahm seine notdürftige Versorgung. Sie verachtete den Mann, aber sie hatte ihn verletzt und als Krankenschwester war es ihre Pflicht, erste Hilfe zu leisten.
»Der Notarzt wird sicher gleich hier sein«, sagte Jakob zuversichtlich.
»Die sollen sich beeilen«, verlangte Elke Bergh. »Er hält nicht mehr lange durch.«
»Was ist mit Ihnen, sind Sie verletzt?«, fragte Jakob.
»Schauen Sie mich doch an, wie er mich zugerichtet hat. Es wird Wochen dauern, bis die Wunden an meinen Handgelenken verheilt sind. Aber Gott sei Dank, ich lebe.«
»Ja, dem Himmel sei Dank«, sagte Jakob. »Der Albtraum ist vorbei.«
»Das glaube ich nicht!«, rief Elke Bergh gequält. Sie deutete auf Rainer Korfmacher. »Dieser Mann hat einen Komplizen, seinen Bruder. Die beiden haben vermutlich versucht, Georg zu erpressen. Sie müssen sofort etwas unternehmen. Es kann sein, dass sein Bruder Georg in seiner Gewalt hat.«
»Beruhigen Sie sich«, antwortete Jakob. »Sie müssen sich keine Sorgen machen. Der Bruder Ihres Entführers, Wolf Korfmacher, ist tot. Es gibt keine Hinweise darauf, dass noch mehr Täter involviert waren.«
Rainer Korfmacher sah den Hauptkommissar an. »Was sagen Sie da? Wolf ist tot? Das, … das kann nicht sein«, stöhnte er mit schwacher Stimme. Jakob antwortete dem Verletzten nicht. Elke Bergh warf dem Hauptkommissar einen angsterfüllten Seitenblick zu, während sie sich weiter um Rainer Korfmacher kümmerte. »Was ist mit Georg?«, fragte sie aufgeregt? »Ich muss unbedingt wissen, wie es ihm …«
»Es geht ihm gut«, erklärte Jakob. »Haben Sie von seinem Deal mit den Korfmacher-Brüdern gewusst?«
»Was für einen Deal?«

»Wolf Korfmacher und Ihr Entführer Rainer Korfmacher haben Ihren Mann ermordet«, erwiderte Jakob leise.
»Aber ... ich begreife das nicht. Das müssen Sie mir erklären. Und was hat Georg damit zu tun?«
»Darüber werden wir noch zu reden haben. Aber nicht jetzt«, sagte der Hauptkommissar.
»Bitte, ich muss das unbedingt wissen«, sagte Elke Bergh ängstlich. Sie begann zu weinen. »Und was ist mit Falk?«
»Er ist auf freiem Fuß. Sein Anwalt hat verhindern können, dass wir ihn festhalten«, antwortete Jakob knapp.
In diesem Moment sprintete Trisha in den Bunker und brachte den Verbandskasten und die Rettungsdecken, aber Elke Bergh lehnte die Decke vorerst ab. Sie ließ sich den Verbandskasten geben, damit sie Rainer Korfmachers Wunde professioneller versorgen konnte. Jonas warf derweil neugierig einen Blick in eine der Holzkisten. Was er fand, erstaunte ihn. »Aha«, sagte er lachend. »Das ist höchstwahrscheinlich das Diebesgut von einem Überfall auf ein Juweliergeschäft in Montabaur im letzten Winter. Erkennbar an den Preisschildern«, meinte er. »Schon blöd, wenn man zu dumm ist, das Zeug im Darknet anzubieten.« Verächtlich schaute er Korfmacher an, dessen Kräfte weiter nachzulassen schienen. Als das Notarztteam eintraf, verließ Jakob den Bunker und rief Elena an. Währenddessen legten die Rettungssanitäter Rainer Korfmacher eine Infusion an und transportierten ihn zum Notarztwagen. Eine Sanitäterin hielt den Infusionsbeutel hoch und lief nebenher. Der Notarzt schaute Jakob im Vorbeigehen ernst an. »Ich bin sicher, dass er es schaffen wird«, meinte er. »Die Frau hat ihn sehr gut versorgt.« Auch Elke Bergh wurde in ein Krankenhaus gebracht. Jakob beobachtete sie, als sie aus dem Bunker herausging. Die Rettungsdecke hatte sie sich schließlich übergehängt. Jakob hörte sie leise weinend ein Vaterunser beten. Erleichtert ging er zurück in den Bunker und gratulierte seinem Team. Für alle war es ein Augenblick emotionaler Befriedigung. Auch Jakob genoss das Gefühl, aber er fragte sich wieder einmal, ob der Stress und die Gefahren seines Jobs es wert waren. Dann verließ er den Bunker wieder. Er brauchte dringend

frische Luft und etwas Entspannung. Doch sein Handy klingelte. Romy rief an. »Unsere Koffer sind gepackt, Liebling«, sagte sie freudig erregt. »Und Chloé ist schon hier bei mir. Vergiss bitte nicht, dass du uns morgen zum Flughafen bringen musst.«

EPILOG

Rainer Korfmacher konnte gerettet werden. Beim Verhör und vor Gericht war er geständig. Er beschrieb den Hergang der Tat sehr genau und sagte aus, dass sein Bruder dem Opfer die tödlichen Schläge verpasst hatte. Eine andere Version konnte man nicht nachweisen. Wegen Beihilfe zum Mord, Entführung, Körperverletzung, illegalem Waffenbesitz und schwerem Raub wurde er zu einer langjährigen Haftstrafe verurteilt. Seine uneheliche Tochter übernahm sein Anwesen in Dreieichen. Gemeinsam mit ihrem wohlhabenden Freund machte sie sich daran, die Gebäude instand zu setzen und zu modernisieren.

Georg Neubauers Anwalt beantragte die Außervollzugsetzung des Haftbefehls wegen Neubauers körperlicher Gebrechen. Der alte Mann starb drei Monate nach dem Geschehen an Pankreas-Krebs. Die Ermittler fanden keine Hinweise auf Elke Berghs Mitwirkung bei der Planung und Durchführung der Tat, was der Wahrheit entsprach. Dennoch musste sie sich vor Gericht verantworten wegen der Nichtanzeige der geplanten, besonders schweren Straftaten ihres Mannes. Sie erbte Neubauers Vermögen und das Forsthaus und fand einen neuen Job in einem Altenpflegeheim. Ihr Trauma, das sie durch die Ereignisse und durch ihre Entführung erlitten hatte, überwand sie schließlich mithilfe ihrer einfühlsamen Psychologin, aber es dauerte lange, bis sich ihr psychisches Befinden wieder stabilisierte und sie keine Angstzustände mehr bekam. Die aufwendige Renovierung des Forsthauses wurde zu einer Lebensaufgabe und lenkte sie ab. Sie liebte Falk Steinhausen noch immer, dennoch weigerte sie sich anfänglich strikt, die Affäre fortzusetzen. Sie war sich darüber im Klaren, dass das Kind, das Anke Steinhausen bald gebären würde, eine Familie brauchte. Allerdings gab sie Steinhausens Drängen bald nach. Der Pilot himmelte sie an, er liebte sie abgöttisch, er war bereit alles für sie zu tun, damit sie wieder ein sorgenfreies Leben führen konnte. Er zog zu Elke Bergh ins Forsthaus und beantragte die Scheidung. Seine Ex-Frau ließ er dennoch nicht im Stich. Sie wohnte weiterhin in dem gemeinsamen Haus in Hachenburg und Steinhausen gab ihr das Versprechen,

sich mit Hingabe um das gemeinsame Kind zu kümmern.
Nach Katjas Scheidung ließ Elena sich nach Koblenz versetzen. Kurz darauf heirateten die beiden. Romy und Jakob fühlten sich geehrt, die Trauzeugen sein zu dürfen. Wenige Wochen nach der Hochzeit begann Elena eine Ausbildung zur Privatpilotin – mit Fluglehrerin Sophie Mueller.
Auch Trisha zog wieder zurück nach Koblenz. Aber die Westerwälder Landschaft gefiel ihr und mit ihrem Kollegen Jonas verband sie inzwischen eine tiefe Freundschaft. Mit ihrem neuen Freund, mit Jonas, dessen Frau und den Kindern des Paares traf sie sich oft zum Spazierengehen – meistens in der Gegend um die Abtei Marienstatt.
Konrad Hagendorf verkaufte seine Cessna 182 und flog nie wieder rechtswidrig als verantwortlicher Pilot. Er wanderte nach Schweden aus und heiratete Freya Jansson. Ihre Hochzeitsreise führte die beiden nach Neuseeland und nach Australien. Nach der Reise verwirklichte Hagendorf seinen Plan. Er vermietete seine Immobilie im Westerwald und kehrte nur noch selten in seine Westerwälder Heimat zurück. Die Sommerferien verbrachten Hagendorfs Nichte, die sich langsam erholte, und seine Schwester häufig in Schweden. Der Verlust seiner fliegerärztlichen Tauglichkeit hatte auch etwas Gutes, wie Hagendorf fand. Er hatte mehr Freizeit und konnte sich endlich Vorhaben widmen, die er bislang immer aufgeschoben hatte. So schmiedeten Freya und er ständig neue Reisepläne. Außerdem nahm Hagendorf sich vor, ein Buch über die Geschichte der Flugfunknavigation zu schreiben.
Florence bereitete sich auf die Geburt ihres Babys vor und gab sich meistens optimistisch und fröhlich. Angst hatte sie nur vor der rasanten Entwicklung der KI, der künstlichen Intelligenz, die nicht nur große Chancen, sondern auch große Risiken mit sich brachte. Am meisten fürchtete sie den gefährlichen Missbrauch der neuen Technologie durch Kriminelle. Ihre Kolleginnen und Kollegen von der IT-Forensik hatten ihr berichtet, dass KI schon jetzt vielfältige Möglichkeiten für subtile Cyberangriffe bot.
Viktoria und Florence verbrachten viel Freizeit miteinander. Es war

ausgemacht, dass Viktoria die Patentante von Florences Kind werden würde.

Der Litauer Vanagas wurde vier Wochen nach Berghs Tod aus der Haft entlassen und tauchte unter. In Hamburg verlor sich seine Spur. Zur gleichen Zeit ließ die litauische Polizei einen Frauenhändlerring hochgehen. Es konnte dennoch nie eindeutig geklärt werden, wer Klaus-Thomas Bergh den Kontakt nach Litauen verschafft hatte und ob Bergh zur Verwirklichung seiner Idee bereits kriminelle Helfer auf deutscher Seite im Auge gehabt hatte.

Die Bürgerinitiative gegen den Flugplatz Sonnwald blieb erfolglos. Der Ausbau des Flugplatzes wurde wie geplant abgeschlossen.

Nach einem Personalgespräch gab Kriminalrat Grothe-Kuhn alles, um Jakob zu überzeugen, im KK 42 zu bleiben, aber Jakob konnte sich nicht entscheiden. Er zögerte. Tagelang. Sollte er sich auf einen weniger anspruchsvollen Posten in einer anderen Stadt versetzen lassen? Sollte er in Hachenburg alles aufgeben? Darüber würde er mit Romy reden müssen. Es war ohnehin an der Zeit, wieder einmal eine Pause einzulegen und zu entspannen. Er nahm Urlaub und machte sich auf den Weg nach Wick in Schottland. Er flog von Köln-Bonn nach London und von dort nach Inverness. Er brannte darauf, Romy und Chloé wieder in die Arme schließen zu können. Für die beiden sollte sein Besuch eine Überraschung sein. Natürlich freute er sich auch riesig auf ein Wiedersehen mit Julia und Karl – und darauf, endlich Jenny und ihr Kind kennenzulernen. Für die letzte Etappe von Inverness nach Wick hatte Jakob einen Mietwagen gebucht. Er musste höllisch aufpassen, um mit dem Linksverkehr klarzukommen. Er fuhr auf der North Coast 500 an der Küste entlang nach Norden und genoss die Fahrt durch die schöne Landschaft, obwohl der Sommer gerade eine Pause einlegte, was für Schottland nicht ungewöhnlich war. Eine schmale Kaltfront mit dunklen grauen Wolken zog auf und brachte Schauer und Gewitter mit sich. Die Natur braucht das Wasser. Es muss auch einmal regnen in einem schönen Sommer, dachte Jakob. Hoffentlich kriegt auch der Westerwald bald etwas Regen ab.

ANMERKUNGEN

Die fiktive Handlung in diesem Kriminalroman trägt sich im Juli 2023 zu. Alle erwähnten Akteure sowie Geschäfte, Firmen, Institutionen, Behörden, Ämter und Orte sind entweder Produkte der Fantasie des Autors oder werden in fiktionalen Zusammenhängen verwendet. Ähnlichkeiten mit lebenden oder verstorbenen Personen sind unbeabsichtigt und wären rein zufällig.

Nicht alle in diesem Kriminalroman erwähnten Orte existieren wirklich. Das ›Kommissariat KK 42‹ in Hachenburg und das Polizeigebäude ›auf einem ehemaligen französischen Kasernengelände‹ sind frei erfunden. Auch das alte Forsthaus in der Nähe von Hachenburg, die beschriebene Tankstelle an der B 414 und das Dorf ›Dreieichen‹ bei Altenkirchen existieren nicht. Das gilt auch für das Dorf ›Auersbach.‹ Es gibt somit keinen ›Auersbacher Wald‹ bei Hachenburg mit einem Bunker und mit Überresten von Abschussstellungen für die Vergeltungswaffen V2.

Auch der Flugplatz ›Langerfelde südwestlich von Berlin‹ ist frei erfunden, jedoch gibt es rund um Berlin eine Reihe wichtiger Landeplätze für die allgemeine Luftfahrt. Gleiches gilt für die Beschreibung des in diesem Krimi erwähnten ›Westerwald Airports.‹ Der Leser möge sich diesen Regionalflughafen räumlich dort vorstellen, wo sich in Wirklichkeit der Siegerland-Flughafen befindet. Auch der Flugplatz und das Dorf ›Sonnwald‹ existieren nicht namentlich und somit auch nicht in der beschriebenen Form.

Weitere im Krimi vorkommende Orte, besonders sei an dieser Stelle die Abtei Marienstatt bei Hachenburg mit der historischen Nisterbrücke hervorgehoben, existieren real und sind immer einen Besuch wert. Hierzu zählt auch die in Kapitel 14 beschriebene Tropfsteinhöhle, die in Breitscheid im hessischen Teil des Westerwalds besichtigt werden kann.

Abschließend bleibt noch zu erwähnen, dass das im vorliegenden Krimi beschriebene Wettergeschehen exemplarisch dargestellt ist und nicht einhundertprozentig dem realen Wettergeschehen im Juli 2023 entspricht.

DANKSAGUNGEN

Ich danke meiner Familie und meinen Freunden für die kompetente und selbstlose Unterstützung beim Projektieren und Schreiben dieses Romans. Ohne euch wäre dieses Buch ein anderes geworden. Besonderer Dank gilt Birgit für ihr Verständnis, ihre Geduld und für Vorschläge beim Texten verschiedener Szenen. Ausdrücklichen Dank richte ich an Christine als Testleserin für die Einschätzung des Manuskripts und für viele wertvolle Tipps. Ein herzliches Dankeschön gebührt ferner meinem Bruder Holger für die Bewertung des Manuskripts und für sinnvolle Änderungsempfehlungen. Last but not least danke ich Martin herzlichst für Korrekturen und viele wichtige Ratschläge, insbesondere aber für die aufwändige Gestaltung des Covers und den Satz des Buches.
Cover-Rückseite

www.ingramcontent.com/pod-product-compliance
Ingram Content Group UK Ltd.
Pitfield, Milton Keynes, MK11 3LW, UK
UKHW040126241224
452783UK00004B/195